suhrkamp taschenbuch 2753

Wolfgang Clemens

Gelnhausen 30.9.1997

0

»Wir sind eine Photographie, jedes Jahr die gleiche Photographie: ich jeweils einen Sommer älter, daher einen Sommer größer: die plumpe Joan, wie sie der Welt um sich herum über den Kopf wächst, Großmama, die in ihrem Kleid mit engem Mieder häkelt oder aufs Meer hinausschaut, und Mutter mit ihren grünen Antarktisaugen. Mutter ist unter ihrem Hut schön wie immer, doch ihr grausamer Blick vertreibt sogar die Möwen vom Strand«, sinniert Joanna zu Beginn dieses Romans über die immer gleichen Ferienbilder von Florence, der Großmutter, Kitty, der Tochter, und Joanna, der Enkelin. Radikal und mitleidlos erzählt Lisa St Aubin de Terán in diesem spannungsreichen Roman des Niedergangs einer englischen Familie – dieser Geschichte dreier Frauen aus drei Generationen, diesem Drama tödlicher Verstrickung, das sie über fünfzig Jahre lang, durch beide Weltkriege hindurch, verfolgt hat – ihre eigene Familiengeschichte.
Lisa St Aubin de Terán, geboren 1953 in London, hat sieben Jahre in den venezolanischen Anden gelebt und wohnt jetzt in Italien. 1990 legte sie mit *Joanna* bereits ihren sechsten Roman vor, es ist ihr erstes Buch, das auf deutsch veröffentlicht wurde. *Ein Haus in Italien* liegt als suhrkamp taschenbuch 2696 vor. *Hüter des Hauses* ist 1996 im Insel Verlag erschienen.

Lisa St Aubin de Terán

Joanna

Roman

Aus dem Englischen
von Ebba D. Drolshagen

Suhrkamp

Titel der Originalausgabe: *Joanna*
Umschlagfoto: Frances McLaughlin

suhrkamp taschenbuch 2753
Erste Auflage dieser Ausgabe 1997

Lizenzausgabe mit freundlicher Genehmigung
des Insel Verlags Frankfurt am Main und Leipzig
Suhrkamp Taschenbuch Verlag

Druck: Ebner Ulm
Umschlag nach Entwürfen von
Willy Fleckhaus und Rolf Staudt

1 2 3 4 5 6 – 02 01 00 99 98 97

Für Joan Mary St Aubin:
Joanna

Erster Teil

JOAN

1. Kapitel

Wir sind eine Photographie, jedes Jahr die gleiche Photographie, ich jeweils einen Sommer älter, daher einen Sommer größer: die plumpe Joan, wie sie der Welt um sich herum über den Kopf wächst. Es ist immer Selsey Beach, ein Streifen nackter Sand an der Südküste, und einiges ist immer gleich: ich, Großmama, die in ihrem Kleid mit engem Mieder häkelt oder aufs Meer hinausschaut, und Mutter mit ihren grünen Antarktis-Augen, durch die Kamera seicht und sepiafarben. Mutter ist unter ihrem Hut schön wie immer, doch ihr grausamer Blick vertreibt sogar die Möwen vom Strand. Oder war der Strand nur leer? Nachsaison?

Es war immer noch jemand da, manchmal zwei oder drei, damit es meiner Mutter nicht langweilig wurde. Sie litt unter Langeweile wie andere unter Depressionen oder Ischias. Um sich als Begleitung für Selsey zu qualifizieren, mußte man ein junger Mann sein, aus gutem Hause, wohlhabend, gutaussehend und sklavisch (aber nicht ermüdend) in Mutter verliebt. Sehr wenige überdauerten den Sommer, sie wurden wegen Stammelns oder, noch schlimmer, Weinens unehrenhaft entlassen, oder weil sie verstummten und die Sommerkönigin von Selsey nicht mehr amüsierten.

Die sicherste Art, ihr Mißfallen zu erregen, war, mich zu bemerken. Wenige waren interessiert genug, um den Versuch zu wagen. Nur Großmama war immun. Großmama hielt ihre launische Tochter noch immer an der kontrollierenden Leine. Sie hielt die Geldbörse fest, und hinter ihrem gütigen Blick lagen unausgesprochene Geheimnisse. Daher saß sie reglos und gerade wie ein Fels zwischen den verstreuten Felsen von Selsey Beach. Sie war die stille Mittlerin zwischen Mutters unbeherrschter Verbitterung und meiner eigenen Sehnsucht nach Vergebung.

Ich hatte wohl schon mit zwölf erkannt, daß nur ein Wunder meine Mutter dazu bringen könnte, mich zu lieben. Ich habe immer an Wunder geglaubt. Ich hoffte damals auf einen neuen Anfang, eine neue Gestalt – darauf, vermute ich, von der Menge so ununterscheidbar zu werden wie ein Wassertropfen in diesem kalten Meer. Bis dahin wollte ich nichts mehr als einen Aufschub der Strafe. Strafe wofür? Dafür, geboren zu sein, dort oder irgendwo zu sein. Wenn der Wind Sand auf die Butterbrote blies, spürte ich jedesmal von Mutters gestreiftem Liegestuhl her eine weitere Woge des Ärgers. In der Sonne war es ihr gelungen, mich zu vergessen; wenn sie aufblickte, sah sie, daß ich noch da war. Sie sagte nichts, das war nicht nötig; die kalte Verachtung in ihren Augen sprach für sie und wiederholte, was ein zweites Glaubensbekenntnis geworden war. Ihr Leben war durch meine Geburt zerstört worden, diese Geschichte konnte ich auswendig. Ich hätte überhaupt nicht geboren werden sollen, und ich vergrößerte diese Ursünde willentlich, indem ich riesig und ungelenk, von feigem Wesen und rothaarig war. Alles andere wäre vielleicht verzeihbar gewesen, aber die roten Haare bestätigten meine Position als Kuckuck im Familiendreieck. Kein anderer hatte rote Haare – man hatte keine roten Haare –, nur die Iren.

Wir waren drei Frauen am Strand, eingeschlossen in das Viereck eines Photos, Jahr um Jahr, von 1928 bis 1938. Manchmal fuhr ich direkt von der Klosterschule dorthin, und die Dauer meines Aufenthaltes war der Gradmesser für den augenblicklichen Stand des Krieges zwischen Mutter und Großmama. Ein langer Aufenthalt in Selsey bedeutete, daß Großmama die Oberhand hatte. Wenige Tage waren das Zeichen für wochenlange Tobsuchtsanfälle meiner müden, aber triumphierenden Mutter.

In Selsey träumten wir davon, nach Jersey zurückzukehren. Großmama dachte mit Wehmut an Claremont und ihre Gärten dort, und selbst Mutter ließ sich in Erinnerungen an Bälle, Sommernächte und Smaragd-Tiaren treiben, die wie ihre Augen strahlten. Ich lernte Jersey mit jener Inbrunst lieben, die die Nonnen mich gelehrt hatten. Im Kloster kämpften sie darum, mich unauffällig zu machen und sogar meine Gedanken zu kontrollieren. Sie wußten genug über mich, um mich zu verachten, und sie wußten, daß sie mich hatten, falls sie einen Sündenbock benötigten. Meine Mutter würde niemals schreiben, um sich zu beschweren. Aber ich dachte an Jersey und hielt es geheim vor ihnen und ihren Schnüffeleien.

Sogar an den Familiengeschichten konnte ich in Selsey teilhaben, indem ich zuhörte. Und ich konnte bei Großmama sitzen, solange ich nur Mutter mied, ich konnte den feinen Sand durch die Finger rinnen lassen, wie die vergangene Zeit und die zukünftige, von der Mutter mich nicht fernhalten konnte. Ich saß stundenlang unter meinem Hut (der meine Sommersprossen nicht verhinderte, aber das Haar bedeckte) und ließ Sand durch die Hände laufen.

In Selsey entdeckte ich auch zum ersten Mal etwas an mir, das Mutter nicht kontrollieren konnte. Sie konnte meine Gedanken lesen. Sie konnte die Gedanken der meisten Menschen lesen, daher glaube ich kaum, daß sie sich oft mit meinen abgab. Wenn ich mit ihr zusammen war, war mir immer, als setzte ich bei den Responsien falsch ein, doch kaum war ich von ihr fort, wollte ich nichts mehr als die Erlaubnis, als sie nochmals singen zu dürfen. Ich fühlte mich damals wie die verwunschene

Heldin eines Buches, das sie stets vor dem Ende der Geschichte zuklappte. So wuchs ich ständig aus meinen Badeanzügen heraus, wie eine Schlange, die sich häutet, und hoffte jedesmal, von dem Zauber erlöst zu werden.

Mit zwölf Jahren war ich ein Meter fünfundsiebzig groß und sah aus wie achtzehn. Ich lag in meinem Badeanzug am Strand und wartete, bis die Sommerhitze Bäche auf meiner Haut machte. Das Gefühl von Sand an den Beinen und am Rücken war süß wie Zucker und ebenso klebrig. Hin und wieder blieb ein vorübergehender Mann stehen und betrachtete mich mit der gleichen Aufmerksamkeit, die Großmama ihren kostbarsten Blüten schenkte. Es war nicht der Blick, mit dem sie nach Blattläusen spähte, es war mehr die Art, wie sie den Duft ihrer ersten Azaleen einatmete. Was es auch sein mochte, selbst die Nonnen spürten es. Schwester Marie ließ meinen Sportanzug ändern, um meinen Oberkörper mit Falten zu bedecken, und Schwester Thérèse teilte mir mit, in mir wachse der Teufel. Sie sagte, er werde sich meiner bemächtigen, wenn ich mich nicht dem Gebet hingebe. Schwester Thérèse, mit ihren chronisch entzündeten Augen und ewigen Tränen, war immer völlig durcheinander, daher wußte sie nicht, daß Mutter mir schon Jahre zuvor vom Teufel in mir erzählt hatte, und daß ich seit meinem fünften Lebensjahr betete, daß ich betete und flehte, der Teufel möge verschwinden.

Zwischen der Zeit des Frühgottesdienstes und dem Angelus hatte Mutter Oberin alle Mädchen des Les Filles de la Croix mit dem Spinngewebe ihrer Frömmigkeit unter Kontrolle. Sie herrschte aus der Mitte des Netzes, und mit ihrem selbstgerechten Seidenfaden umspann sie Schülerinnen wie Nonnen. Als seien wir die Perlen ihres schwarzen Rosenkranzes, zählte sie uns unablässig und ließ dabei ihre zitternde Beute durch die spitzen, blaugeäderten Finger gleiten. Ihr Arbeitszimmer, am Ende des dunklen Korridors hinter dem Refektorium, schien vor zerbrochenen Flügeln zu beben. Der Korridor hatte knarrendes Linoleum, einen braunen Anstrich und eine Galerie paraffinfleckiger Märtyrer. An Winterabenden flackerten die Öllampen vom Luftzug unter Mutter Oberins Tür.

Sie trug die schwarze Schmetterlings-Flügelhaube des Ordens der Töchter vom Heiligen Kreuz, als verwandele der gestärkte Stoff sie in einen Totenkopfschwärmer. Sie saß in ihrem Stuhl mit der hohen Rückenlehne unter dem stumpfen Blick eines Öldrucks der heiligen Theresa und wartete auf Tränen. In einem niedrigen Regal hinter ihr waren auf gepreßte Blumen Schmetterlinge aufgespießt, die verzweifelt bemüht schienen, dem Vertrocknen und dem Äthertod zu entrinnen, der die letzten Tränen aus ihnen herausgepreßt hatte. Mutter Oberin bestand auf Tränen, bevor sie jemand aus ihrem Arbeitszimmer entließ. Wenn ich dorthin zitiert wurde, weinte ich jedesmal über die Größe meiner Hände. Mutter Oberin war klein und vogelknochig. Sie kam mir vor wie eine herzlose Dohle, deren flinker Schnabel die fleckige Spitze von meinen Händen zerren würde. Meine Finger kämpften in den Handschuhen, als wüchsen sie sichtbar. Während meiner gesamten Volksschulzeit trommelte ich mit den Fäusten gegen die Wand unter dem Kruzifix hinter meinem Bett und schlug mir die Handflächen wund, bis sie die Begrenzung der Spitzenhandschuhe sprengten. Weiße Handschuhe für Besucher, Messe und Mutter Oberin; weiße Handschuhe und Tränen, so lautete die Regel.

An Feiertagen und in den Ferien waren meine Hände genauso wund. Sie waren ständig dunkelviolett und blau. Mutter meinte, alle meine Gedanken und Freuden getötet zu haben; aber dort draußen, im heißen Sand unserer Ferien, spürte ich meinen Körper langsam aufbegehren.

Ich formte meine Fäuste zu Stundengläsern und ließ die gelben Körnchen hindurchsickern, ein Hoffnungsrinnsal, Mal für Mal.

Großmutter sagte, ich solle warten. Seit ich zwölf war, wartete ich mit einem neuen Gebet im Kopf: Stark genug zu sein, um Mutters Verbitterung zu überleben, bis ich eines Tages in den Augen eines Mannes Trost fände, irgendeines Mannes, der mich bewunderte. Unterdessen war ich immer noch die schlaksige Joan, die menschliche Giraffe, linkisch auf dem Photo neben ihrer schönen, winzigen, hellsichtigen Mutter, die in einem anderen Jahrhundert möglicherweise als Hexe verbrannt worden wäre.

Aber vielleicht waren diese Zeiten für Großmama am fremdesten, denn sie stammte ja aus einem anderen Jahrhundert. Ihre und meine Kleider waren Wunderwerke an Flickerei und Änderung. Sie trug Anthrazit in allen Schattierungen ohne eine Andeutung von Farbe, und sie verriet mir nie den Grund. Ich glaube, es war eine Buße für irgendetwas. Sie schien sich nur in ihrem Garten wirklich wohlzufühlen, wenn sie ihre Kallas pflegte, Azaleen pflückte oder sich einfach inmitten der bunten Blumen zu schaffen machte. Nach vier Jahrzehnten als Katholikin empfand Großmama noch immer das innere Stigma, Konvertitin zu sein. Sie war auf fiebrige Weise devot. Damals dachte ich, sie sühne mit ihrer Güte für Mutters Grausamkeit. Mutter und ich waren ihr gewiß als Prüfung auferlegt. Sie trug die Last unserer Vergehen auf ihren Schultern, häkelte sie mit ihren Gebeten in ihre Seidendecken. Jede Masche machte ein wenig von dem wieder gut, was unser Eigensinn zerstört hatte.

In Selsey saß Mutter wutschäumend in ihrer Segeltuchwiege. Es erboste sie, die Flut ohne ihre Zustimmung zurückweichen zu sehen. Es erboste sie, nicht reich zu sein und feststellen zu müssen, daß sie nicht Gold spinnen konnte. Manchmal blickte Großmama über das Fingerspinnen ihrer Hände auf Mutters ruhelose Gestalt, und es wirkte, als wolle sie zu ihrer Tochter hinüberreichen und sie berühren, wage es aber nicht. Großmama wußte und akzeptierte offenbar, daß ihre Kitty niemals spinnen oder sich abmühen würde; Kittys Vorstellung von Arbeit war, die Augen blitzen zu lassen. Großmama schien sogar zu wissen, daß Kitty wenig mehr Religion hatte als ihre Eitelkeit – ebenso wie sie verstand, daß ich im Grunde für Mutter oder mich keinerlei Erklärung hatte, die über die Bilderwelt von Märchen und halberinnerten Gebeten hinausgegangen wäre.

Mutter konnte obsessiv werden. Manchmal kam sie nach Hause und begann, Hundehaare von ihrer Kleidung zu klauben, als sei sie von hündischer Distelwolle eingedeckt. Einmal zerriß sie das Seidenkostüm, das sie trug, und kratzte sich, nach Luft schnappend, die Arme blutig. Je länger sie klaubte, desto mehr Haare waren da, sagte sie, an ihr, in ihrem Tee, auf ihrem Sessel. Großmama ließ Rufus, ihren geliebten Hund, nicht ins Wohnzimmer, aber Mutter glaubte das nicht.

»Warum läßt du zu, daß er das Haus beschmutzt? Antworte mir! Antworte mir!«

Aber Großmama blieb stumm und traurig außerhalb ihrer Reichweite sitzen, während Mutter sich erregte und fauchte: »Wo ist Rufus? Bring ihn her!« Sie klingelte und schrie das murmelnde Dienstmädchen an, ohrfeigte es dann. Erschien kein Schuldiger, kein angeblich kahlwerdender Hund, wandte sie sich mir zu und ließ das Mädchen in Ruhe, das sich schon duckte. Mutter konnte härter zuschlagen als jede Nonne, und an jenem Tag zog sie mich an den Haaren. Schon dessen Dichte ärgerte sie, und als sie nur Büschel in Händen hielt, stieß sie mich unter Großmamas zierliches Nähtischchen und trat nach mir, traf jedes zweite Mal daneben, schaffte es aber doch, daß meine Nase auf den chinesischen Teppich blutete. Dann war es an Großmama, die Ruhe im Haus wiederherzustellen, indem sie nur sagte: »Kitty, denke daran!« Diese drei Worte reichten aus, um Mutters Wut in stummen Haß zu verwandeln. Sie ging nach oben, um sich umzuziehen; die Risse ihres Kleides waren mit meinen Haaren bedeckt. Sie sahen wie Kratzer aus, und ich wünschte, sie wären es gewesen. Ich lag oft nachts im Bett und fragte mich: Denke woran? Was hatte Mutter getan, daß Großmama auf diese Weise ihren Gehorsam erpressen konnte?

Als ich klein war, in Jersey, weigerte sich Mutter, mit mir zu sprechen oder zuzulassen, daß ich im gleichen Zimmer war wie sie. Erst in London durfte ich sie sehen, und auch dort nicht sehr oft. Ich versteckte mich auf der Treppe und spionierte hinter ihr her oder wartete hinter Türen, um durch den Türangelspalt einen Blick auf sie zu werfen.

»Wenn man bedenkt, wie sie gelitten hat«, sagte Großmama zu Agnes oder wer immer zufällig mitangesehen hatte, wie nachdrücklich Mutter mich ignorierte. »Kein Wunder, daß es ihr schwerfällt, das Kind zu sehen. Eins von beiden hätte in jener Nacht sterben sollen. Es ist ein Wunder, daß beide überlebten.«

Es war ein geringer Trost, die Hälfte eines Wunders zu sein. Als ich klein war, wollte ich unbedingt wiedererlangen, was ich durch Mutters Leid in Jersey verloren hatte. Ich brauchte viele Jahre, um die unbekömmliche Wahrheit zu akzeptieren: Es gab nichts zurückzugewinnen. Ich war ungewollt und darum immer ungeliebt. Nichts, was ich tun konnte, würde je dieses natürliche Gleichgewicht von Zuneigung wiederherstellen können, das ich zwischen anderen Mädchen und ihren Müttern sah. Eine Zeitlang versuchte ich bei meinen kurzen, devoten Besuchen von der Klosterschule, ihre Vergebung zu erlangen. Aber Mutter verachtete Freundlichkeit, sie sah sie als Schwäche. Mein Bemühen, gefällig zu sein, reizte sie mehr als mein tränenreiches Flehen davor.

»Sie besudelt das Haus«, sagte sie zu Großmama. »Schick' sie ins Kloster zurück, damit sie wenigstens ein bißchen Selbstachtung lernt. Sie hat etwas Serviles.«

Das wußte ich. Man lehrte mich, der Gottesmutter zu dienen, ich aber wollte meiner Mutter dienen. Ich ersetzte meinen Katechismus durch eine ketzerische Leidenschaft für sie. Ich änderte die Heilige Schrift, damit sie zu meiner Dreiecks-Familie paßte. Wir waren die Akrobaten des Zirkus, der einmal im Herbst in Hendon Green Station gemacht hatte. Ich war das Fundament, das die Kletternden stützte. Das Gewicht ihrer Füße auf meinen Schultern drückte mich zu Boden. Ich sehnte mich danach, sie ganz ohne Schmerz zu stützen. Ich glaube allerdings nicht, daß Mutter mich wirklich stark wollte; sie wollte nur durch meine mangelnde Stärke nicht belästigt werden.

Nachts in der Klosterschule, in das grobe Hemd gehüllt, das uns vor den Sünden unseres Fleisches schützte, lag ich wach und dachte nach. Was hatte ich falsch gemacht? Ich betete, bis meine Gebete zu Drohungen wurden. Mein »*Misere mei, Deus, misere mei: quoniam in te confidit anima mea*« wurde erst zu einem schmeichlerischen Handel, dann enthielten die »Erbarme Dichs« immer mehr verschleierte Drohungen, bis dem »Herr, erbarme Dich unser« das Gewicht eines »oder ich werde Dir nie mehr vertrauen« angehängt wurde. Meine Enttäuschung wuchs ebenso schnell wie ich. Jede Woche vor der Kommunion sangen wir:

> O salutaris hostia
> Meine Feinde bedrängen mich.

Du gibst mir Stärke
zur rechten Zeit.

Und aufgrund einer eigenartigen emotionalen Osmose wurde ich tatsächlich stark. Mutter verabscheute mich, und es kam dahin, daß ich durch Verachtung gedieh. Ich hofierte die Verachtung. Ich weidete mich an ihrer Grausamkeit, ich war stolz auf ihre Härte. Ich hatte vierzehn Jahre ihres Regiments überlebt. Ich hatte ertragen, was kein Mann ertragen konnte. Ich war ihre Zielscheibe. Andere waren nur peripher, sie zielte auf mich, hatte mich im Visier, feuerte immer wieder. Ich war die Stellung, die sie nicht einnehmen konnte. Ich schulte mich, was ihre Eigenheiten betraf, um herauszufinden, wie ich sie am besten zur Raserei bringen konnte. Ich wußte, wie man ihre Augen elektrisierte und ihrem Blick standhielt.

Sie war klein und zart wie eine junge Weinranke. Aber sie war unverwüstlich. Ihre Haut war wie die Alabastermadonna in unserer Kapelle. Sie hatte einen kleinen Mund, den sie fest zusammenpreßte, als wolle sie auf diese Weise all ihre Enttäuschungen zurückhalten. Das Leben als solches war eine Enttäuschung, und ich war die Anführerin einer weltweiten Verschwörung, ihr Leid zuzufügen. Alles an ihrer Gestalt war perfekt, perfekt, aber klein, wie ein seltenes Gift, ein Konzentrat widernatürlicher Kräfte. Ich sah genau, wie sie war, und mit der Zeit sah ich, daß ich größer war als sie. Jahrelang hatte sie mich geohrfeigt und gekniffen, bis ich weinte. Es war ein offenbar endloser Tränenfluß, wie hervorgerufen durch eine regelmäßig wiederkehrende Flut. Dann bemerkte ich, daß sie zu mir hinaufreichen oder mich im Sitzen erwischen mußte. Ich bemerkte, daß sie ständig auf Zehenspitzen stand. Und wenn ich hinabblickte, fünfundzwanzig Zentimeter tief unter mich, auf ihre tänzelnde, wutentbrannte Miniaturfigur, wußte ich, daß ich sie mit einem einzigen Fausthieb umstoßen konnte. Ich konnte sie wie eine Fliege totschlagen, wie Jungen im Bus es machten, wenn die Sommerfliegen am Fenster summten. Ich konnte sie verletzen. Ich konnte ihr die Knochen brechen.

In der Schule sangen die Mädchen immer »Stock und Stein brechen Bein, doch Namen, nein«. Ich habe das nie vergessen, weil es umgekehrt ist. Ein Stein ist nur ein Stein; er verletzt, macht einen blauen Fleck, und dann heilt die Wunde. Aber Namen, Worte, haben ein Eigenleben. Sie wachsen in deinen Adern, sie nisten sich in deinem Gehirn ein. Ihre Worte bin ich nie losgeworden. Ihre Schläge sind, jetzt, nach Jahrzehnten, nichts. Mit vierzehn beherrschte ich noch nicht die Kunst, mit Worten zu verstümmeln, aber das alte Spielplatzwissen war auf meiner Seite. Ich war größer als sie, ich war ihr gewachsen. Ich drohte, ihr den Arm zu brechen, falls sie ihn gegen mich erhob. Ich dachte, als ich die Worte aussprach, sie würde toben, aber sie sah nur fort und zuckte mit den Schultern.

»Sei doch nicht dumm, Joan«, sagte sie. »Was bringt dir das?«

Da mußte ich mit den Schultern zucken, hielt aber weiterhin die Faust über ihrem Kopf geballt. Es brachte mir nichts, aber das sagte ich ihr nicht. Ich wartete nur auf den Augenblick, in dem ich von ihr fortkonnte. So lange mußte alles recht sein, was ihre Macht untergrub. Ich würde überleben, und meine kleine Mutter verlor immer mehr an Boden.

2. Kapitel

Großmama bewegte sich mit einer Heiterkeit durchs Haus, die als solche verstörend war. Sie hinkte ganz leicht wegen der einen Hüfte, und ihre große, dünne Gestalt war immer ein wenig zur Seite geneigt. Sie hatte silbergraues Haar, das sie zu einem lockeren Knoten aufsteckte, und fragende graue Augen, die ich geerbt habe. Sie schien weder Mutters Tobsuchtsanfälle noch meinen Kummer zu bemerken. Und doch tröstete sie mich, indem sie mir mit ihrer Ruhe näherrückte. Selbst ihr Tadeln hatte ein Zartgefühl, das es zu einer Freude machte, ihrem geringsten Befehl zu gehorchen. Wir spielten Patience an zwei nebeneinanderstehenden Tischen mit eingelegten Vögeln und Blumen. Manchmal spielten wir zusammen Bézigue oder Cribbage, meist aber hatten wir eigene Spiele, getrennt und doch gemeinsam.

In Jersey war sie Fahrrad gefahren, und ihre vier Hunde (drei Englische Setter und ein Yorkshire-Terrier) waren an ihrer Leine hinter ihr hergelaufen. Dies war ihre einzige Exzentrizität. Sie durchstreifte die Gegend um St Helier, und sie kannte alle Wege, die Farmen und Felder miteinander verbanden. In Reitkostüm, Hut und Handschuhen kerzengerade auf dem Sattel, durchkämmte sie Longuevilles und Grand Vitaines, Mont à L'Abbé und Mont au Prêtre, Mont Cochon und Coin Tourgis, zog mit ihrer Hunde-Eskorte durch die Gemeinden. Sie kannte alle Farmer und ihre Ehefrauen, die Gemüsegärtner, Fuhrleute und Saisonarbeiter. Sie war von Geburt halb französisch und halb englisch und hatte in Jersey durch ihre Heirat den vollkommenen Ort für sich gefunden. Jersiaise klang in ihren Ohren wie ein Schlaflied aus Kindertagen. Trotz ihres breiten Sonnenhutes, vielleicht durch ihn hindurch, wurde sie braun. Im Sommer war ihr Gesicht tief gebräunt, und sie strahlte vor unmodischer Lebenskraft, die keine ihrer Freundinnen und Nachbarinnen hatte. Sie lächelte auf eine Weise, die mich eine Andeutung meines Mundes in dem ihren sehen ließ, wenn sie erzählte, wie ihre Kleidung gelegentlich gezackte Ölflecken von der Fahrradkette bekam. Keine noch so starke Mißbilligung vermochte sie von diesen Ausflügen abzubringen; mit dem Keim des späteren Starrsinns ihrer Tochter hielt Großmama am Fahrradfahren fest und feierte ihre geliebte Insel, indem sie sie Meter für Meter mit dem Rad eroberte.

Agnes, das Dienstmädchen, war der Familienchronist. Sie hatte ihre Familie in Irland schon vor so langer Zeit verlassen, daß sie mit ihr fast keine Verbindung mehr hatte. Nachdem sie durch die Arbeit unter Großmamas Anleitung eine ansehnliche Mitgift, eine Aussteuer und alle erforderlichen hausfraulichen Fertigkeiten angesammelt hatte, ließ sie die Zeit zum Heiraten verstreichen. Übergroße Vorsicht und schmerzliche Erinnerungen an ihre Kindheit in den Sümpfen von Cork County hatten sie die ersten Freier zurückweisen lassen, und nachdem sie die Lebensmitte überschritten hatte, wäre es ihr aufgrund des Gefühls von Bedeutung, Wohlstand und Überlegenheit, das sie von Großmama zusammengekratzt und aufgelesen hatte, widernatürlich erschienen, ihr Schicksal mit dem eines gewöhnlichen Mitgiftjägers zu verbinden. Agnes war überzeugt, daß die Welt voller Menschen war, die von ihren Ersparnissen und den vielen Geschenken wußten, die Großmama ihr gemacht hatte, und die bei der geringsten Ermutigung auf die Knie sinken und ihr verschlagen Heiratsanträge machen würden, wenn sie auch nur eine Sekunde lang nicht auf der Hut wäre.

Agnes' eigene Leidenschaft beschränkte sich auf das Polieren ihrer Mahagoni- und Rosenholzmöbel und das Abstauben der Porzellannippes, die nun seit nahezu dreißig Jahren ihr traditionelles Weihnachtsgeschenk waren, und so lebte sie stellvertretend die Gefühlsstürme unserer Familie. Sie wurde nie müde, die Sterbeszene meines Großvaters zu beschreiben, und sie versicherte mir, sie habe »pausenlos« mit dem armen Mann gelitten. Meine Geburt war ihr Lieblingsthema, und ihr Bericht über diese qualvolle Nacht konnte fast ebensoviel Zeit in Anspruch nehmen wie das Geschehen selbst. Daher blieben Mutters lang sich hinziehende Stunden der Wehen einer ungeneigten Nachwelt sowohl durch Agnes' bühnenreife Wiedergabe der Schreie und des Keuchens als auch durch die mehr als anschauliche Beschreibung erhalten, die sie allen Beteiligten gab. Verständlicherweise hatte nach einigen Monaten niemand mehr Lust, die Saga ein weiteres Mal zu hören. Erst als ich alt genug war, um mich konzentrieren zu können, bekam sie ihre perfekte Zuhörerin. Ich war hingerissen von dem Blut, den Einzelheiten, der Spannung und überhaupt der Vorstellung, daß ich meine Mutter tatsächlich einmal berührt hatte.

So kamen Agnes und ich uns nahe, wenn auch außerhalb von Mutters Hörweite hinter Küchentüren oder im Garten, durch hohe Himbeersträucher geschützt. Nicht nur wollte Mutter selbst mich weder sehen noch sprechen, auch kein anderer sollte sich unterstehen. Ich glaube, Agnes hätte ihr Leben für Mutter gegeben, aber sie konnte der Versuchung nicht widerstehen, ihre Geschichten zu wiederholen, also riskierte sie Mutters Mißfallen, indem sie mit mir schwatzte.

Ich lernte meinen Vater erst kennen, als ich achtzehn war, aber Agnes erzählte mir, Mutter habe ihn in Kanada bereits sechs Monate nach der Heirat verlassen. Sie fuhr nach Hause, allein und verbittert, um dort jene Abtreibung zu veranlassen, die ich bin. Ihre Reise zur Küste verzögerte sich, dann wurde das Schiff von einem Sturm überrascht. Sie hat meinen Vater nie wieder gesehen oder gesprochen. Ich weiß nicht genau, was dort drüben in den Wintermonaten von 1920 geschah oder was sie ihm antat, aber achtzehn Jahre lang kam er nicht, um mich zu sehen. Er muß Mutter auf die schlimmstmögliche Weise beleidigt haben. Er muß sie gelangweilt haben, und Mutter litt unter Langeweile wie andere unter einer Krankheit.

Selbst wenn sie nach Hause gekommen wäre, ohne die Entstellung durch mich, war es zu spät, um ihren Vater lebend anzutreffen, und gerade noch rechtzeitig, um die Versteigerung seines Besitzes zu erleben. Als einziger Erbin neben Großmama hätten ihr ein Herrenhaus und ein Park, eine Farm und sein Geld zugestanden. Statt dessen erbte sie seine Schulden. Ihr Papa, zu dem sie vor der arktischen Kälte Kanadas und der Monotonie des Ehelebens im Hinterland nach Hause geflohen war, hatte hinter ihrem Rücken alles verspielt, was ihr von Geburts wegen zustand. Ihr Vater, die alternde, liebenswürdige, leicht exzentrische Stütze der Gesellschaft von Jersey, hatte das über Jahrhunderte angehäufte Vermögen verspielt und eine Witwe und eine wider Willen schwangere Tochter hinterlassen, die seine Gläubiger hinhalten mußten, während seine skandalösen Spielschulden geklärt wurden. Also wurden Land, Haus, Cottages, Silber und Gemälde verkauft, während die verwirrten und betrogenen Erbinnen – Großmama und Mutter – in einem Hotel in St Helier wohnten. Mutters Wahnvorstellungen wuchsen ebenso schnell wie das unerwünschte Kind in ihrem Schoß.

Im April hatte sie so große Beschwerden, daß sie sich weigerte, länger im Hotel zu bleiben, sie zogen in Agnes' Haus in St Aubin, und dort wurde ich geboren.

»Deine Großmama hat Dienstmädchen von Irland nach Jersey verfrachtet, damit sie in Claremont arbeiteten, wie Kapitän Bouvard Bücklinge und Mixed Pickles nach Indien verfrachtet hat. Sie kamen in Scharen, hielten aber wie die Bücklinge nur zwei Jahre.« Agnes hatte mehr als zwanzig Jahre in Claremont gearbeitet. Sie hatte Mutter aufwachsen sehen, und Großmama sagte einmal in Selsey, sie gehöre zu den wenigen Inselbewohnern, die sich nicht insgeheim über ihren Sturz freuten.

Wäre meine Geburt nicht gewesen, Mutter hätte nicht auf Jersey bleiben und mitansehen müssen, wie ihr Besitz versteigert und unter ihren Freunden aufgeteilt wurde. Wäre meine Geburt nicht gewesen, sie hätte sich niemals erniedrigen müssen, indem sie bei einem ehemaligen Dienstmädchen wohnte. Sie brachte es nicht über sich, mittellos, durchgebrannt und schwanger ihren Freunden zu begegnen, daher versteckten sie sich auf der anderen Seite der Insel – Großmama, Mutter und ihre verhinderte Todsünde.

Ich Ungeborenes wurde zum Mittelpunkt ihres Unbehagens. Dann kam, wie die Entfernung eines Tumors, meine Geburt. Ich hinterließ eine Wunde, die genäht und verödet wurde, aber die Krebszellen hatten schon gestreut.

Agnes sagte, was immer meine Mutter an mütterlichen Gefühlen gehabt haben mochte, welch letztes Quentchen Güte oder Nachsicht für ein Kind, es sei während der Geburt aus ihr herausgekratzt worden. Und ihre Schreie in jener Nacht auf Jersey traten an die Stelle der Worte, die es in den folgenden fünf Jahren für mich hätte geben können. Von einem betrunkenen Arzt wie der verdorbene Bodensatz ihrer Ehe herausgezerrt, traf ich ein, um im Schatten ihres verzerrten Schweigens zu leben.

»Deine arme Mutter ist ein Meter fünfundfünfzig groß und so zart«, flüsterte Agnes, »aber du warst nie normal. Als Neugeborenes hast du fast zwölfeinhalb Pfund gewogen – doppelt soviel wie ein gewöhnliches Baby. Nie habe ich dergleichen gesehen oder gehört, Joan.«

Agnes sagte, die Matratze habe sich in einen roten Schwamm verwandelt. Sie zeigte mir an ihrer Speisekammerdecke den Blutfleck, der in der Nacht meiner Geburt durchsickerte.

»Miss Kitty hat alle meine Holzlöffel durchgebissen, weißt du, vor Schmerzen. Man sagte, daß die Seeleute draußen auf dem Meer ihre Schreie gehört hätten!« Mutter behielt die Wunden, kein Zweifel, und ich die Schuld. *Mea culpa. Mea culpa.* Es war immer *mea culpa.* Mutter nahm nie Schuld auf sich.

Auch ich behielt von jener ersten Nacht Narben zurück. Dort, wo die Zange mir beim Herausholen den Schädel eindrückte, habe ich tiefe Kerben. Ich hörte so viel darüber, daß ich fast nicht mehr das riesige, grobknochige Baby war, das man zwischen den Schenkeln meiner Mutter herausriß, sondern eher eine Art Agnes wurde, das umhereilende Dienstmädchen, die hilflose Zuschauerin. Ich sah die Szene, als stünde ich hinter den Kannen mit heißem Wasser und den Stapeln Leinentüchern, die Agnes in Mutters Zimmer trug, Agnes' Gästezimmer, dessen Fensterläden gerade neu in Weiß und Grün gestrichen worden waren, wie die des Nähzimmers in Claremont, wo sie so viele Jahre zugebracht hatte. Auch das Mobiliar stammte überwiegend aus Claremont, dies und das, was Großmama ihr geschenkt hatte, als Agnes sich zur Ruhe setzte. Sie besaß eine geschwungene Kommode, ein Spieltischchen und einen Kleiderschrank mit Einlegearbeiten, alle vom Speicher geholt, poliert und gereinigt, um Agnes ein Heim zu schaffen, sie für die Jahre ihrer treuen Dienste zu belohnen.

Als wir bei Agnes auszogen, mietete Großmama ein Reihenhaus in der Nähe der Uferstraße mit Blick über den Hafen. Es war so nah, daß Agnes zu Fuß kommen und Mutter aufwarten konnte, die ihren Statusverlust offenbar leichter ertrug, solange sie die willige Agnes wie eine Sklavin behandeln konnte.

Dort wohnten wir im folgenden Jahr, und obwohl ich mich an diese Zeit nicht erinnern kann, ergänzte Agnes die fehlenden Monate so deutlich, daß es mir fast vorkommt, als erinnerte ich mich doch. Sie schüttete die Bruchstücke meiner Vergangenheit in eine ihrer Porzellan-Puddingformen und verlieh ihnen eine klare, wenn auch wabbelige Gestalt. So kommt mir die Ankunft von Großmamas verbliebenem Mobiliar aus dem Lagerhaus, wo es seit der Auktion gestanden hatte, wie eine echte, lebhafte Erinnerung vor. Ich kann mir immer noch vorstellen, wie Großmama über die Schreibschatulle strich, die sie zur Hochzeit bekommen hatte, und die Lippen leicht aufeinanderpreßte, als ihr zum ersten Mal bewußt wurde, wie schrecklich wenig aus dem finanziellen Ruin gerettet worden war. Und Mutter kam zur Tür, noch immer geschwächt von der Heimsuchung meiner Geburt fünf Monate zuvor, und belächelte ungeduldig Großmamas plötzliche Trauer.

»Ist mit dieser Schatulle etwas nicht in Ordnung, Maman?«

Großmama antwortete nicht, stand nur da, angelehnt, und betrachtete die Silber- und Permutteinlegearbeit auf dem staubigen Holzdeckel.

»Nun?«

Mutter ertrug es nie, ignoriert zu werden, und ihre

Stimme hatte eine gewisse Schärfe angenommen, jene Andeutung von Schrillheit, die Unfrieden ankündigte.

»Also?«

»Ich glaube, sie führt mir vor Augen, daß dein Vater wirklich tot ist. Er ließ uns wirklich allein.«

»Hmmm«, sagte Mutter und lächelte ihr Skalpell-Lächeln. »Ja, Maman, er war wirklich ein Schwein, darum sind wir hier, mit dem dreckigen Meer vor den Füßen und dem Ding in der Dachkammer. Jetzt sind wir Frauen allein, Maman. Ganz ohne Männer.« Nachdem sie das Ihre gesagt hatte, kehrte sie in das kleine Frühstückszimmer zurück, wo sie, mit dem Rücken zum September-Meer, ein Puzzle legte. Agnes, stille Zeugin all dieser Szenen, ging wieder in die Dachkammer, um dort das schreiende »Ding« zu beruhigen, das ich war. Denn Agnes, eine Tagesschwester und ein Satz Glasflaschen versuchten, mir eine Mutter zu sein. Aber obwohl ich ständig wuchs und auf dieser Insel ebenso schnell Gewicht zulegte wie die Kartoffeln und Kohlköpfe, die man für Ausstellungen hochpäppelte, schrie ich Tag und Nacht, und selbst aus der Verbannung der Dachkammer sickerten meine Schreie nach unten und machten meine Mutter verrückt.

Großmama hatte etwas Geld, Nadelgeld, mit dem sie früher Fahrten nach St Helier, Theaterbesuche und Geschenke für die Dienstmädchen bestritten hatte; nun war es unser einziges Einkommen. Großmama nannte es ihren Notgroschen. In Wahrheit reichte es, um ein Haus von angemessener Größe zu mieten, uns zu ernähren und zu kleiden, und darüber hinaus für mindestens ein Dienstmädchen. Im Rückblick ist es eigenartig, wenn ich daran denke, wie Mutter gegen unsere angebliche Armut wetterte; und ich wußte, daß Großmama oftmals trauerte, weil sie andere nicht mehr versorgen konnte, und die Unzulänglichkeit ihres »Notgroschens« bedauerte.

Ich wuchs während der Weltwirtschaftskrise auf. An der Uferstraße, in den Geschäften, auf der Promenade oder am Royal Square von Jersey bemerkte man davon wenig. Und man bemerkte in Golders Green wenig davon, wohin wir ins Exil gingen, in dieses soziale Niemandsland, das zunehmend von wohlhabenden Juden bevölkert wurde. Auch in Selsey, bei unseren drei jährlichen Pilgerfahrten zu Sand und Meer, war von der Wirtschaftskrise wenig zu bemerken. Aber manchmal blitzte ein Leben außerhalb unseres Gesichtskreises auf. Die Warteschlange vor der Suppenküche am Camdener Rathaus, zum Beispiel, und gelegentlich eine Gruppe von Männern, die auf diese bestimmte Weise umherstanden, wie Menschen, die nichts zu tun haben und sich dafür schämen, unter dieser Scham aber noch ihren Stolz haben. Und andere Menschen, die ihren Stolz so oft geschluckt hatten, daß in ihrer Brust etwas zerbrochen war. Dies war, was ich von der Weltwirtschaftskrise bemerkte, was ich vom Oberdeck des Omnibusses aus erspähte, wenn ich an den Sonntagen, an denen ich die Schule verlassen durfte, nach Hause und zurück fuhr, von Golders Green zur Themse; und zum St Thomas' Hospital, um eine Freundin zu besuchen.

Mit unserem verstohlenen Umzug nach London gab Großmama fast alle Freunde auf. Ich vermute, unsere Lebensumstände hatten sich zu sehr verändert, als daß sie sich in ihrem ehemaligen Bekanntenkreis noch wohl gefühlt hätte. Vielleicht wollte sie auch nur die Unregelmäßigkeiten unserer Familie verbergen, vielleicht fühlte sie sich nur müde, oder sie wußte einfach, daß wir mit dem, was wir hatten, ohne Gäste besser auskommen würden. Es gab Ausnahmen. Eine war eine alte, enge Freundin aus Jersey, die ich als Mrs de Gruchy kannte und die in einer

Zimmerflucht im St Thomas' Hospital lebte, umgeben von den eigenen Möbeln und von Freunden aus Jersey. Großmama besuchte sie jeden Sonntagnachmittag, und wenn ich zu Hause war, ging ich mit.

Mrs de Gruchy wirkte sehr vornehm und sehr alt, und sie roch nach Lavendelwasser und Penhaligon's Maiglöckchenparfum, vermischt mit einem merkwürdigen, modrigen Geruch, der vermutlich ihr eigener war. Am Ende eines jeden Besuchs verabschiedete sie sich von uns und zog sich in ihr Schlafzimmer zurück, nicht ohne anzudeuten, daß sie sich aus ihrem Messing-Himmelbett möglicherweise nicht mehr erheben werde. Ihre Krankheit war von überaus rätselhafter Natur, auf die Symptome wurde flüsternd angespielt, nie aber wurden sie offen erwähnt. Von dem modrigen Geruch abgesehen, wirkte Mrs de Gruchy immer kerngesund, aber ihr Aufenthalt im Krankenhaus und die Fürsorge zweier Krankenschwestern, die sich in ihrer Wohnung zu schaffen machten, straften diesen Eindruck Lügen. Großmama duldete keine Anspielungen, daß ihre liebe Freundin ein ausgemachter Hypochonder sei, der die Aufmerksamkeit und der privilegierte Blick auf die Themse gefielen.

Mrs de Gruchy war nicht anzumerken, daß sie die Existenz einer Wirtschaftskrise zur Kenntnis nahm – oder irgendeine andere Form des Lebens außerhalb »ihres« Krankenhauses. Neben der Klosterschule und unserer Familie gab es nur Mrs de Gruchy in ihrem Kokon, und allein schon wegen ihres Unterhaltungswertes liebte ich die Besuche bei ihr von Anfang an. Großmama sah es gern, daß ich ihre Freundin bereitwillig besuchte. Sie freute sich, daß ich an Geschichten über und Neuigkeiten aus Jersey so viel Gefallen fand. Und es freute mich, daß Mrs de Gruchy den Nachmittagstee mit einer Üppigkeit servieren ließ, die sogar meinen enormen Appetit stillte. Um Großmama bei diesen Gelegenheiten nicht bloßzustellen, bekam ich nach dem Mittagessen und bevor wir aufbrachen fünf dicke Scheiben Butterbrot, damit ich in St Thomas' nicht über das Essen herfiel, als hätte ich die ganze Woche nichts gegessen.

Sich zweimal zu nehmen, galt überall als vulgär, nur in St Thomas' nicht. Ich verbrachte die Stunden zwischen den Mahlzeiten mit ständigem Nachdenken, was es zu essen geben würde und wieviel ich würde essen können, bevor unser leidgeprüftes Dienstmädchen wieder abräumte. Vor meiner Einschulung glaubte ich, es sei einfach eine von Mutters Foltermethoden, mich halb verhungern zu lassen. Später allerdings entdeckte ich, daß die meisten Mädchen im Kloster sogar alles mögliche unternehmen, um ihre Portionen nicht aufessen zu müssen. Meine frühe Beliebtheit dort stammte daher, daß ich die anderen von ihrem Gemüse und ihrer Fleischpastete befreite. Keine konnte mein Lieblingsessen Tapioka schlucken, ohne daß ihr übel wurde. Mrs de Gruchy war dick, Kuchen und Konfekt unverhohlen zugetan, und sie drängte sie mir mit dem perversen Vergnügen auf, jemandem zusehen zu können, der ihnen noch mehr verfallen war als sie selbst. Wenn Großmama protestierte, was sie jede Woche tat, sagte Mrs de Gruchy immer: »Laß sie doch, Florence, das arme Mädchen, bei ihrem Aussehen hat sie nicht viel zu erwarten.«

Dieser offensichtlichen Wahrheit konnte Großmama, eifrig häkelnd, nur stumm beipflichten.

Ich weiß noch, daß Mutter uns einmal, und zwar zu Ostern, ins Krankenhaus begleitete. Wir fuhren an Arbeitslosen vorüber, die sich zu einer Demonstration sammelten. Sie standen im Strand und den Seitenstraßen rund um Charing Cross Station in Grüppchen beisammen. Von meinem Platz im Bus aus konnte ich ihre gefurchten Züge und zerknitterten Kleider sehen, während sie am Straßenrand warteten wie Unkraut in einem verwilderten Blumenbeet. Unser Bus fuhr im Schrittempo vorüber, und die fahlen Gesichter waren fast alle vom langsam fließenden Verkehr abgewandt. Wir waren erst kurze Zeit in London, ich war gerade aus St Helier gekommen, nicht daran gewöhnt, so viele Automobile, Geschäfte und Menschen zu sehen, und auch die Stadt als solche, in der wir so fremd und offenbar geächtet waren, brachte mich etwas aus der Fassung.

Ich weiß noch, wie ich an diesem Tag aufschaute und in die Augen eines dunkelhaarigen, verhärmten Mannes sah. In diesem Augenblick hielt der Bus, und er starrte mich an, die ich zu ihm hinausstarrte. Auf seinem düsteren Gesicht lag ein zorniger Ausdruck, Ärger über meinen Blick. Ich war sieben und an die höflich mitleidigen oder offen neugierigen Blicke von Mutters Freunden oder der Passanten in Jersey gewöhnt. Ich kannte schon das höhnische Starren der Londoner Kinder und die ungläubigen Blicke der Geschäftsleute, die mit Mutter zu tun hatten und kaum glauben konnten, daß eine so zarte Dame einen so riesigen und plumpen Sproß hervorgebracht haben sollte. Aber kein Fremder hatte mich je mit so offen feindseligem Blick angeschaut wie dem, der mich damals durch die Scheibe an meinem Fensterplatz traf. Wir saßen ausnahmsweise unten, so daß zwischen mir und dem Demonstranten nur Zentimeter lagen. Ich glaube, als ich in sein Gesicht blickte, sah ich zum ersten Mal Armut. Das war nicht das vornehme Herumknapsen wie bei uns zu Hause, es war etwas, das die Knochen krachen ließ, das Mark aussaugte und ein Gesicht deutlicher prägte als ein Stempel.

Ich war von seiner Verzweiflung fasziniert – so sehr, daß meine eigene Verzweiflung neben seinem zehrenden Leid zu schrumpfen schien. Ich kann ihn kaum länger als einige Sekunden angesehen haben, wie er durch das messingumrandete Fenster stierte, aber es war lang genug, um meine Sicht der Welt völlig zu erschüttern, jener abgeschlossenen Welt von Großmama, Mutter und mir. Im plötzlichen Bewußtsein seiner durchdringenden Gegenwart fühlte ich mich zum ersten Mal von meinen eigenen unmittelbaren Sorgen befreit. Ich blickte in seine Augen und in sein angewidertes Gesicht, und ich lächelte.

Es war nicht einfach ein höfliches Lächeln oder ein Zugeständnis. Es war kein Lächeln, das mir bekannt war. Später, als der Bus an Westminster vorbeikam, dachte ich, daß es unhöflich von mir gewesen war, ihm ins Gesicht zu lächeln, da nur das Glas und ein paar Zentimeter Bordstein zwischen uns waren. Ich beobachtete seine verhärmte Gestalt, als wir weiterfuhren, ausgelassen und beglückt über die Entdeckung, daß die Welt nicht nur aus unserem beklemmenden Dreieck bestand, mit einer gelegentlich auftauchenden, freundlichen Agnes im Hintergrund oder einer Mrs de Gruchy, die sich in einem Rollstuhl wälzte.

»Wer sind diese Leute?« fragte ich Großmama. Sie blickte aus dem Augenwinkel auf die zurückbleibenden Gestalten, und sie schauderte.

»Es sind Landstreicher.«

»Was sind Landstreicher?«

»Hunde!« warf Mutter dazwischen, und Großmama fuhr zusammen, weil sie, da bin ich sicher, an ihre drei Hunde dachte: die Englischen Setter, die in Jersey geblieben waren, und Rufus, den einzigen ihr verbliebenen Gefährten. Mutter lehnte Rufus mit einer Heftigkeit ab, die bei einem so kleinen Tier fast verschwendet wirkte. Rufus war Großmamas letztes Vermächtnis von der Insel, in einem Weidenkorb auf der Fähre hierhergebracht. Er mußte sie für den Verlust von allem entschädigen, was sie liebte, vom Golfstrom bis zum Leuchtturm. Sie sublimierte ihre Erinnerungen durch die Züchtung exotischer Pflanzen im Grüngürtel um Nord-London. Es schien, als verfalle sie mit jedem Jahr, von 1927 bis zu ihrem Tod, ganz proportional zum Gedeihen der Büsche im Garten hinter unserem recht beengten, neuerbauten Haus. Es war die Bühne für das Drama, zu dem Mutter jeden Moment ihres Lebens machte.

Golders Green war für Mutter wie Dantes Inferno, bestenfalls ein Ort ohne Nation, an den sich die Enterbten klammern oder von wo sie abstürzen konnten. Juden aus ganz Europa ließen sich hier nieder – genauer gesagt, Juden mit genug Geld, um eine Villa mit nachgemachten Tudor-Säulen zu kaufen, die ihre exilierten Träume beherbergen würde. Jeder Mensch mit Selbstachtung, sagte Onkel Frank, mein Onkel väterlicherseits, würde sich schämen, an einem solchen Ort zu wohnen. Aber wie zu erwarten, kam er Mutter und mir entgegen. Wir ließen uns neben dem grellen Wohlstand der geretteten Deutschen und Wiener häuslich nieder. »Sie« wohnten am anderen Ende der High Street im neuen und reichen Ghetto ihrer Fünf-Zimmer-Häuser, während wir, die entehrten Großbürger, im Hendon-Teil der Stadt wohnten.

Mutter gehörte zu den wenigen Einwohnern Hendons, denen die Juden als Thema egal waren, sie lehnte es ab, sich dem Antisemitismus unserer Nachbarn anzuschließen. Sie mochte die meisten Menschen aus Prinzip nicht, und wenn sie andere mit sich selbst verglich, entsprach niemand ihren unerbittlichen Normen. Die einzige Nationalität, die sie mit Vergnügen diskriminiert hätte, waren Kanadier, aber wir begegneten nie einem. Kanadier und alle Angehörigen des männlichen Geschlechts riefen bei ihr Verachtung hervor, ebenso wie Schwache und Einfältige.

Selbst Granny, die sonst so sanft und großherzig war,

fürchtete und mied die Juden mit einer tief verwurzelten Abneigung. Es ging nicht allein darum, daß sie »nicht aus den besten Kreisen« stammten, sie schienen aus keinem der ihr bekannten Kreise zu kommen. Mutter aber freundete sich sogar mit einer Mrs Goldman an, die sie unbedingt zum Tee einladen mußte, und von einer Mrs Müller, einer Wiener Modistin, ließ sie sich einige Kleider machen. Mutters Abscheu blieb in Golders Green ausschließlich mir und Rufus vorbehalten. Großmama versuchte oft, ihre Tochter zu jenem wohlerzogenen Vorurteil aufzuwiegeln, das ein Jersey-Mädchen aus gutem Hause Außenseitern gegenüber hegen sollte. Es hatte keinen Sinn. Mutter mochte diese Mitteleuropäer. Sie mochte ihr Essen und ihre Nähkünste, und sie mochte es, wie einige von ihnen, vor allem Mrs Müller und eine Miss Cohen, sie ständig mit Blicken aus der Fassung zu bringen versuchten. Ich vermute, aus echten Flüchtlingen hätte sie Hackfleisch gemacht, aber diese wohlhabenden Israeliten hatten ein Flair und einen Sinn für Glamour, die sich in Mutters leerem Herz spiegelten, und sie verteidigte ihren kosmopolitischen Charme.

Sie haßte nur den winselnden, kriechenden Rufus, der in unterwürfigem Flehen auf dem Bauch zu ihr hin kroch, und mich, über alle Maßen servil. Hätte sie mir später einen gelben Stern an die Stirn geheftet, ich hätte ihn getragen; noch später hätte ich ihr damit die Augen ausgestochen.

Mutter war nichts ohne ihre Augen. Ohne ihr Starren war sie nur eine winzig kleine, herrische, leicht hysterische Frau mit dunkelbraunem Haar und unnatürlich blassem Teint. Sie schaffte es, in ihrem Sackleinen-Chic, wie sie es nannte, modisch gekleidet zu sein, und ihre Geschichte paßte zu den volkstümlichen Phantasien von High Society. Sie nahm selten eine der Einladungen an, die sie erhielt, daher war ihre Anwesenheit um so geschätzter. Man schickte die unterhaltsamsten Männer der Familie, um sie zu bitten, zu diesem oder jenem Essen, diesem oder jenem Ball zu kommen.

Mutter ließ sich manchmal ganz gern bitten, solange es nicht um Wohltätigkeit ging. Man erzählte sich, sie habe magische Kräfte. Sie konnte Menschen Angst machen, indem sie sie nur ansah, und sie konnte Menschen dazu bringen, zu tun, was sie wollte. Ihre Augen waren wie die Nadel eines aufziehbaren Grammophons. Mutter konnte ihre Welt dazu bringen, pausenlos ihre Melodie zu spielen. Sie konnte die Rillen in jedermanns Leben so lange abwetzen, bis es glatt und schwarz war. Sie hatte Lieder und Freunde schnell satt und warf sie dann weg.

Großmama und ich konnten Mutters Launen an ihrem Plattenteller abschätzen. Wir waren die ungebetenen Gäste jeder Aufführung. Ich erinnere mich immer noch an Lieder der dreißiger Jahre, die mir wie sentimentale Tapioka am Gaumen kleben.

I'm sitting on top of the world,
Just sailing along …

wehte wochenlang die Treppe hinunter, dann folgte das unvermeidliche Krachen und Splittern. Jahrelang ging Mutters Jähzorn als faszinierend durch; nur Großmama wußte, daß mehr dahinter steckte. Ich glaube nicht, daß sie Angst vor Mutter hatte, sie hatte Angst um sie. Sie schützte ihre Tochter, sie deckte sie; und sie schützte mich, so gut sie konnte, ohne jemals zuzugeben, daß Mutters Zorn über die Grenzen des Normalen hinausging. Was die eine Seite meiner Familie an Freundlichkeit fehlen ließ, glich Großmama mit ihrer stillen Großherzigkeit aus. Mutter schlug mich, Großmama verband meine Wunden.

Oder, was viel häufiger vorkam, Mutter ignorierte mich, und Großmama machte es gut, indem sie mir, wenn ich zu Bett ging, von früher erzählte und den Kopf mit Jersey-Geschichten füllte. Es war immer das Jersey vor dem Zusammenbruch – die Insel, die ihrem Gefühl nach mit allen Klippen und Dörfern in den Ärmelkanal zurückgesunken war, damals, als ihre eigenen Träume und Erwartungen zu nichts zerfielen.

Zur Schlafenszeit, wenn Großmama zu mir kam, mein Nachthemd und meinen spitzenbesetzten Kissenbezug glattstrich und redend an meinem Bett saß, manchmal stundenlang, waren bestimmte Themen tabu. Beispielsweise durfte ich nie fragen, warum Mutter mich so behandelte – nicht einmal, warum sie sich benahm, wie sie es tat. Aber meine anderen Sorgen konnten zur Sprache gebracht und besänftigt werden, während Großmama neben mir häkelte.

Nachdem sie mein Gebet gehört hatte, blieb sie noch ein wenig bei mir. In diesen Momenten, im Dunkeln, fühlte ich mich sicher, und ich wehrte den Schlaf ab, um länger dem gedämpften Knirschen von Großmamas arthritischem Finger lauschen zu können, der sich um den Faden krümmte, während sie in Windeseile die Häkelnadel vor- und zurückstach. Ich stellte mir vor, daß sie rote Käppchen strickte, um mich vor den Wölfen zu retten. Ich spürte mein Haar auf dem Kissen, ich liebte seine Berührung und seinen Geruch auf dem Gesicht, wie heißer Sand und weiche Seife. Selbst die Arbeitslosen auf der Straße, die hungrigen Wölfe von Westminster, konnten dort nicht an meiner Großmutter vorbei.

3. Kapitel

London war ein Labyrinth in Grau, zu dem ich nie gehörte. Nach sechs Jahren Jersey mit seinem sanften, südlichen Leben fand ich London eine erstaunliche und unansehnliche Erfindung. Als Kind hatte ich erst den feinen Sand von St Aubin und später, auf der anderen Seite der Bucht, St Helier kennengelernt, und St Helier war genau, wie eine Stadt sein sollte, es hatte vertraute Geschäfte und Gesichter, auf einer Seite vom Meer bekränzt und dahinter das Land. Ich hob Schneckenhäuser mit gestreiften Trompeten auf, um sie Großmama mitzubringen, und ich wartete neben den Verkaufsständen mit subtropischen Blumen, weil ich hoffte, daß eine Orchideenblüte abfiele. Am Strand und am Hafen waren Möwen und Palmen mit pelzigem Fasermantel. Es gab Fischerboote, deren gebleichte Planken wie ein ausgeweideter Fisch geöffnet waren, sie rochen nach Tang und heißem Tau, es gab Muscheln zu sammeln, Seeanemonen anzustupsen, mit Fischern konnte man reden, denen die Farbe meines Haares und die Größe meiner Füße gleichgültig waren. Verglichen damit wirkte London wie ein überaus unnötiges Gewächs, das eine an sich schon unattraktive Landschaft auslöschte.

Es war eine Sache, daß Mutter mich ignorierte. Doch in London, nicht nur in Hendon und Golders Green, sondern sogar im West End, wo Menschen wie Mutter und Großmama wohnten, wurden sie selber ignoriert. Wir warteten mit gleichgültigen Fremden auf den Bus, und wir kauften in Läden ein, wo man nicht einmal wußte, wer Großmama war. Sie nannte ihren Namen, und es schien die Verkäuferinnen überhaupt nicht zu beeindrucken. Unser Exil war für Großmama am schwersten; nicht nur hatte sie so viel verloren, hier in London wußte auch keiner, daß sie es verloren hatte. Wir waren auf das reduziert, was wir selbst waren, auf unsere äußere Erscheinung. Daher bewegte sich Großmama, in ihr altmodisches Anthrazitgrau gekleidet, wie ein Schatten durch unseren nordwestlichen Vorort, und sie hatte in der St Joseph's Church keinen eigenen Platz. Mit den Jahren beugte sie sich etwas stärker über die rechte Hüfte, als gebe das ungastliche Pflaster von Hendon unter ihrem mühsamen Schritt nach und verschlucke sie langsam. Und der kleine Finger ihrer rechten Hand krümmte sich zu einem bleibenden Haken, wo das Gelenk vom Faden ihres Seidengarns steif und geschwollen war.

Verankert in der Religion, zu der sie mit ihrer Lieblingsschwester Violet (der Miniaturen- und Aquarellmalerin, der Pianistin der Familie) übergetreten war, weigerte sie sich, mit ihrem Schicksal zu hadern. Violet war im Alter von nur zweiundzwanzig Jahren gestorben, aber sie starb glücklich in der reichen Bildwelt ihres neuen Glaubens. Großmama erinnerte sich an sie, diese jüngere Schwester, deren Schönheit – nicht aber Größe – sich in ihrer eigenen, widerspenstigen Tochter wiederholte. Die Smaragdaugen, die blasse Haut, in den letzten Lebensjahren durch die Schwindsucht noch blasser, waren ganz Violet. Das galt auch für deren Heiterkeit und Anmut, aber die Sanftmut und Großherzigkeit ihrer Schwester waren ins Gegenteil, zu einer ungeheuerlichen Karikatur verzerrt. Großmama trug Violet in einem Medaillon um den Hals. Es war ein Miniaturbildnis der engelsgleichen Züge ihrer toten Schwester, auf Weißgold und winzige Perlen appliziert, auf der Rückseite lag eine Haarlocke, zu einem feinen V geflochten.

Von April bis Oktober saß Großmama am Fenster ihres ovalen Nähzimmers und häkelte ihren Kummer zu komplizierten Mustern, exorzierte ihre Ängste in feine Bordüren, zu ihren Füßen alterte der treue, genügsame Rufus, während ihr Blick in den Garten, zu den Kamelien, Zinerarien und Hibisken ging, die im grauen Klima der sonnenlosen Stadt kämpften. Sie machte die Gartenarbeit selbst, trug dabei Galoschen und lederne Stulpenhandschuhe, und sie hatte hinter dem trivialen Ersatz unseres Hauses ein kleines botanisches Wunderwerk als Erinnerung an den Golfstrom, den sie verlassen und zu dem zurückzukehren sie nie das Herz hatte.

Die Regeln des Hauses änderten sich nach einem stillschweigenden Code, je nachdem, ob Mutter da war oder nicht. War sie zu Hause, blieb ich, außer zu den Essenszeiten, auf mein Zimmer verbannt. War sie fort, durfte ich ins Nähzimmer oder sogar ins Wohnzimmer kommen, und Rufus und ich hatten den Garten für uns.

Agnes besuchte uns zweimal im Jahr, und ihr Klatsch hielt Großmama, neben dem täglichen Studium der Geburts-, Todes- und Heiratsanzeigen in der *Times*, über die Insel auf dem laufenden. Großmama schloß sehr wenige neue Bekanntschaften, und auch die hielt sie auf Distanz. Sie war unwiederbringlich in der Vergangenheit gefangen, und nur die Riten ihrer Religion hielten sie in der Gegenwart. Sie haßte, wie ich auch, das trübe Licht, den endlosen Regen und die Feuchtigkeit, die geradewegs aus ihren eigenen Knochen aufzusteigen schien. Von Oktober bis April trieb es sie von ihrem Fensterplatz an den Kamin, wo sie in der Hitze litt. Erst als ich ins Internat kam, begriff ich, daß sie krank war und nicht nur Jersey sehr vermißte.

Solange ich sie jeden Tag sah, bemerkte ich kaum, daß ihr Hinken immer schlimmer und ihre Gesichtsfarbe immer fahler wurden. Wenn ich später nach wochen-, manchmal monatelanger Abwesenheit auf Besuch kam, fiel mir ihre äußerste, in das starre Korsett geschnürte Zerbrechlichkeit stärker auf. Wenn wir im Palmenhaus von Kew Gardens saßen und die warme Torfluft einatmeten, schien es mir manchmal, als hielte allein ihre Willenskraft sie am Leben – dies und eine ungenannte Angst. Ich begriff, daß Großmama mich zu meinem Schutz fortgeschickt hatte und daß sie, so lange sie irgend konnte, am Leben blieb, damit ich aufwuchs, ohne durch Mutters Raserei zu Schaden zu kommen. Ich wußte, daß sie das nicht nur für mich tat. Sie tat es auch für ihre Tochter, um sie vor sich selbst zu retten, für die Familie und für ihr eigenes Gefühl von Anstand. Denn parallel zu meinem elephantenartigen Wachstum und Großmutters schwindender Gesundheit wurde auch Mutter krank: Ihr kindlicher Jähzorn und ihre wachsende Verbitterung überstiegen langsam jedes Maß.

Großmama erkannte die Zeichen, konnte sie aber nicht offen eingestehen. Unterdessen wurde ich in den ersten zehn Jahren meines Lebens von Schuldgefühlen und Gewissensbissen aufgefressen. Ich wollte Vergebung und Liebe, in dieser Reihenfolge. Später sah ich mich als Aschenbrödel, die unverstandene Waise in den Klauen einer bösen Hexe. Sie war schlimmer als die herkömmliche grausame Stiefmutter, denn sie war meine richtige Mutter. Aber ich vermochte sie nie als echte Frau sehen, konnte nie über meine selbstgerechte Unschuld hinaussehen. Sie war im Unrecht, ich verurteilte sie ohne Umschweife und gewann in ihrem eigenen Spiel langsam an Boden. Ich studierte ihre Schwächen, dann reizte ich sie. Während meiner gesamten Jugendzeit nutzte ich ihren Zorn aus und rächte mich an ihr für die Stunden der Tränen, für die Qual, die angebrochenen Rippen, die blauen Flecken, das Nasenbluten und die Platzwunden.

Großmama versuchte mich vor dem zu schützen, was

sie für die Wahrheit hielt. Was auch geschah, sie nahm an, mein Alter versetze mich in einen verbrieften Zustand der Seligkeit. Sie setzte Kindheit mit Unschuld gleich, ohne die merkwürdige Art von Krieg zwischen Mutter und mir zu bedenken. Unsere Kehlen waren ständig vom tödlichen Biß der anderen bedroht, deshalb war meine einzige Paradieshoffnung, die, einmal alt genug zu sein, um von zu Hause fortgehen zu können. Ich hatte Großmama Mrs de Gruchy zuflüstern hören, unsere einzige Hoffnung, unserem grausamen Schicksal zu entfliehen, liege darin, unsere Vergangenheit über Bord zu werfen. Aber die Gegenwart war so verstörend, und die Insel lockte unaufhörlich wie das Licht eines Leuchtturms, das die verlorenen Seelen über das gefahrvolle Meer zurückgeleitet. Manchmal war es, als seien wir in dieser Stadt aus Nebel und Fremden Schiffbrüchige auf einem Floß. Beim geringsten Stoß hätten wir ertrinken können. Unser Überleben kam einem Wunder gleich. Wir verbargen unsere Wunden. Großmama verbarg ihre bittere Traurigkeit unter grauen Bandagen, ich verbarg meine, indem ich instinktiv die Beulen und Narben bedeckte, die Großmama nicht erklären konnte, nicht einmal Mrs de Gruchy. Nur Mutter schien sich unserer prekären Lage nicht bewußt. Ich mußte tun, als sähe ich nichts, aber Mutter war blind. Durch Großmamas Willen waren wir auf ewig wie in einer Zwangsehe aneinandergefesselt. Ich brauchte die Vergebung meiner Mutter, damit ich frei werden konnte zu leben, und sie brauchte meinen Tod. Und zwischen uns mit unserem offenbar unlösbaren Dilemma zermürbten wir Großmama, wie zwei verschieden große Bimssteine, die einander in einem Häkelsieb aus Seide zu Tode rieben.

Wenn in Hendon die Krisen kamen, was etwa alle drei Monate geschah, lag ich im Bett, der Kopfkissenbezug duftete nach Lavendel, und durch die Spitzengardinen bebte gemustertes Tageslicht. Ich träumte davon, nach Kanada durchzubrennen. Da dieses Land für meine Mutter ein solcher Alptraum gewesen war, dachte ich mir, daß es für mich der Himmel auf Erden sein würde. Mein Vater hatte beschlossen, dort zu leben, und mir wurde ständig vorgeworfen, daß ich war wie er, nach ihm schlug, »eine Allen zu werden« drohte.

Als ich die Geschichten von *Grey Owl* las und im Schlaf seiner indianischen Fährte folgte, von Golders Green nach Alaska, wurde mir klar, daß eine solche Gegend Mutter niemals annähernd so gut gefallen haben konnte wie das Café de Paris oder das Ritz. Und doch hatte dort, außer Ottern und Indianern, auch mein Vater, der ein Blutsbruder meines Onkels Frank war und folglich nicht ganz ein Wilder sein konnte, einen Ort zum Wohnen gefunden. Von Zeit zu Zeit schrieb ich aus der Klosterschule SOS-Briefe an »Herrn Arthur Nelson Allen, Canada«, in denen ich ihn anflehte, mich von meiner Mutter zu kidnappen. Ich bekam selbstredend nie eine Antwort, nicht zuletzt deswegen, weil alle unsere Briefe von der Mutter Oberin zensiert wurden. Jahrelang wußte ich nicht, ob er noch lebte. Ich bevölkerte die Wälder meiner nächtlichen Lektüre mit Szenen, in denen meine jüngere Mutter ihn in einer unwegsamen Wildnis ermordete.

Ich hatte zu wenig Illusionen über mich, um einfach wegzulaufen. Meine Vater ließ kein Interesse an mir erkennen, und soweit ich es verstand, waren Menschen, die mißhandelte, von zu Hause fortgelaufene Kinder bei sich aufnahmen, auf riesige, gefräßige Rotschöpfe wie mich nicht besonders erpicht. Schließlich brachte mir der Krieg meinen Vater zurück, und der Krieg war es auch, der mich schließlich aus dem Fegefeuer meines Zuhauses erlöste.

Solange wir in Jersey waren, verbrachte ich mit meiner Mutter so wenig Zeit, daß es ihr nie wirklich möglich war, mich durchzuprügeln. Ich weiß, weil Agnes es mir einmal in Selsey erzählt hat, daß wir die Insel unter anderem deswegen verließen, weil Mutter mich eine Treppe hinuntergetreten hatte und Großmama den Arzt rufen mußte, der mich am Kopf nähte. Ich wünschte, ich wäre damals alt genug gewesen, um Großmama zu sagen, daß ich sie oder Mutter nie verraten würde. Dort blieb das Ausmaß des möglichen Schadens immer begrenzt, während wir danach, in London, Mutters Tobsuchtsanfälle vor allen verheimlichen mußten, selbst den Ärzten. Ich weiß nicht, ob Großmama je begriff, welches Unheil sie anrichtete, als sie uns zwang, zusammenzubleiben. Manchmal glaubte ich, daß sie es wußte und daß es das war, was sie so traurig machte. Wir waren ihre Welt, das, was nach dem Großen Krieg von ihr übrig war. Vielleicht sah sie uns als unteilbare Einheit und fürchtete, ihrer Zeit voraus, die Spaltung des Atoms. Manchmal aber wirkte es nur wie selbstverschuldete Blindheit. Wenn Mutter mich in unserem Haus schlug, konnte Großmama die Spuren beseitigen und dann so tun, als sei nichts geschehen. Hätte ich anderswo gewohnt – bei Agnes, beispielsweise –, was hätte Mutter davon abhalten sollen, zu mir zu kommen und einen Skandal zu verursachen?

Die Büsche im Garten verdeckten die Parterrefenster. Unser Haus war hinter Blättern versteckt. Die Musik von Mutters Grafonola, verstärkt durch Großmamas Radiogerät, übertönte unser Geschrei. Nicht, daß wir sehr laut gewesen wären. Ich bemühte mich sehr, nicht zu schreien. Ohne ging es schneller und besser. Im ersten Jahr in

London betete ich in Gedanken meine Gegrüßet seist du, Maria, wie Großmama es mich für schwere Zeiten gelehrt hatte:

»Gegrüßet seist du, Maria, voll der Gnaden, der Herr ist mit dir.«

Wenn Mutter »eigensinnig« wurde, kam der erste Angriff jedesmal überraschend. Sobald sich ihr Unterkiefer auf bestimmte Weise verschob, wußte ich, daß unweigerlich ein Tobsuchtsanfall folgte. Häufig hätte ich noch nach oben laufen und mich ins Badezimmer einschließen oder in den Garten rennen können, aber ich blieb, wo ich war, und wartete. Dann war der erste Schlag anders als sonst, und ich fühlte mich betrogen, war enttäuscht, weil es keine Sicherheit gab, nicht einmal in ihrer Gewalttätigkeit.

Ich bin, was Krankenschwestern »Bluter« nennen. Eine Ohrfeige kann Nasenbluten auslösen, schlägt man mich direkt auf die Nase, kann ich einen ganzen Teppich durchtränken. Damit konnte ich Mutter doppelt reizen. Meine Anwesenheit machte sie wütend, dann trieb sie der Anblick meines Blutes zur Raserei.

Mutter hatte am Rand ihrer rechten Hand ein Muttermal: ein einziger, kastanienfarbener Fleck auf ihrer Orangenblütenhaut. Nach den ersten Schlägen ermüdete sie, dann ballte sie ihre Hände zu Fäusten und hämmerte mit ihrer Rechten auf meinen Schädel ein. Ich beobachtete das rotbraune Muttermal und war fasziniert von der Kraft, mir Schmerz zuzufügen, über die es offenbar verfügte. Ich hatte Phantasien, in denen ich Mutter auf ein Brett nagelte und dieses Mal herausschnitt; wenn sie am Kamin saß, wollte ich es aus ihrer Hand brennen. Wenn sie »eigensinnig« war, fürchtete ich ihre Augen. Sie konnte erreichen, daß ich mir in die Hose machte, wenn ich vor ihr stand. Aber es war dieser eingesunkene rostige Nagelkopf auf ihrer Hand – das verrutschte Stigma –, der auf meinen rostbedeckten Kopf einschlug und den Schaden anrichtete. Er hinterließ auf meiner Kopfhaut ein Protokoll von Mutters Geisteszustand; einen Pfad blauer Narben, unter meinem Haar vergraben. Es waren mütterliche Graffiti, jetzt subtil verschlüsselt, wenn auch seinerzeit brutal geschrieben. Die Narben besagen: »Mutter war hier.« Damals bedeuteten sie nur Pflaster, Kompressen, Tage, die ich im Bett oder in mein Zimmer verbannt zubrachte.

Es dauerte immer lange genug, daß ein Schwung Platzwunden heilen konnte, bevor die nächsten kamen – genauer gesagt, bis zum Ende unseres ersten Jahres in Hendon, als nämlich Mutter binnen einer Woche zweimal von Rufus noch zu mir überging und ich auf der Kinderstation des Royal Free Hospital landete. Sie hatte mir einen Bluterguß unter der Netzhaut und einen Schädelbruch zugefügt. Ich wurde am Kopf mit sieben Stichen genäht. Es war das einzige Mal, daß mich ein Krankenwagen holte. Den ganzen hügeligen Weg nach Hampstead weinte Großmama still in ihr Taschentuch, das so winzig war, daß daraus Tränen auf mein Handgelenk tropften. Ich wurde in einer roten Decke aus dieser Ätherkabine herausgetragen. Ich spürte den Atem des Sanitäters auf meinem Gesicht: heißer Tee und Äpfel. Es gefiel mir, daß er mich hielt.

»Was ist passiert?« fragte die Frau in der Aufnahme.

»Ich bin die Treppe hinuntergefallen«, log ich, und ich sah Großmama seufzen, gespalten in Erleichterung für Kitty und Kummer über meine Lüge.

Vom Krankenhaus aus kam ich zwei Wochen später direkt in eine Privatschule in Primrose Hill, wo ich sporadisch im Internat wohnte, bis ich acht war. Großmama nahm mich immer wieder mit nach Hause, damit ich ihr im Nähzimmer Gesellschaft leistete. Es hatte die gleichen

Farben wie das Zimmer, in dem ich geboren war, die Golfstrom-Farben weißer Villen mit Fensterläden in warmem Grün. Dort tränkte sie mich mit Geschichten über die Insel und mit einem gerüttelt Maß Stolz darauf, von Jersey zu stammen.

»Wir mögen in England leben, Joan, aber wir sind keine Engländer. Dies ist fremder Boden.«

Und obwohl Großmama unser Fremdsein genoß, war sie weiterhin unglücklich über das anderer Menschen. Sie sagte: »Franzose zu sein ist ehrenhaft, Italiener zu sein akzeptabel, wenn auch recht unselig. Es ist gut und schön, Engländer zu sein, aber es ist einfach nicht dasselbe wie die Kanalinseln.« Irgend etwas anderes zu sein, galt als furchtbare Schande.

Meine Monate auf der privaten Grundschule waren ein verwirrendes Intermezzo. Da ich mitten im Schuljahr anfing, konnte ich weniger als die anderen Kinder in meiner Klasse und galt rasch als dumm. Ich konnte mich nicht konzentrieren. Großmama fehlte mir, ich fürchtete um Rufus' Leben ohne mich und um Großmamas Glück ohne ihn.

Miss Sidebottom, die Leiterin dieses kleinen Etablissements, war überraschend gütig. Sie trug ihr silberweißes Haar zu Shirley-Temple-Locken frisiert, in einem so offensichtlichen Bemühen um Jugendlichkeit, daß es selbst in den Augen eines Kindes geradezu rührend war. Miss Sidebottom war ebenso nichtssagend wie der sehr helle Erdbeer-Flammeri, den sie als Grundlage unserer Ernährung servierte. Sie war mollig und puderrosa. Sie roch nach Seife, Babytalkum und künstlich weich gemachter Wolle. In ihrer Schule waren elf Schülerinnen. Der Unterricht bestand darin, Abschnitte aus *Chamber's Encyclopaedia* aufzusagen, die wir als Hausaufgaben abschrieben. Die Mahlzeiten waren fade, auf der Grundlage von Maismehl.

Flaggschiff ihres Menüs war immer der Flammeri, in der Form eines Fischs oder eines Hasen, je nach Wochentag. Mit den anderen Mädchen dort verband mich geteiltes Unglück. Wir waren alle auf irgendeine Weise verstört und in unseren Familien unerwünscht. Die meisten Mädchen waren jünger als ich und ihrer Familie nur vorübergehend im Weg. Unsere Entwurzelung erzeugte eine bestimmte Grausamkeit. Ich behauptete mich dort aufgrund des Vorteils schierer Körpergröße. Aber ich war mit dem Spielplatzwissen nicht vertraut, und so oft Miss Sidebottom auch trillern mochte, sie habe schlimmere Köpfe als den meinen die Farbe wechseln sehen, wußte ich doch, daß meiner bleiben würde, wie er war.

Im Frühherbst konnte Mutter einen Punkt für sich verbuchen und erreichte, daß ich ganz von zu Hause fortgeschickt wurde. Den überwiegenden Teil der vorangegangenen Sommerferien hatte ich allein mit Miss Sidebottom und einem katatonischen, anämischen Mädchen namens Caroline zugebracht. Zweimal war ich nach Selsey gebracht und zweimal in Schande nach Primrose Lane zurückgeleitet worden. Mutter gelang es, mich mit einem Minimum an Gewalt zu vertreiben, und die Kraft, die sie dabei aufwandte, kanalisierte und tarnte sie als Disziplinarmaßnahmen. Die Anklage des Spionierens wurde vorübergehend fallengelassen und durch die der Ignoranz ersetzt.

»Das Ding ist Heide, Maman. Wenn du nicht für ein Kloster sorgst, wird es völlig unzivilisiert bleiben.«

Also verbrachte ich meinen achten Geburtstag als Fille de la Croix in der französischen Klosterschule, die ich die folgenden vier Jahre besuchte. Sie war ein Labyrinth aus braunen Korridoren, in denen bleiche Märtyrer hingen, und die Nonnen mit ihren schwarzen Flügelhauben hielten uns unter ständiger Aufsicht. Wir mußten in allen

Schulstunden Französisch sprechen. Es waren nur religiöse Bücher erlaubt, daher wurden die mitgebrachten Märchen und Abenteuergeschichten konfisziert und in meinen Koffer verbannt. Unsere Fehler wurden registriert und in einer Weise zu Sünden aufgebauscht, daß einige Mädchen in ständiger Angst lebten.

Großmama sah so traurig aus, als sie an meinem ersten Tag vom Haupteingang zu ihrem Taxi hinkte, daß ich ihr am liebsten nachgelaufen wäre, um ihr zu sagen, daß es mir hinter diesen hohen Klostermauern gutgehen werde. Aber die Mutter Oberin hielt mein Handgelenk fest, daher konnte ich nur zusehen, wie sie fortging. Sie wirkte erschöpft und sorgenvoll, als sie mit geradem Rücken und seitlich geneigt zum Auto ging. Ich sah sie geschlagen. Mich fortschicken bedeutete eine verlorene Schlacht. Sie schien zu wissen, daß dem unweigerlich die vollständige Niederlage folgen mußte.

Meine Mitschülerinnen betrachteten jedes Schuljahr als Gefängnisstrafe, für mich aber war dies der angenehmste Ort, an dem ich seit St Aubin's Bay gewesen war. Selbst das Französisch hatte den weichen, verschliffenen Singsang des Jersiaise meiner frühen Kindheit. Ich war der Sündenbock der Nonnen, aber nach dem Regiment meiner Mutter war ihres gnädig. Ich fand Feindinnen und Freundinnen. Ich war eine begabte Strategin der Kriegskunst, daher störten mich erstere kaum, während mich jede neue Freundschaft mit der ekstatischen Euphorie einer neuen Liebe erfüllte. Ich verbrachte meine Stunden mit Gedanken an die Zartheit einer Hand in der meinen, die Berühung einer Wange. Ich wartete wie betäubt auf geflüsterte Botschaften und verbotene Stelldichein. Die ersten Augenblicke, bevor die Zweifel begannen, waren immer so zauberhaft, ich mußte sie einfach ständig wiederholen. Ich begann diese Beziehungen mit solcher Leidenschaft, daß das Opfer meiner jüngsten Schwärmerei allein schon durch das Ausmaß meiner Zuneigung überwältigt war und in eine klebrige Nähe versank, die die anderen Mädchen mit Neid erfüllte. Eine Romanzenepidemie überfiel die asketische Atmosphäre unserer vorstädtischen Klosterschule. Wir waren von jedem Kontakt mit einem Dorf oder einer Stadt abgeschnitten, wie ein Schiff unter Quarantäne, das vor einem Hafen ankerte. Dennoch fühlte ich mich dort niemals einsam oder isoliert. Ich hatte nie zuvor eine wirkliche Freundin gehabt, und das neue Vergnügen meiner geflüsterten Zärtlichkeiten und extravaganten Versprechungen war wie wundersamer Balsam auf meinen schmerzenden Nerven.

Meine erste Liebe hieß Louise Hunter. Ich hatte nie zuvor ein Engelsgesicht gesehen wie das ihre. Ihre karmesinroten Lippen wölbten sich zu einem natürlichen Kuß und hinterließen ein Grübchen mit spinnwebfeinem Flaum, das Schatten einfangen und wie ein helles Kaleidoskop mit ihnen spielen konnte. Wir schworen uns mit Spucke, Blut und Galmei-Lotion ewige Freundschaft, und der Pakt überdauerte die ersten fünf Wochen des Schuljahrs. Dann konnte ich die Beharrlichkeit, mit der Louise mich »Mammi« nannte, wenn wir allein waren, nicht länger ertragen. Ich schaffte es nicht, etwas aufzulösen, das so etwas wie eine offizielle Verlobung geworden war, aber ich übertrug meine Zuneigung zum überwiegenden Teil erst auf ein anderes Mädchen, dann auf ein drittes, bis ich am Ende des ersten Jahres fast die Runde gemacht hatte. Wir teilten unsere indiskretesten Geheimnisse und erpreßten einander bei passender Gelegenheit damit. Louise Hunters Mutter hatte neben ihrem Bett in einem Kasten, auf dem Privat stand, eine Flasche Whiskey, und ihr Bruder rauchte Zigaretten. Edith hatte eine Tante, die an Blähungen litt. Adelaide Parker träumte Erstaunliches von

Pferden, und einer ihrer Brüder lebte in einer Klinik. Genevieves Familie hatte seit zwei Jahren die Metzgerrechnung nicht bezahlt, Lisettes Eltern stritten sich nachts, und ihr Vater sagte Dinge, für die er bei der Beichte Buße tun mußte.

Es wurde freilich rasch klar, daß keine andere geschiedene Eltern hatte, also ließ ich meinen Vater in einer heroischen Schlacht gegen die Elemente und die Indianer irgendwo nördlich von Toronto sterben. Ich fand, daß ich mit dem Handicap meiner undamenhaften Größe, den nicht zu versteckenden roten Haaren und der Unmenge Sommersprossen auch ohne den Skandal eines unbekannten Vaters und einer echten Scheidung genug Probleme haben würde, falls sich das Rad des Pausenhofschicksals drehte und mich erdrückte. Katholiken ließen sich nie scheiden; der Papst erlaubte nur eine Annullierung. Also mußte mein eigener Vater Protestant gewesen sein, ein Heiligenquäler. Mutter Oberin und selbst meine Freundinnen hätten mich fortgejagt, wenn sie die Wahrheit gewußt hätten.

Dies war mitnichten die einzige Unwahrheit, die ich im Kloster erzählte, und ich war auch nicht das einzige Mädchen, das an der Heimatfront die Phantasie zu Hilfe nahm. Aber wenn ich meine Mutter und die idyllische Liebe zwischen uns schilderte, die Stunden, die ich in ihren Schoß gekuschelt verbrachte, die hundert Bürstenstriche, mit denen sie allabendlich meine hochgeschätzten Locken bedachte, bevor sie mich liebevoll zu Bett brachte, log ich vielleicht am unverschämtesten von allen.

Es war unerklärlich, ja peinlich, daß ich Mutter tatsächlich vermißte. Und obwohl ich sie weder verstand noch verstehen konnte, ertrug ich nicht, daß eines der Mädchen schlecht von ihr denken könnte, vor allem wegen irgend etwas, das sie mir angetan hatte.

Ich wußte sehr gut, daß mit ihrem ersten Besuch in der Schule meine Lügen auffliegen würden. Zunächst war es mir gleichgültig. Ich betete mit solcher Inbrunst, daß selbst die Nonnen es billigten, die mir wegen der niederen Natur, die in jeder Rothaarigen lauert, instinktiv mißtrauten. Hatte nicht Judas Ischariot rote Haare gehabt? Wir sollten nicht an unser Aussehen denken oder uns gar in einem Spiegel betrachten. Eitelkeit war eine Sünde. Rothaarige aber, so Mutter Oberin, »neigten zur Wollust«, der Teufel selbst hatte sie gefärbt. Also sah ich mich in der Wachsamkeit der Nonnen gespiegelt, die mich vor den Gefahren meines Fleisches retten wollten. Nachdem ich ein Jahr dort gewesen war, hatte ich vor den Folgen eines mütterlichen Besuches ausgesprochen Angst. Ich wünschte, ich hätte geschwiegen und Mutter weder herabgesetzt noch glorifiziert. Da ich unfähig war, die Last meiner anderen Lügen zu ertragen, hatte ich nach und nach zugegeben, daß mein Vater in Kanada lebte, ja sogar, daß auch meine Familie rote Haare eigentlich nicht mochte. Diese Geständnisse waren sämtlich hingenommen worden, und ich war noch immer mit jenen Mädchen befreundet, die ich zuvor betrogen hatte. Doch was Mutters angebliche Liebe zu mir anging, hatte ich mich für einen Rückzug viel zu weit vorgewagt.

Es war Juni, ich war neun Jahre alt geworden, und die ganze Schule befand sich in Aufruhr wegen der Vorbereitungen für das Peter-und-Pauls-Fest, den alljährlichen Besuchstag. Die Eltern würden aus ganz London und den angrenzenden Grafschaften anreisen, und alle würden sehen, daß Mutter mich haßte. Ich pilgerte von der Kapelle zur Krankenstation und zurück zur Kapelle. Die Nonnen banden den Rock ihrer schwarzen Ordenstracht hoch und bestiegen die wackligen hölzernen Apfelleitern, um Papierblumen in die Glyzinie an der Südseite des Schulgebäudes zu heften. Die echten Blüten hingen wie leere Weintrauben. Es war immer ein Kampf, sie am 29. Juni zum Blühen zu bringen, da dieses Datum zwischen erste und zweite Blüte fiel. Das verwaschene Mauve der Glyzinienblüten duftete nach Ferien und großem Frühstück und Sonne. Daneben sahen die Bündel raschelnder Papierblumen nach Betrug aus.

Die Betriebsamkeit der anderen Mädchen und der Nonnen stieß mich nur noch tiefer in den Sumpf meiner Lügengeschichten. Die großen Wäschekammern wurden geöffnet, in den Schlafräumen besondere Vorhänge aus Normandie-Spitze aufgehängt und auf die Betten Tagesdecken gelegt, die für diesen Besuchstag und Schulanfang reserviert waren. Schwester Thérèse' aufwendige Kettenstich-Stopfstellen wurden zur Wand hin eingeschlagen. Stühle, Kissen und Teppiche, die gleichfalls nur der zeitweiligen Dekoration dienten, wurden hervorgeholt, damit das Kloster genauso ansprechend aussah wie im Prospekt.

Nicht einmal das ungewohnt reichliche und nahrhafte Essen, das am Vorabend serviert wurde, konnte meine Stimmung heben. Auch nicht Porridge, Speck und Eier am folgenden Morgen. Diese Mahlzeiten waren großzügig bemessen, damit die Antwort zufriedenstellend ausfiele, falls ein besorgter Elternteil fragen sollte: »Was hast du heute morgen gegessen?« Das Abendessen wurde mit Rücksicht auf besonders gründliche Mütter und Tanten spendiert, damit alle den Besuchstag beruhigt genießen konnten.

Die Aufregung war ansteckend. Die älteren Mädchen waren in ihrer Funktion als Präfektinnen seit halb fünf Uhr morgens auf den Beinen, behoben in letzter Minute verbliebene Schandflecken und trieben uns jüngere an. Alle hatten die »Sippe« aller anderen Mädchen schon einmal gesehen, einige wenige Eltern, die im Ausland lebten, ausgenommen. Daher war der Höhepunkt dieses speziellen Besuchstages, zumindest in der Unterstufe, daß endlich alle Joan Allens wunderbare Mutter zu sehen bekommen würden. Ich hatte ihnen Photographien gezeigt, hauptsächlich Schnappschüsse von Selsey Beach, und sie hatten selbst gesehen, wie ungewöhnlich schön sie war. Jetzt wollten alle sie kennenlernen. Ein oder zwei hatten sogar kleine Reden vorbereitet.

Ich wachte an diesem Morgen auf, und als der Lärm im Schlafsaal nicht mehr zu ignorierende Ausmaße angenommen hatte und mindestens fünf Mädchen versucht hatten, mich wachzuküssen, öffnete ich ein furchtsames Auge. Ich hatte Unseren Herren gebeten, mich in der Nacht zu sich zu nehmen, und zwar auf eine Art, die meiner Großmutter nicht allzu viel Kummer bereiten würde. Schließlich schlief ich ein, um Gott und *l'enfant Jésu* Zeit zu geben, dieser Vereinbarung nachzukommen. Ich schaffte es nicht, mich an diesem Morgen anzuziehen, Louise Hunter knöpfte mir das Leibchen zu, band die Schleife und glättete die unansehnlichen Rükkenfalten meines weißen Musselinkleides, wobei sie hochreichte, da sie gut und gern anderthalb Kopf kleiner war als ich. Es gab in unserem Schlafsaal eine rituelle Bedeckung des Fleisches. Unsere Haut wurde nie entblößt, nicht einmal beim Baden. Mehrere Stoffschichten wurden kunstvoll drapiert, um vor uns und anderen möglichst viel Fleisch zu verbergen. Wir waren gleichsam durch Vulkanstaubschichten mumifiziert, durch die Musselinhüllen versteinert. An Fest- und Feiertagen waren selbst unsere Uniformen weiß. Ich mußte an diesem Morgen die Spitze auf meinen Handschuhen aufschlitzen, um hineinzukommen. Einige Mädchen trugen am Kleid farbige Bänder als Zeichen für außergewöhnlich gutes Betragen, Fleiß oder Frömmigkeit. Ich war einmal einen Punkt von einem gelben Band entfernt, aber nur einmal, folglich trug ich kein Band.

Punkt elf Uhr, als sich die Tore öffneten, mußten wir auf der Granittreppe vor der Schule warten und dann zu zweien den Kiesweg hinuntergehen, um unsere Eltern und Vormunde auf angemessene Weise zu begrüßen und zur Messe zu geleiten. Ich ging neben Adelaide Parker, die von Pferden träumte und in Kent lebte. Als ich den breiten Kiesweg zum Rasen und dem Tor gehen mußte, war mir so schlecht und schwindelig, daß ich fast nichts sah. Ich versuchte einen letzten verzweifelten Pakt mit den höheren Mächten, bei dem ich mein ganzes Leben für eine Errettung in letzter Minute versprach.

Ich wußte nicht, was Mutter tun würde. Ich konnte mich nicht ausreichend auf die eigentliche Katastrophe konzentrieren, um mir genau vorzustellen, wie es sein würde. Ich war zu sehr mit Beten beschäftigt gewesen, um es abzuwenden. Ich spürte lediglich, daß es nicht nur mich vor meinen Freundinnen entehren würde (eine Erniedrigung, die ich meinte verdient zu haben), sondern auch Mutter und meine liebe, leidgeprüfte Großmama. Diese Entehrung wäre so öffentlich, daß wir uns danach nirgends mehr würden verstecken können, nicht einmal in Golders Green, nicht einmal unter anderen nichtansässigen Flüchtlingen.

Ich wurde aus kalten Schweißausbrüchen von der saccharinsüßen Stimme meiner Mutter geweckt, die »Guten Tag, Liebling« zu mir sagte.

Erschrocken blickte ich hinter mich. Dort nämlich stand Großmama in anthrazitfarbener Eleganz, begleitet von Mutter in Schleier und Handschuhen, doch völlig unübersehbar in einem malvenfarbenen Etuikleid, das ihr auf überaus spektakuläre Weise vom Kinn bis zu den Knöcheln reichte und dessen Falten in der Sonne seiden glänzten. Ihre Worte hallten undeutlich in meinem Kopf wider. Ich konnte weder sprechen noch mich bewegen. Meine Augen sagten mir, daß Mutter sich auf den Arm eines fremden, lächelnden Mannes stützte, aber auch er schien unwirklich. Sie bewegte einen Fuß, und ihr Kleid raschelte wie tote Blütenblätter.

Weder hatte Mutter mich jemals Liebling genannt, noch hatte sie jemals mit irgendeiner Freundlichkeit in der Stimme zu mir gesprochen.

»Guten Tag, Kumpel«, sagte ihr Begleiter und überspielte mein Schweigen. »Ich bin Robert Peel, ich denke, wir sind in Null Komma nichts dicke Freunde.«

Ich blickte hinab auf Mutters winzige, geknöpfte Schuhe und erwartete, daß einer dieser Schuhe ihn oder mich treten würde. Sie aber sagte nur beiläufig »Peter« und öffnete ihren seidenen Sonnenschirm gegen just den Sonnenschein, um den die Nonnen gebetet hatten. Adelaide war bezaubert, knickste, vergaß ihre Rede, sah ihre eigenen Eltern und ließ uns allein. Diese neue Erscheinung einer freundlichen Mami war genau das, worum ich gebetet hatte, und doch machte mir ihre plötzliche Veränderung mehr Angst, als wenn sie sich verhalten hätte wie immer. In Les Filles de la Croix hatte ich mir eine Häresie ausgedacht, bei der nicht der Teufel die Quelle allen Übels war, sondern meine Mutter. Großmama war unsere Schmerzensreiche Mutter, ich das unschuldige Opfer von Mutters Niedertracht. Ich benutzte die Grundpfeiler der christlichen Kirche, um mich zu stützen. Tag für Tag verkündeten die Glocken der Kapelle meinen Betrug. Ich führte ein auf Lügen aufgebautes Leben. Ich war sicher, Mutter Oberin würde meinen ketzerischen Glauben mit gleicher Sicherheit erschnüffeln wie die Heiligen den Gestank der Sünde. Ich glaubte an Gott den Herrn, doch meine übrige Glaubenslehre stammte von mir. Nur durch

Mutters Gehässigkeit war meine Blasphemie lebensfähig. Meine Sabotage war eine Maske, die mich vor Mutters Senfgas schützte. Bis zu diesem Besuchstag war ich mir meines Kreuzzuges so sicher gewesen, daß ich gehofft hatte, Gott werde meine Not verstehen und mir vergeben.

Durch Mutters plötzliche Freundlichkeit fühlte ich mich unwürdig, das Gras neben ihr zu betreten. Ich schwor, nie mehr schlecht von ihr zu denken, heimlich um sie herumzuschleichen oder ihren Jähzorn auszunutzen. Sie bewegte sich in ihrer Glyzinienseide auf die Kapelle zu, und bei jedem Schritt klang es wie aufgewirbelte trockene Herbstblätter, die über einen Marmorboden wehten. *Mea culpa, mea maxima culpa*. Ich würde für sie eine Million Gegrüßest seist du, Maria beten.

Großmamas sanfte Stimme holte mich aus meinen Träumereien. »Robert und deine Mutter werden heiraten, Joan.« Ihre Oberlippe zitterte leicht, als sie dies sagte; das tat sie immer, wenn Großmama sich freute.

»Peter«, wiederholte Mutter.

Ihr jovialer Verlobter beugte sich vor, nahm meine Hand und führte mich in Richtung auf das Hauptgebäude mit seinen Trauben echter und papierner Glyzinien, die in der Sonne baumelten.

»Deine liebe Mama besteht darauf, mich Peter zu nennen«, flüsterte er verschwörerisch, dann drehte er sich um, um die Damen zur Eile anzutreiben.

»Bist du soweit, Kitty?«

Woraufhin sich meine »liebe Mama« uns anschloß mit Großmama, während ich Gott für meine Errettung dankte und auf meine neue Familie ebenso stolz war, wie die Jungfrau von Orleans, meine Namenspatronin, seinerzeit auf ihre Truppen.

4. Kapitel

Mutter verbrachte ihre Flitterwochen in Paris, dann in Nizza, während Großmama und ich mit Agnes nach Selsey fuhren. Mutter schickte ihnen Postkarten mit der Promenade des Anglais aus dem Hotel Negresco, die Großmama in ihrem Häkelbeutel umhertrug. Sie betrachtete die Palmen mit solcher Wehmut, daß ich dachte, sie würde in diesem Jahr vielleicht nach Jersey zurückkehren. Auch Agnes sah es und bemühte sich sehr, Großmama zurückzulocken.

»Wenn Sie sehen könnten, wie groß jetzt die Zinerarie ist, die Sie an der einen Seitenwand gepflanzt haben. Wissen Sie, sie ergießt sich geradezu auf die Straße. Die Carterets haben einen Ableger davon, und jedesmal, wenn ich einen von ihnen treffe, bleiben sie stehen und fragen, wann Sie wieder auf die Insel kommen, Sie und Miss Kitty, wann Sie wieder nach Hause kommen.«

An anderen Tagen war von diesem Sehnen offen die Rede.

»Erinnern Sie sich an das Rosa der Felsen bei La Corbière, wenn die Sonne beim Tee unterging, und an den Jasminduft? Erinnern Sie sich an den ersten Spargel im Jahr, mit Grashalmen gebündelt, unter den Bäumen bei der Küchentür, wo die Köchin ihn immer ein wenig liegenließ, damit Sie ihn in der Sonne aufgehäuft sehen konnten? Sie werden sicher daran denken, wenn Sie bei den Peels sind.«

Wir waren eingeladen worden, die Jungverheirateten nach den Flitterwochen zu Peels Landsitz in Yorkshire zu begleiten, und Großmama freute sich darauf. Wir hätten freilich in dem Monat, den wir in Selsey verbrachten, nach Jersey fahren können, aber ich glaube, tief in Großmama hatte sich ein alter, angeborener Hang zu puritanischer Zurückhaltung gemeldet; die Hugenotten unter ihren Vorfahren warnten sie davor, ihr Glück herauszufordern – eine rächende Axt könnte zuschlagen.

Mutter hatte geheiratet und war, wie durch ein Wunder, zu der bemerkenswert fügsamen Person der adligen Mrs. Peel geworden. Sie hatte sich der jovialen Steuerung ihres Charakters durch ihren neuen Ehemann angepaßt. Ihre Tobsuchtsanfälle waren zu milder Unzufriedenheit abgeklungen, wenn sie verärgert war. Am eigenartigsten war in meinen Augen, daß ihr Mann Kinder mochte und auch mich. Er besaß einen graublauen Jaguar, in dem er mich zweimal zu einer Spritztour mitnahm, einmal zusammen mit Mutter und Großmama, einmal ganz allein. Das Eis in Mutters Augen war durch die Sommerhitze zu einem vorzeitigen Winterschlaf weggeschmolzen. Auch wenn ich es nur ein- oder zweimal gewagt hatte, doch ich hatte in sie geblickt und nichts als ihr Smaragdfunkeln gesehen. Während der Monate ihrer Verlobung und zu Beginn ihrer Ehe war sie schöner denn je. Und Peter, unwiderruflich umgetauft, kaufte ihr eine Smaragdkette mit Silberklauen als Verschluß. Sie schätzte Smaragde und benutze sie, wie den Zauberspiegel in »Schneewittchen«, als Prüfstein für ihre einzigartigen Augen.

Agnes kam, mit Körben, Reisetaschen und einem großen Koffer beladen, an Waterloo Station an. Sie hatte die Überfahrt viele Male gemacht, doch was das Verlassen der Insel anging, war sie abergläubisch und bereitete jede Reise vor, als sei es ihre letzte, indem sie für eine Beerdigung ihre liebsten Gegenstände mitnahm, wie für ein ägyptisches Grab. Sie war einige Jahre jünger als Großmama, aber früh gealtert, da sie eines jener grobknochigen, fleischigen Gesichter hatte, die sich ohne jede Veranlassung durch ihre Besitzerin unvermittelt in das eines alten Menschen verwandeln.

Agnes hielt in ihrem zweiundfünfzigsten Lebensjahr von Reisen so wenig wie seit eh und je. Mit vierzehn Jahren hatte sie auf dem Weg nach Jersey die Irische See bei Sturm überquert und niemals, wie sie versicherte, so furchtbar gelitten, nicht einmal durch ihren jähzornigen und betrunkenen Vater. Nachdem sie mit dem Zug die Grafschaften südlich von London durchquert und die viel sanftere Überfahrt auf die Kanalinseln hinter sich gebracht hatte, kam sie mit einem Schock an und dem festen Vorsatz, nie wieder zu reisen. Sie hatte sich an diesen frühen Schwur gehalten, bis unsere Exilierung nach Hendon sie veranlaßte, ihre Ängste und Skrupel zu überwinden und uns regelmäßig inmitten unserer »heidnischen Nachbarn« zu besuchen. Im grauen Smog der Großstadt nahm sie mißmutig unseren Vorort in Augenschein und war entsetzt darüber, daß ihre geliebte Herrin eine derart furchtbare Umgebung erdulden mußte, statt der elysischen Felder rund um Claremont, die ihr rechtmäßig zustanden.

Agnes selbst war Jersey gegenüber sehr vereinnahmend; sie sah die Insel aufgrund dessen, was sie für Jersey getan hatte, praktisch als ihr persönliches Eigentum an. Sie war auf die Lage ihres Hauses, direkt am Hafen mit Blick über die türkisfarbene Bucht, ebenso stolz wie eine Carteret, Le Hardy oder de Gruchy. Als sie, noch bleich von der Überfahrt, ankam, hatte sie das bißchen Stolz, das sie für ihre heimatliche County Cork empfand, über die Reling der irischen Fähre gespuckt.

Sie war das jüngste von sieben Kindern und in der Nähe der Ballyhoura Mountains geboren. Ihre Familie war katholisch und arm. Wenn ihr Vater bezecht war, prahlte er gelegentlich mit einem enteigneten Vorfahren, der früher einmal Anspruch auf das ganze Land rundum gehabt habe. Ihre Mutter war groß und hatte durch ihre Arbeit als Wäscherin und bewährte Wringerin Arme wie ein Zirkusringer. Sie erinnerte sich noch an das schwarze Jahr '47 ihrer Kindheit, als die große Hungersnot ganz Irland heimgesucht, die Grafschaft Cork zerstört und ihre eigene Familie dezimiert hatte. Daher prahlte sie mit nichts und erhob auf nichts anderes Anspruch als auf den täglichen Eintopf für alle auf dem Herd. Wenn der Winter streng war und die Zeiten schlecht, weinte Agnes' Mutter im Schlaf aus Angst davor, was kommen könnte. Sie wrang ihre Wäsche mit einer nahezu dämonischen Kraft aus und war entschlossen, jede Gefahr des Verhungerns abzuwehren. Diese Angst brachte sie dazu, freiwillig auf ihre Söhne und Töchter zu verzichten, als diese ins arbeitsfähige Alter kamen, so daß sie über das Meer fuhren, statt unter der drohenden Wolke des Hungers zu bleiben.

Großmama hatte eine angeheiratete irische Cousine, Lady Pitsligo, die ihr Landgut in der Grafschaft Cork mehr als Brutstätte für Dienstmädchen und Gärtner denn als landwirtschaftlichen Betrieb betrachtete. Lady Pitsligo war Protestantin und eine großartige Gastgeberin, die es mochte, wenn ihre Freunde sie für eine Menschenfreundin mit den gewagten Ansichten einer Intellektuellen hielten. Sie verbrachte die Winter in Dublin und besuchte dort gelegentlich Vorträge. Einer vertrat die Auffassung, der Grund für die Armut der »Nur-Iren«, der Eingeborenen jener Insel, sei nicht der erdrückende Reichtum von Anglo-Iren, wie sie selbst eine war, sondern der Kinderreichtum der katholischen Familien.

Ein kluger Kopf wie Lady Pitsligo erkannte schnell die Wahrheit dieser Behauptung, denn lebten nicht all ihre Freunde in geräumigen Herrenhäusern, während sich bis zu fünfzehn oder zwanzig Nur-Iren in einer winzigen

Hütte drängten? Großmamas Cousine war kein Mensch, der sich seiner Verantwortung entzog, wenn er sie einmal erkannt hatte, daher begann sie, die ortsansässige Bauernschaft auszudünnen, indem sie die Söhne und Töchter der katholischen Familien in ihrem Umkreis verlas und zu (oft verwirrender) Plackerei in den Haushalten ihrer englischen Freunde und Verwandten verschiffte. Von April bis Juni erntete sie die Mädchen bündelweise und überwachte persönlich das Packen und Adressieren jeder Ladung. Im September, wenn ihre eigene Ernte eingebracht, sicher zu Ballen gebunden und gelagert war, wählte sie die Jungen aus, junge Männer, die über die Irische See geschickt werden sollten und wie ihre Schwestern entweder zu froh waren, davongekommen zu sein, um wieder gehen zu wollen, oder zu große Angst hatten, um zurückzukehren – und die manchmal durch die Fremde einfach zu verwirrt waren, um etwas anderes zu tun, als mit der Masse anderer entwurzelter Arbeitsloser von einer Stadt zur nächsten zu treiben. Was immer die Erwählten ihres Experiments empfinden mochten, Lady Pitsligo selbst trug die Krone erfüllter Tugendhaftigkeit, und Agnes sah sie als Schutzheilige ihres eigenen Glücks.

Als Agnes ankam, hatte Großmama ihre Haushaltspflichten gerade mit dem Enthusiasmus der Jungverheirateten in Angriff genommen, und beide liebten Claremont. Agnes, abgestumpft durch ihre Heimat mit Nieselregen und sporadischer Not, blühte im wärmeren Klima der Freundlichkeit und des Überflusses rasch auf, wo der Kartoffelanbau Kunst, nicht bittere Notwendigkeit war. Ihr irischer Zungenschlag verlor sich bald und wurde durch Großmamas abgehackte Redeweise ersetzt. Sie nahm sich ihre Herrin mit einer Hingabe zum Vorbild, als studiere sie für die zweite Besetzung. Die junge Agnes war entschlossen, die drei geringfügig älteren Landsleute in den Schatten zu stellen, mit denen sie von Cork nach Claremont gereist war. Sie wollte sich auf die Insel pfropfen und zu einem einheimischen Mädel werden. Sie war geduldig und wartete, bis die drei Mädchen aus ihrem früheren Leben heiraten oder fortlaufen würden.

Diese Verpuppung dauerte zwei Jahre. Als sie siebzehn war, waren die Zeugen ihrer Überfahrt fort, der störende Beweis beseitigt, und Agnes entfaltete ihre Flügel als tüchtigstes Dienstmädchen der Insel. Sie war Großmamas »Perle«. Wenn neue Mädchen kamen, um von Claremonts anspruchsvoller Herrin ausgebildet zu werden, war Agnes es, die ihnen zivilisiertes Benehmen beibrachte.

Sie blieb loyal an Großmamas Seite, von den Nachmittagen im Nähzimmer bis zu den Tagen, die sie damit zubrachten, die Welt in Ordnung zu häkeln. Sie pflegte Großmama während ihrer Schwangerschaft und hielt ihr in den langen Stunden von Kittys Geburt die Hand. Nachdem Mutter geboren war, vergötterte sie beide »jungen Damen« und klonte dafür ihre Zuneigung. Zwar schrieb Agnes ihre eigene Ehelosigkeit ihrem Unwillen zu, ihr glückliches Los mit einem Außenstehenden zu teilen, aber offenbar liebte sie Großmama so sehr, daß sie es nicht ertrug, sie zu verlassen. In späteren Jahren erzählte sie mir, Großmama habe sie als ihr Juwel bezeichnet, und ihr gefiel der Gedanke, daß Großmama ihr Vermögen verloren hatte, nie aber sie verlieren würde. Agnes dachte an den Tod nur im Zusammenhang mit jenen detaillierten Beschreibungen des Todes anderer, die sie einer auserwählten Schar von Zuhörern gab, deren Hierarchie ebenso strikt war wie in Debrett's englischem Adelsverzeichnis. Granny war selbstredend die First Lady, die weibliche Entsprechung des Duke of Norfolk, des ersten Peer im Königreich.

In Selsey, während jenes Sommers nach Mutters Wiederverheiratung, bemängelte Agnes die Landschaft, den Strand, den Sand, die Richtung der Wellen, die Farbe des Meeres, die Dürftigkeit der Vegetation, die gesellschaftliche Herkunft der Urlauber – kurz, alles außer ihrer geliebten Mrs Roberts (die sie in ihren Träumen »liebe Florence« nannte). Unsere Ferien bestanden darin, unter breiten Strohhüten am Strand zu sitzen, ich siebte Sand durch meine Hände, Großmama ließ Seidengarn durch ihre laufen, und wir dachten an Jersey. Agnes' Ferien bestanden darin, die unzähligen Details einer jeden Veränderung in St Aubin und St Helier beizusteuern, uns den Haushalt zu führen und zahllose Kannen Tee sowie Picknicks zuzubereiten, die der treibende Sand zunichte machte.

Ich war nie zuvor ohne Mutter in Selsey oder irgendwo gewesen, wo ich nicht täglich beaufsichtigt wurde und abends über die unvermeidlichen Versäumnisse des Tages Rechenschaft ablegen mußte. Plötzlich konnte ich, ohne die launische Willkür von Mutters Regeln und wechselnden Abneigungen und ohne die kleinliche Disziplin der Nonnen, spielen, was ich wollte und auch, in vernünftigen Grenzen, wo ich wollte. Ich verbrachte meine Tage damit, den Strand und das unmittelbare Hinterland zu erforschen. Das erinnerte mich sehr an Tage aus meiner frühesten Erinnerung, wenn Agnes angewiesen wurde, mich »ganz« vom Haus fortzubringen. Dies bedeutete, nicht zur Bucht vor dem Haus mit seinem Hafen und Fischerbooten – wo wir vom Fenster aus zu sehen waren, was Mutters Tag ruiniert hätte – und nicht einmal zum Strand von St Helier, wo man uns von der Promenade aus hätte erspähen können. Mein Kopf prangte wie eine Fakkel, und dieser Anblick konnte Mutter zur Verzweiflung treiben. Wenn sie einen schlechten Tag hatte, mußte ich verschwinden. Dann fuhr Agnes mit mir im Bus nach

Portelet Bay, durch die Gitterschatten der Palmen und Hibiskusbüsche ans Meer.

Bei Ebbe konnten wir über den saugenden Sand von unserem Hafen bis zu den Klippen gehen, den zerklüfteten Fußweg über Belcroute Bay nehmen, vorbei an Normoint Manor, hinüber zu Normoint Point mit seinem Leuchtturm, der seinen warnenden Finger zum Leuchtturm Pigonet hinüberstieß. Die Klippen waren mit Tölpel- und Möwennestern übersät, und einmal versprach mir ein Junge aus meiner Ballettklasse einen Sixpence für die Heldentat, dort hinunterzuklettern und ein Tölpelei zurückzubringen. Dieser Zwischenfall bedeutete das Ende meiner frühen Laufbahn als Tänzerin, Großmama beklagte unseren gesellschaftlichen Abstieg und die Notwendigkeit, mit solch ungehobelten Kindern zusammenzusein, und Mutter bedauerte zweifelsohne, daß ich die Herausforderung nicht angenommen und mir den Hals gebrochen hatte. Vom Point gingen wir über Land bis zum Steinbruch und kamen bei dem spitzen Gras und dem Stechginster von Portelet Beach wieder heraus.

Im Meer, nicht weit draußen, waren Knochen von Toten, begraben in einem Hügel, der sich bei Ebbe auf den Strand zubewegte. Da die Wellen ständig über diesen grasbewachsenen Fels wuschen, dachte ich, daß Teile der dort vergrabenen Leichen ebenso fortgespült würden wie meine Sandburgen bei jeder Flut. Ich hatte panische Angst davor, Knochen zu sehen. Bisher hatte ich nur Schafsschädel und Fischgerippe gesehen und die Hachsenknochen, die Agnes unter der Woche für Rufus' Brühe auskochte, aber meine eigenen Knochen waren so groß und ihre Maße so häufig Gesprächsthema, daß ich es vermied, dem Wasser auch nur nahe zu kommen, weil ich fürchtete, unter den Wellen eine ausgebleichte, ausgekochte Version meiner eigenen Anatomie schaukeln zu sehen.

Zu diesem Strand, der zwischen zwei Landzungen eingezwängt war und selbst im Winter noch Sonne hatte, gingen wir ausschließlich, damit ich aus dem Weg war. Und doch gehörten diese Besuche, bei denen ich endlos im Sand grub oder zwischen den Felsen Wassertiere sammelte, zu meinen liebsten Jersey-Tagen.

Als ich Jersey verließ, wußte ich die Namen von St Helier, St Aubin, ein paar Geschäften und einigen Türmen oder Stränden in meiner Gegend. Vielleicht nicht einmal das. Was ich weiß, habe ich im Ausland gelernt, hier in England, dem einzigen Land, das ich wirklich kenne. Jersey ist ein Puzzle, nach Hörensagen zusammengesetzt. Ich erlernte die Litanei der Heiligen von Jersey gleichzeitig mit dem Glaubensbekenntnis.

Ich wuchs auf im Glauben »an Gott, den Allmächtigen, den Schöpfer Himmels und der Erden«. Und ich wuchs auf im Glauben an die magischen Kräfte von Saint Ouen, Saint Mary, Saint John; Trinity, Saint Martin, Saint Peter, Saint Saviour und Grouville – nur Trinity und Grouville nicht kanonisiert, sämtlich aber Pfarrbezirke der Insel, deren Nostalgie meiner Erziehung wie ein Gegengift tropfenweise beigefügt wurde.

Alles blieb, gleichsam für die Nachwelt, in Großmamas anschaulicher Phantasie unverändert und magisch aufbewahrt. Ich hatte mein Leben lang nicht den Mut zurückzukehren. Lange nachdem Großmama gestorben war und ich aufgehört hatte, Mutter zu besuchen, war meine Jerseykenntnis aus zweiter Hand der Knoten, der uns weiterhin zusammenhielt. Zurückzukehren hätte bedeutet, den Zauber zu brechen. Zurückzukehren hätte bedeutet, als Tourist zu kommen, lediglich als Voyeur. Wie lange ich auch geblieben wäre, ich hätte die Insel nie so gut kennen können wie Großmama mit ihrem halben Jahrhundert von Erinnerungen.

Es scheint mir angeboren, mich immer wieder zu verlieben. Es ist in meinem Fall weniger Wankelmut als vielmehr ein Übermaß an Loyalität, die ständige Entdeckung eines noch tieferen Vertrauens. Jeden Mann, den ich je liebte, habe ich wirklich geliebt, und in den Armen dieses einen dachte ich jedesmal, daß ich niemals einen anderen lieben könnte. Es ist für mich eine ebenso große Offenbarung wie für sie, daß ich in mir immer noch eine Liebe entdecke, die größer ist. Meine Untreue ist eine höhere Art von Treue. Nach Jersey zurückzukehren wäre wie Untreue Großmama gegenüber. Da sie niemals zurückkehrte, warum sollte ich es tun? Es wäre, als zweifelte ich an ihren Worten. Und ich fürchte mich tatsächlich davor, in dem Muster, an das sie sich erinnerte, einen fehlenden Stich zu finden und auf einer Insel, die Veränderungen von Jahrzehnten und die Besatzung der deutschen Wehrmacht gesehen hatte, seit Großmama sie am Strand von Selsey nach dem Bild ihrer Erinnerungen neu erschaffen hatte, das Mysterium ihrer Beschreibungen nicht mehr finden zu können.

Während ich taillentiefe Fallen in den Sand grub, die ich mit Ästen und Blättern bedeckte, oder mich bei den Fischerbooten herumtrieb in der Hoffnung, daß jemand mich aufforderte, einen toten Fisch zu streicheln, am Sandstrand entlanglief und Muscheln und Treibholz sammelte, tauschten Großmama und Agnes rückblickend Klatsch aus. Sie saßen in den Liegestühlen, sprachen oder sahen schweigend aufs Meer hinaus, und die ganze Zeit über führte Großmama ihre Elfenbeinnadel durch sandige Seidenknäuel. Manchmal saß ich bei ihnen. Wenn im nostalgischen Erinnern eine Flaute eintrat, blickten wir nebeneinander sitzend auf das Meer, auf einen bestimmten Punkt am Horizont, als erwarteten wir, daß dort wie Untertitel in einem Stummfilm Neuigkeiten von Mutter auftauchten. Aus dem nahezu heidnischen Wunsch heraus, ihre Ehe nicht zu vermasseln, erwähnte, in stillschweigender Übereinkunft, keine unsere Hoffnungen oder Befürchtungen für die Zukunft.

1930 war für mich das sonderbarste Jahr meiner Kindheit. Es umfaßte, in seinen Saum eingenäht, den wundersamen Besuchstag in der Klosterschule und ein langwährendes Selsey Beach. Es war gefüttert mit der Heimkehr einer veränderten Mutter und ihres Mannes und mit Ferien in Yorkshire. Und es enthielt nicht nur die fünf Monate ihrer Ehe, sondern auch den Erdrutsch in einen Alptraum, an dessen Ende Mutter und ich sogar im gleichen Bett liegen sollten.

Gäbe es nicht diese Schnappschüsse, ich könnte meinen, daß ich mir das Intermezzo jener Ehe eingebildet habe, die so schnell vom Idyll zum Melodram wurde.

Großmama erwartete ein Telegramm, das uns nach London zurückrufen sollte. Nichts kam, und Sand strikkend wurde sie unruhig, daher kehrten wir nach Hendon zurück. Agnes blieb noch eine Woche und reiste dann ab, erheblich weniger beladen, als sie angekommen war. Wir begleiteten sie nach Waterloo Station. Agnes brachte immer Körbe voller Inselspezialitäten: eingemachtes Fleisch, geräucherten Fisch, Obst, Blumen und verschiedene Käsesorten. Englische Produkte verachtete sie so sehr, daß sie sich weigerte, irgend etwas mit zurückzunehmen, ausgenommen eine von Großmamas seidenen Tischdekken; sie besaß Dutzende, behauptete aber, sie als einziges seien es wert, in ihren Garten Eden zurückgebracht zu werden.

Eine weitere Woche nach ihrer Abreise kam Peter selbst, dieses Mal in einem marineblauen Bentley, und fuhr uns zu seiner Frau am Eaton Square. Er besaß dort ein großes, recht baufälliges Haus, das Großmama ungemein bewunderte, weniger wegen seiner schweren, verkratzten Mahagonimöbel oder der Porträts unfroh aussehender Ahnen im Treppenaufgang als vielmehr wegen des Umstandes, daß es nur wenige Minuten von Harrod's entfernt lag.

Großmama gehörte einer Generation an, die dem Automobil mißtraute. In ihrer Jugend hatte sie einen Phaeton gefahren und betrachtete das Automobil als weit unterlegene Fortbewegungsart, auch wenn der lächerliche Mann, der mit einer roten Flagge vor den Automobilen herging, schon lange von den Straßen verschwunden war. Sie pflegte zu sagen, Gott habe zum Zweck des Gehens erklärtermaßen Füße geschaffen, und für die Fälle, in denen sich dies als unpraktisch erweise, habe Er das Pferd erfunden. Für sie war Autofahren eine alberne Marotte. Radfahren hingegen erachtete sie als standesgemäßen Behelf.

Als wir bei Peter ankamen, wurde uns im Salon Tee serviert. Trotz des Namens hatte ich nie etwas gesehen, das weniger einem Salon glich. Es gab keinen Chintz, dafür jede Menge Leder und Jagdmagazine. Er setzte uns in seiner inzwischen bekannten, aufgeräumten Art davon in Kenntnis, daß Mutter sich unwohl fühle. Sie sei seit einer Woche unwohl. Er habe gehofft, sie werde sich schnell erholen, um uns bei ihrer Rückkehr zu überraschen.

»Aber jetzt seid ihr ja da«, verkündete er. »Wir setzen hier seit einer Woche Staub an, und Madame kann nicht aufstehen. Also dachte ich mir, ich fahr mal rüber und hole Sie und erzähle Ihnen auch gleich, daß wir am Wochenende alle nach Haddersly fahren. Sie werden beide ab Freitag erwartet. Die Tanten sterben vor Ungeduld, Sie zu begutachten. Meine Karosse steht zu Ihrer Verfügung. Ich könnte Sie mittags abholen, wenn das recht ist. Mittagessen *en route*, wie man so sagt.«

Hier hielt er inne, um Großmama anzulächeln, die in

rasendem Tempo häkelte und versuchte, mit den Ereignissen Schritt zu halten. Ich trat gegen das Bein des Ledersofas und betete, daß Großmama das Angebot einer Autofahrt nach Yorkshire annehmen möge, war aber nicht überrascht, als sie ablehnte.

»Wir würden beide sehr gern Haddersly besuchen«, sagte sie, »aber da Joan recht zart ist, hielte ich es für klüger, den Zug zu nehmen.«

Nicht einmal im Fieberdelir hätte mich irgend jemand als zart bezeichnet. Mit neun hatte ich die Größe einer kräftigen Jugendlichen, mit breiten Jungenschultern und langen, starken Gliedern. Peter jedoch lächelte gleichmütig und breitete dann einen etwas sehr detaillierten Fahrplan der Great Midland Railways vor uns aus. Großmama lauschte geduldig und unterbrach schließlich mit der Bitte, ihre Tochter zu sehen.

»Kitty ist etwas angeschlagen, Mrs Roberts. Der Arzt wird nicht klug daraus, was ihr fehlt. Aber sie meinen, ein Monat auf dem Land würde ihr guttun. Also machen wir ein Fest daraus, wir und die Tanten, und es wäre doch gelacht, wenn ihre Lebensgeister nicht zurückkehrten.«

Mutters Unwohlsein schien ihn nicht über Gebühr zu beunruhigen, er wirkte nur wirklich ratlos. Er führte uns den langen Treppenaufgang hinauf, vorbei an den Portraits seiner Ahnen, die ihm mißmutig unähnlich waren, aber doch erkennbar mit ihm verwandt.

»Eine mürrische Gesellschaft, was?« flüsterte er mir zu, als wir hinter Großmamas Hinken die Treppen hinaufschlenderten. Auf der Galerie ging Peter vor und führte uns zu einem der vielen Zimmer, die davon abgingen. Er blieb vor einer reich getäfelten Tür stehen, klopfte an, trat ein, ohne auf Antwort zu warten, und winkte Großmama und mir, ihm zu folgen. Großmama machte mir ein Zeichen, das, wie ich von früher wußte, »Warte hier« bedeutete, also blieb ich stehen, während sie in den Raum hineinging.

Es war ein großes Zimmer mit einer hohen Decke, möbliert mit einigen Sesseln, kleinen Tischen, an der Wand hingen Jagdstiche. Auf einer breiten Chaiselongue lag Mutter und sah noch blasser aus als sonst. Ich wartete am Türspalt und beobachtete, wie sich Großmama um ihre leidende Tochter kümmerte. Peter stand einen Augenblick lang herum und ließ sie dann allein. Als er mich noch draußen stehen sah, bedeutete er mir, hineinzugehen, aber ich weigerte mich. Er zuckte mit den Achseln und kehrte zurück nach unten, ich folgte ihm. Wir gingen schweigend an den Ahnen vorbei und dann wieder ins Wohnzimmer, wo er mir den Rest des Kuchens und der Plätzchen anbot.

»Lang zu«, sagte er. Er selbst warf sich in einen Sessel, holte ein goldenes Zigarettenetui hervor und brauchte dann einige Sekunden, um eine Zigarette herauszuziehen und anzuzünden, während ich so unauffällig wie möglich seinen Kuchen aß.

»Weiß der Kuckuck, was ihr fehlt!« murmelte er mehr zu sich als zu mir.

Ich aß weiter Kuchen, klaubte die Walnußkrümel zusammen und vermied bewußt jede Antwort. Ich hatte sie durch den Spalt der halbgeöffneten Tür gesehen, und ich wußte, was mit Mutter los war: Sie langweilte sich, und Mutter litt unter Langeweile.

5. Kapitel

Großmama und ich nahmen den Zug nach Halifax, stiegen dann in eine Nebenlinie um, die uns von den trostlosen Bergwerkssiedlungen mit ihren Mietskasernen und Reihenhäuschen in eine Landschaft mit Hügeln und Tälern brachte, wo Farn, Eichen und Heidekraut wuchsen. Wir fuhren ab London dritter Klasse, um zu sparen, und die letzte Etappe erster Klasse, um bei der Ankunft den Schein zu wahren. Wir wurden von einem ziemlich kurzatmigen Chauffeur abgeholt, der uns zu seinem Jaguar brachte und der von dem Moment an, als er uns verloren auf dem Bahnsteig stehen sah, bis zu dem Moment, als wir am säulenbewehrten Portiko von Haddersly Hall ankamen, pausenlos redete. Sein vertrauliches Schwatzen wurde durch ein fast lautloses Pfeifen unterstrichen, das er in regelmäßigen Abständen von sich gab.

Da wir nun durch Einheirat zur Familie gehörten, nahm er an, daß wir deren interne Angelegenheiten kannten; mit seinem schweren asthmatischen Keuchen und breiten Yorkshire-Dialekt war er bestrebt, uns von den letzten Vorkehrungen der gesamten Familie in Kenntnis zu setzen. Peter, wie sich herausstellte, war mit seiner gnädigen Frau noch nicht eingetroffen. Sir Thomas, sein Vater, war in seinem Zimmer. Sir Thomas war, wie wir später herausfanden, die letzten sechs Jahre in seinem Zimmer gewesen, nachdem er sich bei einem Reitunfall den Hals gebrochen und so viele weitere Knochen verletzt hatte, daß er sein restliches Leben im Rollstuhl zubrachte. Und die drei Tanten, die jedermann nur »die Grazien« nannte, hatten sich wegen des Menüs zerstritten, sich aber beim Tee wieder versöhnt und freuten sich darauf, mit uns Charade zu spielen. Sie hatten die ganze Woche geprobt.

Großmama nahm diese Informationsfetzen mit gemischten Gefühlen auf, ohne daß ihr Gesicht etwas davon verraten hätte. Es war in jenem leichten Lächeln festgefroren, das sie von jeder Notwendigkeit einer verbalen Antwort befreite.

Haddersly Hall war ein großes Steinhaus mit drei Reihen Fenstern an der Vorderfront und einem Garten, der offenbar ganz und gar mit Lorbeerbäumen, Rhododendren, Tigerlilien und Statuen beflanzt war. Letztere waren in jahrzehntealten Matsch eingesunken und hatten um die Füße so sehr Flechten und Moos angesetzt, daß etwa in Kniehöhe eine Verwandlung von Pflanze zu Stein stattzufinden schien. Hinter dem Haus waren Stallungen mit hohen Bogenfenstern, wo die Pferdeknechte und Gärtner wohnten, elf Pferdeboxen und ein Pfirsichspalier mit süßen Zierpfirsichen. Peter hatte mir zum Reiten ein Dartmoorpony gekauft, womit er mir, wie ich wußte, meinen sehnlichsten Wunsch zu erfüllen glaubte. Als ich bemerkte, daß ich Angst hatte, es zu besteigen, nicht zuletzt, weil ich mir fast größer vorkam als das zitternde Pferdchen, versteckte ich mich im Küchengarten. Er war an sich verbotenes Terrain, und dahinter lag eine lange Reihe Zwinger, wo Peter und sein Vater ihre Jagdmeute hielten.

Sir Thomas interessierte sich, trotz seiner Invalidität, noch immer sehr für seine Hunde, und sein rotnasiger Knecht trug morgens und abends einen Hund hinein, der einige Minuten bei dem alten Mann blieb. Zu diesem Zweck standen an einem Seiteneingang ein Paar riesige Gummigaloschen. Der Knecht war von unbestimmbarem Alter, jedenfalls hoch in den Siebzig, und wenn er mit einem zappelnden, in seinen Armen kämpfenden Jagdhund die hintere Treppe hinaufhumpelte, war es immer Glückssache, ob er mit seinem unwilligen Gast den Treppenabsatz erreichen oder ob der Hund entkommen und durch die Schlafzimmer toben würde, bevor er von den Dienstboten eingefangen wurde, die auf den Jagdruf des alten Mannes herbeieilten. Sir Thomas mochte dieses kleine Jagdgetöse in seinem Haus.

Ich wurde am Abend unserer Ankunft zu ihm geführt, um ihn kennenzulernen. Er hatte im ersten Stock zwei Zimmer zu seiner Verfügung, ein Schlafzimmer und ein Spielzimmer. Letzteres war mit einigen Rolltischen möbliert, auf denen Puzzles und verschiedene Kriegsspiele, vor allem aber Rekonstruktionen von Seeschlachten standen, die Sir Thomas entweder erlebt hatte oder deren Schauplätze er während seines früheren Dienstes bei der Marine besucht hatte. Er hatte drei Jahre auf den Westindischen Inseln gelebt, und in einigen Ecken des Hauses, vor allem in seinen eigenen Räumen, herrschte eine entfernt an Piraten und Karibik erinnernde Atmosphäre.

Ich war von der Exzentrik des alten Mannes und seiner Räume tief beeindruckt, mit seinen Miniaturpalmen entlang einer Spielzeugküste, die von wunderschön bemalten Zinnschiffen umgeben war, denen weder Masten noch Flaggen fehlten. Sir Thomas hatte in seinem Zimmer drei Papageien und einen weißen Kakadu, und er liebte sie offenbar ebensosehr wie seine Meute, vielleicht sogar mehr. Er würzte seine recht deftige, abrupte Konversation mit Kosenamen für den einen oder anderen, ohne dabei eine Sekunde innezuhalten, so daß es bei unserer ersten Begegnung schien, als habe er mich unnatürlich gern. Als ich später entdeckte, daß seine Zärtlichkeiten den Vögeln galten, änderte dies nichts; mir prägte sich der erste Eindruck ein.

Lady Thomas, seine Frau, war schon vor längerer Zeit

gestorben, ebenfalls bei einem Jagdunfall. Ihr Grabstein wurde mir auf dem Friedhof gezeigt. Jemand hatte alte Hufeisen herumgelegt, und wo auf den angrenzenden Gräbern Steinengel standen, hatte Lady Thomas einen schwarzen Marmorjagdhund mit Fuchs im Maul. Die Peels waren nicht katholisch, es war das einzige, was Großmama an ihnen nicht gefiel. Mutter behauptete später, auch protestantisch seien sie kaum, sie existierten in der rauhen Abgeschiedenheit ihrer großspurigen Vornehmheit im Zustand eines Neuheidentums.

Peter hatte drei Tanten, »die Grazien«. So hießen sie nicht wegen ihrer Anmut, sondern wegen ihres gemeinsamen zweiten Vornamens. Sie waren Schwestern, ähnelten sich, boten eine geschlossene Front unkorsettierter Beleibtheit, hatten die gleichen wasserhellen blauen Augen, den gleichen allzu rötlichen Teint, und doch hätten sie in ihrem Charakter nicht verschiedener sein können. Tante Amy Grace war ihre Sprecherin. Sie hatte das Auftreten und die Stimme eines Mannes. Sie erinnerte mich an Peter, mit dem gleichen Internatsjargon und der gleichen forcierten Kumpelhaftigkeit. Sie ritt regelmäßig Jagden und hielt jeden, der vom Pferd fiel, für einen »Stümper«. Ihr Bruder, Sir Thomas, war ihrer Ansicht nach vor allem ein Spielverderber, die verstorbene Lady Thomas kaum der Erwähnung wert. Zum Glück entdeckte sie nie, daß ich zu feige war, das Pony zu besteigen, das für mich bereitstand. Großmama verbot mir, mit der Meute auszureiten, da sie die Quote der zur Strecke gebrachten Familienmitglieder ausgesprochen besorgniserregend fand. Tante Amy glaubte, ich könne reiten – alle anständigen Leute konnten reiten –, so daß sie mich lediglich bemitleidete, weil ich die Meute nicht mit ihr anfeuern konnte. Sie versicherte mir, bis zum folgenden Jahr werde sie Großmama umgestimmt haben.

Irgendwann in ihrer schrillen Vergangenheit war Amy Grace verheiratet gewesen, aber da sie ihren Ehemann nie erwähnte, ging ich davon aus, daß er sich im Feld unehrenhaft verhalten hatte. Die nächstältere Schwester war Tante Laura Grace, und sie schien nur zu existieren, um ihrer Schwester wie ein Schatten zu folgen und über ihre Bemerkungen geziert zu lächeln. Tante Laura Grace kicherte. Sie kicherte bei allem, was sie sagte, und bei allem, was andere sagten. Es war kein lautes Kichern, aber es war durchaus vernehmbar. Von Zeit zu Zeit sagte ihre ältere Schwester: »Jetzt ist gut, Laura«, dann hielt sie die Luft an und wurde sehr rot im Gesicht, bevor sie in instabiles Schweigen verfiel. Tante Laura war unverheiratet, wie ich erfuhr.

»Früher hatte ich viele Verehrer, aber ich wollte mein Zuhause nie verlassen. Einmal war ich fort, um Lady Heavestone zu begleiten – kennst du sie? – Nein, sie starb und war wohl für ihren Sarg zu lang ... oder war es ihr Kleid? Ehrlich gesagt, ich erinnere mich nicht, aber ich weiß, daß ich immer zu Hause bleiben wollte. Warte hier.«

Solch lange Reden drohten Tante Laura Grace zu erstikken. Sie hatte die Angewohnheit, zu mir »warte hier« zu sagen und dann zu verschwinden. Tante Amy Grace beschrieb ihre Schwester als »im Haus etwas albern, aber am Hindernis ein richtiger Teufel«.

Die dritte Schwester war völlig anders, ihre Dickleibigkeit ausgenommen. Sie trug stets eine Hornbrille und las Romane auf französisch und deutsch, die sie in einem um die üppige Taille geschlungenen bestickten Beutel mit sich umhertrug. Sie war sehr ruhig und unkommunikativ. Sie sprach kaum, und wenn, dann bei den Mahlzeiten und lediglich, um zu bitten, man möge ihr etwas reichen. Es war gänzlich unklar, was sie von der lärmenden Familie hielt, in der sie lebte – oder auch, was die anderen über sie dachten. Auch sie ritt Fuchsjagden, aber über Tante Mary

Grace' Verdienste, oder deren Mangel, wurde kein Urteil abgegeben.

Ich bekam im ersten Stock ein Schlafzimmer neben Großmama, und der Luxus dieses Raumes bereitete mir immer wieder Freude. Peter und Mutter kamen an jenem ersten Abend erst an, als ich schon lange im Bett war. Ihr Zimmer war weit von unseren entfernt, irgendwo auf der anderen Seite des Hauses und weiter oben, glaube ich, weil ich es nie sah. Ich erwartete, daß sich mit Mutters Ankunft die wunderbar entspannte Atmosphäre im Haus verändern würde, aber durch irgendein Wunder hatte sie sich von ihrem mürrischen Schweigen erholt und war nicht wiedererkennbar fröhlich.

Vermutlich war sie immer so, wenn ich nicht da war. Ich war in ihrem Leben auf ein Nichts reduziert. Wir sahen uns selten, und wenn wir uns begegneten, schien die Angespanntheit aus unserer Beziehung verschwunden. Vielleicht trug allein schon die Größe von Hall dazu bei, ich weiß jedenfalls, daß Tante Amy Grace' ungestüme Herzlichkeit das ihre tat. Mutter ordnete sich der in der Familie herrschenden Mädchenhaftigkeit unter. Sie verbrachte sehr wenig Zeit mit Peter, der sehr viel Zeit mit mir verbrachte.

Großmama verbrachte ihre Tage damit, im Morgenzimmer zu sitzen oder im Garten zu werkeln. Sie lieh sich von Tante Mary Grace französische Bücher, und wenn sie dann saß und las, erlaubte sie ausnahmweise der Häkelnadel, in ihren Händen auszuruhen. Ich glaube kaum, daß sie in den drei Wochen, die wir in Haddersly Hall verbrachten, mehr als eine Tischdecke häkelte. Tante Mary Grace war von dieser älteren, polyglotten Verbündeten offenbar begeistert, und obwohl sie kaum sprachen, sondern lieber in konzentriertem Schweigen nebeneinandersaßen und lasen, sagte Peter, er habe sie nie so oft lächeln sehen wie seit dem Tag, als Großmama und ich angekommen seien. Peter hatte ein großes Talent, mich bei allem, was er sagte, einzuschließen. Er machte sogar viele Photos von mir, da ich, wie er behauptete, nun langsam hübsch würde und wir diesen Anfang festhalten müßten. Ich wußte, daß er log, aber ich würdigte seine gute Absicht. Niemand hatte je etwas Schmeichelhafteres über mich zu sagen gewußt, als daß ich durchschnittlich aussähe. Durchschnittlich war fast ein Kompliment und unendlich viel besser als häßlich.

Unter seiner fast rücksichtslosen Ausgelassenheit besaß Peter sehr viel instinktiven Takt. So holte er beispielsweise immer wieder eine der Tanten, um sie mit mir zu photographieren, und manchmal sogar Großmama. Aber Mutter bat er kein einziges Mal, da er spürte, daß sie mich als Rost sah, der die Fassung ihrer eigenen Schönheit befleckte. Bis ich ihn kennenlernte, hatte es in meinem Leben keine Männer gegeben. Ich stellte fest, daß ich seine Aufmerksamkeit sogar Großmamas geflüsterten Freundlichkeiten vorzog, und mit einer Unbeständigkeit, die ich später bedauerte, ließ ich meine einzige wirkliche Verbündete in Stich, um mich in der Gesellschaft und den Umarmungen meines Stiefvaters zu wärmen.

Da er mit Amy Grace' Androgynität groß geworden war, schien er gegen meinen völligen Mangel an Weiblichkeit und meine schlaksige Größe nahezu immun.

»Mit der kleinen Madame bekomme ich soviel Zartheit, wie ich brauche, und mehr«, sagte er mir. »Deine Jungenhaftigkeit verwächst sich, keine Sorge.«

Meine Jungenhaftigkeit machte mir keine Sorgen, aber mein Wachsen beunruhigte mich sehr. Der Monat am Meer und nun diese Wochen mit ungeheurem Frühstück und gewaltigem Abendessen wirkten sich auf meine Größe aus. Ich sprengte die Knöpfe meiner Kleider, wodurch sie noch unkleidsamer aussahen als sonst, und die

Rocksäume kletterten. Großmama war über meine Reizlosigkeit bekümmert. Jeden Abend rollte sie meine Haare auf Stoffetzen und Papier, zog sie dabei fast aus dem Kopf und ließ mich so schlafen, in der Hoffnung, mein dickes rotes Haar auf diese Weise zu einer Andeutung von Anmut kringeln zu können. Kleine Mädchen mußten Korkenzieherlocken haben, selbst wenn das kleine Mädchen eine Riesin zu werden drohte, wie ich. Jeden Morgen fiel mein Haar, nachdem die Wickler entfernt worden waren, binnen Minuten wieder genau so strähnig wie zuvor.

Am Ende unserer drei Wochen begann Mutter, der Ferien müde zu werden, und wir packten unsere Koffer, um nach London zurückzukehren. Großmama hatte sich mit Sir Thomas angefreundet. Er fand meinen Mangel an Talent für Militär und Marine zu immens, um ihn zu korrigieren, dementsprechend war ich als Spielpartnerin eine Enttäuschung. Ich hatte einige Zeit mit ihm zusammengesessen und bei einem Puzzle geholfen, aber gerade als er sich der Vollendung seines Zweitausend-Teile-Schiffs näherte, blieb ich mit dem Ärmel an einer Ecke hängen und fegte einen ganzen Schwung Puzzleteilchen auf den Boden. Ich entschuldigte mich und ging sofort auf die Knie, um die verstreuten Stücke aufzusammeln, aber als ich hochblickte in sein Schweigen, sah ich, daß er weinte. Da ich nicht wußte, was ich tun sollte, legte ich die Teile auf seinen Tisch zurück und ging.

Ich war immer schon ungeschickt gewesen. Ich war es zu Hause, ich ließ die letzten Überreste unserer eleganteren Vergangenheit fallen. Ich zerbrach das Waterford-Kristall und eines von Großmamas venezianischen Sherrygläsern. Die Lücken in unserem Mittagsservice gingen auf mein Konto. Beim Meißen, beim Wedgwood, selbst beim Coalport-Frühstücksservice fehlten Teller, oder sie hatten abgeschlagene Ecken und Bruchstellen, wo sie mir eigenmächtig aus den Händen gerutscht waren. Es machte mich panisch, wenn etwas zerbrach oder überschwappte. Ich haßte meine Ungeschicklichkeit. Ich beichtete einige Tage lang niemandem, daß ich die Puzzleteile fallen gelassen hatte, und ich wagte nicht, in das Zimmer mit den höhnischen Papageien und dem weinenden Invaliden zurückzukehren. Schließlich aber erzählte ich es Großmama, und sie ging nach oben, um Sir Thomas zu besuchen. Sie machte es besser als ich. Sie hatte in eine Familie von Marineoffizieren geheiratet, und sie kannte deren Sprache sowie die Dienstgrade aller Seeleute vom Admiral bis zum Schiffsjungen. Sie kannte die wichtigsten Schlachten der englischen Marine ebenso wie die Namen der Städte, die sie belagert und erobert hatte. Und so saß sie täglich etwa eine Stunde bei Sir Thomas und häkelte, während dieser seine Figuren mittels mehrerer Drahtvorrichtungen umherschob, die geschickt über seinem Stuhl angebracht waren.

Als wir zum Bahnhof zurückgebracht wurden, schien es, als sei dieser Besuch einer von vielen und als näherten sich unsere tristen Tage in Hendon dem Ende. Wir fuhren bis ganz nach King's Cross erster Klasse – ich in einem neuen Matrosenkleid, das Peter mir gekauft hatte, und mit einer neuen Ladung Sommersprossen, Großmama mit einem angedeuteten Lächeln, das ihre Züge löste.

Das Schuljahr begann, und ich knüpfte bei meinen Freundschaften an, wo ich sie unterbrochen hatte. Einige Mädchen waren im Ausland gewesen, andere auf dem Land. Alle konnten etwas über ihre Ferien erzählen, und ich steuerte meine betörend exzentrische Geschichte bei. Alle waren beeindruckt. Die Nonnen spürten mit ihrem fledermausgleichen Gesellschaftsradar, daß sich mein familiärer Status verändert hatte. Meine Stellung in der Klasse als allgemeiner Sündenbock wurde von mir genommen und einem anderen Mädchen zugeteilt, deren Familie, wie man wußte, ein Jahr zuvor in Amerika viel Geld verloren hatte. Unter dem Eindruck der gelegentlichen Besuche meines neuen, vornehmen Stiefvaters hörten abfällige Bemerkungen über meine Haarfarbe auf. Und dann kamen Weihnachten und die Weihnachtsferien.

Alle in der Klosterschule waren aufgeregt. Wir sollten keine Geschenke oder Karten austauschen, taten es aber doch und schmuggelten Votiv-Bildchen und andere Dinge durch das dichte Kontrollnetz. Zeichen der Zuneigung waren Zeichen des Teufels. Unsere Schulkoffer waren gepackt und bereits auf dem oberen Treppenabsatz gestapelt, um sofort nach dem Frühstück mit dem Lastenaufzug nach unten gebracht zu werden. Schwester Marie, die den ganzen Herbst über ihren Ärger geschluckt und den Umschwung meines Schicksals mit kaum verhohlenem Widerwillen angesehen hatte, war gerade mit der Inspektion des Schlafsaals fertig. Ihre Toque war so makellos gestärkt, daß sie seitlich an ihrer Wange einen roten Streifen hinterließ, ein Mal, das sie so stolz trug, als handele es sich um ein neuartiges Stigma. In den geschrubbten Händen, knapp unter dem Rosenkranz gefaltet, trug sie das Geheimnis schlechter Nachricht. Sie drehte die Daumen in unterdrückter Schadenfreude, die wir schon kannten. Ich beobachtete sie, und vor Mitleid mit Janet, dem Mädchen mit den amerikanischen Verlusten, setzte mein Herz einen Schlag aus, ich dachte, ihr Schulgeld sei vielleicht nicht bezahlt, und sie werde daher öffentlich der Schule verwiesen. Außer Mitleid spürte ich die behagliche Wärme von Zufriedenheit, weil sich das Unglück über dem Kopf der kleinen Janet und nicht über meinem zusammenbraute. Ich verweilte in Gedanken bei meiner Großherzigkeit, mit der ich ihr die rotgeäderten Murmeln geschenkt hatte, die ein Geschenk von Peter waren, als ich durch den Dunst meiner Selbstgefälligkeit hörte, wie mein eigener Name fiel.

»Joan Allen.«

Wir standen in zwei Reihen neben den Betten. Das französisch verschliffene »J« von »Joan« war dem »J« von »Jeannette« so ähnlich, daß es mir gelang, den Namen zu dem des anderen Mädchens zu machen.

»Joan Allen«, wiederholte Schwester Marie und schnippte den Daumennagel auf eine Weise gegen den Jett-Rosenkranz, die in ihrem Kloster-Morsecode Ärger signalisierte. Sie war an meinem Bett vorübergegangen, und sie hatte nichts gesagt. Sie hatte meinen Mantel zusammen mit dem der Mädchen nebendran inspiziert, und sie hatte nichts gesagt. Sie hatte gewartet, bis sie an der Tür war, um jedwedes Unglück, das mich heimgesucht haben mochte, herausbrüllen zu können.

»Joan Allen«, wiederholte sie, und ich tat einen Schritt in den Linoleumabgrund in der Mitte des Raumes. Ich knickste und antwortete: »*Oui, Sœur Marie.*«

Dann teilte sie mir, auf französisch, die Neuigkeit mit, und ich hörte, wie sich die Worte aus ihrem Mund in meinen Kopf und wieder hinaus wanden, in die aufsaugende Finsternis des Fußbodens hinein. Ich gab keine Antwort, so daß sie ihre Nachricht wiederholte und nun hinzufügte, ich würde über Weihnachten in der Schule bleiben. Mutter Oberin würde in Kürze mit mir sprechen. Sie drehte sich im schwarzen Zelt ihres Habits und ging. Die anderen Mädchen scharten sich um mich; es mußte jemand krank geworden sein, es mußte jemand gestorben sein. Wer könnte es sein? Was könnte geschehen sein?

Aber ich wußte es schon halb. Der Tod war heilig. Wäre es um einen Tod gegangen, hätte die übliche Achtung geherrscht. Es war niemand gestorben. Hätte es sich um eine Krankheit gehandelt, das Kloster hätte Mitgefühl zeigen müssen. Dies war etwas anderes, etwas, das sich telepathisch von einer zur anderen mitteilt. Aus Gründen, die ich nicht verstand, war ich in meinen früheren Status zurückgefallen. Ich war wieder unerwünscht. Und dieses Mal war es schlimmer: Ich hatte das bißchen Spielraum verloren, das mir zustand. Nicht einmal Großmama war gekommen, um mich zu holen, auch Peter nicht. Man hatte keinen Wagen geschickt, damit ich allein nach Hause fuhr. Dahinter mußte Mutter stecken. Das war Mutter, wie ich sie vor der Atempause kannte, jetzt aber mit größerer Macht.

Ich wollte, daß die Mädchen mich in Ruhe ließen. Ich wollte, daß meine Freundinnen mich meiner Enttäuschung überließen. Ich wollte mit den Fäusten gegen die Wand schlagen und weinen. Ich wollte sterben. Aber wie eine Märtyrerin verbrachte ich die zehntägigen Weihnachtsferien bei den Nonnen und ertrug ihre barschen Anweisungen mit gespielter Gleichmut. Schwester Marie überwachte persönlich jede Minute meines Tages und zermürbte mich. Sie witterte eine skandalöse Kalamität und wollte wissen, was es sein könnte. Ich verhielt mich wie das tumbe Trampel, als das sie mich so oft bezeichnet hatte. Ich weigerte mich, mit ihr über die möglichen Gründe meiner Internierung zu spekulieren. Ich beruhigte mich, indem ich insgeheim den roten Strich auf ihrer Wange betrachtete. Wenn sie mich bei diesem Starren erwischte, schlug sie mir jedesmal mit einem Messinglineal auf die Finger, das sie zu diesem Zweck bei sich trug. Ich vergrößerte ihren Ärger, indem ich nicht fragte, wann ich nach Hause dürfe. Sie quälte mich, indem sie die Möglichkeiten erwog, daß ich alle Ferien der kommenden acht Jahre in der Schule verbringen könnte, wenn nur mein

Schulgeld pünktlich bezahlt werde. Zweimal täglich schleppte ich mich den langen Korridor entlang zum Zimmer der Mutter Oberin. Ich sah ihre Nonnenhaube im Windzug des angelehnten Fensters flattern. Auf dem Fenstersims lag Schnee, der manchmal hineinwehte und auf dem Boden schmolz. Ich konzentrierte mich auf diesen Schnee und machte dessen Wasser zum Ersatz für meines. Ich weigerte mich zu weinen, und sie weigerte sich, mich über mein Elend aufzuklären.

Während der Messe, morgens und abends, betete ich um Erlösung. Ich rief Großmama um Vergebung an, weil ich in Haddersly Hall Peter bevorzugt hatte, und rief Peter an, sein Versprechen nicht zu vergessen, sich meiner stets zu erinnern. Ich wußte, daß ich unwürdig war, aber ich glaubte an eine Kirche, die durch die Vergebung der Sünden auch Unwürdige aufnimmt.

Großmama holte mich an Heiligabend. Sie tauchte unangemeldet auf und wirkte verhärmt und alt. Sie kam in einem klapprigen Taxi, nahm mich mit und ordnete an, daß mein Koffer nachgeschickt werden solle. Sie sagte sehr wenig darüber, was zu Hause vorging, außer daß Mutter einige Zeit dagewesen und an diesem Morgen nach Haddersly Hall abgereist sei.

»Fahren wir dahin?« fragte ich, denn ich hatte mich schnell von meinem jüngsten Fall erholt und hoffte gegen alle Vernunft auf die Wiederherstellung unseres früheren Glücks.

»Nein, Joan, wir werden diese Weihnachten in Hendon sein.«

»Wann fahren wir wieder nach Yorkshire?«

»Fragen haben keinen Sinn, Joan, da du zu jung bist, um die Antworten zu verstehen.«

Die restliche Fahrt verlief schweigend, Großmama

starrte auf den Nacken des Fahrers und häkelte ihren Seidenfaden. Ihre Finger bewegten sich so schnell, wie ich es noch nie gesehen hatte.

Wir verbrachten sehr ruhige Weihnachten. Während meiner Abwesenheit hatte ein neues Dienstmädchen angefangen, aber nachdem es das Weihnachtsessen vorbereitet und den Truthahn in den Ofen geschoben hatte, hatte es den Abend frei und ließ uns allein. Wir bereiteten das Essen zu und servierten es dann im engen Eßzimmer. Das Kohlenfeuer qualmte wegen der feuchten Kohlen, die ich hereingetragen hatte, und der Dampf vom Truthahn füllte den Raum mit stickiger, von Soßenduft geschwängerter Hitze. Der Preiselbeergelee lag wie eine klaffende rote Wunde auf Großmamas unberührtem Fleischstück. Ich hätte den ganzen restlichen Truthahn samt Füllung haben können, aber über dem Tisch lag klaustrophobisch ein Leichentuch. Durch das rote Band, durch Stechpalme und Mistel wirkte das Zimmer eher düster denn festlich.

Peter hatte uns ebensowenig vergessen wie seine Tanten. Ich bekam von den drei Grazien ein Korallenhalsband mit Glückwunschkarten und von Peter ein riesiges geschnitztes Schaukelpferd, das einen echten Ledersattel sowie Mähne und Schwanz aus Pferdehaar hatte. Großmama erhielt einen perlenbesetzten Handarbeitsbeutel und Schildpattkämme. Außerdem war ein lebender grüngrauer Papagei mit roter Stirn und kräftigem Schnabel angekommen, komplett mit eigenem Messingkäfig. Großmama war über diesen Papagei recht überrascht. Sie meinte, es handele sich um einen von Sir Thomas' eigenen, und sie gestand mir, sie wünschte, sie hätte sie bei ihren Besuchen nicht ganz so lautstark bewundert. Als wir nach dem Essen Bezique spielten, begann der Papagei, in seinem Käfig umherzuflattern und den Kopf erregt auf- und abzubewegen. Er beruhigte sich wieder, wandte Großmama sein orangegerändertes Auge zu und verkündete, in genau dem gleichen schrillen Ton wie Tante Amy Grace: »Jetzt ist's soweit.« Großmama errötete und fragte sich zweifelsohne, was der Papagei sonst noch sagen würde.

»Papageien können hundert Jahre alt werden, weißt du«, sagte sie zu mir und verstummte dann, offenbar um darüber nachzugrübeln, wieviel Blasphemien ein Vogel in hundert Jahren von ebenso vielen Seeleuten lernen konnte.

Dieser spezielle Papagei, dessen Name, »Hannibal«, auf dem Käfig eingraviert war, sagte nichts Unschicklicheres als »Jetzt ist's soweit«. Aber entspannter wurde unser Weihnachtsfest dadurch nicht. Großmama war ungewöhnlich nervös, da sie, wie ich jetzt weiß, eine drohende Katastrophe erwartete. Das sibyllinische »Jetzt ist's soweit« muß ihre Ängste nur noch vermehrt haben.

Am zweiten Weihnachtsfeiertag besuchten wir Mrs de Gruchy in ihrer Krankenhaus-Suite. Es war draußen bitter kalt, so kalt, daß Großmamas Hüfte durch das Hinken festzufrieren und sie fast ganz zum Stehen zu bringen schien. Mrs de Gruchy hatte mehr als ein Dutzend Familienmitglieder eingeladen. Die Erwachsenen tranken heißen Apfelwein statt Tee, und zum Kuchen gab es Liköre. Ich verschüttete Großmamas Cherry Brandy, und der Mandelguß fiel mir vom Kuchen. Mrs de Gruchy sagte, es sei ihr egal, aber ich sah, daß es Großmama nicht egal war.

»Und Kitty?« fragte ihre Freundin.

»Sie ist in Haddersly Hall.«

»Gottseidank. Da siehst du, es ist nicht so schlimm, wie du dachtest«, flüsterte Mrs de Gruchy mit der Autorität eines Menschen, der viel über Krankheiten weiß, aber nie unter einer gelitten hat. »Mädchen sind eben Mädchen, sie mußte einfach ...«

Hier hob Mrs de Gruchy, die sah, daß ich zuhörte, den

Blick in meine Richtung und nickte vielsagend. Großmama schickte mich ins hintere Ende des Raumes, um mit einem mißmutigen Siebenjährigen zu sprechen, der dort saß. Ich hörte nur noch ein geflüstertes »Joan weiß nichts davon«.

Ich saß mit dem kleinen, unfreundlichen Jungen auf einer geschnitzten Ottomane und grübelte über das nach, was ich gehört hatte. Ich wußte nicht, warum Mutter Peter geheiratet hatte und nicht einen ihrer anderen Verehrer. Ich persönlich hätte ihn blitzartig geheiratet, aber er schien mehr mein Typ zu sein als Mutters. Doch sie mußte ihn wirklich gemocht haben, da sie ihre Boshaftigkeit während ihrer gemeinsamen Monate im Zaum gehalten hatte. Dann erinnerte ich mich an ihr Gesicht, als wir sie am Eaton Square besuchten, unmittelbar nach den Flitterwochen. Sie langweilte sich damals, das wußte ich mit Sicherheit. Je länger ich darüber nachdachte, je mehr schien mir, daß sich Boshaftigkeit nicht für lange Zeit begraben ließ; sie schlängelte sich wie ein Wurm wieder nach oben. Man konnte sie auch nicht ertränken, denn selbst tote Fische tauchen auf und verwesen an der Meeresoberfläche. Wenn jemand auf Langeweile so extrem allergisch reagierte wie Mutter, dann würde auch dies jedes beliebige Maß an Liebe zersetzen.

Ich wollte nicht glauben, daß Peter etwas falsch gemacht hatte. Er war ein unschuldiges Opfer, wie ich. Ich hoffte, daß sie ihm nicht weh getan hatte, ihn nicht zwickte oder trat. Vor allem hoffte ich, daß sie ihm nichts gesagt hatte, was an ihm nagen würde. Er hatte mir erzählt, Mutter habe ihn mit dem magischen Grün ihrer Augen verzaubert. Ich wußte, daß er nie gesehen hatte, wie sie blitzen. Er hatte nie die Macht des Bösen gespürt, die einen Mann wie ihn lähmen konnte. Er hatte nichts von alldem gesehen, als er damals an der Gartenmauer von Haddersly Hall mit mir sprach. Aber was war seither geschehen? Ich wußte es einfach nicht. Ich würde es nie erfahren. Großmama hatte durchblicken lassen, ich sei zu jung. Doch selbst jetzt, so viele Jahrzehnte später, ist es immer noch ein Geheimnis.

Es war sehr dunkel, als wir das St Thomas' verließen. Wir fuhren mit dem Taxi durch die beleuchteten Straßen, und auf den Scheiben bildete sich Reif. Sehr viele Menschen stapften durch den gefrorenen Matsch. Großmama sagte, ihrer Meinung nach sei es für Schnee zu kalt. Unter der Waterloo Bridge lagen Menschen zusammengekauert, und Großmama befahl mir, nicht hinzusehen. Als ich sie fragte, warum, antwortete sie: »Wie schwer unser Leben uns auch vorkommen mag, es gibt andere, deren Leben noch schwerer ist. Vergiß das nicht, Joan.«

Ich nickte. »Ja, Großmama.«

»Versprich es mir«, beharrte sie, »versprich es mir. Es gibt immer andere, die es noch schwerer haben.«

Ich hatte Großmama nie so verstört gesehen. Wenn wir sonst an einem Zeichen von Elend vorbeikamen, das sie nicht direkt beeinflussen konnte, pflegte sie wegzusehen und zu tun, als sei nichts geschehen. Ich verstand nicht, warum sie fast zu Tränen gerührt war durch eben jene Landstreicher, die sie sonst zu verachten schien. Rückblikkend glaube ich, daß sie eine Vorahnung von dem Kommenden hatte, einen Anflug von Mutters Hellsichtigkeit.

Als wir Hendon erreichten, waren wir beide müde. Susan, das Dienstmädchen, machte uns heiße Schokolade, wir aßen ein paar Butterbrote und gingen zu Bett. Ich bin nicht sicher, wie lange ich geschlafen hatte, als ich Mutter hörte. Sie kam aus Yorkshire und war starr vor Kälte. Ich hörte, wie Großmama sich unten um sie kümmerte.

»Geh besser zu Bett, Maman«, hörte ich Mutter sagen. »Peter kann jeden Augenblick kommen.«

»Kitty, was hast du getan?«

»Sei nicht albern, Maman, geh zu Bett.«

Danach war es lange still, und ich döste wieder ein. Es muß lange nach Mitternacht gewesen sein, als Peter kam.

Ich hörte seinen Wagen nicht. Ich wurde davon wach, daß er unten im Wohnzimmer schrie. Mutter schien nicht viel zu sagen, aber Peter war sehr wütend. Ich hätte nie gedacht, daß er schreien und grausame Dinge sagen konnte. Nicht daß das, was er sagte, falsch gewesen wäre, aber es war grausamer, weil es stimmte. Ich wußte, daß Lauschen eine Sünde war, aber ich konnte nicht anders. Die Verbindung von Lärm und Enthüllungen war zu viel für mich.

Durch den Türangelspalt hindurch sah ich Mutter wie eine Priesterin auf dem Weg zum Altar die Treppe hinaufkommen, wobei Peters Beschuldigungen wie der Singsang eines Meßdieners hinter ihr herzogen.

»Du bist abgrundtief schlecht«, rief Peter ihr nach, »abgrundtief.«

Mutter erreichte den Treppenabsatz, ihr Kopf war umgewandt, und sie lachte. Die Wut schwand aus Peters Stimme, und er ließ sich an der Treppenbiegung fallen, völlig entkräftet.

»Du bist nicht wie andere Menschen.«

»Gottseidank!«

»Du bist schlecht ... zutiefst schlecht ...«

Das letzte Wort löste sich auf wie Kerzenrauch in einer Kirche.

Mutter verschwand in ihrem Zimmer, und ich hörte sie an ihrem Toilettentisch mit Flaschen und Tiegeln hantieren. Peter ging unten auf und ab, der Papagei, aus dem Schlaf geweckt, reizte ihn mit seinem »Jetzt ist's soweit«. Nach wenigen Minuten schlug die Haustür, dann raste ein Wagen davon.

Ich schlief wieder, als Mutter in mein Zimmer schlich.

Ich stellte mich schlafend, als sie sich in mein enges Messingbett zwängte. Mutter hatte mich nie berührt, außer mit Gewalt. Mir wurde übel, so sehr überfluteten mich Gefühle, als sie neben mich kroch und ihre kalten, parfümierten Gliedmaßen neben die meinen legte, so daß mir der Kopf vom Duft ihrer Nähe schwirrte. Es war noch dunkel, als Peter in mein Zimmer kam. Ich hatte ihn nicht zurückkommen hören, sah aber im Türspalt vor dem hellen Flurlicht ganz deutlich seine Umrisse. Er wirkte müde und krank, seine Augen glänzten fiebrig aus einem Gesicht, das die Farbe von Mullverbänden hatte. Er stand einige Sekunden auf der Schwelle, dann ging er zum Fußende meines Bettes.

In einer Hand hielt er ein Gewehr, das er wie eine Opfergabe für Mutter vor sich hertrug, die andere Hand hing zitternd an seiner Seite herab. Ich bewegte mich ein wenig, und unter der Bettdecke ergriff Mutter meine Hand und bohrte mir ihre langen Nägel ins Handgelenk, damit ich ruhig blieb.

Peter blickte von Mutters Gesicht zu mir, dann ließ er langsam das Gewehr sinken, wie einen Sarggurt. Er murmelte etwas wie »Dir hätte es auch geholfen, Kumpel«, dann ging er.

Wir sahen ihn nie wieder, und sein Name wurde, wie der meines Vaters, aus der Familienchronik gelöscht. Sekunden, nachdem die Haustür zugefallen war, verließ Mutter mein Bett, und ohne ein Wort zu sagen, ging sie in ihr Zimmer und schloß die Tür ab.

6. *Kapitel*

Es schien, als veränderte sich die ganze Welt, weil unser Leben sich verändert hatte. Nach Peters dramatischem Abschied dachte ich, daß alles welken und verblassen würde. Unser Garten war bereits kahl, und die Platanen in unserer Straße, winternackt, hielten in hoffnungslosem Flehen ihre narbigen grauen Äste gen Himmel. Es schneite, und die Straße verwandelte sich in einen umbrabraunen Matschstreifen. Der Park hinter der Kreuzung wirkte verlassen und sturmgepeitscht, das eiserne Gitter stand bereit, alles aufzuspießen, was in diesem eigenartig flüchtigen Teil der Metropole ins Trudeln geriet. Blätter, Kehricht und verlorene Handschuhe hingen an den Eisenspitzen wie Botschaften aus einer verlorenen Welt, wo es noch Reste von Farben gab, verblichen zwar, aber noch in Bewegung.

An dem Morgen, nachdem Peter fortgegangen war, kam Großmama zum Frühstück herunter und leistete mir Gesellschaft, ich mit meinen Corn-flakes, sie mit ihrem Kaffee, dann nahm sie ihr Leben und ihre Handarbeit wieder auf, als sei nichts geschehen. Ich versuchte, ihr einiges von dem zu erzählen, was in der Nacht geschehen war, und sie sagte nur »Ja, Liebes«, »Nein, Liebes«, »Wenn du weniger essen würdest, hättest du vielleicht schönere Träume«, und schloß damit das Thema für immer ab. Mutter blieb vierundzwanzig Stunden in ihrem Zimmer, sie klingelte gelegentlich nach Susan, ihrem Dienstmädchen. So sah Mutter Susan und alle anderen Mädchen vor ihr. Sie waren ihre persönlichen Dienstmädchen. Die Tatsache, daß sie auch die einzige Hilfe waren, die wir hatten, und Köchin, Putzfrau und Arbeitstier für alles sein mußten, spielte keine Rolle. Mutter schwang ihre Glocke zu jeder Tages- und Nachtzeit mit der Dringlichkeit einer Feuersirene. Es war schon albern, in einem kleinen Einfamilienhaus in Hendon Green überhaupt eine Glocke zu haben, aber mit Mutters Beharrlichkeit zu läuten, als müsse sie sich durch die langen Korridore eines Landsitzes Gehör verschaffen, schien wie eine ständige Verhöhnung. Die lorbeergrünen Trennwände des Eßzimmers waren dünn wie Paravents, und man konnte ein Flüstern durch die Decke hören. Mutters Musikstücke konnten die vier Arme des kleinen Kronleuchters im Wohnzimmer unter ihr zum Tanzen bringen. Man konnte das Klacken ihrer Absätze auf dem Treppenläufer und das Knistern der Bürstenstriche durch ihr Haar hören. Ein Ruf hätte genügt, um in diesem engen Haus jemand von überall her herbeizuholen, aber Mutter machte mit ihrer gebieterischen Glocke ein Riesenspektakel. Die Reihe der Susans und Nancys mußte lernen, in Miss Kittys königsblaues Schlafzimmer mit den kurzen chinesischen Vorhängen zu gehen und dort zu knicksen, als seien sie von einem alten, entlegenen Dienstbotentrakt in einen riesigen *piano nobile* gelaufen.

An dem Morgen, nachdem Peter gegangen war, übertraf Mutter sich mit ihrer Glocke. Sie klingelte nach Susan, damit sie die Vorhänge aufzog, dann, damit sie sie schloß, dann, damit sie ihren Hausmantel und ihre Ringe suchte. Um ihr Grafonola heraufzubringen und dann die neuen Nadeln. Um die Trix Sisters, Jelly Roll, Caruso, Martinez, Tangos und Walzer, Foxtrotts und Schlaflieder zu suchen. Sie probierte alle durch und kurbelte den Elfenbeingriff ihres Grafonola durch ein solches Potpourri von Orchestern und Liedern, daß es den Eindruck machte, als fahnde sie, bei der Suche nach einem Musikstück, nach einer neuen Maske, mit der sie diesem neuen Skandal begegnen würde. Über unseren Köpfen hörten wir ihre tastenden Versuche als Schrittfolgen von wenigen Minuten Dauer, markiert von der Glocke und Susans schwerem Schritt auf der Treppe. Schließlich entschied Mutter sich für einen neuen, ungewöhnlichen Charleston. Sie tanzte den ganzen Nachmittag, »da da, da da«, und tippte den Rhythmus durch die Decke, die schon Risse hatte. Als sie die Technik zu ihrer Zufriedenheit beherrschte, rief sie ein Taxi, fuhr fort und ließ Großmama wissen, sie werde Freunde in Paris besuchen.

An jenem Abend kehrte ich zurück zu meinen Freundinnen, zurück in die Klosterschule, wo ich die folgenden drei Jahre verbrachte, unterbrochen nur von den kurzen Ferien, die das Ergebnis von Großmamas langen Gefechten waren. Sie gewann einige Tage Selsey für mich oder meine Nachmittagsausflüge mit ihr, aber ich gewöhnte mich so sehr daran, eine Tochter vom Heiligen Kreuz zu sein, daß ich Großmamas Hinken zum Kalvarienberg nicht wahrnahm. Solange ich in der Klosterschule war, drehte sich mein Leben um den Ablauf dort. Nur bei meinen seltenen Besuchen zu Hause nahmen Großmama und Mutter wieder den wichtigsten Platz in meinem Denken ein. Ich erlaubte mir in diesen Jahren scheinbaren Friedens, eine ganze Reihe von Maschen fallen zu lassen. Jetzt ist mir klar, daß die arme Großmama nie zur Ruhe kam. Während ich mich hinter den Klostermauern erholte, muß sie unablässig geflickt und ausgebügelt haben.

Als Mutter für einen Monat nach Biarritz fuhr, schmuggelte Großmama mich über Ostern für zehn Tage nach Hendon. Alles war so arrangiert, daß ich wieder in der Schule sein würde, bevor Mutter zurückkam, und falls sie nicht fragte, sagte Großmama, solle ich es ihr nicht erzählen. Es war eins dieser trüben Ostern, an denen sich die

Sonne nicht entscheiden kann, ob sie scheinen oder sich in einen Winternebel zurückziehen soll, und deshalb in einem Kompromiß als bleicher Abklatsch ihrer selbst am Himmel hängt. Großmama liebte die Sonne; sie folgte ihr rund ums Haus, fing ihre Wärme bald an einem Ostfenster, bald von Süden ein und sammelte die tröstlichen Strahlen durch die dicken Scheiben unseres Vorstadthauses.

Wir saßen im Gewächshaus, Rufus lag zu unseren Füßen und zuckte manchmal. Ich hielt in den erhobenen Händen einen Strang Seidengarn, den Großmama zu einem ihrer festen Garnknäuel aufwickelte. Sie wirkte wie eine Rekonvaleszentin. Ihre Tochter war sicher auf der anderen Seite des Kanals, ihre Zinerarien im Garten hatten einen weiteren bösartigen Winter überlebt, ohne dem Frost zu erliegen, und ihre beiden Reihen Kamelien trugen bereits Knospen, in denen eng eingerollte Blüten darauf warteten, sich später im Jahr zu entfalten.

Ich war zehn Jahre alt und wuchs mit der Geschwindigkeit eines Daumenkinos. Im Jahr zuvor war ich dreimal aus meiner Schuluniform herausgewachsen. Ich kannte einige der älteren Schülerinnen aufgrund des demütigenden Umstandes, ihre abgelegten Uniformen kaufen zu müssen. Ich konnte mit Marguerite le Blanc, dem Rabauken der Schule, ringen und sie besiegen und jeden Kampf mit jedem Mädchen der Schule gewinnen. Es war dort viel einfacher, sich zu streiten, als befreundet zu sein. Nähe war das wirkliche Verbrechen. Zweiergespräche wurden bestraft. Arm in Arm gehen, sich nur zu mögen, rief Stirnrunzeln hervor. Das förderte einen ›Selbstkult‹, und ein katholisches Mädchen hatte selbstlos zu sein. Aber die gehässige Schwester Marie beobachtete mich unablässig, und sie meldete meine Grobheiten der Mutter Oberin, die zweimal an Großmama schrieb. Großmama war so erschüttert, daß ich von da an Louise Hunter regelmäßig die Hälfte meines monatlichen Taschengeldes gab, damit sie künftig für mich Schmiere stand, wenn ich mich gezwungen sah, diesen unchristlichen Beschäftigungen nachzugehen. Aber ich hatte gefastet, gebeichtet, war mit Großmama zu vielen Morgenandachten gegangen, und mir war verziehen worden. Wir hatten Pfannkuchen und Osterbrot gemacht, und Mrs de Gruchy hatte uns die Beichte abgenommen. Ich versprach, in Zukunft brav zu sein, und mein Koffer war für meine Rückkehr in die Schule ordentlich gepackt.

Keine von uns hatte damit gerechnet, Mutter überhaupt zu sehen. Ich sollte unmittelbar nach dem Abendessen zurück ins Kloster. Wir hatten in dem winzigen Kamin im angrenzenden Wohnzimmer ein Feuer brennen, und Großmama hatte auf die Kohlen Zucker gestreut, um die Flammen heller zu machen. Das Zimmer roch nach Karamel. Das Haus war ruhig. Seit Mutter ihre Zimmer wieder bewohnte, waren mehrere neue Dienstmädchen gekommen und gegangen. Agnes sagte, daß die Tage der Küchen-Tyrannei nun ihrem Ende zugingen und die Mädchen nur wegen der steigenden Arbeitslosigkeit überhaupt bei uns in Hendon blieben. Sie ertrugen Mutters Tobsuchtsanfälle und Beleidigungen, solange sie konnten, und sie gingen, wenn Mutters Beschimpfungen schließlich schwerer wogen als die Schlangen vor den Suppenküchen. Einige schlichen nachts mit ihrem Pappkoffer aus dem Haus und wurden nie wieder gesehen. Die Mutigeren schmuggelten ihre Sachen aus dem Haus, bevor sie gingen, und sagten dann Mutter die Meinung, die sich an Rufus und, wann immer möglich, an mir rächte.

An diesem Osterfest war kein Dienstmädchen im Haus. Das letzte war unmittelbar vor Mutters Abreise nach Frankreich weinend gegangen, das neue sollte am darauffolgenden Montag anfangen. Großmama sagte, es sei sicherer, wenn niemand etwas von meiner Anwesenheit im Haus wisse, und ich hatte ihr bei der Hausarbeit geholfen. Sie hatte selbst das Abendessen zubereitet – Fisch, weil Freitag war. Aus der Küche zog ein leichter Geruch davon in das Gewächshaus, so daß es Rufus, der ausgestreckt vor dem elektrischen Heizöfchen zu Großmamas Füßen lag, im Schlaf durchzuckte.

Kein Mädchen, keine Warnung. Es war niemand da, der die Tür geöffnet hätte. So kam Mutter, von zwei jungen Männern begleitet, um in Windeseile ihre Garderobe aufzufüllen und Grammophonplatten auszutauschen, und ertappte uns in der Falle von Großmamas Seide.

»Guten Tag, Mrs Roberts, wie geht es Ihnen?« sagte der erste junge Mann und zog seine Kreissäge, unter der üppiges, sandfarbenes Haar zum Vorschein kam. Sein Begleiter nickte und verneigte sich mit spöttischer Servilität vor Großmama und mir.

»Ich ... hm ... warte hier mit dem jungen Hamish, bis du die Platten und deine Perlenketten und was weiß ich zusammen hast, Kitty. Vielleicht könnte euer Dienstmädchen uns ein Glas Irgendetwas bringen, damit die Räder geschmiert bleiben, und ... hm ... dir mit deinen Sachen helfen. Wärst du so nett?« sagte er und wandte sich zu mir. Ich saß ganz still mit erhobenen Händen, während Großmama leicht errötete und die Lippen spitzte, um etwas zu sagen. Mutter stand auf der Schwelle und beobachtete, wie Rufus, gerade erwacht, auf sie zu kroch. Sie sah mich nicht an, also sah ich sie an, während ihr Gesicht noch bleicher wurde.

»Sucht die Platten selbst aus«, sagte sie. »Sie sind oben.«

Als sie in Kittys Zimmer hinaufstürmten, wickelte Großmama wieder Garn auf. Ihre Bewegungen hatten sich zu einer bedächtigen Zeitlupe verlangsamt. Ich fühlte, wie das Blut aus meinen erhobenen Händen wich. Es schien, als werde sie nie fertig werden. Durch die Decke hörten wir die beiden Männer vergnügt nach Mutter rufen.

»Aber Kitty, deinetwegen haben wir diesen gräßlichen Flug nach Croydon genommen, du darfst den Rückflug nicht verpassen. Du weißt, wir alle werden heute abend in Le Touquet erwartet.«

»Nun komm schon, Kitty, was ist denn in dich gefahren?«

»Ich habe es mir anders überlegt.«

»Das ist kein Grund. Ich wage nicht, zurückzufahren und der Meute zu sagen, daß wir dich hiergelassen haben.«

»Kitty?«

»Was ist los? Du siehst eigenartig aus.«

»Sie macht nur Spaß, siehst du das nicht?«

Die Seide wickelte sich weiter Faden um Faden um den Knäuel. Die scherzhaften Töne erstarben, dann hörte man die Stimmen die Treppe hinunterdrängen.

»Im Ernst, Kitty, natürlich, wenn du es dir wirklich anders überlegt hast. Wie du willst. Ich ...«

Großmama machte ihren Knäuel immer größer, drehte ihn hierhin und dorthin, überkreuzte die Seide geschickt, damit sie zum Schluß nicht locker hing. Die beiden Männer verabschiedeten sich mit verblüfftem, verwirrtem Gesichtsausdruck, und Großmama seufzte.

Mutter war noch oben, aber wir wußten, auch ohne sie zu sehen, daß sie ihre Augen angeknipst und daß der harte Knäuel ihrer Bosheit die Freunde in die Flucht geschlagen hatte. In sich spürten sie Mutters Eis brennen. Sobald sie ihren Einflußbereich verlassen hatten, würden sie mit den Achseln zucken, lachen und in ihrem Automobil nach Croydon zur wartenden Abendmaschine zurückrasen. Sie lebten nach einem ritterlichen Verhaltenskodex, der sie zu willigen Sklaven ihrer weiblichen Bekannten, potentiellen

Geliebten und etwas weniger potentiellen Ehefrauen aus ihren Kreisen machte. Sie behaupteten, Angst davor zu haben, diese »Mädchen« zu verärgern oder zu beleidigen. Aber wirklich Angst zu empfinden war undenkbar, also würden sie es als ein momentanes Mißverständnis abtun. Mädchen waren verdammt schwer zu verstehen, vor allem so kapriziöse wie Kitty.

Schließlich war der Garnstrang zu Ende, der letzte Meter glitt von meinen tauben Handgelenken. Großmama stand auf, groß und zur steifen Körperseite hin abgeknickt. Sie stieß dabei gegen den leeren Papageienkäfig, dann bewegte sie sich langsam, unter Schmerzen, auf die Glastür zu.

»Geh auf dein Zimmer, Joan«, sagte sie. »Du kannst heute abend oben essen.«

Ich blickte ihr nach, als sie ging. Ich wollte aufstehen, ihre Hand nehmen und ihr sagen, daß es meine Schuld sei. Ich wollte nicht, daß sie meinetwegen Schwierigkeiten bekam. Ich wollte nicht, daß sie litt, nur weil ich wie ein Dienstmädchen aussah, ein irisches Dienstmädchen, grobknochig und derb, und überhaupt nicht wie ihre Familie. Ich spürte, daß sie sich im Unrecht fühlte. Es war unrecht, Rufus nicht vom Gewächshaus ferngehalten zu haben, unrecht, mich gegen Mutters expliziten Wunsch nach Hause geholt zu haben, und es war unrecht, den leicht betrunkenen jungen Mann nicht korrigiert zu haben, als er glaubte, ich sei das Dienstmädchen. Als ihre Gestalt aus meinem Blickfeld gehumpelt war, betrachtete ich den Papageienkäfig, unter dessen leerer Stange »Hannibal« eingraviert stand. »Papageien können hundert Jahre alt werden«, hatte Großmama gesagt, aber das war anderswo. Bei uns lebten sie nicht lang, nicht, wenn sie ein Geschenk aus der Familie eines Ex-Ehemannes waren. Dieser Hannibal hatte die Überquerung der Alpen nicht erlebt noch die Plünderung von Spanien, Italien oder wenigstens Hendon. Dieser Hannibal starb einen Tag, nachdem Peter unser Haus verlassen hatte, und er lag unter einem Kamelienstrauch in Großmamas schönem Garten begraben.

Sie erwartete mich oben auf der Treppe. Sie sagte meinen Namen nicht. Ich wollte, daß sie es tat. Selbst wenn sie mich strafte, wollte ich, daß sie meinen Namen aussprach. Sie tat es nie. Nach meiner Geburt, das hat Agnes mir erzählt, weigerte sich Mutter nicht nur, mich zu sehen, sie weigerte sich auch, mir einen Namen zu geben. Sie wollte, daß ich gar keinen Namen haben sollte. Großmama hatte natürlich darauf bestanden, und schließlich hatte Mutter gesagt, dann gib du ihr einen Namen. Also wurde ich Joan getauft, weil Jeanne d'Arc 1920 heiliggesprochen wurde und es modern war, Mädchen nach ihr zu benennen. Die meisten Joans, die ich in meinem Leben getroffen habe, wurden, wie ich, 1921 geboren. Mutter aber rebellierte weiterhin gegen meinen Namen, jeglichen Namen, und sie weigerte sich, den von Großmama gewählten auszusprechen. Ich träumte davon. Ich träumte, daß Mutter mich rief: »Joan, Joan, ich brauche dich«, oder einfach nur »Joan ... Joan«. Darin hätte etwas Liebevolles gelegen. Manchmal bemühte ich mich, es so zu drehen, daß mein Name geäußert werden konnte. Aber es geschah nie.

Sie zog mich mit den Augen zu sich heran, und ich versank im grünen Sog ihres Hasses. Ich spürte, wie sich die Taubheit meiner Handgelenke durch die Adern ausbreitete, bis sie wie ein fest gedrehter Garnknäuel in der Magengrube liegenblieb. Mir war übel. Ich versuchte, gerade weiterzugehen. Ich wußte, daß es besser war, sie nicht noch mehr gegen mich aufzubringen, aber ich konnte nicht anders, ich preßte mich gegen die Wand. Ich ging zu ihr hinauf und spürte das Chrysanthemenrelief der Plastikwandverkleidung gegen meine Hüfte drücken. Ich wußte, daß sie mich schlagen würde, aber es sollte schnell vorüber sein, damit sie ihren sengenden Blick von mir nahm. Sie hielt etwas Schwarzes in der Hand. Es war eine dünne Scheibe, eine ihrer Schallplatten. Als ich den Treppenabsatz erreichte, blitzte sie durch die Luft und landete auf meinem Gesicht.

Das hatte ich nicht erwartet, und in meiner Überraschung flüsterte ich: »Mutter«.

Dann haßte ich mich dafür, das gesagt zu haben. Es machte sie nur schlimmer. Immer machte es sie nur schlimmer, sie so anzusprechen. In ihrer Anwesenheit sollte ich sie gar nichts nennen. Ich sollte meine Worte ebenso sorgfältig wählen wie sie, um jede Erwähnung unserer Verbindung zu vermeiden. Ich hatte im Kampf gegen sie nie eine Chance. Ich hatte gelernt, nicht von der Stelle zu weichen, aber nicht mehr. Stehenbleiben und nicht schreien oder flehen. Und jetzt hatte ich ihren Namen genannt, ihre Wut heraufbeschworen, auf mich gezogen. Ich spürte die Schallplatte wieder auf mich zukommen, wie sie mein Gesicht oberhalb des Ohrs aufschlitzte, so daß es brannte. Ich sank auf die Knie, während meine Angreiferin auf mich einschlug. Die Schallplatte zerbrach, große Bakelitstücke fielen auf den Teppich.

Mutter war eigensinnig. Mit der scharfen Kante ihres zerbrochenen Charleston drosch sie weiter auf mich ein, traf meinen Kopf, dann meine Schulter und schließlich meine Arme, die sich gegen meinen Willen erhoben, um mich zu schützen. Ich zwang mich, nicht zu schreien, damit es schneller vorbei war. Mutter selbst machte kein Geräusch mit Ausnahme eines unterdrückten Geheuls und des gelegentlichen Krachens, wenn sie ihr Ziel verfehlte und die Wand hinter mir traf.

An jenem Abend aß ich, wie Großmama vorhergesagt hatte, auf meinem Zimmer zu Abend. Der Fisch war fade und verkocht. Großmama sagte, sie selbst habe keinen Hunger. Sie blieb lange bei mir und erzählte mir Geschichten von Claremont. Sie schlief immer wieder neben meinem Bett ein. Sie hatte das Blut aus meinem Haar gewaschen, den geschwollenen Arm und die Schulter mit Arnikatinktur betupft. Wo die Schnittwunden am tiefsten waren, hatte sie mit Leukoplast eine Hexenstichnaht gemacht, um die Ränder aneinanderzufügen. Sie sagte mir, das sei besser als Nähen und hinterlasse kleinere Narben. Sie sagte mir das mindestens dreimal, und sie sagte, ich bliebe besser zu Hause, bis es mir bessergehe, und dann solle ich im Kloster bleiben und eine Zeitlang nicht nach Hause kommen.

Aus diesen Wunden schlug ich neun freie Tage wegen Krankheit. Ich verbrachte sie damit, mich in meinem Zimmer hinter *Bleak House* zu verstecken. »Nebel überall. Nebel stromaufwärts, wo der Strom zwischen Buschwerk und Auen fließt; Nebel flußabwärts, wo er sich schmutzig zwischen Reihen von Schiffen und dem Uferunrat einer großen – und schmutzigen – Stadt hindurchzwängt.«

Das neue Dienstmädchen kam ein paar Tage darauf. Sie bedauerte mich sehr wegen meiner Verletzungen. Sie versicherte mir, ich könne von Glück sagen, den Unfall überlebt zu haben.

»Es muß wirklich schlimm gewesen sein. Die arme Miss Kitty hat ja auch die Hand ganz verbunden.«

Das neue Dienstmädchen fand an blutrünstigen Details ebensoviel Vergnügen wie Agnes, und es tat ihr leid, daß man ihr den Unfall nicht ausführlicher beschrieb – so leid, daß sie ging, noch bevor ich genesen war. Sie erzählte mir, sie gehe ungern gleich wieder, nachdem sie angefangen habe, und Mrs Roberts sei so nett, aber Miss Kitty habe offenbar einen schlimmen Schock erlitten, und manchmal, wenn Miss Kitty sie ansehe, schlotterten ihr die Knie, und sie habe nie sehr starke Nerven gehabt, jedenfalls nicht, seit sie auf der Straße von einem Hund gebissen worden sie.

Mein zweiter, sehr viel längerer Aufenthalt in Hendon war, als ich einmal um Weihnachten dort war, die Masern bekam und drei Wochen in Quarantäne das Bett hüten mußte, nachdem das Fieber und die unansehnlichen Pusteln verschwunden waren. Nach den Masern – eigentlich während der Masern – streckten sich meine Beine zu ihrer jetzigen Giraffenlänge. Ich war immer groß für mein Alter gewesen und hatte einige Jahre älter ausgesehen. Aber während ich im Bett lag und die Infektion herausschwitzte, wuchsen nur die Beine, während mein übriger Körper unverändert blieb, mit Ausnahme meines Busens, der sich gleichzeitig entwickelte.

Ich legte mich als überdimensioniertes Kind hin und stand drei Wochen später als allzu üppig geformte Erwachsene wieder auf. Erst nach sechs Wochen kehrte ich in die Schule zurück, wo die Mädchen und die Nonnen mich kaum erkannten. Dies beruhte auf Gegenseitigkeit, denn obwohl Großmama auf einem verdunkelten Krankenzimmer bestanden hatte, machte mein Sehvermögen nur noch schemenhafte Umrisse aus. Ohne Brille sah ich nie mehr scharf. Durch Schielen konnte ich sogar Mutters Vitriolblick mildern. Die große Brille, die ich ab Frühsommer trug, war meinem Aussehen nicht zuträglich. Nicht, daß es mir wirklich etwas ausgemacht hätte; ich konnte mich dahinter verstecken, und ich hatte schon lange aufgehört, um eine Märchenverwandlung vom häßlichen Entlein zum Schwan zu beten. Meine Beine und der neuentstandene Busen lösten sehr gemischte Reaktionen aus. Die Mädchen in der Schule waren auf letzteren überaus neidisch; die Nonnen brachte er in Rage, sie sahen sein plötzliches Auftauchen als Ergebnis liederlicher und gezielter Züchtung. Aber die Handlungsreisenden und gelegentlichen Strandgutsammler in Selsey fühlten sich von meinen neuen und übertriebenen Formen fraglos angezogen. Großmama machte mir eine Leinenbandage, um meinen Oberkörper zu umwickeln und zu plätten, und sie sagte, ich sei das unglückseligste Kind, das ihr je begegnet sei, während Mutter, zu meinem Kummer, sich nicht einmal zu einer Kritik herabließ.

Erstaunlicher aber als jeden anderen Aspekt von meiner Krankheit oder deren Nachwirkungen fand ich das plötzliche Auftauchen meines Onkels Frank. Ich wußte, daß es ihn gab, diesen Bruder meines Vaters, denn Jahre zuvor, als die Scheidung meiner Eltern gerichtlich durchgefochten wurde, war der Name meines Onkels Frank hin und wieder gefallen. Und als ich neun war, hatte ich ihn sogar einmal in unserem Vorgarten gesehen – aufgrund dieses Besuchs war Mutter eine Woche lang eigensinnig. Ich weiß noch, daß ich damals erstaunt war, an seinem sich entfernenden Kopf und dem Halbprofil zu sehen, daß er völlig normal, sogar ein wenig distinguiert aussah. Ich hatte mir bis dahin vorgestellt, daß mein Vater und seine Familie zu den Pferdefüßigen gehörten, mit mißgestalteten Köpfen, Hörnern und Riesenkörpern, die von einem gewaltigen Scheiterhaufen rotlodernder Haare gekrönt waren.

Nach dieser einen vielversprechenden Stippvisite hörte ich weder von ihm noch über ihn je wieder etwas. Damals hatte er fünf Pfund dagelassen, für die ich mir etwas kaufen sollte. Mutter hatte es Großmama ausgehändigt, die es mir mit der ausdrücklichen Anweisung aushändigte, es am

Sonntag nach der Messe in die Kollekte zu legen. Die fünf Pfund wurden pflichtgemäß gespendet, Onkel Frank aber blieb mir als Held und exzellenter Kinderkenner in Erinnerung. Doch aufgrund dieses Verlustes meines kurzlebigen Reichtums sanken die Fahnen meiner religiösen Inbrunst. Monatelang noch schweiften meine Gedanken in der Kirche, häufiger noch in der Schulkapelle, von den Gebeten und der monotonen Predigt zu Berechnungen, wie viele Rosinenstückchen ich mit dem Fünfer hätte kaufen können. Ich hätte eintausendzweihundert Stückchen mit weißem Zuckerguß kaufen können, oder achthundert Kopenhagener, oder zweitausendvierhundert kleine weiche Bonbons, die es in einem polnischen Delikatessenladen in der High Street gab. Soweit ich mich erinnere, war es das einzige Mal, daß ich mich für Rechnen interessierte. Ich saß in meiner Bank, eingeklemmt zwischen meinen Mitschülerinnen, starrte über das rote Gebetbuch hinweg auf Pater Gregory, fragte mich verärgert, wie viele Krapfen er von meinem Geld gegessen hatte, und hoffte, er werde daran ersticken.

Onkel Frank aber kehrte nach meinen Masern zurück und kam, ohne sich um die Quarantäne zu scheren, direkt in mein Zimmer, um mich zu besuchen. Großmama war entsetzt, daß er darauf bestand, die Ansteckungsgefahr einfach zu ignorieren, er aber behauptete, eine Krankheit sei nur während der Inkubationszeit und nicht danach ansteckend, und man sei nach einer solchen Ansteckung nur aufgrund irriger Formalitäten ans Haus gebunden. Ich weiß nicht, was in den Jahren zwischen dem ersten mißlungenen und dem zweiten geglückten Besuch anders geworden war. Was immer es war, zu Mutters Entrüstung teilte Großmama Onkel Franks Meinung, daß es für mich wichtig sei, zur anderen Seite meiner Familie Verbindung zu haben. Vielleicht spürte sie das Fortschreiten ihrer eigenen Krankheit und sorgte sich, was mit mir geschehen würde, falls sie nicht mehr da wäre, um Schiedsrichter meines Lebens zu sein.

Der erste Besuch fand in meinem Zimmer statt, wobei Großmama dabeisaß und mich beschützte, nicht so sehr vor meinem Onkel als vielmehr davor, was ich in einem Augenblick der Indiskretion über mein Leben mit Mutter sagen könnte. Doch als sie sah, daß ich die Geschichte meiner Kindheit so umgeschrieben hatte, daß alle heiklen Punkte ausradiert waren, vertraute sie mir so weit, daß er mich allein wiedersehen und in den folgenden zwei Jahren sogar für Ausflüge aus der Schule holen durfte.

Mutter und Onkel Frank grüßten sich nicht einmal. Mein Onkel, der zwischen Augenblicken eines, wie er es nannte, »Gesprächs von Mann zu Mann« und Augenblikken verwirrten Schweigens pendelte, sagte mir, sie hätten keine Gemeinsamkeiten. Doch mir schienen sie recht viel gemeinsam zu haben. Beide fühlten sich mit Kindern unwohl, und beide langweilten sich schnell. Er machte mit mir die Museen durch. Wir kamen per Taxi in South Kensington an und nahmen dann unter seiner enthusiastischen Führung die Besichtigung des gewaltigen Naturhistorischen Museums, vor allem der Abteilungen Naturwissenschaft oder Geologie, in Angriff, wo er mir von seinen Reisen zu erzählen begann, vor allem in Argentinien.

Onkel Frank hatte viele Jahre in Argentinien gelebt, dort Eisenbahnen entworfen, ihren Streckenverlauf geplant und darauf gewartet, große Gewinne einzustreichen. Ein anderer Onkel (ich hatte sechs, wie sich herausstellte) war durch die argentinische Eisenbahn Millionär geworden, und Frank war ihm nach Argentinien gefolgt. Frank ging gemessenen Schrittes durch die Ausstellungen, freute sich hier über ein Straußenei, dort über einen frühen

Motor, und erklärte, wie es ihm bei seinen transatlantischen Abenteuern ergangen war.

»Ich hatte nie ein Talent für Geschäfte oder dergleichen. Charlie setzte offenbar nie einen Schritt vor die Bürotür, und trotzdem machte er dort ein Vermögen. Als ich kam, war er gerade dabei, seine Koffer mit Goldbarren vollzupacken, um wieder nach Hause zu fahren. Natürlich ließ er mir eine ungeheure Liste mit Namen da, aber ich wußte nicht, was ich damit anfangen sollte oder wie.«

Er schob mich im Kreis um die Magahonischaukästen, vor allem im Naturhistorischen Museum, das ihm immer besser zu gefallen schien als die anderen. An den Vitrinen mit den ausgestopften Vögeln und den riesigen, platten Emu- und Straußenfüßen blieb er immer lange stehen und sagte: »Ich habe mich nie beruhigen können über diese ... Vögel, alles Vögel ... eigenartig, wenn man sich das überlegt ... alle so verschieden, und alle legen Eier.«

Wenn er einige Zeit zwischen den Vitrinen mit ihren winzigen Kolibri- und riesigen, opaken Straußeneiern umhergelaufen war, äußerte er sich erneut ausführlich über die Diskrepanz zwischen seinem eigenen mageren Gewinn in Südamerika und den goldenen Eiern, die sein Bruder dort aufgelesen hatte, dann ließ sein Interesse an der übrigen Natur – der lange schon ausgestopften ebenso wie der noch lebendigen – merklich nach, und er lud mich zum Tee in eines der Londoner Hotels ein.

Ich für meinen Teil interessierte mich ohnehin mehr für Tee und Kuchen als für die Wiederbelebung Patagoniens, und während er im Foyer des recht eleganten, aber etwas heruntergekommenen Russell Hotel Gincobbler trank, aß ich nach Herzenslust und lauschte den verstreuten Informationen, die er über meine anderen Onkel und, was mich am meisten faszinierte, über meinen Vater fallen ließ.

Onkel Frank äußerte sich sehr unbestimmt über seine

Familie. Er blickte in sein hohes Ginglas, starrte die ausdruckslose Flüssigkeit mit ebenfalls recht ausdruckslosen, blaßblauen Augen an, zupfte an seinem Oberlippenbart und murmelte: »Nelson war mir schon immer ein Rätsel.«

Nelson war mein Vater, und ich verlangsamte mein Essen auf das absolute Minimum, um mich auf seine Enthüllungen zu konzentrieren.

»Und impulsiv ... hat deine Mutter geheiratet, einfach so. Mater gefiel das gar nicht, Kitty ist ja Katholikin.«

Er sah von seinem Glas zu mir auf und dann wieder in sein Glas. »Wahrscheinlich bist du auch irgendwie katholisch. Ist ja nicht schlimm, finde ich. Ziemlich viel Aufhebens um eine Religion, oder? Ich kannte ein paar wirklich nette Katholiken. Habe einen in Buenos Aires gekannt, war ein sehr anständiger Kerl, sehr anständig. Ist an Typhus gestorben.«

Er verfiel kurz in sein typisches Schweigen, dann sinnierte er weiter: »Über deine Mutter würde ich vor allem sagen, daß sie nicht die Sorte Frau ist, mit der ein Mann allzu viel Zeit verbringen möchte. Das ist dir sicher aufgefallen.«

Wie Peter behandelte auch Onkel Frank mich immer, als sei ich ein Mann.

»Habe seit Jahren nichts von Nelson gehört, seit dieser ... hm ... Scheidungsgeschichte nicht mehr, und davor war er einfach verschwunden. Weiß bis heute nicht, was zwischen ihm und Kitty passiert ist. Habe nichts von dir gewußt, bis du neun warst. Keiner von uns. Komisch, nicht wahr?« Onkel Frank fand es so komisch, daß es ihm unangenehm war, wenn ich von seinem Bruder als meinem Vater sprach, also fing auch ich an, ihn Nelson zu nennen.

»Hat Nelson rote Haare?«

Mein Onkel schien ziemlich erstaunt und schüttelte den Kopf.

»Irgendeiner deiner Brüder?«

»Nein, so was gab es bei uns nie. Einer aus Charlies Brut hat allerdings einen Klumpfuß. Man sollte meinen, daß man das mit so viel Geld verhindern kann, aber nein, ist ganz eingedreht.«

Onkel Frank versank wieder in Brüten, warf einen raschen Blick auf meine großen Füße, um sich zu überzeugen, daß sie nicht eingedreht waren. Erleichtert wandte er sich wieder seinem Gin zu und bestellte noch einen. Nach einigen langen Pausen dieser Art sagte er: »Dein Onkel Frank hat Arbeit zu erledigen.« Dann bezahlte er die Rechnung, rief ein Taxi, begleitete mich nach Hause und steckte mir jedesmal eine halbe Krone zu, wenn wir die eintönigen Meilen unechter Tudor-Häuser und kleiner Reihenhäuser ansteuerten, die Hendon und Zuhause ankündigten. Wenn ich aus dem Taxi ausstieg, sagte er immer als letztes: »Vergiß nicht, du kannst dich immer auf deinen Onkel Frank verlassen; ruf mich einfach an, wenn du mich brauchst.«

Da er mir niemals eine Adresse oder Telephonnummer gab, war dies nicht wirklich möglich, aber wir beide mochten diese Art von eingebildetem Pakt zwischen uns.

Frank kam mir oft wie ein Blindenhund vor, der sich auf bestimmten Wegen zurechtfand und andere instinktiv mied. Wenn er mich an der Gartentür abgesetzt hatte und im Taxi wieder nach West London verschwunden war, drückte ich mich auf der Straße herum und betete, daß niemand mich sah. Ich war nicht gerade unauffällig. Meist hätte ich nicht dort sein sollen. Frank holte mich in der Regel am Kloster ab, aber er hegte einen solchen Abscheu gegen Schulen im allgemeinen und Klosterschulen im besonderen, daß er es fertigbrachte, mich nach Hause statt ins Kloster zu bringen. Mitunter verlor er vor Ablauf der mir zugestandenen Ausgehzeit die Lust an unseren Ausflügen, dann konnte ich ein anderes Taxi nehmen und zur Schule zurückfahren, bevor es Schwierigkeiten gab. Dafür mußte ich zwar die geschenkte halbe Krone anbrechen, das aber war hundertmal besser, als Mutter oder auch Großmama über den Weg zu laufen.

Einmal erwischte mich Großmama, als ich auf diese Weise in Hendon abgeliefert worden war, da schob sie mich eilig ins Haus und sagte: »So ein Unsinn. Frank hat zeit seines Lebens nicht einen Tag gearbeitet. Ich werde mit ihm darüber sprechen, er hat kein Recht, dich hierherzubringen. Was wäre, wenn Kitty nach Hause käme?«

Aber aus irgendeinem Grund sprach sie nie mit Frank darüber, auf welche Weise er mich nach Hause brachte, und ich wurde weiterhin von der Schule abgeholt und vor unserem Gartentor abgeladen. Und einmal war Kitty zu Hause, aber sie hatte eine ihrer eigenartig ruhigen Phasen, in denen sie in einer Art Trance umherglitt. Daher fragte sie nur: »Was tut sie hier?«

»Sie geht gerade zur Klosterschule«, antwortete Großmama.

»Ah, gut«, sagte Mutter und schlenderte hinter das Haus, der Rock ihres bestickten Seidenkleides raschelte hinter ihr her, er folgte dem anmutigen Schwung ihrer Hüfte.

7. Kapitel

Großmama sagte, nichts sei nach dem Ersten Weltkrieg gewesen wie zuvor. Die alte Ordnung war mit den Füßen der Soldaten in den Schützengräben verrottet und breitete sich wie ein Gangrän im Blut unseres Landes aus, bis sich jeder von der Gegenwart verletzt und betrogen fühlte, sich nach der Vergangenheit verzehrte und den politischen Führern mißtraute. Es gab eine institutionalisierte Nostalgie. Vor dem Krieg sei das Leben vollkommen gewesen, sagten die Leute; die Erdbeeren schmeckten besser, die Mädchen waren hübscher, die Männer romantischer, und auf den Festen hatte man mehr Spaß gehabt. Selbst unter den Arbeitslosen rankten sich romantische Phantasien um ihre gestohlene Vergangenheit. Die harte Plackerei der Landarbeit wurde idealisiert, und Schlangen von Arbeitslosen sehnten sich mit feuchten Augen nach lange vergessenen Fabrikschichten aus jenen Tagen, als es kaum Vorschriften und endlose Arbeitszeiten gab. Das war einmal, das war, trotz allem, die gute, alte Zeit. Vielleicht fehlte den Menschen eher die Ordnung der Dinge als die Dinge selbst.

Worin sie auch bestanden haben mag, diese »Krankheit der dreißiger«, sie war endemisch. Nur glaubten Mutter und in gewissem Maße Großmama und ich, sie betreffe ausschließlich unsere Familie. Aufgrund der speziellen Begleitumstände unserer Flucht von der Insel und der relativen gesellschaftlichen Isolation danach konnten wir nicht sehen, daß das ganze Land seine Lebensweise änderte oder ändern mußte. Wenn das Geld nicht reichte und die Metzgerrechnung kaum zu bezahlen war, gab

Mutter mir und nicht den Lebenshaltungskosten die Schuld. Und wenn Großmama einkaufen ging und eine Verkäuferin es an Respekt mangeln ließ, schob Großmama dies auf unsere Lage: unseren tiefen Fall. Tat ein Kaufmann allzu vertraulich, suchte Mutter den Grund darin, daß der Übeltäter um unsere Notlage wußte, und nicht in den veränderten Zeiten. Wenn ihr Leben nicht mehr so erfreulich war wie früher, dann war es meine Schuld.

Agnes sagte, der Wandel zwischen den Kriegen sei atmosphärisch; sie sagte, er habe wie die unangenehme Stickigkeit eines aufziehenden Gewitters gebrütet. Mutter und Großmama begannen, sich gegenseitig auf eine Art zu überwachen, wie sie es zuvor nicht getan hatten. Mutter freute sich über den Börsenkrach in New York; sie sagte zu Mrs Müller, die Reichen seien gezüchtigt worden. Es verstimmte sie allerdings, als der Federn- und Paillettenglamour der früheren Mode abstumpfte und alles konventioneller wurde. Wenn ihre jungen Verehrer früher versucht hatten, Aufmerksamkeit auf sich zu lenken, schien es ihnen jetzt klüger, strikt innerhalb der Grenzen einer gesellschaftlichen Gruppe zu bleiben und deren Verlust nicht zu riskieren, indem sie zu sehr auffielen. Einer ihrer Freunde ging nach Spanien, um dort zu kämpfen, was sie ihm nie verzieh. Agnes erzählte mir, nach Mutters Ansicht sollten alle Draufgänger ihre Herausforderung darin suchen, auf der Messerschneide von Mutters flüchtigen Leidenschaften zu balancieren, ihre Stärke an Mutters Bosheit zu messen, um zu gewinnen oder zu verlieren, wie es sich gerade traf.

Ich wurde im Alter von zwölf Jahren aus der Obhut der Filles de la Croix genommen und der weitaus strengeren Disziplin deutscher Nonnen unterstellt. Ich verließ meine französische Klosterschule unter dem Schatten einer dunklen Wolke. Sie sollte von dem Augenblick an, als sie über mich kam, bis zu dem Tag sechs Jahre später, als ich von zu Hause fortging, nicht mehr von mir weichen.

Ich hatte im Park unseres Stadtteils ein Kind angegriffen, und seine Mutter behauptete, ich hätte das Mädchen zu töten versucht. Großmama war entsetzt, und obwohl sie darauf beharrte, daß ich keine mörderische Absichten gehabt hätte, unterstellte sie mich umgehend der garantierten Härte einer preußischen Erziehung. Mutter hatte diesen Wechsel offenbar seit Jahren gefordert und die an eine Besserungsanstalt erinnernde Einrichtung in Hertfordshire bereits besichtigt. Mir tat es leid, meine Freundinnen zu verlassen, meine Ausgehnachmittage zu verlieren und meinen Onkel Frank, ich bedauerte, meiner Großmama Kummer bereitet zu haben, und bedauerte auch, das verprügelte Kind, um das es ging, nicht tatsächlich getötet zu haben.

Es hatte schon viele Prügeleien gegeben im Kloster, die in unserem Schlafsaal oder hinter den Tennisbaracken ausgetragen wurden, aber bei diesen Prügeleien ging es nur darum, alte Rechnungen zu begleichen oder nebensächliche Streitigkeiten zu schlichten. Meine erste und letzte öffentliche Prügelei war sehr viel ernster. Ich wollte das Mädchen töten. Ich stieß sie zu Boden, setze mich auf sie, hielt ihr Haar in der Faust und schlug ihren Kopf auf den Asphaltweg. Ich knallte ihn so hart auf, wie ich nur konnte, und wenn sie trotzdem nicht starb, dann beweist das nur, wie schwer es ist, jemanden wirklich zu erledigen. Ich war auch größer als sie – nicht älter, aber größer. Kein Wunder, daß Mutter bei mir solch dürftige Ergebnisse erzielte, wenn sie bei ihrer winzigen Körpergröße auf mich, die ich so viel größer war, eindrosch.

Ich war diesem Mädchen schon seit Jahren immer wieder begegnet. Es war so ein Fall, wo zwei Menschen sich auf den ersten Blick hassen – wenn man davon absieht, daß dieser Haß, wie Liebe, ungleich verteilt war. Denn sie faßte eine sofortige und eindeutige Abneigung gegen mich, wohingegen mir ihre Existenz langsamer bewußt wurde, und zwar nur aufgrund ihrer miesen kleinen Tricks. Wenn ich mit Großmama einkaufen war, ging dieses Mädchen, an dessen Namen ich mich nicht einmal mehr erinnere, hinter uns oder auf der anderen Straßenseite, ahmte Großmamas Hinken nach und machte sie so im Stadtteil lächerlich. Ich tat immer, als bemerke ich nichts, was ihre Abneigung schürte. Sie fand uns zu hochnäsig, zu geheimnistuerisch, zu ungewöhnlich mit dem Vorfahren teurer Wagen vor unserer Haustür. Das war ein Aspekt des Problems. Der andere war einfach, daß sie mich nicht mochte. Sie verspottete mich wegen meiner Haare und meiner Sommersprossen, und sie verhöhnte mich wegen meiner Familie. Die Jahre vergingen, wir wurden beide älter, und ich ignorierte sie.

Zum Zeitpunkt unserer letzten Auseinandersetzung hatte ich sie fast vergessen. Sie war nur ein Schatten aus einer anderen Zeit. Ich war zu beschäftigt mit der Schule und meiner Innenschau und zu selten zu Hause, um sie auch nur zu sehen. Mutter hatte an jenem Tag Besuch: zwei Schwestern und einen Mann namens Denny. Sie waren mit Hüten und Schleiern verkleidet, auch Denny, und spielten im Wohnzimmer ein sehr lautes Spiel. Ich habe vergessen, warum ich nicht in der Schule war, ich war es jedenfalls nicht. Großmama ging in die Stadt, was aus einem kurzen Spaziergang zur High Street und dem Besuch einiger Geschäfte bestand. Sie nahm mich mit, ließ mich aber mit der Anweisung im Park zurück, auf »unserer« Bank auf sie zu warten. Das war ein schwarzes Eisending unter einer riesigen Eiche. Dort saßen wir stundenlag, blickten auf die anderen Bäume und die graugrüne Aussicht vor dem Zaun, und nur das Scharren meiner Füße und die leise Bewegung von Großmamas Fingern störten die Stille der abgelegenen Gartenanlage. Hin und wieder schlenderte oder eilte jemand vorbei, und hin und wieder trödelte meine namenlose Feindin vorüber, spritzte, wenn eine Pfütze zum Spritzen da war, oder zog bloß eine Grimasse, wenn das gefahrlos möglich war.

An diesem Nachmittag setzte ich mich allein auf die Bank und blickte auf das nasse Gras, auf dem das gefallene Laub einen ungleichmäßigen Flickenteppich bildete. Es war naßkalt, der Tag hatte sein aschfahles Gesicht dem Wind zugekehrt. Ich spürte, wie die feuchte Kälte langsam meine Finger und meine Nase hinaufkroch, während sich rostrote Eichenblätter zu Boden schaukelten und in gezackten Flecken auf den matschbespritzten Weg fielen. Ich verglich den trüben Tag draußen mit dem bunten Toben von Mutter und ihren Freunden drinnen, und in meinen Gedanken umhüllte ein vorübergehender Glanz ihr Bild. Ich sah sie gern mit ihren Freunden. Es war, als sähe man aus der Distanz eine schöne Unbekannte. Die Gesellschaft anderer Menschen machte aus der Hexe, die sie für mich war, mit allen bösen Bedeutungen dieses Berufs, etwas Glänzendes und Unwirkliches. Ich wünschte mir oft, sie würde nebenan wohnen, so daß ich ihr nachspionieren und sie immer von ihrer besten Seite sehen könnte, meines Eindringens nicht bewußt und doch in meiner Nähe. Statt dessen wohnten zwei Sängerinnen namens Trix Sisters nebenan, und obwohl Mutter oft eines ihrer Lieder gespielt hatte, »I'm sitting on top of the world«, meinte sie, sie seien langweilig und hätten zusammen nicht ein Gramm Gehirn, so daß sie sie, wenn überhaupt, nur selten besuchte. Ungeachtet unserer – inzwischen gegenseitigen – Abneigung war meine manchmal von komplexeren Gefühlen durchsetzt, so auch an jenem

Nachmittag, als ich im Park saß und über Mutter als Farbtupfer in einer ansonsten grauen Welt nachdachte.

In diese weiche Stimmung töchterlicher Zuneigung hinein platzte meine Feindin. Sie setzte sich neben mich auf die Bank, mit etwas Abstand, und begann zu summen. Sie summte das Lied »John Brown's body lies a-mouldering in his grave« und schlug mit den Händen den Takt. Ich hatte das Lied nie sehr gemocht, aber da es ein öffentlicher Park war, beachtete ich sie nicht. Und ich beachtete sie auch dann noch nicht, als sie vor lauter Grinsen kaum mehr die Melodie summen konnte. Plötzlich hörte sie auf und sagte: »Weißt du, was eine Schlampe ist, Joan Allen?«

Das wußte ich allerdings. Ich war selbst oft so genannt worden, und in der Schule diskutierten wir die Bedeutungen aller Schimpfwörter, die wir im Schlafsaal zusammenkriegen konnten. Es gelang ihr, meinen Namen zu betonen, als sei auch er eine Beleidigung. Ich beachtete sie nicht.

»Also?«

Ich beachtete sie immer noch nicht.

»Alle sagen, daß deine Mutter eine Schlampe ist. Alle sagen, daß sie es mit jedem zweiten Mann in London macht. Alle sagen ...«

Ich boxte sie sehr fest in den Arm und stand auf, um sie nochmals zu boxen, aber sie war fortgelaufen und stand nun auf dem nassen Gras.

Ihre Worte interessierten mich im Grunde mehr als sie, daher folgte ich ihr nicht, sondern setzte mich. War es möglich, daß alle das sagten? Und war es möglich, daß Mutter es wirklich mit all diesen Männern »machte«? Und wenn ja, was bedeutete es? Und wer waren alle, und warum redeten sie über meine Mutter? Ich hatte das Monopol auf Haß gegen meine Mutter. Alle bösen Gedanken über sie gehörten mir. Ich hatte mir das Recht verdient, schlecht von ihr zu denken, aber ich war ihre Tochter, und selbst ich sagte nicht, was ich dachte. Je mehr ich darüber nachdachte, desto wütender wurde ich auf dieses verleumderische Mädchen. Ich kam zu dem Ergebnis, daß sie ein Gossenkind sei (auch damit beschimpfte mich meine Mutter oft) und daß nicht das, was sie sagte, schuld daran war, sondern ihr Mund. Ich spürte, wie mir das heiße Blut in einer Woge ins Gesicht stieg. Dies löste einen Schwindel aus, durch den hindurch ich die verhaßte Klatschbase singen hörte; es war das gleiche Lied, »John Brown« von vorhin, jetzt aber lautete der Text:

Joan Allens Mutter ist die Schlampe von ganz Hendon Town
Joan Allens Mutter ist die Schlampe von ganz Hendon Town
Joan Allens Mutter ist die Schlampe von ganz Hendon Town
Das weiß doch jedermann.
Dah-dah.

Sie genoß ihren Spott, marschierte wie ein aufgezogener Soldat am Grasrand entlang, schwang die Arme und holte Luft für die zweite Strophe:

»Joan Allens Mutter ...«

Da sprang ich sie an. Sie lag halb auf dem Gras, der Kopf lag auf dem Weg. Ich hörte das Krachen ihres Schädels, als er auf den Asphalt traf, und ein Freudenschauer durchfuhr mich. Das wollte ich hören, nicht wie sie sang, sondern wie ihr Hinterkopf auf den Boden knallte, bis es unter meinen Händen ganz weich wurde.

Ich hatte ihre Mutter nicht gesehen, die eine Bank weiter strickte, und ich sah auch Großmama nicht, die mit ihrer Reisetasche Garn zu ihr hinhinkte. Ich sah nichts außer den hervortretenden Augen meines Opfers und ihren Scheitel; den Scheitel des Kopfes, der meinen usurpierte, indem er im Beleidigen meiner Mutter meinen Platz einzunehmen versuchte. Meiner Mutter. Sie gehörte mir, ob es jemandem gefiel oder nicht, sie gehörte *mir*. Ich hatte zwölf Jahre ihrer Mißachtung durchlebt, zwölf Jahre ihrer Quälerei, und niemand würde sie mit mir teilen.

Mein Opfer muß sich ziemlich sicher gefühlt haben, da ihre Mutter in Rufweite war. Sie muß gewußt haben, daß es zu einer Prügelei kommen würde, und damit gerechnet haben, sie durch mütterliche Intervention zu gewinnen. Ich nahm nur undeutlich ihr Schreien wahr, das mein Angriff sehr rasch auslöste, und nahm auch nur undeutlich wahr, selbst gezerrt und geschlagen zu werden. Ich war eigensinnig, und ich hatte ihrem Kopf die Farbe meines Kopfes gegeben. Als man mich schließlich von dem blutenden Mädchen herunterzerrte, hatte sich eine ansehnliche Menschenmenge gebildet. Großmama stand da, in stiller Beschämung, und sah mich mit Mutters Augen an. Ich blickte angeekelt auf den zusammengeschlagenen Haufen zu meinen Füßen und auf das rote Band, das ich ihr ins Haar gebunden hatte. Sie stöhnte, und ich hatte Nasenbluten. Ich ging unter der Wolke nach Hause, die jahrelang wie ein dämonischer Heiligenschein über mir schweben sollte. Die ersten Meter folgte uns eine Fremde, die meinte, man solle mich einsperren, und diese Ansicht Großmamas hinkendem Rückzug hinterherschrie.

Und ich wurde eingesperrt. Ich wurde ins Haus zurückgeschmuggelt und nach oben verfrachtet, wo Großmama mich in mein Zimmer einschloß. Als Strafe gab es weder Tee noch Abendessen, aber da die Geräusche des ausgelassenen Spiels noch einige Stunden lang die Treppe hinaufwehten, zum leisen Gläserklingen und schließlich zum gedämpften Murmeln eines von Lachen unterbrochenen

Redens wurden, nahm ich an, daß Großmama Mutter nichts von meiner Schande berichtet hatte.

Vielleicht hatte es zu Hause wegen der preußischen Schule schon vorher Tobsuchtsanfälle gegeben, denn die Geschwindigkeit, mit der ich dort anfing, sprach gegen eine plötzliche Entscheidung. Ich kehrte nie mehr zur französischen Klosterschule zurück, nicht einmal, um meine Sachen abzuholen. Sie wurden mir nachgeschickt. Ich hatte mich bei meinen Freundschaften in der Schule immer recht sicher gefühlt, denn ich wußte, daß die Kündigungsfrist ein Schulhalbjahr betrug und unsere angespannten Finanzen nicht ausreichten, um ein halbes Jahr Schulgeld umsonst zu bezahlen. Darum mußte meine Mutter mich schon lange vorher abgemeldet haben. Vielleicht kündigte sie nach jedem Halbjahr und dachte sich dann eine Ausrede aus, mich wieder hinzuschicken. Doch wie immer sie es bewerkstelligte, zwei Tage später ging ich zu den Deutschen, und es war, wie ich mir eine Zwangsjacke vorstelle.

Es herrschte totale Überwachung. Selbst die Schlafsäle wurden von Spionen observiert. Wohin ich auch ging, ob auf dem Gelände oder in den Schulgebäuden, die Nonnen waren überall. Sie gingen meist zu zweit, patroullierten und straften. Sie sagten, daß sie uns striegelten, aber sie striegelten mit Stahl und Leder auf unserer nackten Haut. Neben ihrem Rosenkranz trugen sie eine lederne Peitschenschnur, die sie so oft wie möglich über unsere Handgelenke schnalzten.

Was immer ihre Absicht gewesen sein mag, es herrschte an der Schule ein starkes Gemeinschaftsgefühl. Von einigen Feiglingen abgesehen, die sich von ihrer Angst hatten kleinkriegen lassen, hielten die meisten Mädchen zusammen, durch den gemeinsamen Feind vereint. Man konnte nur überleben, wenn man die Regeln lernte. Man konnte nur aufbegehren, wenn es innerhalb ihres Systems geschah. Ich fand die Nonnen gelegentlich ebenso grausam wie Mutter, aber letzten Endes nicht so mächtig. Das schwierigste an ihnen war ihre Sprache. Ich hatte nie zuvor Deutsch gehört, von ein paar zufälligen Worten in Hendon oder Golders Green abgesehen, wenn sich deutsche Juden auf der Straße trafen und rasch Begrüßungen austauschten. Von dem Tag, an dem ich ankam, bis zum Tag, an dem ich abreiste, war Deutsch meine Sprache. Ich erlernte sie, und ich spuckte sie aus, nicht allein wegen allem, wofür sie stand, sondern wegen ihres Klangs. Ich hatte mich mit Französisch und Englisch befaßt und den wenigen, erinnerten Worten Jersiaise, auf das gutturale Würgen ihres gebellten *Deutschs* war ich nicht vorbereitet.

Die Nonnen führten über uns Mädchen ein nahezu militärisches Regiment, in dem die geringste Übertretung getadelt und bestraft wurde, doch lebten sie selbst in den Fesseln eines Ordens mit unerbittlicher Disziplin. Ich lernte sie besser kennen als die meisten Schülerinnen, da ich den Großteil der Ferien im Granitblock des Klosters eingesperrt verbrachte. Ich sah sie vor der Mutter Oberin katzbuckeln, und sie waren noch unterwürfiger, als die Mädchen ihnen gegenüber waren. Nach den ersten Jahren dort fühlte ich mich ihnen weit überlegen. Sie waren lebenslänglich interniert, wir hingegen nur bis zu unserem Abschlußexamen oder auch kürzer, wenn Eltern oder Vormund von den dortigen Entbehrungen überzeugt werden konnten.

Ich war etwa vierzehn, als ich bemerkte, daß Überwachung und Strenge im Kloster eskalierten. Die Mädchen waren immer schon zu Denunziationen aufgefordert worden, plötzlich aber wurden solch belanglose Vertrauensbrüche übermäßig belohnt, und die Strafen wurden härter.

Mutter Oberin in ihrer makellosen weißen Tracht herrschte über das Kloster mit fanatischer Knute. Hatte man beim Arrest bislang Passagen aus dem Buch *Das Leben der Heiligen* auswendig zu lernen, wurden nun nationalistische Parolen wiederholt. Es gab nur eine Nation – Deutschland –, der, wenn man Schwester Gertrud glauben konnte, Gott der Allmächtige und Sein Eingeborener Sohn angehörten. Im Refektorium, das früher mit Heiligenbildern getäfelt gewesen war, hatte die dunkle Eiche Kratzer, wo die ausnahmslos braunäugigen Heiligen jetzt nicht mehr hingen. Als Ersatz wurden knallige Drucke von Unserem Herrn und Unserer Lieben Frau mit blonden Locken an die Wand genagelt.

Jeden Monat machte man sich an unseren Büchern zu schaffen. Selbst die Seiten der Bibel und der Gebetbücher hatten Lücken, wo Laienschwestern bestimmte Sätze herausgeschnippelt hatten. Yolanda de Leons schwarzer Zopf wurde abgeschnitten und verbrannt, sie mußte im Klassenzimmer hinten sitzen und in einer Zelle weit von uns anderen entfernt schlafen. Sie wurde die eifrigste Anhängerin der Nonnen und wußte mehr über die Nationalsozialistische Arbeiterpartei in Deutschland als wir alle, aber sie war dunkel und ausländisch und sündig. Ihr Vater war Diplomat. In jedem Schulhalbjahr sah ich den Botschaftswagen, der sie zum Klostertor brachte, mit Erleichterung. Mit Yolanda war ich sicherer als ohne sie. Wir alle wußten, daß der Jude Judas rote Haare hatte. Die Nonnen suchten Sündenböcke und Konvertiten. Es war viel einfacher, letzteres zu sein.

Die Nonnen selbst – die bis dahin lediglich Furcht vor der Mutter Oberin hatten erkennen lassen, durch Gottesfurcht und Übereifer in beidem verstärkt – veränderten plötzlich ihre Haltung uns gegenüber. Bis dahin waren wir wie eine Spezies dressierbarer Maden behandelt worden, deren Schulgeld das Kloster finanzierte und deren profane Anwesenheit daher unvermeidlich war. Nun wurden wir alle zu potentiellen Missionarinnen ihres Vaterlands.

Ein Großteil unseres Lehrplans bestand bereits aus Deutschunterricht, deutscher Geschichte, deutscher Geographie und einem kleinen, aber nicht zu umgehenden Pensum deutscher Literatur. Zu dieser Kost kamen nun tägliche, verherrlichende Berichte über das Wunder des neuen deutschen Führers und des Landes unweigerlichen Aufstieg zu Ruhm und Weltmacht. Der Führer-Kult traf unser Kloster wie ein unerklärlicher Strafaufschub. Jede Unterrichtsstunde ließ sich durch geschickt aufgeworfene Hitler-Fragen in eine andere Richtung lenken. Arglos gemurmelte Lobpreisungen des Führers und sorgsam in Bühnenton geflüsterte Wünsche, in die aufregende neue Ordnung nach Berlin zu fliehen, wurden nachsichtig gutgeheißen.

Dazu aufgefordert, konnten wir uns zu einem menschlichen Hakenkreuz aufstellen. Wir begrüßten uns immer mit *Heil Hitler*. Wir lernten sogar, auf dem Sportplatz mit dem Hockeyschläger den Nazi-Gruß auszuführen. Mutter Oberin war unerbittlich: Wir englischen Mädchen waren dekadent und verdammt, nur die Reinheit Deutschlands hatte Zukunft. Sie verhieß uns Errettung, wenn wir nur ›unser Heil nicht mehr in einer Nation suchten, die nicht heilig sei‹.

Bei meinen seltenen Besuchen zu Hause – Besuche, zu denen meist ein Ausflug nach Selsey Beach gehörte – versuchte ich Großmama zu erklären, daß ganz Europa sich verändern würde.

»England und Deutschland werden sich verbünden. Wir werden der Alliierte des Führers sein. Und das alles wird schon bald geschehen«, erzählte ich ihr.

»Ja, Liebes«, sagte sie, ohne ihren Blick vom Horizont zu wenden, als erwarte sie eine interessantere Neuigkeit per Schiff. Sie schien bereit, endlos dort zu warten. In späteren Jahren schien es, als interessiere sie nichts außer ihrer Sehnsucht nach Jersey, ihrer Handarbeit und meiner Beteuerung, daß ich ihren Glauben teilte, diesen strengen Glauben, den sie mit der ihr eigenen Menschenliebe auslegte.

Ich wollte, daß Großmama meine Nachrichten bestritt. Ich wollte, daß sie mir widersprach und sagte, ein solches Bündnis werde es nicht geben. Ich hoffte, sie würde mir versichern, daß Englands Zukunft nicht von deutschem Feuereifer überrannt werden würde. Denn obwohl wir den Militarismus unserer Schule in uns aufnahmen, war die Schule ein Übergangsort, ein zeitweiliges Fegefeuer, dem wir alle entfliehen wollten. Wir mochten dort in einem Holocaust der »Heil Hitlers« leben, aber die meisten von uns haßten die deutschen Nonnen, die sich mit Sack und Asche brüsteten. Wir lehnten ihre Lebensweise ab und den Eifer, mit dem sie uns aufgezwungen werden sollte. Hitler war ihr einziger Held, den wir mochten, denn nur ihm verdankten wir das bißchen Ruhe, das wir hatten. Sein Wahn war unsere einzige Entspannung.

Ich wollte, daß Großmama den schwachen Zauber brach, den die Prophezeiungen der Nonnen hatten, aber Großmama war zu beschäftigt, ihr Leben in Ordnung zu bringen, Stunde um Stunde, ihre Vergangenheit zusammenzukratzen und in den Kampfer ihrer Erinnerungen einzupacken, während in ihrer Hüfte der Krebs ihr die Zukunft zerfraß.

8. Kapitel

Wenn ich zurückblicke, kommt es mir manchmal vor, als sei ich 1939 geboren. Das war das Jahr, in dem ich eine schillernde Dame wurde, nicht, weil ich Rouge oder Make-up benutzt hätte, sondern weil ich flügge wurde, mich in etwas verwandelte, das andere als Schmetterling sahen, ein riesiges Schmuckstück von erstaunlicher Farbe, und ich verliebte mich. Und mein Körper, der immer gegen mich gearbeitet hatte, in dem es aber eine Unterströmung von etwas gegeben hatte, das Bewunderer zu mir hingezogen hatte wie eine steigende Flut, arbeitete nun für mich. Endlich war er auf meiner Seite. Er wurde alles. Ich durchlebte das nächste Jahrzehnt, indem ich mich auf seinen sinnlichen Pfaden vorantastete. Ich verliebte mich damals, unmittelbar vor dem Krieg, und ich verliebte mich immer wieder, stillte meinen Hunger nach Berührung und Zuneigung, befriedigte mein Bedürfnis nach Liebe mit einer Heftigkeit, die manchem wie Rache erscheinen mochte. Aber meine Leidenschaften waren echt. Ich war kein Außenseiter mehr. Sex wurde meine Familie, mein Land. Das Exil schien vorüber. Meine langen Gliedmaßen ließen ihr Päckchen Schuld fallen und umschlangen einen Liebhaber nach dem anderen.

Ich wurde als Schönheit bekannt. Es war meine Eintrittskarte zu Festen, der Schlüssel meiner wachsenden Macht. Man hatte mich viel zu lange als häßlich gebrandmarkt, als daß ich diesem neuen Etikett je wirklich Glauben geschenkt hätte. Die einzigen Gelegenheiten, bei denen ich mich dem annäherte, war in den Armen eines Liebhabers. Ich hungerte nach Umarmungen; nach einer fast tödlichen Nähe. In der Sekunde, in der zwischen mir und meinem jeweiligen Liebhaber eine Entfernung, eine körperliche Distanz entstand, setzten die alten Zweifel wieder ein. Es war, als seien Zellen aus Großmamas Hüfte in mein Herz gelangt und wüchsen dort, Krebszellen, die sich in mir teilten, bis die Wärme eines Kusses sie in einer leidenschaftlichen Chemotherapie zurückdrängen konnte.

Großmama muß ihren Krebs mindestens acht Jahre lang in Schach gehalten haben. So weit reichte ihr Hinken zurück. Die Krankheit hatte ihr Gesicht vom trocknen Elfenbein früherer Tage in die gebleichte Brüchigkeit von Papier verwandelt. Es war das gleiche dünne Papier, das sie für Briefe an Agnes benutzte. Gegen das Licht gehalten, war es transparent, und nur die makellosen Buchstaben ihrer gestochenen, tintenblauen Schrift breiteten sich wie Spinnweben über die Oberfläche, ähnlich den blauen Adern ihres Gesichts, durch Sorgenfalten betont. Sie hinkte, aber sie klagte nie.

Ich dachte, sie hätte Arthritis wie andere auch. Eines Tages, Großmama war einkaufen, kam eine Zigeunerin zu uns. Sie war von undefinierbarem Alter, die sonnenverbrannte Haut hatte die Farbe festgewordener Bratensoße und wirkte im Londoner Winter sehr fehl am Platz. Sie brachte den Duft von Feldern und Hecken mit. Manchmal kamen Leute an die Tür, um etwas zu verkaufen, aber diese Frau hatte offenbar nichts dabei – keinen Korb, keinen Flitterkram, gar nichts. Ich öffnete selbst, und ihr Anblick verwirrte mich; sie trug einen langen, weiten Rock und ein dünnes Baumwolloberteil. Es war kalt draußen. Es war Winter.

»Ich will die Dame des Hauses«, sagte sie.

»Meine Mutter ist nicht da«, sagte ich.

»Nein, nicht sie. Die Dame. Die Dame.«

Und sie drängte sich an mir vorbei in den Flur, streifte die Kredenz mit der Marmorplatte und hätte dabei fast Großmamas chinesische Vase mit den langen Blutbuchen-Zweigen umgestoßen. Jedes Frühjahr pflückte Großmama sie, wenn die Farbe der Blätter frisch war, und dank einer Glyzerin-Mischung hielten sie sich das ganze Jahr über und verblaßten erst, wenn in den lebenden Bäumen draußen der Saft wieder zu steigen begann.

Ich hatte Angst, die Frau würde stehlen, falls sie hereinkäme. Zigeuner waren Diebe. Sie hatten die Nägel vom Kreuze Christi gestohlen. Zigeuner stahlen auch Kinder. Aber ich war sechzehn und alles andere als ein Kind. Ich vermutete, sie sei wegen Großmamas Sachen gekommen. Ich hatte von Schwester Gudrun gehört, daß Zigeuner Abschaum seien. Sobald Europa gereinigt sein würde, wären alle Zigeuner von der Landkarte gefegt. Die Klosterwelt war flach wie die Erde vor Kolumbus, und die Laienschwestern standen mit ihren Besen bereit, um alle farbigen Stämme über den Rand zu kehren. Als ich diese Frau so dicht bei mir sah, fühlte ich mich schuldig wegen dessen, was ich wußte. Daher ließ ich zu, daß sie an mir vorbeistürmte, und beschränkte meine Bemühungen darauf, ihr zu folgen.

»Die Dame, ich will die Dame«, sagte sie immer wieder, und sie steuerte auf die Treppe zu, hinkte mühevoll hinauf, wie Großmama es tat, stützte sich auf das polierte Geländer und tat, als trage sie ein Bündel. Es war genau wie Großmama, wenn sie unter ihrem Arm Rufus schmuggelte. Rufus war damals seit über einem Jahr tot. Als sie fast am Treppenabsatz war, lächelte sie bedauernd und kam zurück, hinkte dabei wieder in Nachahmung meiner Großmutter, übertrieb ihren Gang, als sie sich dem Flur näherte.

»Das ist sie, nicht wahr?« sagte sie und starrte mir direkt ins Gesicht.

»Sie ist nicht da«, murmelte ich. Es hatte mich verletzt, Großmamas natürliche Eleganz auf diese Weise karikiert zu sehen. Plötzlich schienen sich die beiden Frauen kaum zu unterscheiden.

»Der Krebs bringt sie um«, sagte sie. »Hast du das gewußt?« Ich schüttelte den Kopf.

»Er bringt sie um. Ich bin gekommen, um etwas mitzunehmen davon, aber wenn sie nicht hier ist ...« Sie sah sich um, taxierte mit ihren dunklen Augen unter schweren Lidern alles im Flur. Nach einem Augenblick blieb ihr Blick an den Blutbuchenzweigen hängen, und die Spannung, die sie umgab, schien sich zu lösen. Sie zog einen Zweig seitlich aus dem Arrangement und hielt ihn in ihrer Schildpatthand.

»Schenk ihn mir«, sagte sie, und ich nickte.

»Nicht stehlen, hörst du, schenken, diese Blätter. Solche Vasen wird es nicht mehr geben. Hast du das gewußt?«

Wieder schüttelte ich den Kopf. Die Eingangstür war einen Spalt offen geblieben, und die Januarkälte zog beißend herein. Ohne weitere Erklärung verließ die Zigeunerin das Haus. Sie ging den Gartenpfad entlang und schwankte dabei ein wenig. Am Tor hinkte sie wieder, einen Schritt oder zwei, drehte sich dann um, um mich nochmals anzusehen. Ich schloß die Tür, schob oben und unten den Riegel vor, dann ging ich durchs Haus und schloß alles ab.

Ich erzählte Großmama nicht, daß diese merkwürdige Besucherin dagewesen war und »sie wollte«, und sie kehrte auch nie zurück. Ihre Vorhersage hinsichtlich der Blätter war falsch, denn im folgenden Frühjahr pflückte und konservierte Großmama sie wieder. An meinem achtzehnten Geburtstag aber erzählte sie mir, sie habe Vorbereitungen getroffen, um in ein Pflegeheim nach Chislehurst zu ziehen, was sie kurz darauf tat. Erst da erfuhr ich offiziell, daß sie Krebs hatte. Sie lebte lange genug, um die ersten Bomben auf London fallen zu sehen, starb aber, bevor ihre geliebte Insel von den Deutschen erobert und besetzt wurde. Nach ihrem Umzug in das Pflegeheim hielt sie nicht mehr an ihrem Leben fest, und es schwand sichtbar. Ich ersetzte meine Besuche bei der immer noch rüstigen Mrs de Gruchy durch regelmäßige wöchentliche Fahrten nach Chislehurst in Kent. Von einem Sonntag zum nächsten sah ich sie weniger werden, sie schrumpfte in eine Magerkeit, die ihre Knochen aus dem Körper herauszudrücken schien wie einen Korb.

Wenn sie sprach, konnte ich ihr Kiefergelenk sehen. Sie sprach in den letzten Monaten weniger über Jersey, sondern konzentrierte ihre schwindenden Kräfte auf Mutter. Sie versuchte mir zu erklären, wie anders Mutter tatsächlich war. Sie erzählte mir Beispiele ihrer Herzlichkeit, sprach über ihre Loyalität und ihre Schwierigkeiten. Sie bemühte sich sehr, sie für mich menschlich zu machen. Es trieb mir manchmal die Tränen in die Augen, wenn sie die Grausamkeit ihrer Tochter forterklärte. Ich wollte mein Fleisch verpflanzen, um sie damit zu bedecken, einzuhüllen und ihre mumifizierte Gestalt zu beschützen. Ich hatte nicht gewußt, wie sehr ich sie liebte, bis zu der Zeit, als sie im Sterben lag, durch die Bürde ihrer Familie niedergestreckt. Sie flehte mich an, mich um Mutter zu kümmern.

»Sie ist so allein«, sagte sie immer wieder. »So allein.«

Ich lauschte allem, was sie zu sagen hatte, und aus Achtung für sie ließ ich das, was sie mir zu sagen hatte, unwidersprochen. Ich saß einfach da und nickte, hielt ihre pochende Pergamenthand und sah zu, wie die Blätter von den Bäumen fielen.

Ich glaube, sie starb in der Annahme, daß ich Mutter und ihre Tobsuchtsanfälle etwas besser verstand. Ich glaube, sie starb in der Annahme, daß von ihrer Bereitschaft zu Vergebung und Verständnis etwas auf mich übergegangen war. Ich hoffe es. Ich hoffe, ihr war nicht bewußt, wie unerbittlich meine Gefühle Mutter gegenüber waren, wie sehr ich mich an der Vorstellung ihres Niedergangs ergötzte; daß ihre Prophezeiung, Mutter sei »so allein«, Musik in meinen Ohren war. Ich wollte, daß Mutter litt. Es hat mich noch einmal dreißig Jahre gekostet, auch nur einen Bruchteil von dem zu verstehen, was Großmama mir sagen wollte. Ich mußte erst mein eigenes Leben leben und verschleißen, bis ich auch nur erahnte, was Mutter wirklich fühlte. Davor hatte ich sie nie verstehen wollen: Ich wollte sie hassen. Ich hatte Jahre zuvor beschlossen, daß Mutter eine Hexe war. Dieser Gedanke war mir vertraut, ich war mit ihm aufgewachsen. Daß sie mir im Kopf blieb wie Hannibals leerer Papageienkäfig im Gewächshaus, überging ich geflissentlich. Ich glaubte, ich könne ihre Macht austreiben, indem ich einfach hin und wieder jemandem erzählte, daß ich sie gehaßt hatte. Denn in meiner Erinnerung verfielen sogar ihre Kräfte, sie schrumpfte auf nichts als ihre winzige Größe zusammen und wurde hinter die Kulissen geschoben, aus dem Blickfeld. Es passierten größere, wichtigere Dinge, wie der Krieg und mein eigenes Liebesleben. Alles schien sich 1939 zu ereignen.

In diesem einen Jahr ging ich von zu Hause fort, heiratete, traf meinen Vater zum ersten Mal, der Stellungskrieg begann, und nicht zuletzt starb Großmama. Ich hatte mein Abschlußexamen gemacht, im Frühsommer die Schule verlassen und wie alle meine Freundinnen genug von Politik. Jedes Raunen Hitlers und Chamberlains hatte man uns im Kloster mit einer ehrfürchtigen Erregung berichtet, die keine von uns teilte. Man hatte uns so viele Jahre mit den Prahlereien und Drohungen der Nazis bombardiert, daß keine von uns sie mehr ernst nahm.

Eine meiner Freundinnen verbrachte den Sommer in Kent bei ihrer Familie. Sie plante ein mehrtägiges Fest und lud mich ein. Ich nahm gern an und traf Vorkehrungen, nach Schulschluß vier Tage dorthin zu reisen. Großmama hatte es mir erlaubt. Ich wußte damals nicht, daß dies ihr letzter Sommer sein würde. Die Zigeunerin hatte ihr ein Jahr gegeben, und da sie dies schon lange überlebt hatte, hielt ich sie für zwar geschwächt, aber unsterblich. Also überließ ich sie Selsey und fuhr mit meinen Freunden fort.

Wie sich herausstellte, hatte das ständige Kriegsgerede der vorhergehenden Monate dazu geführt, daß mein Vater nach England zurückgekehrt war, um sich, falls erforderlich, seinem alten Regiment anzuschließen. Er hatte mit Großmama Verbindung aufgenommen und ihr für mich ein faszinierendes, maschinenbeschriebenes Blatt Papier mit seiner Adresse geschickt. Er wohnte in einer Mietswohnung in Chelsea und würde mich, wie er schrieb, gern sehen, falls ich Zeit hätte. Ich verbrachte den überwiegenden Teil der folgenden vier Tage damit, nach Chelsea und zurück zu traben, ohne ihn auch nur einmal zu Hause anzutreffen. Nach achtzehn Jahren völliger Abwesenheit fand ich das nicht besorgniserregend, was sonst vielleicht der Fall gewesen wäre. In dem Brief an Großmama hatte er geschrieben: »Sag Joanna ...« Das war ich. Durch einen einzigen Strich seiner Feder von Joan, der Ersatz-Jungfrau von Orleans, der jungen Märtyrerin, in dieses neue transatlantische Geschöpf verwandelt, die zukünftige *femme fatale*. Es gefiel mir. Ich nannte mich nie wieder Joan.

Agnes kam aus Jersey, um Großmama den Sommer über Gesellschaft zu leisten. Sie hatte sehr zugenommen, das Gewicht schien ihr in Falten um Kinn, Hüften und Taille zu hängen, mit kleinen Querfalten im Gesicht. Ich brachte die beiden zum Bahnhof und zum Zug, wobei es mir um die Zeit leid tat, die ich nicht vor Vaters Tür Wache halten konnte. Großmama hatte mir gesagt, daß sie nach ihrer Rückkehr ins Pflegeheim ziehen würde, aber ich verband das nicht mit Sterben. Mir schien es nur ein logischer Schritt, der mehr mit meinem Schulabgang und meiner bevorstehenden Ausbildung zur Krankenschwester zu tun hatte als mit ihrem eigenen Gesundheitszustand. Ich hatte mich zu sehr an ihre Gebrechlichkeit und den Gedanken gewöhnt, daß sie nur lebte, um Mutter und mich auseinander- und davon abzuhalten, einander an die Kehle zu gehen.

Es war Großmamas Idee, daß ich Krankenschwester werden sollte. Ich stimmte gern zu, da es Befreiung von den deutschen Nonnen und auch von Mutters unberechenbarer Tyrannei bedeutete. Außerdem würde ich zu einer Nightingale ausgebildet werden, die zu den Krankenschwestern gehören, die dem St Thomas' Hospital angeschlossen waren, und mit dem Tommy's verband ich liebe Erinnerungen, ganz abgesehen von Mrs de Gruchys vertrauter Anwesenheit. Nachdem Großmama und Agnes abgefahren waren, blieben nur zwei Tage, bis ich in Kent sein sollte. Ich war noch nie auf einer Party für Erwachsene gewesen. Mein gesellschaftliches Wissen beschränkte sich auf Kinderfeste und das Vergnügen aus zweiter Hand, Mutter zu sehen, wenn sie zu ihren Festen ging und wieder nach Hause kam.

Ich hatte mich vor einem Regenschauer in der Porzellanabteilung von Peter Jones untergestellt, wo ich eine frühere Mitschülerin traf. Nach einem raschen »Heil Hitler« erzählte sie mir, ihr Bruder gebe am gleichen Abend ein Fest in Cadogan Square, er habe zu wenig Mädchen, und ich müsse unbedingt kommen. Ich versprach ihr hinzugehen, und mir, nicht hinzugehen, und machte mich dann wieder auf den Weg zu der immer vertrauteren Adresse, die mein Vater hinterlassen hatte. Auf dem roten, abgetretenen Teppich seines Treppenhauses sitzend, entwarf ich einige alternative Strategien. Die erste war, Nelson zu treffen und mich in seinem väterlichen Willkommen zu sonnen – wie immer das aussehen mochte, und ich mußte zugeben, daß ich keine Ahnung hatte. Die zweite war, mit der Northern Line wieder nach Hendon zu zockeln und zu Hause zu bleiben, bis es Zeit für meine bereits genehmigte Flucht nach Kent war. Die dritte war, zu Hause anzurufen und Mutter zu bitten, abends zu dem Fest gehen zu dürfen. Es dauerte einige Stunden, bis ich in Gedanken formulieren konnte, wie ich die Bitte vorbringen wollte. Aber als ich endlich eine Telephonzelle gefunden hatte, hob zu Hause niemand ab, also beschloß ich, es damit gut sein zu lassen und einfach nach Hause zu fahren. Doch dort angekommen, begann ein Quentchen Rebellion, mich zu baden und zum Ausgehen anzuziehen.

Ich war noch nie abends ausgewesen, also gab es keine Sperrstunde, zu der ich wieder zurück sein mußte. Ich sagte mir, da es mir nicht verboten war auszugehen, sei es immerhin möglich, daß ich dürfe. Ich war achtzehn und würde Ende des Sommers selbst ein wenig Geld verdienen. Meine Willenskraft reichte aus, um der absurden Versuchung zu widerstehen, Mutters Kleidung auszuborgen. Ich steckte die Hand in eine Schublade voller Seidenwäsche; es war, als zöge ich die Finger durch Wasser. Ich sehnte mich nach Seide auf meiner Haut, der beruhigenden Bewegung von Flußkähnen und jungen Männern in Blazern, die mich von lärmenden Menschenmengen fortsteuerten. Mutters Puppensachen konnten mir allerdings nicht helfen. An jenem Abend kleidete mich das Adrenalin meiner Kühnheit.

Kein weiteres Fest war je wie dieses. Ich trank Gin und Champagner, ich tanzte und lachte und flirtete und setzte mich in Szene. Ich muß schrecklich ausgesehen haben, aber es war mir wirklich egal. Ich lernte etwa fünfzehn potentielle Verehrer kennen, sie nannten mich untereinander »Kumpel«, »Pfundskerl«, »Sportsmann« und was dergleichen mehr war, alles Halb-Kosenamen, die mir mehr zu Kopf stiegen als der Gin. Ich betrank mich, übergab mich auf der Toilette, versteckte das Handtuch hinter der Klosettschüssel, ging dann hinaus und tanzte weiter.

Bevor ich fortgegangen war, hatte ich mir, in Ermanglung einer höheren Instanz, selbst strikte Aschenbrödel-Anweisungen gegeben. Mutter hätte sicher nichts dagegen, sagte ich mir, wenn ich um zwölf Uhr zurück wäre; und es war durchaus möglich, daß sie vorher selbst noch nicht da sein würde. Von vielen Einladungen kam sie erst in den frühen Morgenstunden zurück.

In der einen Minute noch war es, als drehe sich der Raum voller Menschen in farbigen Leuchtkugeln, die in den langen goldenen Spiegeln neben dem Kamin aufglänzten, dann drehte er sich nur noch. Als nächstes erinnere ich mich daran, daß ich mich an den Hecken entlang zu unserer Haustür tastete und dabei von Großmamas kostbaren Kamelien Blätter abriß. Ich brauchte lange, um das Schlüsselloch zu finden, das unerklärlicherweise nicht mehr an seinem Ort war. Als ich endlich drinnen war, stolperte ich zur Küche und zwang mich, in Gedanken die Namen der Dinge zu artikulieren, die ich essen würde: Brot und Fleischpastete, Käse und Reispudding und ... Ich fand den Lichtschalter, erneut mit Schwierigkeiten, aber bevor ich ihn betätigen konnte, bemerkte ich zwei helle Katzenaugen, die mich aus der Mitte des Raumes anstarrten. Mutter saß am leeren Küchentisch wie eine kleine Büchse kondensierter Bosheit. Ich machte das Licht an und sah, daß sie ein Tranchiermesser in der Hand hielt.

Ich weiß nicht, was ohne den Gin und Champagner geschehen wäre, die in mir glucksten. Hätte ich mich geduckt oder wäre ich zusammengezuckt, sie hätte mich vielleicht angesprungen. So aber sprudelte die nervöse Anspannung vieler Jahre in mir hoch, überwältigte mich, und ich lachte. Das überraschte sie und gab mir gerade ausreichend Zeit, einen der Stühle mit der Stablehne zu greifen und vor mich zu halten, in der Art eines Löwenbändigers.

Ihre Arme zitterten so sehr, daß sie aussahen wie Marionetten, die Mutter tanzen ließ. Ich fand das Licht, und sie blinzelte mich an. Blinzeln war ausgeschlossen, das hatte ich nie zuvor bei ihr erreicht. In ihrer linken Wange begann ein Nerv zu zucken, was ihre Oberlippe rhythmisch verzerrte.

»Schlampe«, schrie sie.

Ich sagte gar nichts. Ich hatte gerade eine Woge Ginübelkeit überstanden und war von dieser Heldentat hingerissen.

»Schlampe.«

Wieder sagte ich nichts, dachte aber, was sie, wie ich wußte, auffangen würde: »Ja, bin ich, und es gefällt mir. Es gefällt mir, wenn man mich berührt.« Sie stand auf und rammte das Tranchiermesser tief in das alte Kiefernholz des Tisches, zog es dann heraus, als sei das Holz Butter. Dann kam sie langsam auf mich zu. Ihre Stimme wurde lauter:

»Ich bin gestraft mit dir. Du lebst von Blut. Ich habe dich beobachtet, du zerstörst sie. Du unmenschliche Schlampe. Spionierendes, kriechendes Luder. Ich hätte dich in Stücken herausgeschnitten, bevor du geboren wurdest. Unser Herr wird mir jetzt vergeben; Er versteht.«

Bei diesen letzten drei Worten stieß sie einen Arm und ein Bein über die zwischen uns verbliebene Distanz und erhob sich wie eine in der Luft schwebende Tänzerin. Das Messer schlitzte meinen Handrücken. Das Fleisch sah naß und weiß aus wie Schweinefett. Dann begann es zu bluten, spritzte auf den Küchenboden. Mutter begann am ganzen Körper zu zittern und schlug mit beiden Armen um sich. Der eine hielt noch immer das Messer, der andere versuchte, mein Blut aufzufangen.

»Rot ist die Farbe des Teufels. Rot ist entartet. Rot ist falsch. Du bist innen und außen rot. Du bist tot.«

Ihre Lippen spannten sich zu einem bleichen Strich. Der Schweiß glänzte und rann ihr auf die Schultern. Sie holte immer wieder aus, drosch auf die Luft ein oder schnitzte Splitter vom Stuhl. Ihre Blässe wurde durch mein Blut hervorgehoben, das wie eine Kriegsbemalung auf ihr Gesicht geschmiert war.

»Du bist rot, verrottet, verludert, verrottet.«

Aus ihrem Oberkörper kam ein leises Knacken. Es klang, als fange etwas Feuer oder als gerieten zwei elektrische Leitungen aneinander. Wie auf ein Zeichen fielen ihre Hände seitlich herunter, und sie stand starr, aber scheinbar leblos in einer Pfütze blutiger Späne auf dem Fußboden. Ich wartete, ob dies ein Trick war, dann bewegte ich mich zögernd zur Tür. Mutters Arm, der mit dem Hammermal, erhob sich zuckend. Ich stieß den kaputten Stuhl zu ihr hin und sah, wie er mit ihr zu Boden fiel.

Mein Zimmer oben war völlig verwüstet. Meine Kleider waren in kleine Fetzen geschnitten. Meine gehäkelte Tagesdecke war zerrissen und aufgedröselt, meine Bücher zerfleddert, meine Muschelsammlung zerbrochen und in den Teppich getreten. Mein Zimmer war nur mehr eine Parodie von Selsey Beach. Als ich ging, war mein Koffer dementsprechend leer. Ich umwickelte meine verletzte Hand mit einem Leinenstreifen vom Bettzeug. Aus der Klosterzeit hatte ich zwei Pfund und vier Shilling Ersparnisse; Großmama hatte mir als Trinkgeld für die Dienstmädchen in Kent ein Pfund gegeben. Beim Weggehen beobachtete ich Mutter heimlich, wie ich es so oft getan hatte. Ihre Schultern waren weiß wie Lackmuspapier, aber wo ihre Hände und Arme mein Blut berührt hatten, war ihre Haut so rot, als sei sie verätzt. Sie befand sich auf allen vieren und klagte wie ein verwundetes Tier.

Die Straßenlampen warfen um mich herum lange Galgenschatten. Die Vorhänge in unserer Straße waren alle fest zugezogen. Die Ligusterhecken waren zu Dickichtbarrikaden geworden. Selbst High Street hatte die Fallgitter seiner Geschäfte heruntergelassen. Die Dunkelheit wand sich um meine Füße, ließ meine Habe in dem schwarzen Krokodillederkoffer schwer wie Stein werden. Ich versuchte, in die Nacht Gegrüßet seist du, Maria zu beten, aber mein Mund war formlos und zu dick, um sich zu bewegen. Ich wollte schlafen, aufwachen und glauben, es sei einer von Großmamas Träumen gewesen. Der Schnitt in meiner Hand sollte eine Schwertwunde sein, bis hoch zur Achsel. Die Parktore waren verschlossen, und ich konnte mich nirgends hinsetzen, also ging ich weiter, trunken von der Mischung aus Gin und Tränen. Ich hatte lange nicht mehr geweint, so lange, daß ich mich nicht mehr daran erinnern konnte, und fand ein wenig Gesellschaft in meinem Weinen. Ich setzte mich auf eine niedrige Mauer, außer Hörweite von allen schlafenden Einfamilienhäusern, und zwang mich, so heftig zu weinen, wie ich konnte. Das rosa Morgenlicht zeichnete die Silhouetten der Schornsteinreihen gegen den Himmel, als ich um Luft ringend aufwachte.

Ich ging von dort, wo ich war, nach Golders Green, umgeben von dem emsigen Schilpen der Spatzen, deren Lied ich hin und wieder durch Würgkrämpfe störte. Meine Augen schmerzten, meine Hand schmerzte und mein Kopf auch. Es war alles Mutters Schuld. Alles. Dort, an diesem Morgen, beschloß ich, sie nie mehr zu sehen. Ich sagte mir, daß ich auch ihre kleinlichen Gehässigkeiten und Snobismen niemals mitmachen würde. Ich würde alles ablehnen, wofür sie gestanden hatte, bis hin zu meinen Haaren; ich würde es lang wachsen und beim Gehen wogen lassen und nur mit Menschen zusammensein, die waren wie ich, vulgäre Menschen und Schlampen und Trinker. Ich faßte beim Gehen eine Million Vorsätze. Ich hatte neun Stunden Zeit, bevor mein Zug nach Kent fuhr. Ich beschloß, mich während dieser Zeit ausschließlich von Rosinenstückchen und Gedanken an zukünftige Rache zu ernähren.

Ich säuberte mich in der Damentoilette in Victoria Station und betupfte mein geschwollenes Gesicht mit Wasser, bis meine Bluse durchweicht war und an mir klebte. Dann ging ich in der Sonne an den Taxi-Reihen entlang, um wieder trocken zu werden, und beobachtete dabei mit einem Auge das geschäftige Treiben der Urlauber auf dem Weg zur Küste oder zum Kontinent. Bei einem Berg abgewetzter Koffer hielten einige Geschwister Wache, und sie sangen ein Lied zum Seilhüpfen, das wir früher bei den Filles de la Croix gern gesungen hatten:

Nelson Nelson lost one arm
Nelson Nelson lost the other arm.

Ich beobachtete sie einige Minuten, hypnotisiert von dem Namen:

Nelson Nelson lost one eye
Nelson Nelson lost the other eye.

Erst als das jüngste Kind, ein kleines Mädchen praktisch ohne Zähne, innehielt und zurückstarrte, wurde mir bewußt, daß ich meinen Nelson immer noch nicht gesehen hatte. Ich beschloß, ihn zu finden, selbst wenn das eine Verschiebung meiner Kentreise bedeutete. Ich würde auf seiner Treppe in Chelsea auf ihn warten.

Ich hatte wirklich nicht erwartet, daß er zu Hause sein würde. Es reichte, an seine Existenz zu glauben. Allein der Gedanke an ihn war für mich so exotisch wie die vielfarbigen Geschöpfe im Naturhistorischen Museum. Wenn ich mir ein Bild von ihm als Mann machte, dann vielleicht am ehesten als von einer Kreuzung zwischen meinem Onkel Frank und einem Indianer. Er war jemand, der Anzug und Mokassins trug, Krawatte und Federkopfschmuck. Doch der Mann, der mir die Tür öffnete und mich einen Moment lang nicht als seine Tochter erkannte, war ruhig und roch nach Holzfeuer. Er wirkte immun gegen Kummer.

Ich betrachtete ihn von den schwarzen Samtslippern bis zum gestutzten Schnurrbart, ließ die Augen über die glatte, faltenfreie Stirn wandern, die gebogenen, sandfarbenen Augenbrauen, seine großen, etwas erstaunten grauen Augen, während sein Mund zu lächeln begann.

»Joanna?«

»Du hast auch meine Nase ... meine Augen, fast, aber meine Nase.«

»Joanna, das muß ich dir lassen, du bist wirklich riesengroß. Gratuliere. Irgendwie habe ich deine Größe falsch berechnet. Ich habe für den Fall deines Besuchs einen Kasten Ingwerlimonade deponiert, aber ich glaube, wir nehmen lieber eine Flasche Champagner ... komm herein, komm herein«, sagte er zu mir, ging rückwärts in sein vollgestopftes Wohnzimmer und stolperte dabei fast über die Ecke eines seiner halb ausgepackten Koffer.

»Joanna, siehst du, schon bist du mir eine gute Tochter. Du bist aufgetaucht, um einem alten Mann beim Trinken Gesellschaft zu leisten.«

Ich setzte mich in einen großen Ledersessel und trug so dazu bei, die Roßhaarpolsterung aus einem bereits vorhandenen Riß in der Armlehne herauszudrücken. Nelson beschäftigte sich mit dem Entkorken einer Flasche Champagner, den er in zwei Gläser goß.

»Auf uns Allens«, sagte er und kippte den Inhalt seines Glases auf einmal hinunter. Ich folgte seinem Beispiel und spürte das gleiche Eintauchen in schäumende Brandung wie auf der Party am Abend zuvor: eine Unterströmung Bläschen schoß mir in die Nase, und ich prustete.

»So ist's recht, ich hasse die Vorstellung, ich könnte ein Mädchen haben, das sich durchs Leben zu kämpfen versucht, ohne hin und wieder einen zu heben.«

Dann unterbrach er sich und nahm das Rot meiner Haare zur Kenntnis.

»Kann mir nicht vorstellen, daß deine Mutter von dieser Farbe besonders begeistert war ... wirklich ein Glück, daß du doppelt so groß bist wie sie.«

Er machte eine Pause und sah sich um, ließ den Blick auf dem unordentlichen Inhalt seines Koffers ruhen, als hoffte er, ein paar unangenehme Erinnerungen darin zu verstekken.

»Also, wie geht es deiner Mutter?«

Ich versuchte zu erklären, wie sehr sie mich haßte, wie wir gekämpft hatten und daß ich sie nie wiedersehen würde, aber Nelsons Aufmerksamkeit schien abzuschweifen, und ich hörte auf.

»Übrigens, *du* hast *meine* Nase, weißt du, andersherum, oder? Ich bin der Dienstältere.«

Ein plötzliches Schweigen befiel uns, und wir betrachteten beide eine Zeitlang das Farnmuster des Teppichs, bis Nelson aufstand und aus seinem Koffer ein Paar derbe Schuhe hervorwühlte, die er anzog, wobei er seinen Kopf zwischen den Knien begrub.

»Ich fühle mich eigentlich ein bißchen komisch, ich denke, ein Spaziergang täte mir gut; kann ich dich irgendwohin begleiten?«

Wir gingen ganz bis Victoria Station zurück. Nelson redete fast allein, ich hatte zu große Angst, ihn zu verlieren, als daß ich riskiert hätte, seine Aufmerksamkeit erneut zu verlieren; also genoß ich seine Nähe zu mir und den einlullenden Klang seiner tiefen Stimme und erfaßte nur wenig von dem, was er sagte. Ich war so aufgeregt über das Zusammensein mit ihm, daß dieses Gefühl das Gehirn mit einem allgemeinen Wohlbehagen überflutete, in dem der genaue Sinn seiner Worte unterging. Meine schmerzenden Füße vom frühen Morgen waren völlig vergessen. Ich ging neben einem gutaussehenden Mann. Ich ging neben meinem Vater. Ich gehörte mit ihm auf diesen Bürgersteig unter den Platanen. Ich wollte mit ihm zusammenleben. Ich hoffte, er würde mir anbieten, zu ihm zu ziehen, aber das tat er nicht. Statt dessen bot er mir einen Hafen im Sturm. Nur eine Oase für kurze Zeit.

»Es ist ein bißchen spät für mich, dir ein Vater zu sein, Joanna, aber ich möchte dein Freund sein. Du kannst auf mich zählen, wenn du jemanden brauchst, der dir einen ausgibt oder einen Moment lang deine Hand hält. Wir reden über gute Zeiten, und wir werden auch gute Zeiten miteinander haben, du und ich.«

Er nahm meine Hand und hielt sie in der seinen so fest wie Großmamas Garn, wenn sie ihre Stränge von meinen eingezwängten Fingern auf ein Knäuel wickelte.

»Ich bin immer für dich da. Du findest mich bei White's. Ich bin viel unterwegs. Ich kann mich nie entscheiden, ob ich meine Koffer ein- oder auspacken soll, aber du wirst mich finden. Also besuche mich, wenn du wieder in der Stadt bist.« Dann stopfte er etwas in meine Jackentasche, und weg war er. Ich sah ihm nach, wie er in die belebte

Straße eintauchte, folgte seinen breiten Schultern, bis sie verschwanden. Ich wäre ihm gern gefolgt, wagte aber nicht, in seine mit Nachdruck verteidigte Ruhe einzudringen.

Meine Größe, meine Nase und meine Augen hatte ich von ihm, aber die Unruhe hatte ich von Mutter. Sie war ihm fremd. Mit Qualen wußte er nichts anzufangen. Ich dachte, er wolle nicht gestört werden, weil er in den Schützengräben zuviel Störung erlebt hatte. Ich habe Nelson immer gern romantisiert. Aber ich weiß, daß er jemand war, der einen stützte, und keiner, der einen vom Boden aufgelesen hätte. Ich liebte ihn von der Minute, als er mir in Chelsea die Tür öffnete, bis zu der Minute zehn Jahre später, als ich ihm auf dem Bahnhof einen Abschiedskuß gab, bevor er in den Zug nach Paris stieg, der in der Nacht verunglückte.

Als ich dieses Mal in Victoria Station war, hatte ich ebensoviel Recht wie alle, dort zu sein. Mein Zug ging in Kürze. Ich war von dem Ansturm der Gefühle und dem Champagner verkatert. Ich war verwirrt, konfus, erleichtert, war verlassen, heimatlos und schmuddelig und frei. Großmama, Selsey und Agnes waren fürs erste vergessen. Selbst Mutter hatte vorübergehend ihr Monopol auf meine Gedanken verloren. Ich reiste allein im Zug ins Erzbistum Canterbury mit einem Fünfpfund-Schein und einer zerdrückten Kamelie in der Tasche, beides Geschenke des Mannes, den ich liebte. Während der Waggon über die Gleise ratterte, probierte ich die verschiedenen Kosenamen durch, die ich benutzen könnte, falls Nelson mir jemals einen Heiratsantrag machte. Ich fragte mich, ob er bemerkt hatte, wie wohlgerundet meine Figur war, wie üppig mein Busen. Ich befand, das habe er sicher. Ich führte retrospektiv eine Autopsie seines grauen Blicks durch. War er beim Anblick meines Haares zusammengezuckt? Ich bildete mir ein, daß es ihn zum Lächeln gebracht hatte. Ich wiederholte im Geiste, was ich alles sagen könnte, wenn ich, älter und klüger, aus Canterbury zurückkehrte. Es waren süße Worte, ausnahmslos, in ihrer Blüte gemordet durch das Rucken des Zuges, der anhielt und etwas zischte, das wie »Schlampe« klang.

Draußen huschten Hopfen und Apfelbäume vorüber, und ich versuchte, nicht an Hendon zu denken und nicht zu weinen. Ich übte immer noch, was ich zu Nelson sagen würde, wenn wir uns das nächste Mal träfen, hatte aber beschlossen, ihn nicht zu heiraten. Ich würde jemand anderes heiraten, ein netter Mensch sein, einen Mann glücklich machen und überhaupt nicht sein wie Mutter. Ich wollte eine Ehe, die ewig dauern würde, und ein Haus voll eigener Kinder. Ich schwamm in Zärtlichkeit, als ich am Bahnhof ankam, und erst als ich mein Köfferchen aus dem Gepäcknetz nahm, begann ich mir Sorgen zu machen, ob Mutter bereits meine Gastgeber angerufen und ihnen mitgeteilt hatte, daß ich jetzt entehrt und aus dem Hause gejagt worden sei, um Prostituierte zu werden. Doch in der Familie meiner Freundin wußte niemand etwas über mich. Die versammelte Gesellschaft amüsierte sich darüber, daß ich keinerlei vorzeigbare Garderobe besaß, aber sie sammelten und statteten mich mit gespendeten Kleidern aus, die alles, was Mutter zerrissen hatte, modisch bei weitem übertrafen.

Während ich auf dem Land war, fing ich an, sehr viel über Nelson zu sprechen, erfand Heldentaten und prahlte damit, was alles er besaß und war, von Samtslippern bis Senfgas. Ich übernahm von ihm alle Gewohnheiten und Eigenheiten, an die ich mich nach unserer einen kurzen Begegnung erinnern konnte. Ich machte es mir zur Angewohnheit, meine Cocktails hinunterzuschütten, und ich legte Wert darauf, meine neu erstandenen Kleider ständig ein- und wieder auszupacken. Wenn ich allein war, durchlebte ich jedesmal die Szene mit dem Tranchiermesser und meine letzten Minuten zu Hause. Langsam stellte das Gefühl, in diesem weitläufigen Backsteinhaus willkommener zu sein, als ich es jemals in meiner eigenen Familie war, das Drama in den Schatten, einen Elternteil verloren und einen anderen gewonnen zu haben.

Binnen zehn Tagen waren diese Episoden zum Hintergrund einer neuen Liebesgeschichte verblaßt, wie von da an alles verblassen sollte, wenn ich ein ums andere Mal mein Herz dem schenkte, der mir ewige Hingabe schwor.

9. *Kapitel*

»Joanna ... Joanna!«

Ich mochte es, wenn man mich mit meinem neuen Namen rief, und ich mochte auch diesen Sommer vor dem Krieg. Das Lebensgefühl aller schien perfekt auf das meine abgestimmt, und man pries an mir eben jene Mängel, die die Nonnen so unbedingt hatten unterdrücken wollen.

Ich lernte einige Jungen kennen, und ich lernte, wie man mit ihnen flirtet. Wir blieben jeden Abend lange auf, und wenn der Tanz vorüber war, lagen immer einige Mädchen auf einem der Himmelbetten und diskutierten über Liebe und Sexualität – wann wir unser Debüt geben würden und mit wem. In meiner letzten Klosterschule hatten wir uns, wenn wir zu zweien zur Kapelle und zurück gingen, oft sexuelle Entdeckungen zugeflüstert, und die Neuigkeiten wurden in der neugierige Schlange nach vorn und hinten weitergereicht. Wir hatten auch dem Verbot jeglicher Nacktheit getrotzt, um die Entwicklung unserer Brüste, Brustwarzen und Körperbehaarung zu begutachten. Doch dort war die Aufregung immer unterdrückt, wie im Topf gezüchtete Rosen, die groß werden und blühen, sobald ihre Wurzeln die Freiheit wirklicher Erde spüren. Von einem Mädchen im Jahrgang unter uns ging das Gerücht, sie habe eine finstere Beziehung zu Schwester Gudrun, doch unter sanfter Folter befragt, behauptete das fragliche Mädchen, nie mehr getan als den dünnen Schnurrbart der deutschen Nonne geküßt zu haben.

Jeden Abend im Bett verkuppelten wir einander mit einem der Brüder oder Freunde. Einige Jungen waren Männer, was ihnen einen besonderen Reiz verlieh. Sie kamen zum Frühstück herunter und hatten kleine weiße Flecken auf der Wange, wo sie sich beim Rasieren geschnitten hatten. Sie hatten keine Zeit zum Tennisspielen, weil sie einer Arbeit nachgingen. Arbeit war magisch, und jede Art von Uniform wurde bewundert. Es hieß, daß Soldaten und Matrosen es mit Prostituierten »machten«, sie konnten mit den Augen zwinkern, ohne dabei den Mund zu verziehen, und beim Tanzen sagten sie unanständige Dinge. Mein eigener heimlicher Favorit war ein Marineoffizier namens Dickie. Er war dreiundzwanzig Jahre alt und rauchte eine Pfeife mit Bernsteinmundstück, die er stets auf der Salon-Terrasse über dem Unterarm ausklopfte. Danach rubbelte er mit seinen langen Elfenbeinfingern den Ärmel und streichelte die Baumwolle oder den Tweed auf eine Weise, daß ich wünschte, er berührte mich. Die anderen Mädchen waren unschlüssig. Eines fand ihn langweilig, ein anderes zu schüchtern, ein drittes, er rieche nach abgestandenem Tabakrauch und sei zu interessiert daran, interessant zu wirken. Je mehr wir nachts über ihn sprachen, um so mehr bemerkte ich ihn bei Tag. Bald begann Dickie, mich auch zu bemerken. Er machte mich zwischen den anderen Mädchen aus und rief meinen Namen.

»Joanna.«

Ich lief zu seinem abgestandenen Tabakgeruch und hätte gern mein Haar, mein Gesicht, meinen ganzen Körper in seinen Seegeruch gedrängt. Hinter den Rhododendronbüschen unweit von Caterham fand ich meine Berufung.

Am Ende des Monats fuhren wir gemeinsam nach London zurück, einander auf ewig versprochen. Wir trennten uns im Tearoom des Grosvenor-Hotels an der Victoria Station. Dickie mußte eine Zeitlang bei seiner Mutter bleiben, ich meine Ausbildung im St Thomas' Hospital beginnen. Nach Aussagen meiner Stationsschwester erwies ich mich als die ungeschickteste, faulste, unaufmerksamste Schwester meines Jahrgangs. Es war mir egal, ich hörte kaum, wenn sie oder die Ausbildungsschwester wütend waren: Ich war verliebt. Auch ohne das Quecksilber in meinem Puls und Gehirn und ohne das schwindelig machende Sprudeln meines Blutes wäre ich eine furchtbar schlechte Krankenschwester gewesen. Die ersten Monate bestanden nahezu ausnahmslos aus Spülen und Bettpfannen mit der vagen Aussicht auf spätere Stationsarbeit. Vom Anblick Kranker bekomme ich Gänsehaut; ich konnte mir nichts Schlimmeres vorstellen, als sie pflegen zu müssen. Ich hatte die Krankenpflege nur gewählt, um von Hendon fortzukommen. Es war die einzige Arbeit, die Großmama guthieß. Sie war auf meine gestreifte Tracht und das gestärkte Häubchen stolz. Nachdem ich allerdings angefangen hatte, schienen mir die Möglichkeiten einer Ehe weitaus verlockender.

In den breiten, desinfizierten Korridoren, die Operationssäle und Stationen wie Nähte verbanden, vergaß ich, weswegen ich unterwegs war und spürte nur noch meine Schenkel, die sich über den dicken Strumpfrändern berührten. Als im Herbst schließlich nach langem Hin und Her der Krieg erklärt wurde, sagte man uns Krankenschwestern, wie unverzichtbar wir alle für unser Land seien. Dickie war extrem patriotisch, und ich glaube, er fand es besonders lobenswert, daß ich meinen Beitrag in einer solch traditionellen Rolle leisten würde. Ich selbst machte mir aus der ganzen Aufregung nichts, ich hatte in der Klosterschule genug Patriotismus für den Rest meines Lebens gehabt. Als ich Tag für Tag die Bettpfannen leerte, war es mir ein winziger Trost zu wissen, daß die Nonnen alle interniert werden würden.

Dickie konnte es kaum erwarten, in den Krieg zu

ziehen. Sein Vater war im Großen Krieg gefallen, und Dickie schien es diesem Heldentum auf angemessene Weise gleichtun zu wollen. Großmama war in ihrem Pflegeheim, und selbst meine medizinisch unkundigen Augen sahen, daß sie sich anschickte zu sterben. Mutter kam in meinem Leben nicht mehr vor. Der Krieg fand statt oder würde bald stattfinden. Überall in London wurden Sandsäcke gestapelt, nachts tauchten Luftschutzwarte auf. Viele junge Männer, die ich kannte, wurden eingezogen oder waren bereits zur Ausbildung fort. Dickie machte mir in regelmäßigen Abständen Heiratsanträge, das gehörte zu seinem romantischen Naturell. Er schenkte mir Blumen, Pralinen und elegante Abendessen in einem italienischen Restaurant namens Roman's. Manchmal war er einige Tage fort, weil er bei der Admiralität zu tun hatte und »Dinge erledigen« mußte. Wir wollten heiraten, aber seiner Mutter gefiel die Verbindung nicht; die Kombination meines Katholizismus mit Mutters Scheidung hatte sie gegen mich eingenommen.

Daher heirateten wir heimlich auf dem Standesamt von Kensington im November, nachdem wir uns kennengelernt hatten. Dickie fand, ich solle »bis auf weiteres« als Krankenschwester arbeiten, und das tat ich auch. Das bedeutete, daß ich auf dem Krankenhausgelände wohnen mußte und nur abends und sonntags frei hatte. Ich mußte auch abends um zehn Uhr zurück sein. Ich bestürmte Dickie, daß ich meine Stelle aufgeben wolle, und hatte ihn schon halb überredet, als er zum aktiven Kriegsdienst eingezogen wurde. Seine maßlose Begeisterung darüber ließ ihn offenbar vergessen, daß dies Abschied von mir bedeutete. Er stand bei Charing Cross am Ufer und schmiegte meine Hand in die Porzellanuntertasse der seinen. Ich hörte seine Stimme mit tiefem Bedauern sagen: »Das dauert nicht lange, Joanna-Liebes, und dann bleiben wir für immer zusammen.«

Er hatte wunderbare Augen, haselnußbraun mit einem weichen, traurigen Blick, als sei er ständig bekümmert. Sein langes, glattrasiertes Gesicht endete in einem eckigen Kinn. Er sah gut aus. Alle Schwesternschülerinnen fanden das, und in seiner Uniform sah er noch besser aus. Er kam zum Krankenhaus, um sich zu verabschieden, und ließ mich dafür aus der Arbeit herausrufen, die erste von vielen verwegenen Taten.

»Ich schreibe dir jeden Tag, egal, was kommt. Ich liebe dich, Joanna, glaube mir, und sobald ich kann, komme ich zurück und hole dich hier heraus. Ich verspreche es dir.« Es war mir damals nicht bewußt, aber Dickie war wie die Krokantriegel, die ich in meiner Schürzentasche aufbewahrte und im Waschraum aß: Er war voller Verheißung.

Ich habe mich oft gefragt, was geworden wäre, wenn er nicht fortgegangen wäre. Ich weiß nur, daß ich ihn liebte, ihn lieben wollte, und daß ich versuchte, an sein »immer« zu glauben. Er kam sechs Monate lang nicht zurück – sechs lange Monate, die ich im Krankenhaus unter Bedingungen arbeitete, die kaum besser waren als die Schule. Er schickte mir etwas Geld, aber er sagte niemandem, daß wir verheiratet waren. Er meinte, es könne seiner Karriere schaden. Er schrieb mir, wie er es versprochen hatte, jeden Tag. Doch mit der Zeit wurden seine Briefe immer mehr Beschreibungen seines Lebens in der Marine und immer weniger die Liebesbriefe eines Jungverheirateten. Ich ertrug es nicht, ein mögliches Scheitern dieser Ehe einzugestehen. Ich erinnerte mich an Mutters kurzlebige Vorstöße auf diesem Gebiet und wollte es unbedingt besser machen, eine gute Ehe führen, selbst wenn dies hieß, einen langen Winter lang allein zu warten.

Großmama starb unmittelbar vor Weihnachten. In dem

Telegramm, das die Oberin mir in ihrem Büro übergab, stand, daß sie gestorben sei. »Bedauern, mitteilen zu müssen, daß Mrs Richards vergangene Nacht verschieden ist.« Aber die Druckbuchstaben bedeuteten für mich nicht Großmama. Ich ging sofort zu Mrs de Gruchy, die ihren Oberkörper umschlungen hielt und mit unterdrücktem Schluchzen weinte. Ich konnte nicht weinen. Ich hatte das Gefühl, daß irgendwo hinter dieser verschlüsselten Nachricht Großmama saß und aufs Meer hinaussah. Es schien, als müsse ich bis zum Wochenende warten, um den Zug nehmen und sie besuchen zu können. Ich telegraphierte Dickie die Nachricht auf sein Schiff. Er telegraphierte »in Liebe« zurück, kam aber nicht. Wie er später erklärte, konnte er, da er nach wie vor offiziell »ledig« war, meinetwegen keinen Trauerurlaub bekommen. Die Beisetzung fand in Chislehurst statt. Es war niemand da außer Agnes, den Schwestern des Pflegeheims, Nelson und mir. Agnes sagte mir, Mutter habe die Grippe, daher sei sie nicht gekommen. Nachdem Großmama gestorben war, fehlte sie mir sogar mehr, als Dickie mir je fehlte. Es tat mir leid, daß ich sie in jenen letzten Monaten vernachlässigt hatte. Aufgrund meiner Arbeitszeit im Krankenhaus konnte ich sie nur jede zweite Woche besuchen.

Trotz Dickies Bedenken hatte ich ihr erzählt, daß ich verheiratet war, und sie hatte sich gefreut. Ich fuhr mit Dickie hin, damit er sie kennenlernte, und auch er war erleichtert. Nach so einigem, was er über meine Familie gehört hatte, war er über ein derart vorzeigbares Mitglied vermutlich froh.

Er hatte seinen ersten Urlaub unmittelbar nach meinem neunzehnten Geburtstag. Es war spät im Frühjahr und schon warm. Ich nahm eine Woche frei, und wir mieteten uns als Ehemann und Ehefrau für eine Woche in einem Hotel ein. Ich habe ihn niemals so sehr geliebt wie damals.

Ich fragte ihn nicht, wie lange er bleiben würde, ich wollte meine erste Woche nicht verderben. Am vierten Tag ging ich aus, um Veilchen und eine Flasche Champagner zu kaufen. Als ich ins Hotel zurückkam, war Dickie fort. Er hatte mir einen Brief dagelassen, in dem er schrieb, er habe nur vier Tage Heimaturlaub. Er komme bald wieder, versprach er, und er wisse, daß sein »armer Liebling Joanna« verstehe, daß die Sache mit dem Krieg an erster Stelle kommen müsse, vor allem anderen.

Ich schämte mich für uns beide, und zum ersten Mal hatte ich Angst vor dem Krieg. Die ersten Bomben waren gefallen, ich hatte niemand, der mich hielt, niemand, den ich halten konnte. Ich blieb bis zum Ende der Woche im Hotel, da ich mich einer vorzeitigen Rückkehr ins Krankenhaus nicht gewachsen fühlte. Ich hatte zu vielen Kolleginnen von meiner heimlichen Ehe und dem leidenschaftlichen Wiedersehen erzählt, und ich ertrug es nicht, zurückzukommen und ihnen zu sagen, daß mein stürmischer junger Ehemann zu seinem geliebten Schiff hatte zurückstürmen müssen.

Meinen ersten Widerwillen gegen die Deutschen faßte ich im Kloster, den zweiten dort in dem leeren Hotelzimmer. Ich verübelte ihnen, daß sie mir meinen Mann stahlen. Aber ich wußte aufgrund der Heldentaten der eingezogenen Liebhaber meiner Freundinnen, daß sie es schafften, sehr viel häufiger wegzukommen als meiner. Er schrieb weiterhin: kurze, unpersönliche Bulletins über sein Befinden, abgerundet am Anfang und Ende von seinen üblichen Liebesbeteuerungen. Als die Monate vergingen und der Krieg sich ausweitete, wollte ich, daß jemand mich liebte, wie ich ihn liebte. Ich wollte die wilde Euphorie meines ersten Festes zurückholen, um in meinem Kopf den Verlust meiner Großmama zu ersetzen, und ich wollte meine Krankenschwesterntracht noch unsinniger zerstückeln als Mutter meine frühere Garderobe.

Als Dickie in seine Briefe kleine Hinweise einzustreuen begann, wie schrecklich lange es dauern könne, bevor er wieder nach Hause käme, daß er sich wie ein Schurke vorkomme, mich zur Ehe mit ihm gezwungen zu haben, und daß er völlig verstünde, wenn ich das Gefühl hätte, meine Freiheit zu brauchen, begriff ich, daß ich einen blöden Fehler begangen hatte. Seine pflichtschuldigen Briefe kamen weiterhin, jeder mit genauem Datum und Uhrzeit, aber nach einiger Zeit las ich sie nicht mehr. Statt dessen grübelte ich darüber nach, daß ich jemand finden mußte, der weder schüchtern noch traurig war, sondern sich in vollen Zügen zu amüsieren verstand, der den Gedanken, daß ich arbeitete, ebensowenig mochte wie ich, und mich mit einer körperlichen Leidenschaft lieben würde, die der meinen entsprach.

Ich fing wieder an, abends auszugehen, blieb einige Nächte unentschuldigt dem Krankenhaus fern und kletterte in anderen erst spät hinein. Fast gleichzeitig mit meiner Entlassung als Krankenschwester lernte ich Thierry de Gastonville kennen. Thierry war das genaue Gegenteil meines abwesenden Ehemanns. Thierry war liebenswürdig, Franzose, weltgewandt, raffiniert und stand im Ruf der Zügellosigkeit. Er verbrachte seine Nächte damit, in teuren Clubs um Geld zu spielen, zu trinken und Skandalgeschichten zu verbreiten. Das alles war von Dickies starrsinnigem Patriotismus wunderbar weit entfernt.

Obwohl ich lange im Krankenhaus gewesen war, hatte ich noch keinen einzigen verwundeten Soldaten gesehen. Daher existierte das Mitgefühl noch nicht, das später entstehen und uns Londoner zu einem Eliteclub der Überlebenden verbinden würde. Die zusammenstürzenden Häuser waren nicht Teil unseres rationierten Alltags. London war eine Stadt der Clubs und Pubs. Eingezwängt zwischen dem Fluß und den ausfransenden Vororten, protzte es mit seinem reichen Innenleben. Wir lebten von Alkohol und Sandwichs, um so nah wie möglich am Spieltisch zu bleiben. London war sein eigener Croupier, es drehte sein Rad, und jede Nummer gewann. Das Gerede der Politiker über den Krieg schien ebensoweit hergeholt wie die plumpe Propaganda der Nonnen. Ich gehörte zu einer Generation potentieller Pazifisten. Millionen junger Männer waren im letzten Krieg gestorben, gefällt durch den Wahnsinn ihrer Führer und Regierungen, die in abgekarteten Schlachten und um einer »gerechten Sache« willen, die Lüge war, Jungen als Kanonenfutter benutzten. Wir waren keine willfährigen Werkzeuge, die aufgrund der Laune einer Regierung in einen Krieg geworfen werden konnten. Nur wenige von uns waren wie Dickie. Wir rechneten ihm seine Begeisterung nicht hoch an. Wir schrieben seinen Eifer der Angst zu, seine Mutter zu enttäuschen, und einem Vaterkomplex.

Später trennten Liebende sich für Jahre, und ihre Liebe überstand diese Zeit. Aber später erkannten wir alle, worum es ging. Wir erkannten die Brüchigkeit unseres Lebens. Nicht nur die Soldaten, Matrosen und Piloten, sondern auch wir, die Zivilisten, konnten am Morgen tot sein. Daher wurde jede Nacht zu einem Abschiedsfest. Und jeden Morgen, wenn wir unseren Weg durch Straßen bahnten, die nur noch Kekskrümel waren, dankten wir welchen Göttern auch immer für die Vergünstigung, den Ziegelstaub einatmen zu dürfen, sei es auch nur für einen weiteren Tag. Das alles kam später, wie die Bahnsteige mit den abfahrenden Zügen, als Soldaten aus Fenstern lehnten, um ein letztes Lebewohl zu erhaschen, und dabei wie aufgereihte, durch Rauch geschobene Jagdtrophäen aussahen. Man drängelte vorsichtig, um die Listen der Gefallenen lesen zu können und das Schlimmste zu erfahren. Dies waren die Namen der Verstümmelten und Verbrannten, die sich später in immer größerer Zahl mit den noch Unversehrten verbinden sollten. Unsere Welt wurde unwirklich. Ihre Parameter veränderten sich und verschwanden, frühere Marksteine waren keine mehr.

Als die Bombadierung in großem Maßstab begann und halb Europa von den Deutschen besetzt war, Flüchtlinge mit Horrorgeschichten über Grausamkeiten in Deutschland selbst und in Polen durch unsere Häfen hereinkrochen – nun, da leistete auch ich Kriegsarbeit. Alle taten das. Für mich war das im Grunde kein Patriotismus, sondern die allgemeine Notwendigkeit zu überleben. Und auch wenn ich England nicht so liebte, wie ich es hätte tun sollen, empfand ich Mitleid mit Jersey wegen seiner Gestapo-Besatzer, der Nazi-Gesetze und des Hakenkreuzes, das über der Insel wehte. Es gab Gerüchte, wonach mehr als eintausend Männer und Frauen von der Insel deportiert worden seien. Es gab Gerüchte über Gestapo-Methoden, es gab Gerüchte über Spitzel in unseren Reihen, von Landungen an der Kanalküste. Ich wußte über die Gestapo nichts aus erster Hand, aber ich wußte etwas über deutsche Methoden; ich hatte meine Zeit bei den Nonnen abgesessen. Ich wußte, daß sie gründlich und kalt waren, und ich hätte jede Uniform angezogen, um dazu beizutragen, daß sie nicht nach London einmarschierten in ihrem Grau, das jedes Grau übertraf, das London von Natur aus hatte. Ihre Schaftstiefel und ihr »Heil Hitler« waren schon lange keine Schulmädchenwitze mehr.

Doch als Dickie die erste Zeit diente und Thierry verächtlich jeden Kampf von sich wies, fand nur der Stellungskrieg statt. Es geschah wenig außer Warten. Über

London fielen nur wenige Bomben, und die weit voneinander entfernt und scheinbar eher zufällig denn nach Plan. Also erinnerten wir uns der Propaganda, die den sogenannten Großen Krieg überlebt hatte, und sahen die alten Plakate, auf denen deutsche Soldaten mit ihren Bajonetten Säuglinge aufspießten. Und wir erinnerten uns, daß damals, vor nur vierundzwanzig Jahren, alles Lüge gewesen war. Die tapfersten Männer waren für uns die Kriegsdienstverweigerer, die es ablehnten zu töten, es ablehnten zu kämpfen. Das waren unsere Helden in diesem ersten Jahr, die Männer, die tapfer genug waren, sich gegen die wachsende Panik zu stellen. Unter all diesen Männern schien Thierry eine symbolische Tapferkeitsmedaille für Nonchalance zu tragen. Er lebte, als gäbe es überhaupt keinen Krieg. Er sprach nie über Gefahren für sein eigenes Land. Er tat, als sei Politik ein Witz. In wenigen Monaten würde alles vorüber sein, behauptete er; man würde Verträge unterzeichnen, und das Leben ginge ungestört weiter.

Unterdessen bezog ich eine Wohnung in der Edgware Road, die ihm gehörte, und lebte wie eine Mätresse in einem Luxus, den ich nie erlebt hatte. Wir waren verlobt, und anders als Dickie prahlte er mit dieser Verlobung und erzählte allen Freunden davon. Trotz der Zügellosigkeit seines Verhaltens, Trinkens und Geldverschwendens und trotz der heftigen Leidenschaft seiner Umarmungen schliefen wir nie miteinander. Manchmal verbrachten wir eine ganze Nacht zusammen, aber nicht entfernt so oft, wie ich wollte. Thierry küßte mich immer sehr fordernd, was mich so sehr erregte, daß ich ihm sagte, ich ginge mit Freuden weiter. In solchen Augenblicken zog er mich nicht aus, sondern sprach zu mir, als habe er ein Publikum vor sich.

»Du bist eine schlafende Maid, du mußt langsam erweckt werden«, sagte er dann, rieb dabei seine Fingernägel und ließ den Zeigefinger gelegentlich bis zu seinem Wappenring gleiten. »Du wurdest von einem Franzosen erwählt, der deinen Körper erwecken und wie die Weintrauben seiner Heimat auspressen wird. Aber noch nicht, mein Hitzköpfchen, du bist zu jung, um die Komplexität der Liebe zu verstehen.«

Es war, als verlasse er in Gedanken das Bett und trete auf einen Balkon hinaus. Im Rückblick sehe ich die Absurdität dieser Ankündigungen. Damals jedoch glaubte ich, daß es eine geheime Welt der Sinnlichkeit gäbe, deren Schlüssel Thierry besaß. Ich lebte in einem Zustand ständiger Erregung. Ich verbrachte Stunden damit, sein Gesicht zu studieren und anzuhimmeln. Ich glaubte, wenn er mich erst einmal in ein Leben der Leidenschaft geführt hätte, würde ich nie mehr Gelegenheit haben, ihn richtig anzusehen. Meine Augen wären nackt und mein Sehvermögen durch ständige Orgasmen getrübt. Er hatte blauschwarzes Haar, das er wie Valentino mit Pomade zurückkämmte, und Mandelaugen von solch intensivem Braun, daß Schwester Gertrud sie satanisch genannt hätte. Wenn er müde war, senkten sich seine Lider wie Kappen und gaben seinem herausfordernden, trägen Starren etwas Reptilienhaftes. Er tat mein ganzes Leben bis zu dem Augenblick, als ich ihm begegnete, verächtlich ab.

»Das ist nicht verheiratet, Joanna«, sagte er, wann immer Dickie erwähnt wurde. »Wenn wir verheiratet sind, wirst du wissen, was wirklicher Sex ist. Erst muß du lernen, elegant zu sein, Stil zu haben, zu leben. Du bist ein Einsiedlerkrebs in deiner Schale, nur dein Kopf schaut heraus. Du siehst das Leben, aber du verstehst noch nicht, es zu leben. Du kannst ja noch nicht einmal küssen. Du lernst meine Freunde kennen, du magst sie, du hörst, was sie über Kunst sagen, die Maler, die Dichter. Aber auch

Küssen ist eine Kunst.« Beim letzten Wort machte er einen Schmollmund, als wolle er es sich selbst demonstrieren. »Lieben ist eine Kunst. Glaubst du, Louis hat einfach so schreiben gelernt – nein! Alles braucht Zeit. Du bist sehr ungeduldig. Aber ich mag das, es ist besser. Du hast Leidenschaft, nicht wie all diese Engländerinnen.«

Thierry ließ dabei mitschwingen, daß er persönlich mit »all diesen Engländerinnen« geschlafen habe. Er stand auch im Ruf, ein Lebemann zu sein. Manchmal verschwand er für eine Nacht, manchmal zwei, kam zurück und wahrte über seine Abenteuer rätselhaftes Schweigen.

»Nur ihr Engländer erzählt gern Einzelheiten eures Sexlebens. In Frankreich tun wir es einfach, wir brauchen nicht darüber zu sprechen.«

Ich liebte es. Ich liebte ihn. Und in meinen Adern floß französisches Blut. Ich wollte, daß er dessen blaue Pfade auf meiner Brust berührte. Nach dem Krieg würden wir auf Thierrys Château im Tal der Champagne, südlich von Reims, zurückkehren. Unterdessen arbeitete ich an meiner Erscheinung, legte mir einen anderen Haarschnitt zu, lernte mich zu kleiden und den Schmuck zu tragen, den Thierry mir kaufte. Er war aus Jade, Amethysten und altem Silber. Er zeigte mich gern vor, und er hatte es gern, wenn ich mit seinen Freunden flirtete. Er war stolz, Anlaß meiner Scheidung zu sein.

Wir fuhren nach Brighton und verbrachten unter Aufsicht eines Privatdetektivs ein unsittliches Wochenende, damit ich sagen konnte: »Am sechsten, siebten und achten Juni 1940, im Metropole Hotel Brighton, beging ich mit Thierry de Gastonville in mehr als drei Fällen Ehebruch.« Es hatte etwas Gewagtes, und es klang so skandalös. Aber es klang skandalöser, als es war, denn in diesen Nächten schlossen wir uns als Mrs und Mr Gaston in unser Hotelzimmer ein, lagen auf dem Doppelbett und küßten uns, während Thierry redete, mein Haar streichelte und mit den Fingernägeln über meine sommersprossigen Arme fuhr, wobei er lange Kratzer hinterließ, die ich am kommenden Tag beim Frühstück stolz in einem kurzärmeligen Kleid präsentierte.

Ich genoß die anrüchige Bekanntheit, die diese neue Liaison mir bescherte. Ich war aufgepeitscht und gefangen, aber ich konnte mich ungehindert in der provinziellen Bohème Londons und den schwirrenden Cafés tummeln. Ich schloß Bekanntschaften an der Bar des Wheatsheaf und des George. Ich freundete mich vor allem mit Dichtern an, die Öffentliches aufschreiben und zu Privatem machen konnten, während bei Thierry im Privaten immer alles klang, als sei es für die Öffentlichkeit bestimmt. Die saufenden Schriftsteller waren ein Pflaster auf meine fehlende Intimität mit Thierry. Ihr Geplänkel war für mich Sex-Ersatz. Nachdem ich Thierry verlassen hatte, hatten meine Liebesgeschichten und Liaisons nichts mehr von Ersatz. Dennoch mochte ich die Dichter immer am liebsten, mit ihrem Klatsch, ihren Skandalen und dem ständigen Wortgehäkel. Eliot soll über Pound gesagt haben: »Er ist keiner, der hier wie Westminster Abbey daherredet.« Mir hat dieser Satz immer gefallen. Ich hatte in Edgeware Road meine eigene Kathedrale, auf deren Altar ich mich legte. Einmal verschmäht, wurde auch ich zur Kathedrale, zerbrechlicher und vergänglicher als Westminster, aber doch ein Ort, wo sich große Dichter in mein Seitenschiff zum Sterben legten. Diese Freundschaften blieben lange nach dem Ende meiner Ehe mit Thierry bestehen; sie begleiteten mich durch den Krieg und in die fünfziger Jahre hinein. Welcher Geist die wilde Euphorie jener Kriegsnächte diktieren mochte, es war auch der meine. Jede Minute mußte bis zum Rand angefüllt sein, jede Wildheit herausgepreßt und genossen werden, bevor es zu spät war. Wir tanzten auf Asche, und ließen unsere Angst auf Heiterkeit treiben. Wir sangen in den vollgestopften Tunnels der U-Bahn-Schutzräume und brauten in einem Raum der medizinischen Fakultät des Guy's Hospital mit Laborausrüstung neunzigprozentigen Alkohol.

Der Krieg brachte in meinen Zeitgenossen zum Vorschein, was ich in mir immer gespürt hatte, die Symptome einer manischen Depression. Es lag mir, zwischen den Extremen zu pendeln. Also pendelte ich, während London brannte, gemeinsam mit meinen Freunden. Und die ganze Metropole war ein potentieller Freund. Die Barrieren waren niedergerissen. Das formelle Vorstellen einander Fremder aus meiner Kindheit war vorbei. Mit dergleichen war keine Zeit zu vergeuden. Jede Sekunde zählte und mußte genutzt werden, um zu verhindern, daß jemand sie tatsächlich zählte.

Zwischen diese vergnügten Zeiten schlich sich Traurigkeit ein. Freunde starben oder verschwanden, Lieblingsorte wurden bombardiert. Die Bahrenträger stolperten, als gingen sie auf heißem Sand, sie gruben und stocherten im Ziegelstaub und den Trümmern, und sie erinnerten mich an die Tage in Selsey, als ich am Strand Menschenfallen baute. Wie so viele Sandburgen, standen die unzerstörten Häuser stolz, bis die nächste Bombenwelle kommen und sie auslöschen würde. Es war wichtig, daß man auf den Trümmergrundstücken nicht zu viele aufgespießte Gliedmaßen sah. Man schaute besser weg und überhörte das unterirdische Murmeln. Zivilisten waren in den Schneisen ohnehin nicht erlaubt, aber Stimmen aus dem Inneren der Ameisenhaufen konnten durch das Stimmengewirr unserer Erregung dringen. Ich verstand diese Pendelgefühle, denn sie waren die meinen. Der Krieg endete nach sieben langen Jahren, und wer ihn überlebte, versuchte, eine neue Ära anzufangen. Ich habe das nie vermocht. Die Euphorie und die Verzweiflung waren ein Teil von mir. Nicht die Bomben hatten mich so werden lassen oder die Angst vor den Nazis. Es war Mutter. Es ist im Grunde recht komisch, mitzuerleben, daß die Geschichte unsere Zeit so drastisch verformt, und dabei selbst unentrinnbar in einen Mikrokosmos der Vergangenheit eingesperrt zu sein. Aber so war es. Ich wurde durch die wiederkehrenden Gezeiten meiner Liebesgeschichten geformt.

Thierrys Vorstellung von Leidenschaft war so grandios, daß sie niemals umgesetzt wurde. Wir heirateten im Frühjahr 1941. Ich brauchte ein weiteres Jahr, bis ich erkannte, daß er homosexuell war und ich lediglich als Fassade diente, um einen folgenschweren Skandal zu verhindern. Ich glaubte, dies sei alles meine Schuld, *mea culpa*, und beschloß, zu ihm zu stehen. Nun, meine Geste war vergebens, er wollte mich nicht, und mein Verständnis ärgerte ihn.

Die Ehe wurde drei Jahre später annulliert. Sie war nie vollzogen worden. Wie Thierry selbst mir so oft gesagt hatte: Ich war naiv, was Sex anging.

Wie in stummem Patriotismus wendete sich sein Glück mit dem seines Landes, bestimmte der Griff, in dem die Besatzungsmacht Frankreich hatte, sein Glück als Spieler. In der ersten Zeit unserer Ehe verlor er so viel, daß mein Schmuck verpfändet und später verkauft werden mußte. Er schälte Schicht um Schicht die Zwiebel all dessen, was ich besaß, bis zur weichen Knospe in der Mitte – mit Ausnahme meines eigenen weichen Kerns, der so keusch blieb, wie mein erster brieflicher Gatte ihn hinterlassen hatte. Technisch war ich nicht mehr Jungfrau; dafür hatten die wenigen Wochen mit Dickie gesorgt; aber ich war auch nicht der Vamp, für den man mich hielt. Nur mein Haar, Wahrzeichen meiner zunehmenden Bekanntheit, entsprach diesem Bild. Es hatte das Rot von Cherry Brandy und obendrein den dunkleren, aber immer noch natürlichen Glanz von Kastanien, die gerade aus ihrer stachligen Umhüllung gebrochen waren.

Auf Thierry folgten zwei weitere Ehemänner, eine ganze Reihe Liebhaber, vier Kinder und dreißig Jahre Mißverständnis, die mich hierher gebracht haben, wieder auf dem Rücken, aber dieses Mal in einem Krankenhausbett. Der einzige Mann, der jemals meinem Ideal dessen entsprach, wie ein Mann sein sollte, war Nelson, mein Vater, der im Kriegsunbehagen Londons auftauchte und mir den Platz in seinem Leben einräumte, den ich immer haben wollte. Als Nelson in den Krieg zog, war ich stolz auf ihn und erwartete ihn jedesmal in Victoria Station, wenn er zurückkam.

Über all die Jahre blieb nur von ihm mehr als eine Photographie. Die anderen wurden Schnappschüsse aus einer bestimmten Zeit, aber Nelson bedeutete mir mehr als sein gutes Aussehen, mehr als sein blonder Schnurrbart mit den grauen Strähnen. Nelson schaffte es, diesen leicht überraschten Gesichtsausdruck zu behalten, der ihm ein nahezu kindliches Aussehen verlieh. Ich stellte mir oft vor, wie die Senfgaswoge über Mohnfelder hinweg in seinen Schützengraben wehte, ihn mit ihrer Übelkeit erstickte, und wie er den Gasdämpfen und den höheren Mächten würgend seine Meinung kundtat: »Das muß ein Irrtum sein, das ist nicht für mich.« Das war es aber doch, und es krallte sich in sein Leben, prägte diesen ersten Ausdruck vorsichtigen Staunens auf sein Gesicht, das auf ewig den gewinnenden Ausdruck mißverstandener Naivität trug. Es war das einzige Gesicht, das mein kompliziertes Mißverständnis von Liebe überlebte.

Ich wurde vom Aschenbrödel zur Prinzessin, ohne erst

meine gewaltigen Füße in gläserne Schuhe zwängen zu müssen. Nachdem ich als Kind praktisch inhaftiert gewesen war, liebte ich die große Welt, in die ich hineingeriet, mit solcher Leidenschaft, daß es schon fast märchenhaft war. Vielleicht war das der Grund, warum ich jede Liebe, die ich je besaß, einer Prüfung unterwarf. Ich war die Tochter der Schneekönigin, und wenn jemand an meine Tür kam und sagte, daß er mich liebe, mußte er diese Liebe beweisen, wie sehr ich ihn auch selbst lieben mochte. Bestanden sie die üblichen drei Prüfungen – den Drachen töten, den magischen Stein finden und dergleichen –, konnte ich mich doch nie zur Ruhe setzen und glücklich und in Frieden leben. Ich konnte einfach nicht glauben, daß jemand mich liebte. Also fuhr ich fort, sie mit nutzlosen und oft unmöglichen Forderungen zu plagen, vertrieb mit meinen Launen jeden guten Willen, bis einer von uns es nicht länger ertragen konnte. Das ist überzogen, aber es war doch ein Muster, das ich deutlich verfolgen konnte. Ich spürte, wie ich es tat. Etwas erzwingen. Meine Vorhersagen wahr machen. Ich glaubte immer, daß niemand mich liebe – daß ich im Grunde unwürdig sei und meine Schönheit ein Mythos.

Dann, jedesmal, nach monate-, manchmal jahrelangem Guerillakrieg, nach Hinterhalt und Fallenstellen, konnte ich mir sagen: »Na bitte, ich wußte, daß er mich nicht wirklich liebt!« Mutter sah immer in die Zukunft; vielleicht sehnte ich mich auch danach. Obwohl, ich weiß nicht. Ich saß auf dem Heiratskarussell. Einige Menschen sind Ausreißer, andere beständig, ich war ein Heirater. Meine beiden ersten Ehemänner hätten nie mehr als eine Affäre sein sollen, mit den beiden letzten war es anders, aber dazwischen war ich mit so vielen verlobt, daß ich mich jetzt nicht einmal an ihre Namen erinnern kann, nicht einmal von denen, die mir das Herz gebrochen haben.

Früher dachte ich, mein Herz sei wie eine von Großmamas besonders wertvollen Porzellanfiguren, es würde zerbrechen, falls ich es falsch behandelte. Dann erkannte ich, daß es nicht zerbrach, mein Herz weitete sich nur immerfort, bis alles zog und schmerzte und ständig bereit war, erneut zu ziehen und zu schmerzen. Ich hatte ein Gummiherz, wie ein Gummistempel, der pausenlos das gleiche sagte. Es suchte die gleiche kurzlebige Ekstase und war doch unwiderstehlich von Versagen angezogen. Meine Töchter nennen sie meine lahmen Enten. Und es ist wahr, daß ich eine ausgesprochene Schwäche für emotionale Krüppel habe. Sie machen die Botschaft meines Gummistempels vorübergehend zur Schlagzeile, ich werde der Erlöser. Ich werde zum Heiler von Impotenz, zur ersten wahren Liebe des Homosexuellen, zum Anker des Neurotikers, zum Frieden des Neurasthenikers und schließlich, fast zwingend, zum Anprangerer von Fehlern. Die geborene Herzensbrecherin. Und in all diesen Traumata habe ich nie einen Mann so sehr geliebt wie ein Kind, mein Kind.

Ich habe vier Töchter. Fast dreißig Jahre lang habe ich mein Leben in ihres gespeist. Ich habe sie durch Elend und Luxus geführt. Ich steuerte sie durch ihre Krankheiten und die Minenfelder ihre potentiellen Delinquenz. Ich habe vier Mädchen, vier Frauen, jede völlig anders als die andere. Sie sind vier Pfeiler der Welt, zusammengebunden von mir, ihrer Mutter, die sie in ihrer vaterlosen Kindheit liebte. An meinem berüchtigten Hof durfte kein Höfling lange verweilen. Wenn die Kinder sie nicht vertrieben, tat ich es. Manchmal waren sie Deserteure, die aus dem verrückten Chaos meines Schlafzimmers verschwanden, bevor ich zu ihrem Verlust bereit oder auf ihn gefaßt war.

Manchmal helfen die Tabletten nicht, die ich nehme, um die Fehler zu vergessen, die nun nicht mehr zu beheben sind. Manchmal klettert mir das Grau, das Großmama als unser Exil wählte, in den Kopf, und ich möchte weinen, bis mir die Eingeweide aus den Augen spritzen. Und ich werde immer noch wütend, so wütend, daß die Wogen des Ärgers über mich hinwegschwappen und ich nicht atmen kann. Wenn ich laufe, lösen sie sich auf. Das mache ich jetzt nicht so häufig. Aber wenn ich es tue, gehe ich durch die nächtliche Stadt, setze die Füße hart auf das graue Pflaster, frage mich: »Warum bin ich so allein? Was mache ich mit meinem Leben, und was habe ich getan? Wo sind meine alten Freunde? Wohin sind sie gegangen? Die Müßiggänger, die mich zum Lunch einluden, oder die wirklichen Freunde wie Louis und William? Und David und Roger und Nancy, die früher so aufregend war, selbst Nancy, die so trübsinnig war, daß wir über sie lachten, wenn wir sie über ihrem Glas schwanken sahen, wenn sie an der Bar im French Pub hing und über ihr letztes Lebensquentchen nachgrübelte. Wir sahen nicht uns selbst in ihr. Es ist leicht, sich über fleckigen Glanz lustig zu machen.«

Ich verbrachte zwanzig Jahre in der Bohème, dann zog ich mich zurück. Zwanzig Jahre, in denen ich ständig meinen Namen wechselte. Das wurde für mich mehr als nur eine Angewohnheit. Es war, als könne ich ohne das nicht weiterleben; mich nicht akzeptieren. Ich fand Freunde und verband mich sehr eng mit ihnen, lebte mit einigen, schlief mit einigen, andere pflegte ich nur. Im St Thomas' war ich eine furchtbare Krankenschwester, emotional Kranke hingegen pflegte ich gern durch ihre Krisen. Es gab mir den Mut, glaube ich, mich durch meine eigenen zu pflegen.

Warum alle Soho und Chelsea für Bohème hielten, weiß ich nicht. Manchmal schien es nichts weiter als Wunschdenken. Was auch der Grund sein mochte, es spielte keine große Rolle. Ich zog von einer Adresse zur nächsten, stillte meine Ruhelosigkeit, indem ich ständig Zimmer umräumte. Leute reisten hierhin und dorthin, nach Paris, Amerika, Italien, aber diese Freundschaften kamen einer wirklichen Ehe so nahe, wie ich es mir nur vorstellen konnte. Sie galten, bis der Tod uns scheidet, in guten wie in schlechten Tagen, in Krankheit und Gesundheit. Während der vierziger Jahre fühlte ich eine große Stärke in mir. Das war meine Zeit. Ich dachte nicht, daß irgend etwas mir das nehmen könnte. Ich wußte, daß kein Mann es konnte, kein Liebhaber oder Ehemann konnte meinen Panzer durchdringen und ihn zerstören. Meine überstürzten Eskapaden amüsierten unsere Clique. Ich hatte einen Weg gefunden, zu arbeiten (als Journalistin der »Kensington Post«) und mein gesellschaftliches Leben zu pflegen, während ich drei Töchter und eine vierte im Bauch hatte. Alles war bestens. Bis ich, aufgrund meiner eigenen Mutterschaft, etwas über Mutter wissen wollte. Das war 1953, und ich wußte nicht, ob sie noch lebte oder tot war. Ich hatte nie mehr von ihr gehört. Ich hatte es nie gewollt. Ich hatte so vielen erzählt, daß ich sie haßte, daß diese Worte schal geworden waren, und ich erkannte, daß ich mich noch immer nach ihrer Vergebung sehnte, oder ihrem Verstehen, oder was auch immer – vielleicht nur nach einem Zeichen von ihr.

Zweiter Teil

MISS KITTY

10. Kapitel

Die besten Strände sind die Schlachtfelder, die Buchten und Felsen, wo Schiffe gestrandet, die ausgefransten Ufer, wo Soldaten gelandet sind und Schmuggler ihre Konterbande ausgeladen haben. Wäre ich ein Mann, ich wäre Seemann wie Papa und Großpapa. Und ich baute ein Haus wie das ihre, mit Terrassendecks als Dächern und mit Bullaugen. Ich bin auf einem Schlachtschiff geboren, dem grauen, gestrandeten Granitschiff, auf Claremont, mit seinen Masten und Flaggen, auf Grund gelaufen im langen Schatten des La-Corbière-Leuchtturms. Claremont entsprang der verrückten Laune eines pensionierten Admirals; dem Traum eines verwundeten Seemanns, vor Anker gegangen in den Gärten mit ihren widerspenstigen Büschen und Zierbäumen, mit dem Blick über Klippen und Felsen bis La Corbière Point, und dahinter der einsame Leuchtturm.

Claremont war mit Nostalgie möbliert; es war ein Marineschrein, und die Unstetigkeit, die dies zwangsläufig bedeutete, war in jedes der vielen Zimmer tapeziert. Es gab Rotholz aus Kanada, Palisander aus Brasilien, chinesische Tapeten und Chinoiserie, indische Tische, japanische Paravents und geschnitzte Holzengel aus Vera Cruz. Geographie und Geschichte kristallisierten sich hier in diesem Haus, wie sich die ganze Welt auf der Insel kristallierte. Sie lag in ihrem eigenen Thermalwasser zwischen den beiden großen Nationen England und Frankreich, nahm sich von jeder das Beste, wie aus einem Wrack geborgene Köstlichkeiten, und ließ alle Mühsamkeiten des Lebens wie Treibgut in andere Meere spülen.

Ich kam mit dem Meer verbunden zur Welt. Es war mein Erbe. Großpapa wußte das, und es machte ihn stolz.

»Sehen Sie sich nur Miss Kitty hier an«, sagte er zu unseren Besuchern. »Gerade sechs Jahre alt und kennt schon alle Gezeiten auf Inch und Minute. Als könnte der kleine Wildfang sie vorhersehen. Ich sitze bis spät in der Nacht über meinen Karten und halte nach Unwettern Ausschau, und dieses Kind kann Ihnen immer sagen, wann die See rauh wird.«

Er wandte sich mir zu, wobei alle kleinen Narben in seinem Gesicht verknitterten.

»Und du behauptest, daß du sie fühlen kannst, aber ich weiß, wie du das machst. Nachts beobachtest du aus deinem Zimmer La Corbière. Ich wette, das Leuchtfeuer sendet dir Signale und erzählt dir alle Neuigkeiten, die dein Großvater gern selbst herausfände.«

Und er hatte recht. Das lange Licht des Leuchtturms fuhr in mein Zimmer, wo ich spielte und in seinen Strahl schaute, weil ich wissen wollte, ob ich ihn mit den Augen festhalten könnte. Ich konnte ihn nie davon abhalten, zum Meer zurückzudrehen, aber ich konnte spüren, wie seine Geheimnisse in mich hineinströmten.

Der Leuchtturm sagte mir, wenn ein Fischerboot vermißt wurde, und er sagte mir, was die Matrosen murmelten, wenn sie durch die Wellen sanken. Er sagte mir Worte, die ich nie zuvor gehört hatte. Er sagte mir die Namen von Frauen, gerufen von Vätern und Liebhabern. Einmal sagte er mir sogar meinen eigenen Namen, Kitty, in gurgelndem Flüstern. Aber ich wußte, es war eine andere Kitty, und ich wußte, daß sie anders sein mußte, größer, nicht so hübsch, ohne einen solch gescheiten Großpapa und gutaussehenden Vater und eine so elegante Mama, ohne die Freundschaft des Mondes und die tropischen Wasser meiner Augen. Die Leute nannten sie

Smaragdaugen, aber ich mochte die Männer, die sagten, sie seien wie das Meer. Cartier, der Juwelier in St Helier, verkaufte Smaragde, und Maman hatte eine Brosche mit einem Smaragd. Aber dies waren nur Steine. Wasser ist besser als Steine; es schmiegt sich um Steine, jeden Tag, zweimal am Tag, und zieht sie hinaus ins Meer.

Ich bin unter einem glücklichen Stern geboren. Ich wäre allerdings gern in einem großen Jahr geboren worden, damit die Leute gesagt hätten: »Ach ja, 1406, das Jahr von Kitty Roberts' Geburt und natürlich der Invasion von Pontbriand und Pero Nino. Ein großes Jahr, ein Sieg für Jersey.« Oder einige Männer würden von den Klippen aufs Meer hinausschauen und murmeln: »1781 werde ich nie vergessen, welch ein Jahr! Die Schlacht von Jersey und die Geburt von Kitty Roberts!« Oder: »1766, Admiral Philippe de Carteret umsegelte die Welt, und wie zur Feier wurde hier auf der Insel ein Stern geboren: Kitty Roberts.« Es war die einzige Enttäuschung meiner Kindheit, 1899 geboren zu sein, in einem Jahr, in dem nichts Bemerkenswerteres geschah, als daß die Eisenbahnstrecke von St Aubin nach La Corbière eröffnet wurde und einer von Papas Settern einen Wurf mit vierzehn Welpen hatte.

Es wäre so passend gewesen, zusammen mit einem großen Ereignis geboren worden zu sein, für die Nachwelt eng damit verknüpft. Agnes sah das anders.

»Stellen Sie sich doch nur vor, Miss Kitty«, sagte sie immer zu mir, »Sie hätten unmittelbar nach einer großen Erfindung geboren sein können oder mitten in eine große Katastrophe hinein, wer hätte dann so viel Zeit für Sie gehabt? Sie wären nicht so einzigartig gewesen, wenn es eine Belagerung der Insel gegeben oder wenn eine Hungersnot geherrscht hätte. Bestenfalls hätten Sie Ihre Ehren teilen müssen, wie man mit einer Schwester teilt. So haben Sie alles für sich allein.«

Aber Agnes verstand das nicht. So war sie. Sie sagte, was Maman und ich ihrer Meinung nach gern hörten, aber sie sah die Welt nicht sehr klar. Sie glaubte, sie sähe klar, weil sie auf einer Fähre von Irland gekommen und im Zug ein Stück England durchquert hatte. Sie hatte das Innere von Waterloo Station gesehen, war von Weymouth nach St Helier übergesetzt, sie hatte sticken, häkeln und mit den Dienstboten Jersiaise sprechen gelernt. Agnes hatte große Füße und plumpe Hände, und wenn sie ihr Haar löste, fiel es fast bis zur Taille.

»Wenn mich jemand fragt – es geht sie nichts an, aber Männer mischen sich immer ein –, sage ich, daß es bis zur Taille reicht, denn das würde es, wenn ich meine Kleider in der Taille nur ein wenig kürzer trüge, Sie brauchen mir also nicht zu widersprechen, Miss Kitty, überhaupt nicht«, erklärte sie.

Aber das gehörte alles zu ihrem Nichtverstehen, denn manchmal mußte ich doch etwas sagen, die Worte brannten sich in meinem Hals selbst ihren Weg. Wenn die Sonne auf bestimmte Weise schien oder das Kerzenlicht darauf fiel, war Agnes' Gesicht mit sehr feinem Flaum bedeckt, fast so dick wie auf den Blättern der Königskerzen im Südgarten. Sie nannte es Pfirsichhaut. Ich habe Pfirsichschalen nie gemocht, aber ich mochte Agnes. Der Pelz in ihrem Gesicht war am dichtesten auf der Oberlippe. Erzählte ich jemandem von der wirklichen Länge ihres Haares oder sagte ich zu ihr, daß ich sie nicht liebe, zuckte ihre Lippe, und die hellen Haare schienen zu tanzen. Es war der einzige Tanz, den sie beherrschte, von einem merkwürdigen Hopsen abgesehen, das sie mir einmal zeigte und als irische Jig bezeichnete. Ich mochte Irland nicht, es schien so verschieden von unserer Insel, wie man es sich nur vorstellen konnte. Agnes war immer so froh, bei uns zu sein, daß sie sich wie eine Schnecke aufführte. Manchmal mußte sie einfach abgepflückt werden. Es schien ihr nicht viel auszumachen, außer daß es ihren Griff unbedeutend schwächte.

Das aufs Meer hinausgehende Licht von La Corbière war wie ein wiederkehrender Scheinwerfer, der sicherstellte, daß mit unserem Haus alles in Ordnung war. Es war mein Licht. Es hielt die Schatten unseres Lebens in Bewegung. Es ermüdete mich, wenn alles reglos war. Ich glaube, ich war gegen das Eintönige allergisch. Das Leben gefiel mir am besten, wenn neue Gesichter um mich waren. Ich mochte es, wenn die Dienstboten kamen und gingen – alle, außer Agnes. Einmal hatten wir einen Gärtner, der mich nicht mochte. Er sagte das nie, natürlich, aber ich merkte es. Wenn ich an ihm vorüberging, konnte ich ihn denken hören, und manchmal beantwortete ich die Worte aus seinem Kopf. Mit der Zeit versteckte er sich, wenn er mich kommen sah, aber ich fand ihn überall. Er blieb nicht sehr lange. Bevor er ging, veränderte er sich und hörte auf, mir auszuweichen; statt dessen rief er mich zu sich.

»Sie haben den Leuchtturm gern, nicht wahr, Miss Kitty?« sagte er und deutete auf den weißen Turm von La Corbière. »Man sagt, daß sein Name von Aaskrähen kommt, wissen Sie, was das ist?«

Ich schüttelte den Kopf und grub meine weißen Ziegenlederschuhe in die Ecke seines Blumenbeetes, was ihn, wie ich wußte, ärgerte. Er überging dieses Eindringen in sein Terrain.

»Nun, der Vogel bedeutet ein böses Omen ... wissen Sie eigentlich, was ein böses Omen ist, Miss Kitty?«

Ich wußte es nicht, und es verwirrte mich, daß dieser Mann plötzlich so selbstsicher war und so selbstgefällig auf sein Werk blickte.

»Sie werden es noch erfahren, und alle anderen um Sie herum auch.«

Ich wollte nicht, daß jemand mehr über den Leuchtturm wußte als ich. Ich war ebensosehr dessen Wächter wie der alte Mann, der seine Stufen hinaufstieg und seine Strahlen über das schwarze, gischtige Wasser schickte. Ich hatte beobachtet, wie die Wellen aussahen, wenn sie brachen und fielen, und ich hatte sie beobachtet, wenn sie ruhig gegen den Strand schlugen. Ich kannte ihren Rhythmus, die Erinnerung daran war in meinem Blut, und ich hätte danach ebensogut tanzen können wie nach jeder Polka oder jedem Walzer, den Maman auf dem Klavier spielte.

Als Agnes an jenem Abend mein Haar bürstete, fragte ich sie, was der Leuchtturm bedeute.

»Ich weiß es wirklich nicht, Miss Kitty. Vielleicht, daß die Schiffe sicher sind. Ich glaube nicht, daß Leuchttürme etwas bedeuten müssen.«

Als ich zum Schlafengehen fertig war, kam Maman, wie jeden Abend, selbst hoch, um mit mir zu beten. Maman und ich waren katholisch, Papa und Großpapa nicht. Wir hatten zwei bestickte Kniekissen aus Samt, die in einem Schrank neben meiner Kommode steckten, sie lagen nebeneinander auf dem Fußboden, eines für jede, während wir knieten und Maman meinen Gebeten zuhörte. In den ersten Jahren hatten wir sie zusammen gesprochen, und sie hatte mir bei den schwierigen Stellen vorgesagt. Es dauerte nicht lange, bis ich alle auswendig konnte, aber Maman fiel immer noch mit ein, selbst bei den Abschnitten für Kinder. Sie sagte, es bedeute ihr so viel.

Nach dem Beten saß sie immer einige Minuten auf meinem Bett und sagte mir, wie glücklich ich sie machte, weil ich einfach die sei, die ich bin. Ich mochte es nicht, wenn sie zur Schlafenszeit immer so sentimental war; ich hatte sie lieber so, wie sie normalerweise war. Außerdem schien es mir albern. Wie hätte ich sie glücklich machen können, indem ich jemand anders war? Ich versuchte, nicht zuzuhören, so wie ich versuchte, mir selbst nicht zuzuhören, wenn ich auf ihre Zärtlichkeiten antwortete. Sie dauerten nicht lange, und danach war noch Zeit für Fragen.

»Was bedeutet La Corbière, Maman?«

»Das ist Jersiaise für *corbeau*, Krähe«, antwortete sie mir, ohne zu bemerken, wie sehr ihre Bestätigung der Worte des Gärtners mich schmerzte.

»Warum?«

»Das ist einfach so, Kitty, da gibt es kein ›warum‹.« An diesem Abend blieb ich lange wach. Ich kniete am Fenster, sah durch sein Rund auf das Rund des Mondes draußen. Er war in der dritten Phase seines Zyklus, er nahm ab und wurde wieder zu einer Sichel. Sein schwaches weißes Licht verschmolz mit dem stärkeren Licht des Leuchtfeuers, das seinen langen Strahl über das Meer warf. Großpapa sagte, an klaren Tagen könne man ihn aus achtzehn Meilen Entfernung sehen. Man könne ihn in Frankreich sehen. Man könne ihn von den Schiffen im ganzen Ärmelkanal sehen und von allen Fischerbooten. Ich hatte Maman fragen wollen, was ein böses Omen war, ließ es aber sein, weil ich aus der Stimme des Gärtners wußte, daß es etwas Schlimmes war, und sie mochte Schlimmes nicht. Sie mied es, wo immer sie konnte. Wenn die Schnecken in den Garten kamen, ließ sie den Gärtnerjungen die arsengetränkten Orangenschalen auslegen, und sie inspizierte sie, wenn sie an ihrem Ort lagen, aber nie machte sie morgens mit mir die Runde, um die Berge toter Schnecken in den silbrig gewundenen Flächen ihres eigenen Schleims zu betrachten. Maman mußte vor Schlimmem geschützt werden. Die Kirche schützte sie ein wenig, doch zu anderen Zeiten war es an Agnes und mir, es von ihr fernzuhalten.

Großpapa war den ganzen folgenden Tag in seinem Arbeitszimmer. Er hatte Gicht. Ich sollte ihn in seinem

Arbeitszimmer eigentlich nicht stören, aber normalerweise gefiel es ihm, wenn ich es tat. Ich wartete den ganzen Morgen auf Vater, aber er war ausgeritten und hatte hinterlassen, daß er zum Lunch bei den de Gruchys sein würde, und obwohl ich eine ganze Stunde lang auf der Dachterrasse saß und mich stark Richtung Inland konzentrierte, um ihn früher nach Hause zu holen, klappte es nicht. Ich aß im Kinderzimmer zu Mittag und ging dann zu Großpapa. Er tat, als sei er über mein Kommen verärgert, also tat ich, als wolle ich wieder gehen, aber er rief mich an der Tür zurück: »Komm herein, Miss Kitty, wenn du deinen Großvater schon gestört hast, kannst du auch bleiben.«

Ich stellte mich neben ihn und legte dabei meinen Arm auf den geschnitzten Löwenarm seines Stuhls. »Wie geht es heute deiner Gicht, Großpapa?«

Er blickte düster auf seinen geschwollenen, bandagierten Fuß herunter und seufzte. »Es ist die Buße eines alten Mannes.«

»Ich glaube, morgen wird es ein wenig besser, der Regen läßt nämlich nach, du wirst sehen.«

»Ich hoffe, Miss Kitty, du hast mit deiner Vorhersage wieder recht.«

»Was ist ein böses Omen, Großpapa?«

Er sah mich merkwürdig an, fast ängstlich, und er beugte sich vor und strich über mein Haar. »Warum möchtest du das wissen?«

»Ich frage mich, ob die Aaskrähe ein böses Omen ist.«

Er machte im Stuhl eine heftige Bewegung, dann verzog er das Gesicht vor Schmerz, als er sich erinnerte, daß er ruhig sitzen sollte. »Einer der Dienstboten hat dir Unsinn eingeredet. Das ist ein abergläubischer Haufen, sie würden heute noch Hexen verbrennen, wenn sie könnten. Kümmere dich nicht um sie, Miss Kitty. Böses Omen, wenn ich das schon höre ...!«

»Aber warum ...?«

»Krähen ernähren sich von Totem, sie fressen es, es hält sie am Leben, das ist völlig in Ordnung, wenn es ihre Natur ist.«

Er war verärgert, verärgerter, als er sein wollte, und er schien sich an einen Vorfall aus seiner Vergangenheit zu erinnern. Er schüttelte den Kopf, als wolle er ihn vertreiben, dann hielt er sein Bein und seufzte wieder.

»Ich werde heute abend nicht auf dem Oberdeck sein, ich würde von La Corbière nur die Schatten abbekommen.« Er machte eine Pause und sagte dann fröhlicher: »La Corbière, da hast du noch eine Krähe. Ist schon seit 1874 hier. Erster Leuchtturm Großbritanniens aus Beton, ich wette, das hast du nicht gewußt.«

Ich küßte ihn auf die dunkle Seite seines Kopfes und fühlte mich seinem Haar eigenartig nahe, als legten sich die silbrigen Strähnen, die von wenigen übriggebliebenen, braunen Haaren durchzogen waren, um meine Lippen.

Ich war sieben Jahre alt. Ich hatte Claremont niemals verlassen, außer zu Kinderfesten auf der Insel, im Sommer zum Marionettentheater, an Weihnachten nach St Helier, um die Geschäfte anzusehen, und manchmal, um Maman zu begleiten, wenn sie ihre Freundinnen besuchte. Meistens aber kamen die Leute zu uns. Vor allem die Kinder liebten unser Haus. Niemand anderes wohnte in einem Haus, das ein Schiff war, oder hatte einen eigenen Leuchtturm, der sie zu den Klippen und zum Meer hinuntergeleitete. Mittwochs und samstags kam unser Tanzlehrer nach Claremont, und mit fünf oder sechs anderen Buben und Mädchen tanzten wir auf der Parkettfläche zwischen den Staubbezügen des Ballsaals. Manchmal kam Großpapa herunter und sah uns zu. Er erzählte mir oft, er habe gewollt, daß Papa einen Sohn bekommt, damit dieser die Marinetradition der Familie fortsetzte, statt dessen aber sei ich geboren worden, und nun wolle er keine weiteren Enkelkinder, er sei glücklich, all seine Schätze in das eine Schmuckkästchen zu häufen.

Ich konnte mir kaum vorstellen, daß noch ein Kind kommen und die Vollkommenheit meiner Familie trüben könnte. Alle meine Freunde hatten Brüder, Schwestern oder beides. Hin und wieder hatten Agnes oder Maman, einmal sogar Papa, mich gefragt, ob ich noch ein Kind haben wollte, mit dem ich immer spielen könnte. Ich antwortete immer: »Nein«. Mit meinen Freunden war ich gern zusammen, weil sie kamen und gingen. Manchmal fielen mir selbst enge Freunde wie Harry de Gruchy und Emily Carteret auf die Nerven, wenn sie länger als einen Nachmittag blieben. Ich ließ mich immer gern unterhalten. Wenn Leute nichts Interessantes mehr zu tun oder mir zu erzählen wissen, möchte ich sie keinen Augenblick länger um mich haben. Der Gedanke an Geschwister entsetzte mich. Manchmal gab Maman mir geheimnisvolle Antworten und ließ durchblicken, daß ich mich daran gewöhnen, sie mit der Zeit sogar mögen würde. Ich versicherte ihr, das würde ich nicht, aber sie lächelte nur und sagte: »Du wirst schon sehen.«

Zu solchen Zeiten schien es, als rückten meine Eltern näher zusammen, sie zogen ein Netz um sich, in das hinein sie mich immer wieder einluden. Es gefiel mir nicht. Zu anderen Zeiten stand ich schon im Mittelpunkt ihres Kreises, ich brauchte keine Einladungen. Ich war es, die sie zusammenzog, ich, die Großpapa zu solcher Nähe einlud, ich, um deren jede Laune man sich kümmerte. Später erzählte Maman mir, sie sei nach meiner Geburt fünfmal schwanger gewesen und habe jedesmal nach genau fünf Monaten und zwei Wochen eine Fehlgeburt gehabt. Sie erzählte mir, sie habe alles versucht, um ihre Babys zu retten. Sie war von Spezialisten auf der Insel behandelt worden, und sie war sogar nach London gereist, um sich von einem berühmten Gynäkologen untersuchen zu lassen. Aber sie fanden nie etwas. Medizinisch war sie völlig gesund und die Föten waren es offenbar auch.

Sie erzählte mir, sie habe sich bei den letzten drei Malen, als sie von ihren anderen Umständen wußte, nahezu sofort ins Bett gelegt, eine Chaiselongue wurde in den Salon gestellt, Papa trug sie überallhin, und sie empfing keinen Besuch mehr außer von ihren Familienangehörigen, die ihr still Gesellschaft leisteten, während sie häkelte oder sprach, und ich saß neben ihr, den Kopf an ihre Seite gelehnt. Mir hat nie jemand gesagt, daß sie ein Kind erwartete. Ich wußte von dergleichen nichts. Nur von der Möglichkeit einer Erweiterung des Kinderzimmers war die Rede, dann kam die Vier-Monats-Wache, gefolgt von den unvermeidlichen Tränen.

Großpapa war mir in diesen Monaten gedämpfter Erregung näher als alle anderen. Er zeigte mir sein Teleskop, wie man damit umging und wie die verschiedenen Felsen an der Südwestküste hießen. Er erzählte mir von seinen Tagen auf See, von den Jahren, als er die Meere durchpflügte. Er schenkte mir einen Elfenbeinfächer aus China, zwischen dessen Stäbe bemalte Seide gespannt war, und er sagte mir, Jersey sei wie ein Fächer, von den Straßen gerippt, die von St Helier ausgingen. Er erzählte mir von den Schlachten auf unserer Insel und von anderen Schlachten, die er selbst an weit entlegenen Orten gesehen hatte, wo mehr Palmen standen als an unserer Promenade. Er rief immer nach mir, schickte den ganzen Herbst 1906 bis ins Frühjahr hinein nach mir. Seine Gicht verschlimmerte sich und fesselte ihn an Stuhl und Fußschemel.

Ich durfte das Schulzimmer und Mademoiselle Bazins

nervöse Unterweisungen verlassen, um den Wünschen meines Großvaters nachzukommen. Er war im Winter krank gewesen, es war nicht nur Gicht, und er war ein zögernder Rekonvaleszent. Er wollte zum Point hinunter, seinen täglichen Verdauungsspaziergang machen, an dessen Ende er gewöhnlich über die zerklüfteten grauen Felsen kraxelte, wo ein gefährlicher Pfad zum Meer führte.

»Claremont und du, ihr haltet mich am Leben, Miss Kitty. Ich bringe es nicht über mich, euch zu verlassen.«

»Aber du verläßt mich nicht, Großpapa.«

»Nein, natürlich nicht«, sagte er, fast brüsk, und sank in die Polster seines Stuhls zurück. Seine Kraft verebbte. Über Weihnachten hatte er Pleuritis gehabt, Wasser in der Lunge. Agnes erzählte mir, er habe im Fieber geklagt, er ertrinke. Später sprach er viel darüber.

»Es ist ein furchtbarer Trost zu spüren, wie die Wellen dich hinunterziehen, gegen sie zu kämpfen, nach Luft zu schnappen, zu spüren, daß deine Lungen explodieren wollen, und dann die Freude zu spüren, dich auszuliefern an etwas, das du schon immer gewesen bist. Ich habe nie diesen Darwin gebraucht, um mir zu sagen, daß wir aus dem Meer kommen. Es ist ein wunderbar eigenartiges Gefühl, dorthin zurückgezogen zu werden – was meinst du dazu, Miss Kitty, hm? Fühlst du dich wie eine Meerjungfrau? Weißt du, was ich meine?«

»Vater, was in aller Welt erzählst du Kitty?«

Mein eigener Vater war in seinen Turnschuhen unbemerkt hereingeschlichen. Er trug immer nur Turnschuhe. Er liebte sie. Alle Welt trug Leder außer Papa, der einen unerklärlichen Hang zu Gummisohlen und Leinenschuhen hatte und sich weigerte, je etwas anderes zu tragen.

»Komm, Kitty, geh spielen«, sagte er zu mir und zeigte dabei auf die Tür und sich selbst, um mein Gehen zu beschleunigen.

»Nein, Dickie«, erklärte Großpapa. »Du kennst deine eigene Tochter nicht, sie versteht das ebensogut wie du oder ich.«

»Sie ist sieben Jahre alt!« erinnerte ihn Papa halb flüsternd, als müsse er diese Tatsache vor mir verbergen, als wüßte ich es nicht bereits.

»Nun, du kannst sagen, was du willst, sie hat mich geradezu verhext, und das ist schöner als ertrinken. Versuch es selbst, du wirst an meine Worte denken. Siehst du nicht, daß sie einzigartig ist?«

Mein Vater wandte sich mir jetzt voll zu und blickte mich fest an, registrierte das Grün meiner Augen, das Weiß meiner Haut, der Locken, der Hände, des Organzakleids und der Schleife, die ich trug, und er lächelte. Das Lächeln breitete sich langsam über sein Gesicht, ließ es zu einer Variante von Großpapas Gesicht werden, machte Falten, wo zuvor keine waren, erleuchtete seine Augen wie mit einem unsichtbaren Feuer. Er streckt die Arme nach mir aus und ging tief in die Knie. Ich war kleiner als alle anderen Kinder meines Alters – so klein, daß ich wie eine Porzellanpuppe aussah.

»Kitty ist überwältigend«, sagte er über meine Schulter hin. »Das sehe ich wohl.«

Als Antwort nickte Großpapa nur, nickte sich in einen dieser plötzlichen Schlafanfälle, die ihn jetzt häufig überfielen und für Sekunden oder Minuten in einen undurchdringlichen Schlummer gleiten ließen. Wir verließen ihn, ausgesetzt in seinem Lehnstuhl.

Auf März folgte April und auf April Mai, der Golfstrom umspülte mit seinem warmen Wasser die Küste, milderte wie stets das Klima, so daß die ansonsten nördliche Luft warm blieb und subtropische Pflanzen wachsen konnten. Großpapa kränkelte weiterhin, in den haarfeinen Narben auf seinem ganzen Gesicht schien sich grauer Staub zu sammeln, seine Augen wurden wäßrig, als ahnten sie seinen Wunsch, in die erdrosselnde Umarmung der Wellen zurückzukehren. Das ganze Frühjahr über rief er. Seine Stimme tönte durch das Haus: »Miss Kitty, Miss Kitty.« Im Juni war er zu schwach, um noch sitzen zu können, und wurde in sein Schlafzimmer abgeschoben, wo er unter dem schweren Baldachin seines geschnitzten Himmelbetts lag und vor sich hin murmelte.

Ich wollte bei ihm bleiben, aber Mutter erlaubte es nicht; sie meinte, es wäre zu schmerzlich für mich, seinen inzwischen gewissen Tod mitzuerleben. Manchmal durfte ich auf Zehenspitzen hineingehen und ihn sehen, versunken im Leinenschaum seines ruhelosen Krankenbetts, aber nur, wenn aus seinem unverständlichen Murmeln deutlich mein Name zu entziffern war. Sonst besuchte ich den Unterricht, ging Maman in den Gärten zur Hand und lernte die Namen aller Pflanzen, tanzte mit den anderen Kindern, oder tanzte mit meinen Freunden, oder beobachtete, wie meine anderen Freunde, der Leuchtturm und der Mond, mir Zeichen gaben.

Der Mond nahm mit seiner stillen Botschaft zu und ab, ein Seemann war in Not, dieses Mal rief er meinen Namen, und er meinte mich. Kitty blitzte in den Wolken des Himmels und im Strahl des Leuchtturms. Miss Kitty spannte sich als Licht von La Corbières trügerischen Felsen über den Damm, bei Ebbe und Flut, verlangte nach mir, krallte mit langen silbrigen Fingern, als Großpapa im Sterben lag und meinen Namen rief. Ich dachte den ganzen Monat Juni über unablässig an ihn. Er war so deutlich in meinem Kopf, daß ich kaum noch ich selbst sein konnte. Um die Monatsmitte waren sein verzweifeltes Flüstern und seine unausgesprochenen Ängste in meinem Kopf so erdrückend geworden, daß ich nicht mehr über meinen eigenen Körper verfügte. Ich spürte sein Fleisch in meinem, und es war nichts als Schmerz. Ich konnte es Maman natürlich nicht sagen, es hätte sie verletzt, und Agnes war viel zu bodenständig, um es zu verstehen; also wurde ich auch krank und lag in meinem verriegelten Kinderzimmer, warf mich in den ruhelosen Nachtwachen von Großpapas Fieber umher, verfolgte sein langsames Sinken, sein Steigen und Fallen, bis er schließlich in der unausgeheilten Pleuritis seiner Lungen ertrank. Ich spürte das Gewicht des Wassers auf seiner Brust. Ich spürte den Schmerz und jeden Zug in seinem Kampf, über Wasser zu bleiben, und dann, am 25. Juni, Saint William's Day, fand er die Freude, vor der er sich gefürchtet hatte, und kappte alle Fäden in meinem Kopf.

11. Kapitel

Als Kinder spielten wir Soldaten. Es war unser Lieblingsspiel. Manchmal waren wir Zöllner und Steuereintreiber, die hinter den Büschen in unserem Garten oder in den Höhlen am Strand Schmuggler aufstöberten. Manchmal waren wir selbst die Schmuggler und rollten Treibholz in Verstecke. Wir waren nie Franzosen oder Engländer, wir waren immer Jerseyer, die ihre Insel gegen Angriffe und Invasionen verteidigten. Mädchen, die diese Spiele nicht mochten, nahmen wir gefangen oder ließen sie am Fenster des Spielzimmers stehen, wo sie darauf warteten, daß ihre Männer zurückkehrten. Claremont war perfekt für Spiele mit Schiffen, und da einige der anderen Kinder ebenfalls aus Seefahrerfamilien stammten, war ich darauf nur noch stolzer. Es war mein Haus, ein Traumhaus, das dabei war, in die offenen Hände der vierten Generation zu fallen.

Harry de Gruchy war mein bester Freund. Ich mochte fast alles an ihm. Manchmal ging er mir auf die Nerven, aber er merkte es schnell und fand immer einen Weg, das Aufbrausen zu stoppen, das von meinen Knien aufsteigend durch den ganzen Körper hinauf zu einer richtigen Wut anwuchs, bevor es uns auseinanderbringen konnte. Wir waren in einigem sehr ähnlich; wir zogen andere gern auf. Wenn er mich ärgern wollte, fand er eine Möglichkeit zu erwähnen, daß er »mit dem Jahrhundert ging«. Er war ein Jahr jünger als ich, 1900 geboren, und unmäßig stolz darauf.

»Das ganze zwanzigste Jahrhundert ist mit mir zusammengeschirrt«, sagte er. »Wenn also große Dinge geschehen, ich gehöre dazu. Es ist wirklich aufregend, wenn man es sich einmal überlegt.«

Das hatte er von seiner Mutter. Sie pflegte seine Geburt in jedes noch so beiläufige Gespräch einzuflechten, so daß Maman und ich mindestens hundertmal gehört hatten, daß Harry mit dem Jahrhundert ging. Es machte mich eifersüchtig. 1900 als solches war, so Agnes, kein außergewöhnliches Jahr gewesen, warum also so stolz darauf sein? Und doch war er es, in all den Jahren, als wir aufwuchsen. Wären wir nicht seit 1910 heimlich verlobt gewesen, ich hätte seine Arroganz nicht ertragen. Als der Krieg ausbrach und seine Brüder, wie alle jungen Männer der Insel, in den Kampf zogen, haßte er seinen Geburtstag. Er war erst vierzehn und für alles zu jung, dann fünfzehn, sechzehn und immer noch zu sehr Bub, um zur Armee zu gehen. Er hätte damals Kadett bei der Marine werden können, aber er wollte kämpfen, Khaki tragen, nach Frankreich gehen und Briefe voll Nonchalance und angedeutetem *savoir-faire* nach Hause schreiben. Statt dessen ging er weiterhin ins Victoria College und kam gelegentlich übers Wochenende, vor allem aber in den Ferien nach Claremont.

Harry sagte immer, er wisse nicht, was er mehr liebe, mich oder Claremont, und das gefiel mir. Ich wollte nie einen Mann heiraten, der versuchen würde, mich in sein eigenes Haus mitzunehmen. Kein anderes Haus war wie ein Schiff gebaut, und falls es eines gab, dann gehörte es nicht mir, und es hatte nicht überall die gespenstischen Spuren meines Großpapas, und es stand nicht so dicht an den Klippen und badete nicht im hellen Licht seines eigenen Leuchtfeuers.

Der Krieg machte Harry traurig, er nahm ihn mir weg. Schon als 1914 die Royal Jersey Militia zur Verteidigung der Insel aufgestellt wurde, ärgerte er sich, daß er nicht teilnehmen konnte. Wir hatten dieses Spiel so oft gespielt, das tosende Meer durch das alte Teleskop auf dem Dach beobachtet, Pläne gemacht, sie ausgeführt und mit Harry an der Spitze tapfer gekämpft. Als wir Kinder waren, spürten wir nie den Nachteil unseres Alters oder das Unwirkliche unseres Spiels, erst der richtige Krieg machte es uns bewußt. Er zerschlug Harrys Hoffnungen, und er verdarb unsere Vergangenheit.

1915, als das Jerseyer Festlandkontingent in den Krieg zog, veränderte der Anblick der ablegenden Schiffe etwas in ihm. Er war immer ruhelos gewesen, impulsiv, auf seine Weise eigenartig. Doch als die Männer fort waren, seine beiden älteren Brüder mitgenommen und nichts als die Alten und Jungen, die Mädchen, die ewigen Palmen, die tropischen Blumen und die Strände zurückgelassen hatten, die von den weißen Federn der kreisenden Möwen übersät waren, verschloß er sich. Er begann, sich wochenlang von mir fernzuhalten, kam dann zu merkwürdigen Zeiten am Abend oder vor der Dämmerung und pfiff mich aus meinem Zimmer hinunter. Er war wilder, als er je gewesen war, und einiges von seiner üblichen Vergnügtheit war durch Frustration grob geworden. Er besprach den Krieg in allen Einzelheiten mit mir, nahm sich eine Schlacht nach der anderen vor, ging die Männer, die Waffen und die Strategie jeder Seite durch, soweit sie aus den zensierten Briefen und der Lokalzeitung erkennbar waren. Er hoffte verzweifelt, der Krieg werde so lange dauern, daß er noch mitmachen, kämpfen, ihn gewinnen könnte. Harry saß oben auf den Klippen im harten Gras, blickte nach La Corbière Point hinüber, riß die kurzen Grasbüschel heraus und warf sie die steilen Felsen hinunter.

»Du weißt, was ich sagen will, Kitty. Ich kann nicht mein Leben lang mit etwas leben, von dem man mich ferngehalten hat. Ich fühle mich wie ein Feigling. Ich werde mich immer so fühlen, wenn es mir nicht gelingt, dorthin zu kommen ... Mater sagt ständig, der Krieg sei fast vorüber, sie will, daß er zu Ende ist, bevor ich eine Chance bekomme teilzunehmen. Sie ist fest entschlossen, mich zurückzuhalten ...«

Harry hatte große kornblumenblaue Augen mit einem grauen Pünktchen in jedem, ein vollkommen symmetrischer Fehler, der das Licht einfangen und seinen ganzen Ausdruck verändern konnte. Die Lider waren ein wenig schwer, was ihm ein rätselhaftes, leicht spöttisches Aussehen verlieh. Er hatte schwarzes, gewelltes Haar und eine kräftige Gesichtsfarbe, und wenn er böse wurde, errötete er. Sein Mund war klein und aufgeworfen. Er entstammte einer gutaussehenden Familie, aber er war zweifelsohne der Bestaussehende von allen.

Maman war als junges Mädchen mit meiner Tante Violet nach Florenz gereist, und die Schönheit der Gemälde in Santa Croce, die Atmosphäre der Stadt und der Kirche selbst hatten sie so begeistert, daß sie zum katholischen Glauben übergetreten war. Harrys Mutter war auch in Italien gewesen und sagte, sie könne ein solches Gefühl durchaus verstehen, da auch sie Tage damit zugebracht habe, in den alten Renaissance-Kirchen die Fresken zu betrachten, und ganz überwältigt davon gewesen sei.

»Ich wußte es nicht, aber damals trug ich schon Harry unter dem Herzen, und es hat mich immer erstaunt, wie sehr er einem Botticelli-Engel ähnelt. Manchmal glaube ich, es muß daran liegen, daß ich dort so viele betrachtet habe.«

Niemand in unserer Familie war katholisch, nur Maman und ich. Es war, als ließen uns die Männer darin unseren Willen, sie behandelten es als vorübergehende Laune oder vielleicht eher als befremdliche Verirrung. Manch einer zog sich auf Reisen Cholera zu, ein anderer Typhus und der dritte Religion. Papa war sehr tolerant, es war ihm gleichgültig, was Menschen taten, solange es kultiviert war. Es störte ihn offenbar nicht, daß bei seiner eigenen unverrückbar protestantischen Tradition sein einziges Kind als Katholikin aufwuchs. Er hatte andere Ängste. Mein Großvater und meine Tante mütterlicherseits waren an Schwindsucht gestorben, und auch seine eigene Schwester war ihr erlegen. Unmittelbar bei den Klippen von Claremont war sie als Kind gestorben. Meine ungewöhnliche Blässe beunruhigte ihn zutiefst. Wenn andere meinen Alabasterteint lobten, zuckte er zusammen; war er ein Anzeichen der Krankheit, die in mir schlummerte? Er überwachte selbst meine Gesundheit, was damals exzentrisch war, aber ich war klein und wirkte zart. Sobald er mich sah, streckte sich seine Hand jedesmal fast unwillkürlich nach meiner Stirn aus, um sie zu berühren und zu prüfen, ob das verräterische Fieber begonnen hatte.

Er wäre entsetzt gewesen, wenn er gewußt hätte, daß ich im Tau draußen saß und mich mit Harry unterhielt, während mir der frühe Wind vom Meer direkt ins Gesicht blies und mein Kleid klamm wurde. Er wäre vermutlich auch entsetzt gewesen, wenn er gesehen hätte, wie leidenschaftlich seine siebzehnjährige Kitty auf den Klippen geküßt wurde. Harry wurde nach Kriegsbeginn sehr rasch erwachsen; er wollte ein Mann sein, er mußte es sein. 1916 wollte er von der Schule abgehen und mich heiraten. Er sprach davon, nach Gretna Green durchzubrennen, sich dann als normaler Soldat zu melden, auf einem Truppentransporter nach Frankreich überzusetzen und mir selber Briefe zu schreiben.

»Ich weiß, es ist dumm, aber du weißt, was ich sagen will, Kitty, wir müssen unser eigenes Leben beginnen …

Ich muß einfach diese Zeit verkörpern, dieses Jetzt, was es auch sein mag. Ich muß weg.«

Überall am Klippenrand gab es kahle Stellen, wo Harry mit beiden Händen Gras und Erde herausgerissen hatte.

»Du kannst Dinge sehen, Kitty, die andere nicht sehen können, und ich weiß, daß du die Zukunft verstehst. Ich will nicht, daß du mir eine Menge Kram erzählst, ich will die Wahrheit wissen. Wenn du in die Wellen hinaussiehst, was sagen sie dir? Komme ich nach Frankreich? Ja? Werde ich kämpfen können?«

Und ich sagte ihm, was er bereits wußte: daß er fahren würde. Er würde später fahren, und etwas daran bereitete mir Übelkeit, eine solche Übelkeit, daß ich nicht lange aufs Meer blicken konnte.

»Es macht dich traurig, Kitty, weil wir getrennt sein werden, aber wenn ich zurückkomme, heiraten wir, dann lassen wir alle Decks und Terrassen von Claremont vor Lichtern funkeln, wir geben jeden Abend ein Fest und tanzen, bis die Sonne aufgeht. Und du wirst immer die beste Tänzerin sein, das bist du immer gewesen.«

Harry glaubte an mich, also machte es ihn glücklich, wenn ich ihm sagte, er werde seine Chance bekommen, mich aber machte es traurig. Als er gegangen war, wurde auch er verdrießlich, und als sich die Monate langsam über den Sommer 1916 und weiter in das Jahr 1917 hineinzogen, mit nichts als Patt, Gemetzel und den schrecklichen Geschichten, die über die Hunnen zirkulierten, machte ihn das Warten krank.

Ich habe Krankheiten nie gemocht, auch bei Harry nicht. Ich verabscheute es, an seinem Bett zu stehen und zuzusehen, wie seine kränklichen Gesichtszüge sich zu einem Lächeln verzogen. Ich wollte, daß er gesund war; daß alle gesund waren. Krankheit ist eine Schwäche, sie scheint unehrenhaft. Die einzige Schwäche, die wir erlauben können, ist eine, die uns zu Stärke führt. Tödliche Krankheiten waren in Ordnung, aber Harry konnte keine tödliche Krankheit haben, er war mein Verlobter, wir würden heiraten, der Ballsaal wartete unter den Schutzbezügen.

Seine Familie lebte im Pfarrbezirk St Peter, das war nur eine kurze Fahrt von unserem Bezirk St Brelade, an der Küste um die St Ouen's Bay herum. Er und seine Brüder hatten Zimmer im obersten Stockwerk, mit schrägen Wänden und gotischen Fenstern, die in den grauen Granit gehauen waren. Sein Zimmer war nicht schön, es war zu schmal und voll altem Zeug. Wir wollten Großpapas Zimmer in Claremont zu unserem Schlafzimmer machen, und Harry hatte die Bibliothek als persönliches Arbeitszimmer gewählt. Wir kannten einander, seit wir Säuglinge waren. Wir hatten uns so lange gekniffen, bekämpft und miteinander gespielt, daß es unseren Eltern ganz natürlich vorkam, daß wir uns gegenseitig ins Kinderzimmer kletterten und später in den Zimmern besuchten, wenn einer krank war. Sie meinten, wir seien sozusagen Bruder und Schwester und viel zu jung für irgendeinen Gedanken an romantische Liebe. Zwischen uns hatte es keine Schüchternheit und keine erkennbare Anziehung einer unkindlichen Art gegeben, die die Notwendigkeit einer verspäteten Anstandsdame angezeigt hätten. Unsere Verlobung war geheim, unsere Liebe hingegen war wohlbekannt. Beide Familien sprachen von uns als »den Kindern«, und wir wurden oft allein gelassen.

Harry lag auf seinem Bett. Er war gewachsen. Er war schon groß, aber jetzt war er noch größer, die rosige Rundlichkeit seines Gesichtes hatte sich zu einer ernsthafteren, schmalen Länge gestreckt. Seine Arme, die auf der Bettdecke lagen, waren ebenfalls dünner. Er hatte sehr lange, sehr dünne schöne Hände, nur durch die Stümpfe der abgekauten Fingernägel verunstaltet. Ich bestürmte ihn stets, sie in Ruhe zu lassen. Ich fand es unelegant an ihm – an allen, aber an ihm besonders. Er sah, wie ich verächtlich auf seine abgenagten Fingernägel herabblickten.

»Hm, ich war wieder dran.«

Ich sagte nichts, saß nur auf seinem Bett und versuchte, nicht auf sein dünn gewordenes Gesicht oder seine erwartungsvollen Augen zu sehen. Statt dessen zählte ich die winzigen Sechsecke seiner Flickendecke.

»Du magst mich so nicht, stimmt's?«

»Nein«, sagte ich, ohne aufzusehen.

»Warst du gestern abend auf dem Ball bei den Carterets?«

Ich nickte. Ich wußte, auch ohne sein Gesicht zu sehen, daß er eifersüchtig war.

»Und konnte da jemand besser tanzen als ich?«

»Reginald ist sehr gut.«

Er streckte die Hand aus, um meine zu halten.

»Kitty, komm, sei nicht böse mit mir«, sagte er, zu sanft für seine eigene Stimme. Ich nahm seine Hand und kniff ihn über dem Handgelenk. Ich kniff so fest, daß er überrascht aufschrie, den Arm wegzog und ihn erhob, um mich zu schlagen, aber ich war bereits außer Reichweite.

»Kitty Roberts, du bist das boshafteste Kind auf der ganzen Welt.«

Er nannte mich häufig ein Kind, obwohl ich ein Jahr älter war als er. Ich war am Fußende des Bettes, fixierte ihn, forderte ihn heraus aufzustehen, gesund genug zu sein, um es mir heimzuzahlen.

»Ich soll nicht aufstehen«, sagte er schwach.

»Und du sollst nicht fluchen oder nachts von zu Hause fortgehen oder das Pferd deines Vaters reiten oder seine

Gewehre laden, wenn er nicht dabei ist, und du tust es doch.«

Er rührte sich nicht, setzte sich lediglich auf. Ich sah, daß ihm schwindelig war, aber das war mir egal. Ich wollte, daß er stark war. Nach einiger Zeit wandte er den Blick von mir ab.

»Ich liebe dich, Kitty, obwohl du eine Hexe bist, ich liebe dich. Du solltest Haare rot wie Feuer haben, dann wüßten alle, wie gemein du in Wahrheit bist. Du machst mir mit deinem Starren keine Angst, du kannst also damit aufhören ... Gib mir das Buch, und dann geh, sie warten sicher unten auf dich.«

Harry war der einzige Mensch auf der Welt, der mich hereinlegen konnte. Ich glaube, er war gegen meine Augen wirklich immun. Er liebte sie, aber sie konnten ihn nicht beherrschen. Wenn ich böse wurde, lachte er. Also reichte ich ihm das Buch, einen schweren Folianten über Seefahrt, und als ich es neben ihn legte, griff er meinen Arm und zog mich auf seinen Schoß. Mit einer Hand drehte er mir den Arm um, mit der anderen zog er an meinen Haaren.

»Wie ist das, Miss Kitty?«

Er hielt meinen Kopf in einem Winkel gebogen, daß es sich anfühlte, als werde er mir den Hals brechen, während seine Augen mich verspotteten. Dann küßte er mich auf die Weise, wie er im Jahr zuvor zu küssen begonnen hatte. Er hatte gesagt, so sollten Männer ein Mädchen küssen. Er hatte es gelernt, indem er heimlich seinen Vater beobachtete, wie er die Zofe regelmäßig küßte, wenn seine Mutter fort war.

»Also«, sagte er atemlos, »liebst du mich noch?«

Ich flüsterte meine Antwort: »Ja.«

»Dann tu nicht mehr so, als seist du so eklig. Ich weiß, wie du bist, und ich bin stärker als du, es hat also keinen Sinn, bei mir die kleine Madame zu spielen. Du kannst die übrige Welt wie deinen Sklaven behandeln, aber du und ich, wir sind ebenbürtig. Du kannst mich mit deinen Augen nicht ertränken.«

Er ließ mich los, und ich glättete mein Kleid. Die Ärmel waren völlig verknittert, und dort, wo er meinen Arm gehalten hatte, spürte ich schon den Beginn der blauen Flecken.

»Du hast mir den Arm gequetscht.«

»Du hast es so gewollt.«

Es war mir egal, daß Harry mir weh getan hatte, er war wieder er selbst. Ich brauchte ihn, und er hatte recht, ich war es, die ihn so gemein machte. Es waren noch fünf Monate bis zu seinem Geburtstag. Fünf Monate bis 1918.

Ich habe nie verstanden, warum ich in die Zukunft blicken und sehen kann, was anderen zustoßen wird. Ich kann ihr Leben und ihren Tod so deutlich vor mir sehen wie die Felsen und kleinen Inseln auf einer von Großvaters Karten. Ich habe nie den Tod Fremder vorhersehen oder die peinigendere Anspannung sterbender alter Freunde oder auch Bekannter empfinden wollen, die mit ihrer fremden Qual in mein Gehirn eindrangen. Im Großen Krieg starben achthundertzweiundsechzig Männer aus Jersey, und mindestens ein Dutzend von ihnen huschte durch meinen Kopf und verbrachten ihre letzten Tage oder Stunden dort, bevor ihr Name auf den amtlichen Bekanntmachungen erschien, die in St Helier und St Aubin angeschlagen wurden.

Mütter, Geliebte und Ehefrauen auf der ganzen Insel warteten darauf, etwas über das Schicksal ihrer Männer zu hören. Die Todesfälle hatten Größenordnungen angenommen, die kein Zivilist verstehen konnte. Gerüchten zufolge waren auf bestimmten Schlachtfeldern Hunderttausende von Männern gefallen, binnen weniger Stunden und auf wenigen hundert Metern niedergemetzelt. Seit zwei Jahren wurde rationiert, und einiges war in der Stadt knapp geworden. Dies berührte uns kaum; wir hatten in Claremont sehr reichliche Obst- und Gemüsegärten, und auf den Feldern hinter dem tiefen Grenzgraben hielten wir Kühe und Schafe. Die Ställe litten am meisten, da unsere Pferde für die Front requiriert wurden.

Papa diente in der Miliz und trug seine Uniform häufiger als nötig, wie viele seiner Freunde. Am Strand wurde ständig patrouilliert, und das alte Teleskop auf dem Dach kam wieder zu Ehren, suchte nach feindlichen Schiffen, U-Booten oder Pelotons von Invasoren. Einige Jerseyer behaupteten, sie könnten in stillen Nächten über das Meer hinweg die Geschütze in Frankreich hören. Mehr als sechstausend Männer verließen die Insel – sechstausend Jungen und Männer, die stolz zum Takt der Trommel marschierten und dann glücklich von den Decks der ablegenden Schiffe winkten.

Ich hatte die Schule abgeschlossen. Sie war zu Ende, als ich sechzehn war. Der Unterricht hatte in Claremont stattgefunden, mit gelegentlichen Ausflügen in die Stadt, wenn ein Stoff vertieft werden mußte. Vater wollte nicht, daß ich außer Haus die Schule besuchte; ich glaube, er hatte Angst, ich könne mit einem tuberkulösen Kind in Berührung kommen und an der Familienkrankheit zugrunde gehen. Maman war sehr für eine gute Erziehung, zog aber katholische Gouvernanten protestantischen Lehrerinnen vor. Ich nahm weiterhin Unterricht in Musik sowie französischer und italienischer Konversation, einmal wöchentlich kam ein Zeichenlehrer und brachte mir bei, passable Aquarelle zu malen. Ich malte gern und wäre gern zur Kunstschule gegangen, nicht, um zu aquarellieren, sondern um den Umgang mit Ölfarbe zu lernen. Maman jedoch fand, es wäre nicht damenhaft, wenn ich dies täte, obwohl ihre Lieblingsschwester, die schwindsüchtige Violet, selbst eine erfolgreiche Miniaturenmalerin gewesen war.

Ich führte meine Tante Violet häufig zu meiner Verteidigung an. Ich stellte mir vor, wie mein Leben wäre, wenn ich das Meer auf großen, stürmischen Ölbildern malte, nur durch meine Hand gezähmt. Ich hatte es in Claremont ständig vor Augen, ich würde niemals weiter als auf das Dach oder zu den Klippen gehen müssen. Harry gefiel der Gedanke, daß ich malte, und er ermutigte mich. Maman ließ sich nicht erweichen.

»Aber Tante Violet war Malerin, und sie war ehrbar.«

»Tante Violet lebte in London, meine Liebe«, antwortete sie, als erklärte dies irgendwie die ganze Angelegenheit.

»Ich möchte nur Zeichnen lernen und dann nach Claremont zurückkehren.«

»Aber du lernst zeichnen, Kitty. Mr Anselm sagt, daß du sehr hübsch skizzierst, und deine Aquarelle gefallen uns allen.«

»Mr Anselm ist ein Idiot, Maman. Ich möchte nicht Flüsse und Blumen malen, ich will das Meer malen.«

»Nun, warum tust du es nicht?«

Ja, warum? Ich wußte nicht, wie. Es überstieg meine Fähigkeiten, ich spürte es so aufwühlend in mir, aber es überstieg immer meine Fähigkeiten. Ich machte einige halbherzige Versuche mit Ölfarben, fand sie aber unmöglich. Mr Anselm sagte, Ölfarben seien nicht vornehm, und weigerte sich, mir beim Ergründen ihre Geheimnisse zu helfen.

Unterdessen vergingen die Monate, und wenn die Söhne unserer Nachbarn starben, schossen sie durch meinen Kopf und setzten sich fest. Maman fand mein Hellsehen zunehmend entnervend und auch allzusehr im Widerstreit mit den Grundsätzen unseres Glaubens, um damit zurechtzukommen. Also hörte ich auf, alle Gesichter zu benennen, die mein Denken besetzten, und erzählte es nur noch Agnes, die als Kind in Irland einen Seher gekannt hatte und verstand, daß es eine seltene, aber mögliche Gabe war zu spüren, wenn jemandes Stunde gekommen war, selbst wenn sich dieser Mensch in Frankreich befand. Erst in diesen Kriegsjahren erfaßte ich selbst meine zweifelhafte »Gabe« völlig. Das Schreien und Flüstern ertrinkender Seeleute war ein so fester Teil meiner Kindheit gewesen, daß nichts daran eigenartig schien. Und als Großpapa starb, schien es nur natürlich, daß er nach seinem Lieblingskind rief. Der Krieg jedoch war völlig anders. In die Todeszelle meines Gehirns klammerten sich die Bekannten ebenso wie die Unbekannten. Sie blieben bis zum Augenblick ihrer Hinrichtung in meinem Denken. In Friedenszeiten können nur wenige auf diese Weise meinen Kopf entern und kontrollieren; während des Krieges spürte ich, wie ihre Schreie etwas in mir töteten, Zentimeter um Zentimeter, so zwangsläufig, wie sie ihre blutenden Körper durch den Schlamm schleppten. Und hinter denen, die ich kannte, gab es zwei Armeen, die die Wogen mit Unruhe erfüllten.

Das alles wußte ich, und ich wußte, daß an mir noch etwas anderes einzigartig war als nur das erstaunliche Grün meiner Augen, das elegante Weiß meiner Haut und meine unerklärlich kleine Gestalt. Ich sah so viel und so wenig. Jedesmal, wenn Harry zu mir kam und mich bat, für ihn in die Wellen zu sehen, tat ich es und spürte die Traurigkeit, ohne sie in die Vorahnung seines Todes und der Geburt meiner Einsamkeit zu übersetzen. Wir interpretierten diese Traurigkeit als Zeichen unserer Liebe. Er ging mit dem Jahrhundert, wurde achtzehn und konnte seinem Land dienen, seiner Insel. Er übte, stach sein aufgepflanztes Bajonett mit mehr Kraft in einen Sack als je zuvor, führte sein Können an einem Strohsack vor, der vom Belvedere in meinem Garten hing. Er trug seine Uniform mit nahezu zügellosem Stolz. Unsere letzten Gespräche, bevor er fortging, drehten sich um kindische Träume davon, wie unser Leben sein würde, wenn er wiederkäme, der Krieg gewonnen wäre, denn er zweifelte nicht daran, daß er, Harry de Gruchy, der mit dem Jahrhundert ging, der Katalysator war, dessen es bedurfte, um den Krieg ehrenvoll und mit einem wunderbaren Glorienschein zu beenden.

Er hatte ein Stipendium für das New College erhalten, das bei seiner Rückkehr auf ihn warten würde. Er wollte Altertumswissenschaften studieren und sich mit den Taten der alten griechischen Krieger befassen. Zwischenzeitlich würde er selbst Krieger sein, alles andere mußte warten. Während er in Oxford war, würde ich Malerei studieren und dann ... es würde so viel folgen, daß wir uns kaum entscheiden konnten, an welchem Teil unserer Zukunft wir uns weiden wollten.

Es war Juni, als er fortging; die Kamelien blühten, er kam frühmorgens nach Claremont, brachte mir eine weiße Kamelie, die ich als eine aus Mamans Südgarten erkannte. Harry brachte mir immer Blumen, und er pflückte sie immer von unseren Beeten. Maman hegte die Theorie, daß die Pflanzen in Claremont litten, wenn sie während der Blüte von einer anderen Hand als der ihren berührt würden. Harrys romantische Gaben waren ein ständiger Kampf zwischen ihnen.

Ich hatte gespürt, daß er zum Haus kam, und ich hatte gesehen, wie er den Kiesweg entlangritt, aber ich war zu aufgeregt, um sofort hinunterzugehen. Agnes kam, um mir zu sagen: »Captain de Gruchy ist hier, um Sie zu besuchen, Miss Kitty.«

»Captain de Gruchy« – es klang so fremd. Er hatte im Kadettenkorps seiner Schule gedient und seine wenigen Monate Ausbildung absolviert, doch es war schwer, sich Harry als Captain vorzustellen. Aber in diesem letzten Kriegsjahr wurde sehr rasch befördert. Einige sagten, der Grund dafür sei, daß dort draußen keine Männer mehr übrig seien, also übertrage man den Befehl an Kinder. Harry glaubte natürlich, es liege allein an seinen angeborenen Führungstalenten, daß er nun so stolz über seinen Männern stand. Er war gekommen, um sich zu verabschieden und mir zu sagen, daß sich »seine Männer« an diesem Morgen am Victoria Pier in St Helier einschifften.

Wenn wir auf den Klippen mit Blick auf La Corbière saßen, hatte er mich so oft gefragt: »Wenn du in die Wellen siehst, was sagen sie dir? Werde ich nach Frankreich kommen? Ja?« Aber ich, das frühreife Kind, das Wunder von Claremont mit dem zweiten Gesicht, ich sah nicht, daß Harry in der Tat nach Frankreich gehen, aber niemals zurückkehren würde, nicht einmal, um beerdigt zu werden. Sein Kreuz würde in Versailles auf dem Soldatenfriedhof neben Zehntausenden von anderen weißen Kreuzen stehen, jedes mit Namen, Geburts- und Todestag. Ich konnte das damals nicht sehen, als ich in seine erwartungsvollen Augen sah und auf der Veranda mit den Granitsäulen eine Stufe über ihm stand, um mich enger in seine Umarmung schmiegen zu können.

Zwischen uns gab es niemals sentimentalen Unsinn – keinen Quatsch, wie Harry es nannte. Also sagte er nicht: »Warte auf mich« oder »Denk an mich«. Wir waren ein Paar. Das waren wir, seit er mit zehn Jahren beschlossen hatte, daß er für immer in Claremont leben wollte.

»Was wirst du tragen, wenn du zum Kai hinunterkommst?« fragte er. Ich sagte ihm, ich würde mein Moiréseidenkleid tragen, auf dessen Rock verblichene Mohnblumen gemalt waren und das hübsche Spitzeneinsätze hatte. Ich wußte, daß er dieses Kleid am liebsten hatte, vor allem, wenn ich es mit einem Spitzensonnenschirmchen spazierenführen konnte, mit dem er gern herumspielte. Also zwinkerte er mir zu, band sein Pferd los und ritt fort, zurück nach St Peter und zu seiner Familie dort.

Maman kam mit mir zum Kai; Papa war bereits dort und hielt mit seinen Milizmännern die Menge zurück, als unsere letzten Soldaten in See stachen. Es war ein neues Bataillon, das gänzlich aus ungeschulten Rekruten und neu ausgebildeten Offizieren bestand, daher reisten sie ohne das Widerstreben älterer Soldaten, die übersetzten. Sie hatten von den Opfern gehört und warteten nur darauf, das Ihre zu tun. Einige Männer wirkten viel jünger als achtzehn, als sie sich über die Schiffsreling beugten. Die Menge um mich jubelte, ich jubelte auch, dann ging ich nach Hause und wartete mit allen anderen getrennten Liebenden, die lernten, was Angst war, weit entfernt von den Kanonen und dem Rauch der Schlachtfelder. Ich begriff auch, was Frauen fühlten, wenn sie sich vor den Anschlägen drängten, um die Listen der Toten und Verwundeten zu lesen.

Ich hatte keine Angst, daß Harry getötet werden würde; er war zu tapfer und zu selbstsicher, und der Krieg würde bald vorüber sein – das sagten alle. Aber ich dachte, er könne verwundet werden, und eine morbide Neugier ließ mich immer wieder auf die Listen sehen. In St Helier gab es Männer, die ein Bein verloren hatten, andere einen Arm; es gab Blinde und viele, die unter dem kaum aussprechbaren »Kriegszittern« litten, die wie betäubt und verloren umhergingen und zusammenzuckten, wenn man sie grüßte.

Ich konnte mir nicht vorstellen, daß Harry etwas von

sich verlor; nicht einmal die Spitze einer seiner abgekauten Finger. Er war zu gescheit. Man mußte unachtsam sein, um eine Gliedmaße zu verlieren. Nicht der Lichtstrahl von La Corbière erzählte mir von seinem Tod, nicht der Vogel des bösen Omens und nicht dessen Schülerin, mein eigenes Wissen. Es war Agnes, die es als erste erfuhr und kam, um es mir zu erzählen, da sie von unserer Freundschaft, nicht aber von unserer Liebe wußte. Es war Agnes, die in mein Zimmer platzte und hervorstieß: »Captain de Gruchy ist gefallen, Miss Kitty, in Frankreich.«

Ich hätte es wissen müssen, ich hätte zumindest genug sehen müssen, um ihm die Wahrheit zu sagen. Ich hätte die Mine vorhersagen müssen, die ihn in Stücke riß, und ihm sagen sollen, wenn er sich selbst als Gesandten seiner Zeit empfand, als Botschafter einer ganzen Generation, dann deswegen, weil er den schrecklichen, anonymen Tod so vieler seiner Altersgenossen sterben würde. Dazu bestimmt, im Schlamm zu verwesen und nichts als eine Erinnerung zu sein, in Holz und Stein geschnitten, all seine Träume vor ihm zerbrochen und hinter ihm nur eine kurze Jugendzeit, ein Bündel Briefe aus dem Schützengraben, einige Photographien und ein postumer Verdienstorden.

Zwei Wochen später war der Krieg vorbei, was seine Prophezeiung wahr machte, daß es seiner Anwesenheit bedurft hatte, um die Angelegenheit zu beenden. Aus den Bergen von Blättern, auf denen das Kriegsministerium die Gefallenen bekanntgab, wuchs statt Trauer eine Art Ausgelassenheit. Ich wollte um Harry weinen, es war das einzige Mal in meinem Leben, daß ich weinen wollte. Aber ich wußte nicht, wie. Weinen war, was die Menschen in meinem Kopf taten. Ich hatte nie andere Zukunftspläne gemacht. Harry war die Zukunft. Als Kranken hatte ich ihn nicht gemocht, als Toten haßte ich ihn jetzt.

12. Kapitel

Papa war es, der mich nach dem Krieg am Leben hielt – Richard (Dickie) Seymour Philippe Roberts; er war achtundfünfzig, als der Waffenstillstand kam. Er sagte zu mir: »Ich bin ein typischer Jerseyer, Kitty, und habe diese typische Inselmentalität. Die entsteht aus der Sicherheit, durch das Meer von der restlichen Welt abgeschnitten zu sein. Wir erleben die Welt vom Kai aus, durch die Handelsschiffe von Neufundland und Kanada und all den exotischen Häfen beider Amerika.«

Er analysierte sich gern selbst; wie alle Jerseyer war er im kulturellen Kreuzfeuer zwischen England und Frankreich gefangen. Er hatte das Victoria College auf der Insel besucht und war dann, wie sein Vater und sein Großvater vor ihm, zur Marine gegangen. Ich glaube nicht, daß er bei der Marine je wirklich glücklich war; ihm fehlte sein eigenes Schiff zu Hause, das immer noch neuausgestattete Claremont, erbaut vierzig Jahre vor seiner Geburt für den Ruhestand seines berühmten Großvaters.

Papa liebte Jersey mit der gleichen Hingabe, die Maman Gott widmete. Seine Familie stammte ursprünglich aus England, aus dem Westen. Aber sein Großvater, der Admiral, hatte Jersey dienstlich besucht und sich dort in eine hübsche Witwe verliebt. Als er sich zur Ruhe setzte, von Kämpfen gezeichnet und vorzeitig gealtert, heiratete er seine junge Braut und baute sich die Nachbildung eines Schiffs an der Südwestspitze der Insel, die, wie er schwor, dem Paradies so nahekam wie nur irgendeine, die er zwischen Südsee und Karibik gesehen hatte. Andere Familien aber waren schon weitaus länger dort, ihre Namen und ihr Blut waren mit der Geschichte Jerseys verbunden: die de Gruchys, die Carterets, die Cabots und die Granvilles, alle waren von bestem Jerseystamm. Meinem Urgroßvater genügte es nicht, zweiter Sohn einer angesehenen Familie in England zu sein, seine Sprößlinge sollten angesehene Jersey-Bewohner werden. Zu diesem Zweck heiratete er eine reinblütige Jersey-Witwe, und er drängte später seinen Sohn, es ihm gleichzutun. So oft Großpapa diese Geschichte auch erzählte, er verstand es immer, die Tatsache einzuflechten, daß seine junge Braut Anfängerin war. Er sagte: »Deine Großmaman hatte Jerseyblut, aber sie hatte keine toten Ehemänner in ihrer Mitgift.« Doch als es gerade schien, als erwerbe die Familie sich ihren Inselstammbaum, brach Papa aus und heiratete Maman. Sie war eine Zugereiste und stammte aus England, auch wenn das keiner glauben würde, der sie sprechen hört. Vielleicht hat sie recht, wenn sie sich als Einheimische ehrenhalber bezeichnet, denn sie hat französisches Blut – Hugenottenblut –, und dies war immer eine Empfehlung.

Die Generationen überlagerten sich in Claremont, sammelten sich wie akkumulierte Gezeiten. Die Frauen waren am schlimmsten, sie hielten sich über ihre natürliche Lebensspanne hinaus, wie lebende Skelette in Schränken, sperrten sich vor dem Durchzug in immer kleinere Räume, fossilierten ihre Vorstellungen und vervielfachten ihre Vorurteile. Eine solche alte Dame hing wie eine uralte Spinne, die ihr calvinistisches Netz spinnt, um die neue katholische Braut in Verruf zu bringen, drohend über den ersten Claremont-Jahren der armen Maman. Diese alte Dame erachtete Mamans Religion als Makel im Adelsverzeichnis *Burke's Landed Gentry*. Für sie war Papist gleichbedeutend mit Hexe. Nachdem sie die Heirat nicht hatte verhindern können, zog sie sich in ein winziges Krankenzimmer im Südflügel zurück und bestand trotz ihrer neunundneunzig Jahre und einer schweren Gelbsucht darauf, daß sie durch eine papistische Verschwörung sterbe.

Die Männer der Familie schienen gegen solchen Fanatismus immun, obwohl sie so viele Jahre lang in dessen tyrannischem Schlepptau gelebt hatten. Papa selbst hätte von dieser Intoleranz geprägt sein können, wäre es nicht eine Zeit gewesen, wo die herrschende männliche Autorität den Zorn einer Frau gegenstandslos machte. Überdies war mein Großvater ein überaus intelligenter Mann. Als Maman Teil der Roberts-Familie wurde, sagte er zu ihnen:

»Auf meinen Reisen habe ich Rassen getroffen, die so verschieden voneinander sind wie die Eingeborenen der Fijis und die Indianer Nordamerikas, die Russen und die Chinesen, und ich sage euch, bei allen gab es Gentlemen. Und als ich mich einmal in Neuseeland von einem Fieberanfall erholte, wurde ich von Maoris mit nackten Körpern und bemalten Gesichtern gepflegt und fand sie verdammt viel zivilisierter als einige meiner Offizierskameraden und obendrein erheblich gastfreundlicher als gewisse Familien unten in Red Houses.«

Das war eine seiner Lieblingsgeschichten, und obwohl er sie zu Mamans Verteidigung erzählte, gehörte sie, glaube ich, zu denen, die sie am tiefsten schockierten. Die Tatsache, daß er am Ende sagte: »Ihr seht also, wir sind alle Kinder Gottes, egal, welche Religion wir haben, und ich dulde nicht, daß in diesem Haus etwas gegen Katholiken oder Totempfähle gesagt wird«, erschien ihr immer fast als eine Blasphemie.

Als ich geboren wurde, waren alle alten Damen gestorben, was wohl ganz gut war, denn ich glaube kaum, daß ich sie gern in meinem Haus gehabt hätte. Es schien mir immer, als hätten sie ungleich unter sich verteilt zu viel oder zu wenig Verstand, und ungeachtet all ihrer Etikette glaube ich nicht, daß auch nur eine von ihnen soviel Gespür für den Ort hatte wie Maman oder ich. Ich glaube, selbst Papa hatte es nicht, nicht wirklich. Er hatte von seinen Lehrern und seiner Familie eine überaus merkwürdige Mixtur verschiedener Dinge gelernt. Mehr als alles andere faszinierten ihn Zahlen. Es war eine Leidenschaft, zu der er mehrere Freunde bekehrte. Papa glaubte an Zahlen. Er erklärte alles mögliche, indem er es in numerische Kodes überführte.

Rückblickend erkenne ich, welch nahezu tödliche Magie Roulette und Poker auf ihn ausgeübt haben müssen. Alles, was er besaß, auf eine Zahl zu setzen und zu sehen, wie sie gewann oder verlor, sein Vermögen verdoppelte oder ihn ruinierte, muß das Äußerste an Spannung für einen Mann wie ihn gewesen sein, der in die Lehren Francis Galtons, Apostels der Quantifizierung, versunken war. Papa hatte jedes Wort gelesen, das Galton veröffentlicht hatte; dessen Vetter Charles Darwin fand er viel weniger interessant. Mein Vater war ein eifriger, namenloser Schüler des Wegbereiters der modernen Statistik.

So bereitete ihm Galtons Idee eines »Schönheitsatlas« mehr Vergnügen als alles, was er je gesehen hatte. Der Meister hatte aus jedem Winkel der Britischen Inseln Schönheitsdaten zusammengetragen, mit denen er die Mädchen, die er auf der Straße oder anderenorts traf, in »attraktiv, unauffällig oder abstoßend« einteilte. Galton fand, London stehe in Sachen Schönheit an erster, Aberdeen an letzter Stelle, Papa hingegen setzte St Helier an erste Stelle, London an zweite, und eine große Zahl unbedeutenderer Orte landete gemeinsam auf dem riesigen letzten Platz.

Galton behauptete auch, er könne Langweile quantifizieren, aber als ich las, was Papa mir zu diesem Thema zeigen konnte, begriff ich, daß keiner von beiden das

Geringste davon verstand. Langeweile ist eine Krankheit. Sie gehört zu den gefährlichsten Krankheiten der Welt. Wer nie darunter gelitten hat, kann ihre Schwere nicht verstehen. Die Leute sagen, der Einfluß von Alkohol oder Zorn milderten eines Mannes Schuld an jedem Verbrechen, aber sie sehen nicht, wozu Langeweile einen Menschen treibt.

Obwohl Vater stundenlang über seinen Zahlenhelden sprach, verstand er es, alle Gedanken fesselnd klingen zu lassen. Er selbst war nur einmal fast langweilig, als er nämlich darauf bestand, eine Woche lang beim Mittagessen jeweils ein Kapitel aus Galtons *Hereditary Genius* laut vorzulesen. Selbst das machte mir eigentlich nichts aus, denn Papa empfand es als Privileg, zu missionieren (was er tatsächlich tat), nachdem sein eigener Kopf und Körper vom großen Francis Galton persönlich vermessen worden waren, damals, bei der Weltausstellung, als er erst vierundzwanzig war. Papa hatte dafür drei Pence bezahlt, was er oft anführte, um die Absurdität relativer Preise zu illustrieren.

»Und das, Miss Kitty«, sagte er dann, »war ohne Zweifel die schönste Stunde meines Lebens.«

In seiner Bibliothek besaß Papa die Arbeiten aller, die etwas zum Thema menschlicher Größenmaße veröffentlicht hatten. Er verbrachte ganze Abende damit, über Aufsätzen in englisch, französisch und amerikanisch zu brüten, verfaßt von Männern wie Morton, Broca und Bean. Zu seinen liebsten Autoren zählte der Italiener Lombroso. Ein Buch, das wir besonders mochten, hatte, wie ich mich erinnere, den Titel *Der Verbrecher*. Der Umschlag war eine Collage aus Verbrechern. Ich war noch ein kleines Mädchen, als er mir Lombrosos Theorien erklärte: die Stigmata des niederen Geschöpfs. Es gibt bestimmte Merkmale, die einen Menschen als Verbrecher kennzeichnen, egal, was er im Leben tut. Große Ohren, große Füße, schwere Schädel, breite Kiefer und zuviel Haar waren deutliche Hinweise auf Kriminalität, das galt auch für dunkle Haut und Tätowierungen.

Großpapa diskutierte mit Papa stundenlang über diese neuen Theorien. Die äußerste Herausforderung war immer ein weiterer Bericht darüber, was er selbst erlebt hatte, als er sich in den dunklen, tätowierten Händen der Maoris befand.

»Dickie, du wirst sicher einsehen, daß darin ein Beweis liegt, daß jedenfalls einige Ideen dieses Lombroso-Kerls falsch sein müssen. Dunkel wie der Fleck auf diesem Boden, Dickie, springen sie mit tätowierten Booten und Schmetterlingen auf der Haut herum, aber wunderbare Menschen ... wunderbar!«

Die Diskussion blieb immer unentschieden, aber der liberale und der elitäre Standpunkt gingen in Claremont wie eine endlose Partie Federball hin und her, die Papa nur deswegen gewann, weil Großpapa starb. Unterdessen wurde ich jede Woche gemessen. Maman gestattete ihm nicht, mich täglich zu messen, und meine Tabelle wurde mit Lombrosos Tabellen verglichen, um sicherzugehen, daß Papas einzige Erbin lückenlos seinen Idealen entsprach. Er liebte das Weiß meiner Haut, trotz Großpapas ausdrücklicher Betonung der Verdienste dunkler Haut, und er sagte oft zu mir, ich sei eine perfekte Dolichozephale, was mir gefiel; es klang erwachsener als die übliche Bezeichnung »Porzellanpuppe«. Seine einzige Sorge – und das verstörte ihn – war meine mangelnde Körpergröße. Die ganze Familie war groß, und Größe war eines der unabdingbaren Merkmale in seinen Tabellen. Er überwachte meine Ernährung und wählte Leckerbissen, die normalerweise in keiner Kindererziehung Platz hatten. Ich wurde angehalten, zum Frühstück Austern zu essen, zum Mittagessen blutiges Fleisch und zum Abendessen

Fisch. Ich hatte eine tägliche Ration Milch, die ich trinken mußte, und das Orchideenhaus wurde zum Anbau tropischer Früchte rekrutiert. Letzteres geschah auf Großpapas Rat, der gern sagte:

»Diese ganze Aufregung wegen Essen, Verdauung und Gicht machen wir uns selbst, glaube ich. In der Südsee essen sie nichts als tropische Früchte, und ich habe nie eine gesündere oder besser gewachsene Rasse schöner Menschen gesehen.«

Also wurde ich mit Ananas zwangsernährt, während Papa sich plagte, im alten Gewächshaus einen Brotfruchtbaum zum Wachsen zu bekommen.

Papa überwachte neben meiner Ernährung auch meine Körpererziehung persönlich, ging mit mir reiten, spazieren oder ließ mich einfach im Kinderzimmer auf- und abspringen und dabei die Arme in Kreisen schwingen, damit ich wuchs. Eine Zeitlang herrschte in Claremont Uneinigkeit. Papas Besessenheit mit verbrecherischen Menschentypen erreichte seinen Höhepunkt, als sein eigener Vater die Geduld verlor. Sie zankten sich, bis ein Kompromiß erreicht wurde:

»Einige dieser neumodischen Ideen sind gut und schön, Dickie, aber wenn ein tätowierter Mann ein Gentlemen sein kann, kann ein kleiner es auch. Und eine Dame« – bestimmte Großpapa – »ist eleganter, wenn sie petite ist. Es ist ein Merkmal der Weiblichkeit. Schließlich preist die Literatur ständig die Zartheit der Mädchen – die Zerbrechlichkeit ihres Körpers. Um Himmels willen, Dickie, Kitty ist ein schönes Kind und obendrein noch intelligent; hör auf, das Mädchen zu quälen.«

Mit der Zeit war Papa überzeugt, daß das stimmte. Er gab dennoch einige seiner Ideen nicht auf, hatte zeit seines Lebens Vorurteile gegen rote Haare, große Füße und große Ohren und eine bleibende Schwäche für Dolichozephale, das übrige aber ließ er in ein eher theoretisches Studium der Zahlen zurücksinken.

Bis zum Kriegsende waren seine Studien auf ein gelegentliches Zitat und die fortgesetzte Erstellung seines Schönheitatlas geschrumpft. Sieht man von der Beharrlichkeit ab, mit der er Schuhe mit Gummisohlen trug, bestand seine offensichtlichste Exzentrizität darin, Kategorien zu murmeln, wenn er einer Angehörigen des anderen Geschlechts vorgestellt wurde – oder, häufiger, wenn er an einer vorüberging. Es war befremdlich, allerdings nicht sehr, wenn er auf der Straße an einer attraktiven Frau vorüberging und »attraktiv« flüsterte. Es war etwas weniger entschuldbar, wenn das Murmeln »unauffällig« lautete, war aber der unterste Grad erreicht und sein Urteil lautete »abstoßend«, gab dies oft Anlaß zu Peinlichkeiten. Maman war recht begabt, seinen Bemerkungen einen anderen Sinn zu geben.

Papas Beschäftigung mit Zahlen erreichte während des Krieges ihren Höhepunkt. Er verfolgte den Frontverlauf und die Taten der gegnerischen Armeen mit unbeirrbarer Konzentration. Er wußte genau, wieviel Offiziere, Soldaten, Pferde und Gewehre jedes Bataillon hatte. Er verfolgte deren Schlachten und die Katastrophe ihrer Verluste. Seine Liebe zur Statistik muß ihm viel von der Tragödie und der furchtbaren Verschwendung dieses Krieges deutlich gemacht haben. Selbst auf die Insel kehrten von den sechstausendzweihundertzweiundneunzig Männern, die in den Krieg zogen, nur fünftausendvierhundertdreißig zurück. Er war besessen von den Zahlen der Gefallenen und Vermißten. Und seine Trauer traf auf meine persönlichere Trauer um Harry de Gruchy, und zusammen stellten wir die Stadt auf den Kopf, erst St Helier, dann London. Nummer eins und zwei des Schönheitatlas wurden unser Ballsaal.

Papa war immer ein geselliger Mensch gewesen. Er ritt gern zu einer Mittag- oder Abendesseneinladung, wie weit es auch sein mochte, er genoß die Abende im Club und die Abende zu Hause, wenn seine Freude in Claremont zu Gast waren. Er und Maman hatten zusammen sehr viele Freunde, und sie schienen sich wie Karussellfahrer abzuwechseln, um sie zu unterhalten.

Doch dann, ganz plötzlich, veränderte sich der Lebensstil der Freunde. Das Karussell hielt an, ihre Landhäuser verfielen. Die Leute sagten, in England sei es schlimmer, viele große Häuser stünden leer und würden als Truppenunterkünfte und Hospitäler benutzt. Es gab ein Dienstbotenproblem, wo zuvor keines gewesen war. Mädchen wollten in richtigen Berufen mit richtigen Löhnen arbeiten. Sie wollten nicht mehr Dienstmädchen sein. Pankhurst und ihr Mob stachelten alle Frauen zur Gewalt an. Die heimkehrenden Männer erlebten einen Schock und wurden entweder trübe oder waren jede Sekunde ihres geborgten Lebens betrunken. Nach den Schützengräben wollten sie mehr als den gepflegten Luxus ihrer Landhäuser; sie waren nicht bereit, »sich zur Ruhe zu setzen«. Sie hatten etwas Entfesseltes, das Papa teilte. Obwohl er viel älter war als sie, begann er, die Heimkehrer an Wildheit zu übertreffen, und aus irgendeinem Grund nahm er mich mit. Maman hielt seine Veränderung für eine vorübergehende Phase. Die Werte eines Lebens waren in Frankreich verlorengegangen, eine ganze Generation war zerbrochen. Auch sie fühlte sich desorientiert. Ihre Freundinnen hatten Söhne verloren. Jersey hatte seine Immunität verloren. Die Postschiffe waren versenkt worden, unsere Schiffe, wie die *Roebuck* und die *South Western*, die Insel war bedroht, seine Bevölkerung dezimiert und seine Moral erschüttert worden. Die alte Ordnung verwandelte sich, aber offenbar wußte niemand, in was. In der resultierenden Verwirrung suchte sie Trost in ihrer Religion, ihrem Garten und ihrer Freundschaft zu Mrs de Gruchy (Harrys Mutter), die sich auf die Nachricht vom Tod ihres jüngsten Sohnes hin ins Bett gelegt hatte und, wie es schien, nie mehr gesund werden würde.

Zunächst blieben wir in Jersey, im Sommer 1919 zogen wir für einen Saison nach London. Papa meinte, es würde mir guttun, die Insel zu verlassen, um zu vergessen. Er sagte mir, er habe immer gehofft, daß ich mich in Harry verlieben und ihn heiraten würde.

»Ich habe nie darüber gesprochen, deine Mutter ist ja mit Religion so eigen. Aber wir sind ganz in Ordnung, wie du weißt, und er war so ein wohlproportionierter Junge.«

Wohlproportioniert war sein höchstes Lob. Wir hatten im Claridge's angrenzende Zimmer mit einem Salon dazwischen. Er wollte nach London, es war vor allem seine Idee. Jetzt weiß ich, daß er seiner Spielleidenschaft verfallen war und nicht wollte, daß seine engen Freunde das sahen. Ich vermute, er wollte nicht das Haus verspielen, das er so liebte, solange er ihm so nah war. London war neutrales Territorium. Er nannte es die verlorene Stadt, die wir gefunden hatten. Dort entdeckte er alte Freunde aus Marinetagen und neue Freunde, die sich, wie ich, in seiner extravaganten Großzügigkeit sonnten.

Niemals zuvor hatte ich so schöne Kleider und Schmuckstücke besessen. An manchen Tagen wirkte er nach dem Aufstehen gerötet und erregt, dann ging er mit mir in die Bond Street zu Cartier und kaufte mir exquisiten Schmuck. Er kaufte mir ein Smaragdhalsband, mein erstes, und eine Brosche mit einem riesigen Rubin, umgeben von Granaten. Bei solchen Exzessen kaufte er immer etwas für Maman. Mir fiel auf, wie eigentümlich er diese Geschenke auswählte, er brauchte bis zu einer Stunde, bis er sich für etwas aus den Vitrinen des Juweliers entschied, doch nannte man ihm den Preis, fegte er es mit den Worten beiseite: »Das ist nicht genug. Ich möchte etwas, das sehr viel Geld kostet.«

Ich wußte es damals nicht, aber er muß zu diesem Zeitpunkt schon um hohe Summen gespielt haben. Was er mit mir verpulverte, waren seine Gewinne, die dazwischenliegenden Tage seiner Depressionen waren sicherlich der Kater nach Verlusten. Seine Geschenke für Maman waren wohl seine einzige Möglichkeit, sein Gewissen zu beruhigen, denn er verspielte auch ihr Vermögen. Jeden Abend, nachdem er mich in unser Hotel zurückbegleitet hatte, ging er wieder aus und kam erst in den frühen Morgenstunden wieder. Manchmal kehrte er erst nach Sonnenaufgang zurück. Wir frühstückten immer spät. Ich trank viel mit ihm, alle tranken viel, es war ein Zeichen unserer Zeit. Auch Harry hätte viel getrunken, da er mit dem Jahrhundert ging, aber Harry war verschwunden, und sein Körper mit dem engen Kiefer war irgendwo auf der anderen Seite des Kanals achtlos zersprengt worden. Was er auch sagen mochte, auch ich ging fast mit dem Jahrhundert, ich war ein Jahr aus der Zeit, ein Jahr aus dem Schritt. Ich versuchte mitzuhalten, aber als Tänzerin wußte ich, daß ein einziger Schritt alles entscheidet, wenn er aus dem Takt ist.

Mir fehlte das Meer, mir fehlte La Corbière, mir fehlte meine Zukunft, und mehr als alles andere fehlte mir vielleicht Claremont. Ich war noch nie fort gewesen. Papa plante unsere Saison zu meinem Nutzen, aber er war es, der sie brauchte oder wollte, nicht ich. Dennoch fand ich mit der Zeit Gefallen daran. Ich fand Freunde, einen ganzen Freundeskreis, sie alle waren Überlebende des Krieges und der schweren Grippeepidemie, die ihm gefolgt war. Wir trauerten, waren jung, reich, wußten nichts mit uns anzufangen, aus Amerika kam neue Musik, jede Woche neue Lieder, wir tanzten gern, und ich war, wie Harry sagte, die beste Tänzerin.

Zweimal mußte Vater nach Jersey fahren, und beide Male bestand er darauf, daß ich in London blieb. Auch hier kam mir nie der Gedanke, er könne hinter meinem Rücken mein Erbe verkaufen. Bei unseren Katerfrühstükken sagte er: »Hast du schon einen Ehemann gefunden, Kitty?«

»Du weißt, daß ich einen Jerseyer will, wäre das nicht am besten?«

»*Rien ne va plus*, nach diesem Krieg sind nicht mehr viele übrig, und um die kennenzulernen, braucht es Zeit. Warum schnappst du dir nicht einen von diesen reichen Earls, solange du Gelegenheit hast?«

Zunächst glaubte ich, er mache einen Scherz, dann begriff ich, daß er wirklich in allen jungen Männern, die für mich Tanzpartner waren, potentielle Heiratskandidaten sah. Er schien nicht einmal interessiert, ihre Köpfe zu vermessen, er streifte sie nur mit einem Blick und entschied nach dem Lombroso-Grundsatz: kleiner Kiefer, kleine Ohren und keine Haare auf der Brust, auch im Bart keine roten Haare, dann waren sie in Ordnung. Er hatte ein weiteres Kriterium, das ich ihn vor unserer Londonreise nie hatte erwähnen hören: Sie mußten eine dicke Brieftasche haben.

Jeden Morgen, wenn unser Gabelfrühstück auf silbernen Wagen hereingerollt wurde, mit Tabletts voller Cornflakes, Rühreiern, Räucherfisch und scharfen Nierchen, stocherte er in seinem Essen und fragte: »Nun, zeigt sich schon ein Ehemann am Horizont, Kitty?«

Aber es war nie einer am Horizont – bis ich Nelson Allen kennenlernte, der das Meer so beschreiben konnte, als sähe ich es vor mir, und dessen Augen so grau waren wie das aufgewühlte Meer rund um La Corbière Point. Er war gerade aus Kanada zurückgekommen. Er hatte den ganzen Krieg über gekämpft und ihn überlebt. Er tanzte mit mir im Café de Paris, und er verstand, was mir Claremont und das Meer bedeuteten.

Nach einer Woche schenkte er mir einen Verlobungsring mit Smaragd, den ich zum Scherz trug. Ich zeigte ihn Papa. »Findest du das nicht komisch, Papa, ich kenne ihn kaum!«

Es war einer seiner verdrießlichen Tage, die er in seinem Zimmer damit zubrachte, Berechnungen anzustellen auf Zetteln, die er dann in den Papierkorb warf.

»Mach es, Kitty«, sagte er, »wenn du ihn liebst. *Rien ne va plus*. Ich will, daß du das weißt. *Rien ne va plus*.«

Aber ich war mir nicht sicher. Ich war gern mit Nelson zusammen. Ich wartete auf seine Blumen und seine Anrufe. Ich tanzte sehr gern mit ihm. Ich mochte es, wenn er mich küßte und über Claremont sprach. Ich mochte es nicht, wenn er mir viel von seiner Familie erzählte, aber er mochte sie nicht sehr; er nannte sie langweilig, was ein gutes Zeichen zu sein schien – die meisten Menschen sind langweilig. Um mich herum verliebten sich alle. Es grassierte wie ein Fieber. Ich wurde wohl angesteckt, denn wir verlobten uns offiziell.

Es war eine kurze Verlobung. Nelson sagte, das Leben sei kurz, wir müßten nach Kanada zurück und dann herausfinden, was wir tun würden. Was Kanada anging, war ich von Anfang an nicht sicher, aber Nelson sagte, ich würde das Meer lieben. Es gäbe tagelang nichts als Meer, ohne Land dazwischen, und nichts als unsere Stimmen, die sich mit den rollenden Wellen vermischten. Maman war über die Plötzlichkeit all dessen sehr unglücklich, um so mehr, als Nelson nicht katholisch war, aber Papa überredete sie. Manchmal klang es, als sei er es, der verliebt war. Agnes war hingerissen, obwohl Nelson Engländer war, und sie warf sich in die Vorbereitungen der Hochzeit, als sollte sie am folgenden Tag stattfinden.

Ich verbrachte Weihnachten 1919 in Claremont. Nelson kam für drei Tage und fuhr dann nach Frankreich. Ich erkrankte an einer Art Grippe und lag mit dem Gefühl im Bett, als seien alle meine Nervenenden gequetscht. Papa war überaus unruhig und bekam ebenfalls die Grippe. Ich langweilte mich. Nelson schrieb mir aus Frankreich; seine Briefe waren wie Harrys Briefe, sie hatten die gleiche gestochene Handschrift und den gleichen etwas verwirrt unlogischen Tenor.

Um diese Zeit begann Maman zu handarbeiten. Sie gab den Vorwand auf, in ihrer Freizeit Spitzenborten zu häkeln, und begann, ihre Seide unablässig zu flechten und zu knüpfen. Auch wenn Papa sagte, ich heiratete von ihrer Kirche fort, betrachtete sie es rein als Sünde. Häkeln war ihre Buße und ihre Verteidigung. Sie knotete ihre Entschuldigungen in ihre Handarbeiten und ribbelte sich selbst dabei auf. Sie beugte sich Papas Willen, aber es zerbrach sie.

Die Zeremonie fand in Claremont statt, im Morgenzimmer, vollzogen von einem Pfarrer, den Vater aus London herbeigeschleppt hatte; er wurde Reverend Ellis genannt, Percy Ellis. Er liebte Cricket und Poesie, wie ich mich erinnere, und guten Portwein. Maman schmückte das Haus mit so vielen Blumen von ihren Rabatten und Gewächshäusern, daß es wie ein Beerdigungsinstitut wirkte. Wir konnten uns vor lauter Vasen mit gezüchteten Lilien und Töpfen mit blühenden Johannisbeeren kaum bewegen.

Wir heirateten im Februar, am Valentinstag. Die ersten zehn Tage unserer Flitterwochen verbrachten wir in London. Es schneite, als wir an Bord gingen. Ich mochte die anderen Passagiere auf dem Schiff nicht; ich mochte sie und ihre Horde lärmender Kinder nicht. Nelson hatte nicht erwähnt, daß es zur Überfahrt gehörte, acht Tage lang mit deren Dummheiten an Bord eingesperrt zu sein. Das Meer, das ist wahr, war wundervoll, doch als ich es endlich vor mir hatte, wollte ich nicht, daß Nelsons Stimme ständig die Wellen störte.

13. Kapitel

Die ganze Welt kopuliert also – und wenn schon. Sogar Königin Elizabeth, sie war ihren Männern eine gehässige Monarchin. Nur Narren und Lügner wagen es, mich mit ihr zu vergleichen. Warum muß es Übereinstimmung darin geben, wie Frauen fühlen? Wir sind nicht alle Schlampen, egal, was Nelson und seine degenerierten Freunde sagen. Sie hatte rotes Haar. Sie mag die Königin von England gewesen sein, aber das war Anne Boleyn mit dem überzähligen Finger auch. Es war ihr angeboren, das rote Haar ihrer Hurerei. Nur ihre loyalen Untertanen nannten sie die jungfräuliche Königin, die Franzosen nannten sie ketzerische Hure. Daran erinnere ich mich. Ich hatte nie einen Makel wie sie. In meinem Blut war nichts derart Niederes, bis es sich mit Nelsons mischte.

Er war ein Hochstapler, tat so vornehm mit seinem Wissen über das Meer und seinem Gespür für dessen Grautöne. Nachdem wir geheiratet hatten, sagte er mir, keines der Mädchen, die er kannte, sei Jungfrau. Warum hätte ich mich seiner schmutzigen Hurerei unterwerfen sollen?

»Und was ist mit deiner teuren Maman?« sagte er. »Was ist mit ihr? Glaubst du, du wärst geboren, wenn sie nicht genau das mit deinem Vater getan hätte? Du bist nackt zwischen ihren Schenkeln herausgekommen. Wie ein Tier ... das ist völlig in Ordnung. Alle tun es.«

»Was ist los in Jersey? Du magst Katholikin sein, Kitty, aber du bist keine Nonne. So ist die Ehe. Du bist zwanzig Jahre alt, um Himmels willen.«

Wir stritten uns in London. Nach den ersten beiden

Nächten stritten wir, und ich gewann. Harry hatte nie etwas davon gesagt. Er hatte nie versucht, mir auf den Klippen weh zu tun. Nie, und wenn es so sein mußte, hätte er es in seinem Schlafzimmer versuchen können oder in meinem, aber das hat er nie getan, und wir wollten heiraten. Ich hatte Harry mein ganzes Leben lang gekannt, während Nelson bloß ein Fremder war. Wir waren dort von Freunden und von Festen umgeben. Ich gewann allerdings, weil Nelson eine Kehrtwendung vollzog. Er sagte, es sei nicht wichtig, und tat es als Scherz ab. Damals schien es, als verstehe er, daß ich anders war, egal, was andere Mädchen taten. Harry konnte immer verstehen, daß ich anders war, darum hatte er mich gebeten, für ihn in die Wellen zu schauen, darum wollte er mich heiraten – darum und wegen Claremont.

In allen folgenden Monaten gab es immer einen kleinen Teil in mir, der Nelson für den Versuch haßte, mich zu brechen. Ich begann, alle Fehler zu bemerken, die zuvor verborgen gewesen waren. Er schien blind für die Welt, blind für das Unangenehme. War eine Situation schwierig, tat er sie einfach mit einem Achselzucken ab. Durch den Schock, den er durch das Gas und die Granaten erlitten hatte, war er gegen alles Düstere im Leben immun geworden. Er sah nur das Gute und konnte Gutes und Vergnügen auf eine Weise neu definieren, die mir verschlossen blieb.

Mehr als alles andere aber haßte ich seine Füße. Ich fand sie so abstoßend, daß ich ihn, hätte ich sie früher gesehen, nie geheiratet hätte. Sie hätten die Fußseite von *Der Verbrecher* illustrieren können. Ich sah sie das erste Mal an Bord, während der Überfahrt. Nelson schlief nach einem Bad. Er hatte seine Blöße bedeckt, also glaubte er, vor meiner Verachtung geschützt zu sein. Aber er hatte seine Füße vergessen, und ich sah sie. Es waren Greifer, mit langen, auseinanderstehenden Zehen, die einen Menschen zeit seines Lebens als Tier kennzeichnen. Trotz seines guten Aussehens, seiner grauen Augen und seiner adligen Verwandten versteckte sich da etwas in Nelsons Blut.

Während der Überfahrt konnte ich dem albernen Geplapper der anderen Passagiere nicht entfliehen. Dann war es die Unermeßlichkeit Nordamerikas, der ich nicht entfliehen konnte, die monotone Endlosigkeit Kanadas. Wir verbrachten drei Tage in Toronto, der erste und einzige halbwegs interessante Ort dort. Ich war überrascht, wie viel größer als St Helier es war und daß überall englische Geschäfte und Namen waren. Es gab praktisch keine Indianer, aber ich glaube, daß ich doch einen gesehen habe. Am meisten beeindruckte mich die ungeheure Eleganz der Pelze. Ausgerechnet, als die ersten Einladungen kamen und aus unserem Aufenthalt etwas hätte werden können, bestand Nelson darauf, unsere Koffer landeinwärts zu schleppen, in die endlose Schattenwelt der Provinzen. Er sagte mir, wir würden später nach Toronto zurückkehren. Also verließen wir das Cosmopolitan Hotel mit seinen Hallen, die ein lebhafter Vorgeschmack auf das riesige Landesinnere waren. Es war, wie man mir mindestens ein dutzendmal sagte, das größte Hotel des britischen Empire.

Als ich im Speisewagen des Zuges meinen Champagner trank und die Silhouette der Stadt an mir vorüberziehen sah, wußte ich nicht, daß dies für nahezu ein Jahr der letzte Blick auf irgendwie erkennbare Zivilisation sein würde. Der Rest war ein langer Treck in das grotesk abgelegene Lethbridge im zu Recht unbekannten South Alberta. Aus Gründen, die ich nie verstehen werde, liebte Nelson diesen Ort. Er kannte die Stadt und die Gegend, und das, seit er kaum mehr als ein Kind gewesen war. Er war vor dem Krieg hier gewesen. In den vielen Jahren, in denen er für die Union Pacific Railway Line erkundet hatte, dachte er an Lethbridge wie an einen Hafen. Seine Inspektorenstelle bei der Gesellschaft wartete noch auf ihn. Er hatte mir zuvor ein wenig darüber erzählt und dabei die ganze Angelegenheit auf das hinterhältigste verherrlicht. Er war Landvermesser, aber irgendwie schaffte er es, selbst das Zusammentragen seiner Daten und Statistiken in etwas äußerst Fades zu verwandeln.

Er hatte in Lethbridge eine Lücke hinterlassen, die er mit größter Leichtigkeit wieder füllte. Es lebten einige Leute dort, vor allem Männer, lauter Engländer oder Schotten, alle mit versteckten Kästchen voller Ordensbänder und Medaillen aus dem Krieg. Sie lebten wie Buben, die Schule schwänzten, gingen ihren liederlichen Flegeleien und ihrem Trinken nach, lümmelten sich von einem geschmacklos möblierten Raum in den nächsten, machten die Freuden des Lebens zu etwas Widerwärtigem. Nelsons elegante Fröhlichkeit wurde zu einer Karikatur der plumpen Fröhlichkeit seiner Freunde.

Im ersten Monat lag Schnee. Tiefer, ewig gleicher Schnee wie auf einer Photographie. Alles war schwarz und weiß, Bäume und Schnee ohne Ende und ohne Hoffnung, nichts als eine riesige Prärie von Gleichem. Aus dieser betäubenden Kälte zog Nelson Pelze hervor: Biber und Silberfuchs, die er noch vom Vorjahr besaß, als er den Winter im arktischen Norden verbracht hatte. Ich ließ mir Capes, Muffe und Hüte machen. Die Gänge zum Kürschner waren in jenen Wochen der Öde die einzigen Farbtupfer. Klagte ich über die Trostlosigkeit des Wetters oder kommentierte sie gar, erzählte Nelson von den unendlich viel strengeren Wintern im hohen Norden und meinte, ich könne von Glück sagen. Ebensogut hätte er unsere faden Abendessen mit der Begründung verteidigen können, sie seien dem dünnen

Haferschleim vorzuziehen, den unser Nachbar seinen Hunden vorwarf.

Von Schnee schien die Landschaft sich in Sumpf zu verwandeln, und die Menschen, die sich in ihren sargähnlichen Häuserkästen verschanzt hatten, kamen hervor und bildeten, was lachhafterweise als Lethbridger Gesellschaft galt. Mich nannten sie ihre Königin. Mein Leben füllte sich mit Scheinregentschaft. Wenn ich dort regiert hätte, dann wie Bloody Mary. Als Geißel. Die Scheiterhaufen wären auf dem Marktplatz aufgeschichtet worden, und statt Holz und Holzpreisen und Holzqualität hätte ich die Bürger Zweige sammeln lassen, um die Feuer anzuzünden und ihnen ihre ganze Langeweile auszubrennen. Nur die Kürschner hätten meine Säuberung überlebt. Denn die Kürschner konnte ohne Zweifel die schönsten Mantelschnitte machen, die ich je gesehen habe. Sie konnten mit Fellen Wunder wirken, sogar in Lethbridge.

Ich saß oft und grübelte über all das nach, sah aus meinem Erkerfenster auf den dunklen Matsch am Ende dieses kanadischen Winters. Ich dachte auch an Harry und Claremont, den Mann und das Haus, für die ich diesen erbärmlichen Hühnerstall aus Ziegelstein mit seinen winzigen Zimmern und dem Draht vor den Fenstern eingetauscht hatte. Wer in solchen Häusern lebt, beginnt zu glucken, wie Hennen.

Der Krieg war vorüber, und an sich sollten wir feiern. Statt dessen hatten wir neue Feinde, das Klima und die Lage dieses perversen Ortes. Ich sagte Nelson, daß wir abreisen müßten, sobald es sicher genug sei, das Land durch die Fluten hindurch erneut zu durchqueren. Er nahm meine Pläne kaum zur Kenntnis.

»Es dauert immer etwas, bis man sich an einen Ort gewöhnt, später sieht alles ganz anders aus, du wirst sehen.«

Ich wollte nicht sehen, und das letzte, was ich wollte, war, mich an einen derart abstumpfenden Ort zu gewöhnen. Manchmal, wenn ich dies klarstellte, zuckte er nur mit den Achseln und sagte: »Nun, ich habe dich geheiratet, aber noch immer bist du nicht meine Ehefrau, bevor du also anfängst, dieses und jenes zu verlangen, solltest du vielleicht noch einmal zu Rate mit dir gehen und mir geben, was mir zusteht.«

Er hatte sich verändert, seine charmante Gewandtheit verloren, aufgehört, der englische Gentleman zu sein, den ich geheiratet hatte, und war zu einem Halbblut-Holzfäller geworden. Nelson war stolz auf die Wälder. Er behandelte sie wie geheime Götter. Dieses ganze moskitoverseuchte Frühjahr über schleppte er mich zu ihnen, wo ich halb aufgefressen wurde, während er seine lachhafte Faust voll Schlüsselblumen und Veilchen zusammensuchte. Wie konnte er glauben, diese Blumen könnten die Verbitterung überdecken, der in mir aufstieg? Und es waren Jersey-Blumen, mit welchem Recht wuchsen sie in diesem halbkolonialisierten Ödland?

Bis in die glühende Sommerhitze hielt Nelson an seiner Phantasie fest, ich würde »zu mir kommen«. Er behielt gern recht. Wenn er recht behielt, hatte er eine bestimmte Art, die großen grauen Augen mit langsamem Zwinkern zu schließen. Es konnte einen wütend machen, wie geduldig er war, trotz seiner Anfälle von Spontaneität. War eine Saison schlecht, wartete er einfach auf die nächste. War eine Stadt gräßlich, wartete er, daß sie schöner wurde. Also war er nicht davon abzubringen, daß ich zu mir kommen würde, und ich kam tatsächlich zu mir, wie nach einer tödlichen Ohnmacht, und fand mich mit ihm in Kanada wieder. Das war 1920, der Beginn jener verrückten Aufgedrehtheit, die dem Krieg folgte, der Beginn einer neuen Ära. Anstandsdamen waren mit allen Helden in

Frankreich gestorben. In jeder Großstadt der Welt gab es Bälle, die die ganze Nacht dauerten, und die atemberaubendsten Kleider, die man je gesehen hatte; und ich saß in South Alberta mit einem Ehemann, den ich nicht mehr liebte.

Wir kannten uns seit neun Monaten und waren an einem Punkt angelangt, wo wir Fremde waren. Als ich Nelson kennenlernte, glaubte ich, ihn zu lieben. Es schien so. Aber ich kam zu mir, und was als schleichende Gleichgültigkeit begonnen hatte, wurde Verachtung. Seine Worte würgten in meinem Kopf. Der Anblick seiner Füße, sogar in schweren Stiefeln, bereitete mir Übelkeit. Wenn er das Meer erwähnte, war es wie ein Sakrileg. Der Name meines eigenen Hauses und meiner Insel wurde auf seiner Zunge erniedrigt. Ich zitterte, wenn er in der Nähe war. Ich kümmerte in der Langeweile seiner Gesellschaft zunehmend dahin. Ich begann, ihn mit Bosheiten von mir fernzuhalten und die Türen zu meinem Schlafzimmer und Wohnzimmer abzuschließen.

Er wollte mich dazu bekommen, daß ich mit ihm feierte: den gewöhnlichen Whisky trank, den gewöhnlichen Gestank seiner betrunkenen Freunde roch oder den entsetzlichen Wein nippte, der das Blut der ortsansässigen Damen faulen ließ. Es lebte eine bemerkenswerte Anzahl ehemaliger Soldaten dort, sogar in Lethbridge, nicht nur die Schar kriegszitternder Strolche unserer eigenen Armee, sondern gebürtige Kanadier, die ebenfalls gedient hatten. Diese speziellen Veteranen glaubten offenbar, ihre Kriegserfahrung schaffe eine besondere Verbindung zwischen ihnen und mir. Sie verfolgten mich, um mir das zu sagen. Sie interpretierten meine Brüskierungen als Koketterie und ließen sich nicht abschrecken. *Rien ne va plus.* Nichts ging mehr, schon seit Jahren ging nichts mehr. Warum hatte das Los nicht einen von ihnen getroffen, als es Harry traf? Warum war er gestorben, wenn sie überlebten und Nelson – warum?

Ich konnte Fegefeuer neu definieren. Trotz ihres Betens hatte Maman keine Ahnung: Fegefeuer war, Nelson und seinen Kumpeln zuzusehen, wenn sie mit wildem und lautem Stampfen durch Bälle trampelten. In ihrer Rechnung entstand Vergnügen aus Lärm plus ungehemmtem Ausdruck von Spaß. Vergnügen bedeutete für sie, etwas kaputtzumachen, Schallplatten zu zerschlagen (die erst nach Monaten ersetzt werden konnten) und Gläser. Ich dachte an das Glas in Claremont mit seiner filigranen Silberarbeit, und es schien so weit entfernt, daß in der unmäßigen Hitze des folgenden Sommers meine Lebensgeister schwanden.

Einige von Nelsons sogenannten Freunden spürten meine Verachtung für den Ort und meine Sehnsucht zu fliehen, und sie boten mir an, mit mir durchzubrennen. Ich wollte verzweifelt fort, wollte nach Hause, wußte aber nicht, wie ich es anstellen sollte ... noch nicht. Dennoch wagte ich nicht, ihre verräterischen Angebote anzunehmen. Ich war mit der Zeit so wütend geworden, daß ich mich vor mir selbst fürchtete. Ich war mir nicht sicher, ob ich nicht *en route* einen dieser Männer töten würde. Die Temperaturen überstiegen alles, was ich je erlebt hatte. In der High Street schmolz der Asphalt. Nelsons Kanarienvogel starb und briet in seinem Käfig.

Briefe von Maman erreichten mich mit unwirklicher Langsamkeit. Ihr Mitgefühl und ihre Ratschläge reichten nie aus, um mit dem eskalierenden Gift meiner Gefühle fertig zu werden. Es gab eine zeitliche Lücke über dem Atlantik und eine zweite, größere, wie zwischen zwei Zivilisationen, zwischen Toronto, wo die Post ausgeladen wurde, und South Alberta, wo sie schließlich ankam. Papa sei etwas abgespannt, sie vermute, daß er mich vermisse.

Die Hibiskusbüsche würden bald blühen, und es schien, als hätten sie weißen Mehltau. Ein Kind sei in St Ouen's Bay ertrunken; Mrs de Gruchy gehe es immer noch nicht besser. Agnes werde sich in einem eigenen Haus am Wasser zur Ruhe setzen, und Maman suche auf dem Dachboden einigen Trödel für sie zusammen. Claremont vermisse mich, und sie vermisse mich auch. Und zwischen den Zeilen, so geschickt eingeknüpft, wie nur ihre Spitzenklöpplerinnenhände es konnten, waren Anspielungen auf Unterordnung, Unterwerfung, Pflichterfüllung und das Erleiden von Schmerz. Damals erzählte sie mir von ihren vielen Fehlgeburten, wie sehr sie seinerzeit gelitten hatte, jedesmal, mit einer Aufzählung all dessen, was sie getan und nicht getan hatte, um ihre verlorenen Babys zu behalten. Ihre Briefe halfen mir kaum; so sehr ich Maman liebte, ich liebte sie am meisten, wenn ich mit ihr zusammen war. Und ich wußte, daß sie mich brauchte, damit ich sie beschützte: Sie war wie einer ihrer Hibiskusbüsche, man mußte sie vor den härteren Schlägen des Lebens schützen.

Im Mai, die Stadt schwebte zwischen Winter und Sommer, kauerte zwischen zwei unvermeidbaren Exzessen, lernte ich Arabella Lintock kennen, die, von meinen schönen, untragbaren Pelzen abgesehen, das einzig Gute war, was Kanada mir je beschert hat. Als ich sie kennenlernte, hielt ich sie für eine Schottin, sie sprach mit deutlichem Highlanddialekt und hatte einen bestimmten Stil und subtilen Humor, den nur frisch Zugereiste zu haben schienen. Sie hatte ganz hellbraune Augen, die viel von dem mitteilten, was sie sagte, und dies galt auch für ihre Hände, die in eigenartiger Pantomime ihre Worte wiederholten, als sei sie es gewöhnt, sich einem gehörlosen Verwandten verständlich zu machen. Sie war mittelgroß, trug einen braunen Bubikopf und war schlank und anmutig. Das erste Mal sah ich sie durch das obere Fenster in unserem

Treppenhaus. Sie stand am Ende eines Gartens unter einem riesigen Ahornbaum und tanzte allein zur Musik ihres Grammophons. Ich hatte schon von ihr gehört; über ihren Bubikopf empörte sich die ganze Stadt, das verdeutlicht das dortige Niveau der Aufregung. Aber ich hatte gehört, sie lebe auf dem Land. Das Haus, in dessen Garten sie tanzte, gehörte ihrem Onkel.

Arabella haßte Lethbridge fast ebensosehr wie ich. Ihre Familie war vor drei Generationen nach Kanada gekommen. Ihre Großmutter gehörte zu den Red-River-Frauen, das bedeutete, wie ich mit der Zeit begriff, daß es ihr irgendwo am Red River noch übler ergangen war als uns damals. Arabellas Vater war Beamter der Hudson Bay Company gewesen und lebte jetzt im Ruhestand. Er war es, der taub war, und zwar aufgrund eines Unfalls auf einem der Schiffe, die er inspizierte. Daher war die Familie umgezogen und litt.

Ich lernte ihre Familie kennen. Ihr Vater war ein fabelhaft aussehender alter Mann, aber ich war nicht erpicht auf ihn, weil er taub war. Der Umgang mit ihrem Bruder David war fast so angenehm wie der mit ihr, und zu dritt arrangierten wir ein paar mückenzerstochene Ausflüge und viele weniger beschwerliche Treffen im Hause ihres Onkels. Arabella war neunzehn und Witwe, um letzteres beneidete ich sie, obwohl sie mir sagte, ihr toter Ehemann fehle ihr ständig. Während des einen Jahres ihrer Ehe hatten sie in Toronto gewohnt. Sie sprach von dieser Stadt, als sei sie der Garten Eden, und überlegte ständig, wie sie wieder dorthin kommen könnte. Ich erzählte ihr, wie sehr ich nicht nur Lethbridge, sondern auch meine Ehe mit Nelson haßte und wie sehr ich wieder nach Hause wollte.

Irgendwie verabscheute ich Nelson weniger, als ich einmal einen Weg gefunden hatte, wie ich ihm weglaufen konnte. Ich vergaß fast völlig, daß er da war, obwohl sein Zimmer nur zwei Schritte von meinem entfernt lag. Ich war mit Arabella aus gewesen, es war spät geworden. Es muß nach Mitternacht gewesen sein, als ich nach Hause kam. Nelson saß im engen Wohnzimmer inmitten einer Batterie leerer Gläser. Er hatte offensichtlich Freunde zu Besuch gehabt. Es war das Haus, das er in seinen Junggesellentagen mit seinen ungebärdigen Kameraden geteilt hatte, und es hatte trotz unserer fünfmonatigen Ehe seine männliche Atmosphäre behalten. Es war voller Felle, Trophäen und ausgestopfter Vögel, und die Möbel waren fast alle mit dunklem Leder bezogen.

Als ich an der offenen Tür des Zimmers vorüberging, in dem er saß, sah er verärgert auf. Nelson wurde nie ärgerlich. Es war ihm immer zuviel Mühe, aber damals waren seine Augen ärgerlich.

»Schöne Zeit für eine verheiratete Frau, heimzukommen«, sagte er. Ich ignorierte ihn und ging weiter zu meinem Zimmer. Er folgte mir die Treppe hinauf.

»Ich spreche mit dir, Fräulein Von und Zu. Wo bist du gewesen?«

Ich war fast in meinem Zimmer und machte mir nicht die Mühe, ihm zu antworten. Ich war auf dem Weg nach Hause, diese Treppe hinaufzugehen war ein Schritt zurück nach Claremont. Es war mir egal.

»Sag mir nur eins. Warst du mit David Lintock zusammen?«

Da drehte ich mich um. Ich wollte nicht, daß er meine Freunde auch nur beim Namen nannte. Sie gehörten mir, und er stahl mir etwas, wenn er ihre Namen aussprach.

»Ja«, sagte ich. »Und es geht dich nichts an.«

Er kam hinter mir hoch, bis er so nah war, daß ich den Whisky in seinem Atem riechen konnte. Aber er schien nicht betrunken zu sein, nur ärgerlich.

»Ich kann nicht sagen, daß du vergißt, daß du meine Frau bist, weil ich dich nie dazu gemacht habe, Kitty ... Ich habe genug Gewalt gesehen ... Ich will das nicht mehr ... Aber wir sind schon lange verheiratet, und solange du solche Angst hattest, habe ich dich respektiert, aber jetzt machst du mich mit deinem feinen schottischen Knaben zum Gespött von Lethbridge, da können wir die Ziererei lassen. Ab jetzt bleibt deine Tür offen.«

Er war jetzt in meinem Zimmer, zog den Schlüssel aus dem Messingschloß, steckte ihn ein, drehte sich dann auf dem Absatz um und ließ mich allein.

Alles, was ich besitze, besitze ich in Smaragden, den Steinen, die ich gesammelt habe, um mich für das mir angetane Unrecht zu entschädigen, und den weichen Steinen meiner Augen. Warum sind sie für mich blind? Warum muß ich vorhersehen, was anderen zustoßen wird, wenn ich nicht sehen kann, was mir geschieht? Es war immer so. Welche Instinkte normalere Menschen warnen mögen, mich warnten sie nicht. Bei mir war ein größerer Weitblick an eine trügerische Kurzsichtigkeit gekettet. Ich hatte in jener Nacht keine Angst – im Gegenteil, ich würde bald abreisen, also zog ich mich aus und schlief ein, ohne auch nur zu ahnen, daß ich nie mehr ich selbst sein würde. Nelson vernichtete mich.

14. Kapitel

Maman sagte, Nelson habe das Recht gehabt zu tun, was er mir antat. Sie sagte, jeder Ehemann habe gesetzlich das Recht dazu. Hätte ich nicht geschlafen, ich hätte ihm die grauen Meeraugen aus dem Gesicht gekratzt, ich hätte ihn getötet oder ihn mich töten lassen, bevor er die Möglichkeit gehabt hätte, mein Inneres mit seinem gemeinen knochigen Fleisch herauszureißen. Aber ich träumte. Ich glaubte, ich sei auf dem Gras bei den Klippen, der leichte Wind von La Corbière wehte über mich, und Harry lag an meiner Seite. Ich träumte, es sei Harry, der sich auf mich rollte, Harry, der nie verletzte, nicht Nelson, der mein Zimmer mit Schreien und mein Bett mit Blut füllte. Maman sagte, beim ersten Mal müsse es schmerzen, das sei Gottes Wille. Entweder glaube ich das nicht, oder ich glaube nicht an Gott. Denn nur Nelson und seine abstoßende Tochter schlugen solch tiefe Wunden in meinen Körper, und beide hinterließen ihre Narben.

Zunächst begriff ich nicht, was es war, ich fühlte nur den Schmerz, die Dunkelheit und sein großes, erdrückendes Gewicht, das mich niederpreßte. Er bedeckte mit der Hand meinen Mund, um meine Schreie zu ersticken, und ich biß ihn, ich erinnere mich an den Geschmack seines Blutes im Rachen. Und ich erinnere mich, daß er ständig meinen Namen flüsterte, durch meine Schreie hindurch hörte ich ihn ausrufen: »Liebling, ich liebe dich!«

Nachdem er fertig war, mich zu foltern, schrie ich so lange, wie noch Kraft in mir war, während er an der Tür stand und mit dem Handtuch von meiner Waschschüssel das tropfende Blut von seiner Blöße wischte. Jedesmal, wenn er mir nahezukommen versuchte, schrie ich so laut ich konnte, also stand er in der Tür und sagte: »Kitty, vergib mir. Ich schwöre, ich wußte nicht, daß es so sein würde.«

Er redete wirr, weinte und stammelte Worte, die ich nicht hören konnte, außer wenn er immer wieder sagte: »Vergib mir.«

Niemals. Ich habe ihm niemals vergeben. Nicht in den acht Tagen, bis das zerrissene Fleisch heilte und ich wieder stehen konnte, nicht in den folgenden Wochen, als meine Wut und Enttäuschung meinen Körper mit Schreien schüttelten, nicht, als ich ihn drei Wochen später verließ, nicht in Toronto, in Jersey oder in London, niemals. Damals glaubte ich, er habe mich zerstört, aber ich wußte nichts von Zerstörung, bis das Ding kam, denn er pflanzte in mir seine riesige, verdorbene Saat, und sie wuchs insgeheim in meinem Schoß, wie ein Pilz.

In den acht Tagen, in denen die Risse verheilten, versuchte er immer und immer wieder, sich mir zu nähern. Er sagte, er wolle erklären. Aber aus seiner Wollust zog ich meine einzige Stärke. Die Verachtung, die ich für ihn empfand, bündelte sich in meinen Augen, und wenn ich sie aufblitzen ließ, hatte er Angst, sich mir zu nähern, obwohl ich hilflos im Bett lag. Ich konnte ihn vor mir zurückweichen lassen. Ich konnte ihn weinen und zusammenzucken lassen. Die Sünden der Väter kommen über ihre Kinder. Er brachte das bittere Feuer in meine Augen, und wie ich ihn verbrannte, so verbrannte ich seine widerliche Tochter.

Als ich nach Arabella schickte und ihr sagte, daß ich abreisen würde, sobald ich aufstehen und meine Sachen packen könne, wußte ich nicht, daß mich außer meiner Freundin noch jemand begleitete. Ich wußte nichts von dem Ding in mir. Wir reisten ab, mit allen Koffern, die wir besaßen, bevor drei Wochen vorüber waren, und nahmen den langen Weg über die Union Pacific Line zurück nach Toronto. Als Nelson begriff, was ich tat, versuchte er nicht, mich zurückzuhalten. Er half sogar dem Fuhrmann dabei, die Koffer hinunterzubringen, trug sie mit der unverbundenen Hand. Ich sagte ihm, falls er jemals versuchen sollte, mir zu folgen, mich zu sehen oder auf irgendeine Weise wieder Verbindung zu mir aufzunehmen, würde ich ihn töten. Er weinte, stille, widerwärtige Tränen, die auf den Boden vor seine Füße fielen.

In den Wochen vor unserer Abreise grassierte in Lethbridge ein Fieber; die ganze Stadt war krank. Nach der ersten Woche in Toronto schien es, als hätte ich es auch, und ich fühlte mich wegen des eigenartigen, gelegentlichen Übergebens, das damit einherging, mehrere Wochen schlecht. Arabella wollte, daß ich bei ihr bliebe, sie meinte, wir sollten ein Haus suchen, einziehen und uns für die Monate der Gefängnisöde entschädigen, aber ich wollte nach Hause. Ich hatte einen Ort, der meine Wunden heilen würde. Doch ich wartete in Toronto, weil ich sie zu überreden versuchte, mit mir nach Claremont zurückzufahren. Sie sagte immer:

»Ich kann mir nicht vorstellen, daß ich irgendwo lieber sein könnte als in dieser Stadt. Ich gehöre hierher. Seit ich das erste Mal hierherkam, unter den Ulmen spazierenging, diese Luft geatmet habe und mich so dazugehörig fühlte, wollte ich nie mehr irgendwo anders sein. Ich glaube, wenn ich fortginge, würde ich so leiden wie du, als du Claremont verlassen hast. Dies ist mein Zuhause. Ich bin hier nicht geboren, Kitty, aber ich will hier sterben, in etwa hundert Jahren, wenn ich die Young Street mindestens eine Million mal hinauf und hinunter gegangen bin. Verstehst du, ich kann diese Stadt nicht verlassen, nicht einmal für dich?«

Und wenn ich etwas sagen wollte, um sie umzustimmen, sagte sie: »Es ist nicht fair, daß du versuchst, mich zu überreden. Du weißt, daß du Menschen dazu bringen kannst, bestimmte Dinge zu tun. Aber ich habe den Atlantik noch nicht halb hinter mir, dann fange ich an zu weinen, und du weißt, daß du Weinen haßt, selbst bei engen Freunden wie mir.«

Also buchte ich meine Passage für den 15. Oktober, und wir verbrachten die drei Wochen bis zu meiner Abreise damit, alles an Eleganz zu genießen, was Toronto zu bieten hatte.

Eine Woche vor der geplanten Abreise wurde ich wieder krank. Arabella war die erste, die die Möglichkeit einer Schwangerschaft erwähnte. Ich wurde so wütend, als sie davon sprach, daß sie einen Arzt holte, um mich zu beruhigen. Da sie die Heftigkeit meiner neuerworbenen Zornanfälle noch nie erlebt hatte, hatte sie Angst um mich und rief einen Arzt. Eine Woche später bestätigte er ihre Vermutung: Ich war besessen.

Ich wäre lieber gestorben, als ein Kind zu gebären, egal, welches Kind. Aber die Vorstellung von Nelsons Wechselbalg in mir war fast zu grauenvoll, um es fassen zu können. Während der folgenden Tage hielt Arabella mich am Leben. Es war wohl das Maß meiner Wut und Angst, das sie sah, und das Maß ihrer Liebe zu mir, die sie dazu brachten, mir so zu helfen, wie sie es tat. Sie redete während dieser ersten Phase meiner Wut unentwegt mit mir, und sie sagte, es gebe Wege, von denen sie nichts wisse, eine Schwangerschaft zu beenden. Sie sagte, sie seien illegal, und sie wisse, daß Menschen bei dem Versuch oft starben. Es war mir egal. Ich würde ohnehin durch eigene Hand sterben, ob es eine Sünde war oder nicht, wenn das Ding nicht aus mir herausgeholt würde.

Während sie Erkundigungen einholte, ließ ich meine

Koffer vom Hafen kommen und packte sie aus, um Mamans Briefe über ihre Fehlgeburten zu finden. Dann befolgte ich, sozusagen umgekehrt, all ihre Ratschläge und hoffte, damit das gleiche Resultat zu erzielen, zu dem sie unweigerlich jedesmal gekommen war ... Ich lief, ritt, hob schwer, tanzte, trank und rauchte. Ich nahm brühend heiße Bäder und blieb lange auf, machte heftig Gymnastik und setzte mich plötzlichen Schrecken aus, aber es passierte nichts, außer daß sich meine Taille leicht rundete. Ich war in der elften Woche meiner Verseuchung. Arabella fand in der Lower Elizabeth Street eine Chinesin, die uns eine Mischung aus bitteren Blättern verkaufte und schwor, sie würde binnen einer Woche wirken. Jeden Abend, von Arabellas Tränen begleitet, trank ich das giftige Gebräu. Mir wurde davon sterbensübel. Ich schwitzte, zitterte und schrie im Schlaf. Ich hatte tief in mir solche Krämpfe, daß ich die Zähne zusammenbiß, um nicht ohnmächtig zu werden. Aber es passierte nichts.

Dann fand Arabella über eine alte Freundin die Adresse eines namenlosen Arztes in der Brewer Street, der seine Tätigkeit mit einer kleinen Praxis tarnte und sich bereit erklärte, eine Operation vorzunehmen, solange völliges Stillschweigen gewahrt wurde. Zu diesem Zeitpunkt verlor meine Freundin langsam die Nerven. Sie fürchtete nicht das Verbrechen gegen die Kirche – sie war nicht Katholikin wie ich –, sondern das Verbrechen als solches und die Gefahr, entdeckt zu werden. Wir zogen in ein Haus am Stadtrand, das eine andere, abwesende Freundin geräumt hatte, und der Arzt kam und bohrte seine Messer in mich. Es war das einzige Mal, daß ich freiwillig die Beine öffnete. Er sagte, in den nächsten Tagen könnten jederzeit Blutungen einsetzen, und wenn dies geschehe, dürfe ich nie wieder Kontakt zu ihm aufnehmen und müsse selbst einen Weg finden, das loszuwerden, was er »die Reste« nannte.

Wir waren gewarnt, und ich konnte abreisen. Die Reste würden ins Meer gekippt werden, und jede Möglichkeit einer Entdeckung wäre ausgeschlossen. Ich packte zu diesem Zweck Packpapier und Schnur ein, außerdem ein Stück Sackleinen, um ganz sicherzugehen. Er sagte mir, ich dürfe mich unter keinen Umständen von einem anderen Arzt untersuchen lassen, sonst käme ich ins Gefängnis. Arabella brachte mich zum Schiff. Zum ersten Mal, seit ich die schlechte Nachricht erfahren hatte, war ich aufgeregt, denn ich fuhr nach Hause. Ich bereute nichts, ich war frei und würde die ganze Angelegenheit bald vergessen können. Ich konnte sie nicht verzeihen, aber um meiner seelischen Gesundheit willen würde ich sie vergessen.

In dieser Nacht, als das Schiff Kurs auf den Atlantik nahm, befleckten die ersten Blutstropfen mein Laken. Ich feierte das, indem ich eine Flasche Bollinger bestellte und im Bett trank. Während der Überquerung gab es einen Sturm, eine Hochzeit, einen Diebstahl und sehr viel Gerede über die Frau eines Kürschners, die mit ihrem Liebhaber, einem Politiker, durchgebrannt war und in Quebec in Sünde lebte. Einige sagten, sie lebten in New York, andere behaupteten, die Ehebrecher hielten sich auf unserem Schiff versteckt. Ein Londoner Finanzier war bankrott gegangen. Man munkelte, ein Rothschild habe sich verlobt. Jeder Aspekt des Lebens wurde an Bord seziert und gewertet, aber es gab keinerlei Reste. Als wir in Liverpool festmachten, waren die meisten meiner Kleider untragbar.

Ich wagte noch nicht, zu einem Arzt zu gehen. Ich hatte keine andere Wahl, als nach Hause zu fahren. In Claremont würde ich Papa zwingen, mir zu helfen. Maman durfte es nicht erfahren. Ihre Religion würde niemals dulden, was ich zu tun entschlossen war. Aber wenn ich Papa sagte, daß ich nie zu Nelson zurückkehren würde und daß er mir helfen müsse, eine richtige Abtreibung zu bekommen, oder aber zusehen, wie ich sterbe, weil ich das Ding selbst herausschnitt, würde er mich sicher verstehen. Und selbst wenn er nicht verstand, war ich sicher, daß er mir helfen würde. Ich nahm den Zug nach Weymouth und von dort die Fähre auf die Insel. Mein Gepäck würde nachkommen. Ich hatte praktisch kein Geld mehr, seit ich Lethbridge verlassen hatte, aber das spielte keine Rolle, denn ich fuhr nach Hause. Ich trug ein Kleid, dessen Schnitt meine Schwangerschaft verbarg, und darüber einen meiner schönsten Pelze. Ich hatte vom Schiff ein Telegramm an Maman geschickt, damit sie wußte, daß ich kam. Als sich die Fähre dem English Harbour in St Helier näherte, hielt ich nach meinen Eltern Ausschau, da ich wußte, daß beide dasein würden, Maman sehr elegant, Papa in Anzug und Tennisschuhen.

Aber Maman war allein am Kai, schwarz und in so tiefer Trauer, daß mein Herz hätte zusammenzucken müssen. War ich herzlos, oder glaubte ich einfach immer noch an eine Ordnung der Dinge? Ich dachte sofort an Mrs de Gruchy; sie war bei meiner Abreise kränklich gewesen, und ich wußte, daß Maman sie mit einer Freundschaft liebte, die an Ergebenheit grenzte. Ich fand das Ausmaß ihrer Trauerkleidung etwas absurd. Mir kam überhaupt nicht der Gedanke, daß es um Papa gehen könnte. Papa war erst siebenundfünfzig. Er war der einzige Mann, auf den ich mich verlassen konnte. Ich brauchte ihn; im Gegensatz zu Harry hatte er mich nie im Stich gelassen. Sie erzählte mir die Neuigkeit auf dem Heimweg in der Kutsche. Ich erfaßte sie kaum. Auch die Kutsche wirkte anders; sie wurde nicht einmal vom

Kutscher gelenkt, die Zügel lagen in den Händen eines schlampig gekleideten Jungen.

Sie erzählte mir nicht sofort alles. Sie sagte nur, Papa sei gestorben und auf dem Friedhof von St Brelade beerdigt worden, es sei alles zu schnell gegangen, um uns zur Beerdigung zurückzurufen. Uns. Sie sah mich als die Hälfte eines Paares. Da unter der Hitze meines Mantels das Ding in mir drückte, schien es, als habe sie meinen Zustand erraten. Es war noch warm auf der Insel. Nach der Kälte der Atlantik-Überquerung und dem stürmischen Herbst in Toronto wirkte alles trügerisch vertraut.

Die Kutsche ratterte über die Esplanade, die Victoria Avenue hinunter, fuhr den langen Sandstrand von St Aubin's Bay entlang. Ich war so froh, zu Hause zu sein, ich wollte reden, Maman zeigen, wie schön alles werden würde. Sie saß in der äußersten Ecke ihres Sitzes, preßte das marineblaue Leder zusammen. Sie war in Schweigen gehüllt und konnte kaum auf das antworten, was ich sagte. Der Tod war in sie eingesunken, hatte sie verschlungen und nur einen schwachen, aufrechten Schatten zurückgelassen. Die Straße folgte der Küste bis nach St Aubin, führte an den Gärten und Toren unserer Freunde vorüber, durchquerte das Hafenstädtchen und machte dann einen scharfen Bogen landeinwärts Richtung Red Houses.

Obwohl Maman mir gesagt hatte, daß Papa tot sei, glaubte ich ihr auf dieser Heimfahrt wohl nicht. Ich erwartete wohl, ihn im Garten umherspazieren zu sehen, wo er auf das Geräusch der Hufe und Räder wartete, um uns zu begrüßen. Oder ich dachte, er würde warten, bis wir im Salon Tee getrunken hatten, um dann auf seinen Gummisohlen geräuschlos hereinzukommen, die Arme auf meine Schultern zu legen und mich zu Hause willkommen zu heißen.

Maman wollte mehrfach etwas sagen und preßte dann

die Lippen aufeinander. Sie suchte nach der freundlichsten Formulierung, um in Worte zu fassen, daß sie ruiniert war, bevor wir Claremont erreichten und ich das Auktionsschild am Tor sähe: »Außergewöhnlicher Besitz mit großen Ländereien am 28. November zu versteigern«, gefolgt von Namen und Adresse eines Maklers. Als wir durch die Dünenlandschaft von La Moye fuhren, bevor wir die Ruinen, die Klippen und unser Tor erreichten, sagte sie mit einer Stimme, die nicht aus ihrem Mund, sondern von anderswoher zu kommen schien: »Ich bin ruiniert, Kitty, ruiniert.«

Ich dachte, sie meinte damit, daß das Witwendasein ihr Leben ruinieren würde, ich faßte ihre Hand und spürte zum ersten Mal, daß Papas Nichtexistenz wahr sein könnte.

»Dickie, dein Vater, war hoch verschuldet. Es ist nichts übrig. Er hat mir – uns – nichts hinterlassen. Nur Schulden.«

Ich zog meine Hand aus der ihren, als hätte ich mich verbrannt.

»Sei nicht albern, Maman, wir begleichen die Schulden und kommen mit dem Rest zurecht. Da ist immer noch Claremont, und du hast selber Geld, das ist doch sicher, egal, was sonst ist. Sorge dich nicht.«

»Es tut mir so leid, Kitty, so leid.«

Sie sagte nichts mehr, in ihren Augen waren Tränen, ihr Gesicht hatte eine merkwürdig modrige Patina, um die Lippen war sie bleich. Wir saßen da und hatten uns nichts mehr zu sagen – ich wußte im Grunde nichts über ihre Katastrophe und sie nichts über die meine. Wenn die Kutsche ruckte, ruckte das Ding in mir mit meinem Körper, und ich erinnerte mich, daß Papa mir hatte helfen sollen. Wenn er nicht da war, würde ich weinen. Dann sah ich neben dem hohen, schmiedeeisernen Gitter das Holzschild: »Claremont, ein außergewöhnlicher Besitz mit großen Ländereien, zu versteigern«. In meinen Knien begann das Blut zu zischen, gleichzeitig wallte eine bittere Flüssigkeit auf und stieg mir wie flüssiges Gift durch die Adern, bis in den Kopf. Mein Blut erstickte mich, erdrosselte mich, erwürgte mich irgendwie von innen.

Wenn Henry die grünen Grasbüschel vom Klippenrand über dem Point entwurzelte, warf er sie hinunter, sie schlugen auf den Felsen auf und zerbarsten, brachen und stießen immer und immer wieder an. Der Weg hinunter schien immer so weit, solch ein harter Übergang vom sicheren Klippenrand zum Meer. Auch ich war entwurzelt: Papa war gestorben. Die Grippe, die die Insel seit Kriegsende heimgesucht hatte, hatte ein weiteres Opfer gefunden und sein Leben gefordert, nach nur dreitägiger Krankheit als Warnung. Es war nicht Zeit gewesen, mich zu informieren. Es geschah zu plötzlich.

So begann auch Maman ihren spiralförmigen Niedergang. Erst der Tod, dann die Anwälte, dann der Verlust. Der Schock der Entdeckung, daß sein gesamtes Vermögen verloren war, heimlich verspielt, und Claremont mit allen Ländereien an eine Londoner Bank verpfändet war. Gläubiger aus ganz England kamen, um ihre Forderungen anzumelden, als in der Presse die gesetzlich vorgeschriebenen Bekanntmachungen erschienen. Papa hatte sich unmittelbar nach dem Krieg verschuldet und war immer tiefer gesunken. Alles mußte veräußert werden, sogar die Möbel, das Silber und das Glas. Sogar Mamans schönster Schmuck. Er hatte uns ruiniert. Nach der Endabrechnung war auch Mamans Mitgift fort; nur ein winziges Vermächtnis ihrer Mutter bewahrte uns in jenem Jahr vor dem Armenhaus.

Sie muß gedacht haben: »Gott sei Dank hat Kitty vor

dieser Schande gut geheiratet, zum Glück ist zumindest sie in Sicherheit.« Und dann kam ich zurück, um das Maß ihres Leidens vollzumachen. Arme Maman, ihre Welt war aus den Angeln geraten, sie sah ihr Unglück als Urteil über sich. Ich denke, sie glaubte, nichts von all dem wäre geschehen, wenn sie mehr gebetet, ihre Tochter besser im Glauben unterrichtet, einen guten Katholiken geheiratet, den Armen mehr gegeben hätte. Sie akzeptierte unsere Not als Strafe, ertrug die Schande, so stolz sie konnte. Nach den vielen Jahren als Herrin von Claremont war es sicher bitter für sie, ein Niemand sein zu müssen, und noch bitterer, als ich zurückkehrte und ihre unvermittelte, erzwungene Anonymität in Anrüchigkeit verwandelte. Mädchen liefen ihren Ehemännern nicht fort.

Wenn ich die Geschichte erzähle, um meine neuen Freunde zu schockieren und zu amüsieren, sage ich immer, als ich aus Kanada zurückkam, sei Papa tot gewesen, Claremont verkauft, die Roberts ruiniert, und Maman habe im Häuschen eines ihrer irischen Dienstmädchen gelebt. Es ist einfacher und dramatischer, wenn man Ereignisse komprimiert.

Es folgten fünf Wochen mit Staubschutzbezügen, Zornausbrüchen und Fremden, die unsere Möbel etikettierten und numerierten. Alles wurde katalogisiert, alles sollte verkauft werden, von den Intarsienschränken im Salon bis zum Schaukelpferd in meinem alten Kinderzimmer. Die Kieferntische in den Küchen würden unter den Hammer kommen, die Gemälde in der Eingangshalle, die Chinoiserie, meine Vasen von Großpapa, die Bibliothek, die Betten, die türkischen Teppiche – nichts würde uns bleiben. Draußen redeten die Leute. Sie redeten in St Helier und in St Aubin. Sie redeten in Red Houses, murmelten und flüsterten auf der ganzen Insel. Das verbliebene Personal redete in der Küche. Die gierigen potentiellen Käufer mit ihrem spähenden Blick redeten, während sie unsere Sachen berührten. »Dickie Roberts war ein Spieler«, »Dickie Roberts war ein Schuft«, »Dickie Roberts hat es zugelassen, daß seine arme Frau auf der Straße sitzt, daß sie arm ist, wer hätte das gedacht?«, »Was hätte sein Vater gesagt?«, »Und alles im geheimen, alles unter der Hand, im geheimen verpfändet und verkauft, hat seine Erben betrogen. Seine armen Erben«. Seine armen Erben wollten ihr Mitleid nicht.

Claremont, mein Traumhaus, mein Haus, war von Schande umgeben. Ich dachte, Maman würde sterben. Sie war so dünn und bleich während dieser Wochen, verfiel immer mehr, je näher der Tag der Auktion rückte. Agnes war bei ihr. Agnes half ihr und hätschelte sie, versuchte, sie aus der stillen Trance wieder herauszupflegen, in die sie immer tiefer versank. Agnes tat auch ihr Bestes, um meinen Kummer und Zorn zu besänftigen, verband die Schnittwunden, die ich mir zuzog, als ich auf die verurteilten Möbel eindrosch und dabei meine Wut über den bevorstehenden Verkauf und Papas Verrat herausschrie. Agnes muß Maman auch erzählt haben, daß ich schwanger war.

Ich hätte es ihr nie gesagt. Mein Körper dehnte und verformte sich um das riesige Ding in mir. Ich schlug es mit Fäusten, ich warf mich zu Boden, ich sprang die Treppe hinunter, wobei ich mir das Kniegelenk verrenkte und den Knöchel verstauchte. Ich schluckte alle Pillen und Lösungen im Medizinschränkchen. Ich hungerte, aber die Geschwulst in mir war hart geworden, hart wie Bimsstein, und sie wuchs und wuchs, und nichts schien sie stoppen zu können. Wie viel Blut ich auch vergoß, wie viele Prellungen ich mir auch zufügte, das Ding blieb mit seinem bösen Würgegriff in mir. Es hatte eine eigene Kraft, eine widerwärtige Kraft, die sich meinem Willen widersetzte. Es zog Maman von der Schwelle welches Abgrunds auch immer zurück, den sie für sich gewählt hatte. Es führte sie eines Abends in mein Zimmer. An mein Bett. Es ließ sie meine Decke zurückschlagen, um seinen Hügel aufzudecken, es brachte sie gegen mich auf – meine eigene Maman, die mir in meinem ganzen Leben noch nie gedroht hatte. Es gab ihr eine Stärke, die sie nie gehabt hatte. Damit war die ganze Welt gegen mich.

»Kitty, Kitty, warum hast du mir nicht gesagt, daß du in anderen Umständen bist?« sagte sie.

»Das bin ich nicht.«

»Kitty, Liebes, du weißt es. Ich sehe es doch.«

Sie zog mein Nachthemd zurück, und ich war vor Abscheu wie versteinert. Ich wollte, daß sie nicht sah, so sehr, daß ich unfähig war, ihrer knochigen Hand Einhalt zu gebieten. Sie sah die Blutergüsse, die Schnitte, und etwas in ihr wurde starr, starrer als jedes Korsett, das sie je getragen hatte. Etwas in Maman verhärtete sich, und sie sagte zu mir: »Kitty, es ist Gottes Wille, daß du dieses Kind zur Welt bringst. Du bist dabei, eine Todsünde zu begehen.«

»Ich will eine Abtreibung.«

Als ich das Wort aussprach, keuchte sie, und dann fühlte ich die Härte ihrer Hand auf meinem Gesicht. Maman hatte mich nie geschlagen, niemals. Ich wurde wütend, fast so wütend wie sie.

»Ich werde eine Abtreibung bekommen. Das werde ich, und du kannst mich nicht daran hindern. Papa hätte mir geholfen. Ich hasse ihn, weil er gestorben ist. Ich hasse ihn, er hätte mir geholfen, dieses Ding zu töten.«

Während ich sprach, war Maman von mir zurückgetreten. Sie betrachtete mich mit einer merkwürdigen Mischung aus Liebe und Abscheu. Was Wut gewesen war, hatte sich in diesen wenigen Sekunden zu einer Unnachgiebigkeit kristallisiert, die sich in ihrer Stimme äußerte.

»Ich habe alles verloren, Kitty, alles, was ich hatte oder hätte haben können. Ich kann nie mehr erhobenen Hauptes durch St Helier gehen. Ich werde mein restliches Leben in Armut verbringen. Ich hatte gehofft, du seist vor diesem Zusammenbruch sicher. Ich hatte gehofft, dich soweit wie möglich vor diesem Schmerz schützen zu können. Ich habe gebetet, daß ich deinem Vater folgen und dir damit so wenig Ungelegenheit wie möglich bereiten würde. Aber nun schwöre ich beim Grab meiner Mutter und allem, was mir heilig ist, daß ich leben werde, um dafür zu sorgen, daß du dieses Kind zur Welt bringst, und ich werde leben, um dafür zu sorgen, daß es in dieser Welt anständig aufwächst. Du hast gewagt, hier von einer obszönen Operation zu sprechen, obwohl du weißt, daß sie eine Todsünde ist. Ich bin deine Mutter, Kitty, und ich liebe dich, aber ich werde dich anzeigen und dich ins Gefängnis bringen, wenn du nicht aufhörst, diesem Kind zu schaden. Verstehst du mich?«

Ich starrte sie an, bündelte die Wut, die ich aufsteigen spürte, in meinen Augen. Als sie dort angekommen war, schleuderte ich sie ihr durch das Kerzenlicht entgegen. Statt vor mir zurückzuweichen, starrte sie direkt zurück und füllte ihre Augen mit steinerner Wut.

»Hast du verstanden?« wiederholte sie und war nie in ihrem Leben so nahe daran zu schreien. Ich nickte, aber sie war unerbittlich.

»Antworte mir!« forderte sie.

Also sagte ich »Ja«, und sie ging. Ich verstand: Die ganze Welt war gegen mich und auf seiten des ungeborenen Dings. Niemals zuvor hatte ich etwas so Grausames erlebt.

15. Kapitel

Schande schert die Freunde fort wie unerwünschtes Haar. Einige unserer Freunde waren so peinlich berührt, daß sie nicht wußten, wie sie sich verhalten sollten, also blieben sie fort. Auf uns lastete zu viel Unheil, als wir Claremont verließen. Es war verstörend. Die Leute wußten nicht, wie sie reagieren sollten. Schon ein Todesfall hat zur Folge, daß Menschen sich eine Zeitlang zurückziehen, aber mit dem ganzen übrigen, dem Ausgesprochenen und dem Unausgesprochenen, dem Sichtbaren und dem Vermuteten, bewegten wir uns auf der Insel wie die Bazillen einer ansteckenden Krankheit. Andere Freunde blieben loyal und wollten helfen. Die de Gruchys zum Beispiel boten uns die Gastfreundschaft ihres Hauses an für so lange, wie wir sie brauchen würden, wobei sie sehr wohl wußten, daß dies für immer sein könnte. Ein anderer Zweig der Familie bot Maman finanzielle Hilfe an. Mehrere von Papas Freunden boten Häuser auf ihren Besitzungen an. Ein Witwensitz hier, ein Verwalterhaus dort, mietfrei und gern zur Verfügung gestellt.

Ich war stolz darauf, daß Maman ablehnte und ihren eigenen Notgroschen der Mildtätigkeit vorzog. Papa hatte immer arme Verwandte gehabt, seine Schmarotzer, das wollte ich nicht sein. Ich glaube, es wäre besser gewesen, wenn wir damals die Insel sofort verlassen hätten, als die Versteigerung vorüber und die Schulden bezahlt waren. Fünf weitere Jahre dort zu bleiben, war, als siede man das Salz aus dem Meer und reibe es in unsere Wunden. Ich sagte Maman das, sie aber antwortete nur, Salz sei die beste Medizin. Ich weiß nicht. Vielleicht wußte sie wenigstens darüber am besten Bescheid. Das Meer war das Heilsamste an der Insel. Ich wäre verrückt geworden, hätte ich nicht in seine Wellen blicken können.

Arme Maman, sie hatte mich erpreßt, und sie glaubte, sie habe recht, sei so im Recht, und als die Tortur begann, wußte sie, daß ich es war, die recht hatte, wie verworfen mein Plan auch gewesen sein mochte: Man hätte dem Ding nicht erlauben dürfen zu leben. Es zerstörte alles Gute in uns. Es war ein Krebsgeschwür in unserem Haus. Maman starb an Krebs, er war in ihrer Hüfte. Die Ärzte sagten, es sei zu spät, man hätte ihn früher herausschneiden müssen. Tumore müssen zerstört werden, oder sie zerstören dich. Sie wachsen, bis sie platzen.

Meiner wuchs. Wir zogen in den Norden der Insel. Wir wohnten außerhalb von Rozel, in der Pfarrgemeinde St Martin, mit Blick auf das Meer bei Rozel Bay. Maman wählte den Ort, sie wird ihre Gründe gehabt haben. Es lag fünf Meilen von St Helier und dreizehn von Claremont entfernt, das schien weit fort. Es war etwa so weit, wie wir gehen konnten, ohne Jersey zu verlassen, also schien es wie ein Exil, das erste von vielen. Die Vermieterin und ihre Schwester wußten allerdings, wer wir waren, obwohl Maman sich weigerte, über unsere Angelegenheiten zu sprechen. Es war eine kleine Privatpension mit einer, wie Maman es nannte, anständigen Küche. Wir hatten drei große Zimmer im ersten Stock, zwei Schlafzimmer und ein gemeinsames Wohnzimmer. Für mich war es eine Parodie auf London.

Maman hatte ihr Fahrrad mitgebracht, ihre Hunde waren bei Agnes untergekommen, und wir hatten ihre Patiencekarten, ihre Bücher und die rauhe winterliche See, der die mörderischen Frühjahrsfluten folgten. Wir waren in jenen Monaten weit voneinander entfernt, trotz unserer Nähe. Ich haßte Mamans Tyrannei. Sie meinte, wenn sie mir vorlas und mit mir zusammensaß, könne sie mich vergessen machen, was ich in mir trug. Ich konnte kaum laufen. Ich sah aus wie eine riesige Spinne, deren widerwärtiger Körper sich ins Licht wölbte. Wir ließen die Spiegel entfernen. Ich war grotesk, schwoll durch meine Heimsuchung an, die wie eine Infektion war. Maman wollte mich zur Kirche mitnehmen, aber das kam nicht in Frage. Ich hielt mich in meinem Zimmer versteckt. Niemand würde das Vergnügen haben, mich in diesem Zustand zu sehen. Jeden Mittwoch und Sonntag ging Maman zur Messe. Sie sagte, ich würde mich besser fühlen, wenn ich sie begleitete. Sie wollte, daß ich zur Beichte ginge, ich weiß, damit ich wieder im Stande der Gnade wäre. Aber sie insistierte nicht, da sie sah, daß ich betete. Ich betete den ganzen Tag und auch im Schlaf. Ich betete, daß der Herr meine Geißel von mir nehmen und mich von dieser Wucherung befreien möge. Gebete sind geheim, meine waren es seit Jahren gewesen, so daß Maman nichts von meinem täglichen Sakrileg wußte (das wäre es in ihren Augen gewesen).

Was die Beichte betraf, so ging ich erst wieder nach der Tortur, als Maman mir gestanden hatte, daß sie zwar niemals dulden könne, was ich hatte tun wollen, jetzt aber zumindest verstehe, warum ich es hatte tun wollen. Sie sagte, sie wisse, daß ich in die Zukunft blicken könne und daß ich gewußt haben müsse, welche Qual vor mir lag. Da kehrte ich in den Schoß der Kirche zurück, aber nur, weil Maman nachgegeben hatte; hätte ich tatsächlich gewußt, was ich durchmachen würde, ich hätte mich von den Klippen gestürzt oder seitlich von Bord fallen lassen, mit meinem Smaragdverlobungsring, mitten auf dem Atlantik. Maman stützte sich immer stärker auf ihren Glauben, er war alles, was sie hatte. Sie war von Natur aus versöhnlich; als unsere Schwierigkeiten begannen, glaubte sie, sie sei schuld. Ich konnte das nicht, folglich war mir der Gott keine Stütze, der mir alles genommen und nichts als dieses riesige, unerwünschte Vermächtnis hinterlassen hatte. Wenn Er ein so eifersüchtiger Gott war, konnte Er das Ding haben. Ich schwor, als ich seinem Wachsen zusah, daß ich es irgendwie dazu bringen würde zu sterben, doch falls Maman mich überlistete und es zur Welt kam, würde es alle Härten der Kirche zu spüren bekommen, je schlimmer, je besser. Die Kirche hatte mich als Kind verwöhnt, aber nun, da die Zeiten sich geändert hatten, was tat sie jetzt für mich?

Ich habe versucht, meine restliche Zeit auf Jersey zu vergessen. Warum weiter Groll hegen? Wir zogen von einer Unterkunft zur nächsten, von Norden nach Süden und zurück, flohen vor meiner Tobsucht, wie Maman es nannte. Aber er war ein Teil von mir, begleitete all unsere Umzüge, störte Pensionen auf und sorgte in ansonsten ruhigen Hotels für Skandale. Maman erklärte den jeweiligen Wirtinnen mein Verhalten als Kummer, und sie gaben vor, es zu verstehen. Ich erinnere mich, daß ich seit Beginn des Frühjahrs nichts als Lethargie spürte. Ich mied alle Freunde, wie schon seit meiner Rückkehr. Ich konnte das Gesicht nicht finden, das ich für sie tragen würde, ich war zu sehr gewöhnt, eine von ihnen zu sein, als daß ich gewußt hätte, wie ich etwas anderes hätte sein können. Ich empfand die Kluft zwischen uns als unüberbrückbar. Vielleicht würde ich wieder mit ihnen Umgang haben können, wenn das Ding fort war. Bis dahin versteckte ich mich eben in gemieteten, abgedunkelten Räumen. Im April war mein Unwohlsein so groß, daß wir zu Agnes zogen, damit sie mich pflegen konnte. Es war eine Erleichterung, dort schlafen zu können, ohne fremden Zimmermädchen gegenüber so tun zu müssen, als lebte ich noch. In den letzten Wochen war ich praktisch kataton. Nur das

Meer war ein gewisser Trost; das Meer hatte sich nicht verändert.

Ich sollte Agnes hier haben. Agnes mit ihrer ewigen, langweiligen Erzählung meiner Tortur. Agnes, die mit ihrer zimperlichen Fixierung auf Schmerz über die Qualen schluchzte, die Nelson und sein Kind mir zugefügt hatten. Alles andere sind nur Stimmen. Alle Ärzte sprachen über Stimmen, sie schienen davon besessen.

»Hören Sie Stimmen, Mrs Allen, was sagen sie?«

Sie waren so langweilig; Ärzte sind langweilig. Natürlich höre ich Stimmen, ich bin nicht taub!

»Aber hören Sie Stimmen in Ihrem Kopf?«

Sie sind absurd. Was wollen sie? Ich habe Erinnerungen. Wir alle haben Erinnerungen, und Erinnerungen sprechen. Wie Agnes, die mein Leiden so oft wiedererzählte, bis mir vom Klang ihrer Stimme schlecht wurde und sie in ihrem eigenen Haus aus meinem Zimmer verbannt werden mußte. Und Maman, die mir erzählte, wie knapp ich dem Tod entronnen sei, als wüßte ich das nicht selbst. Maman, die mir erzählte, der Arzt sei der Meinung, ich hätte nie ein Kind bekommen dürfen. Ich sei nicht für das Gebären gebaut, und mindestens eine von uns hätte sterben müssen. Warum nicht das Ding? Woher hatte es seine widerwärtige Gesundheit? Und dann die Stimme der Krankenschwester, nicht diese spionierenden Krankenschwestern, die sie in elenden Krankenhäusern haben, sondern eine richtige Krankenschwester mit einer sauberen Tracht, einer Haube und ordentlich gekämmtem Haar. Ich hörte die Worte, die sie an mich richtete, und was sie Maman zuflüsterte. Sie sagte, der Arzt müsse verrückt gewesen sein, daß er tat, was er tat. Für die Schnitte und Risse waren sechzig Stiche nötig. Sechzig Stiche und eine Stunde mit der Zange, um das zwölfpfündige Ungeheuer herauszuzerren.

Wie kann jemand es wagen, sich darüber zu wundern, daß ich meine Tochter nicht ausstehen konnte? So nannte Maman sie immer, wenn sie mir Vorhaltungen machte. Aber nicht einmal Maman konnte bestreiten, daß das degenerierte Ding, das der Arzt in jener Nacht herausriß, häßlich war. Das Gesetz hatte mich gezwungen, es zu bekommen, aber kein Gesetz kann diktieren, daß eine Mutter ihr Kind lieben muß. Wie Maman mir über die Jahre immer wieder sagte, gab es Gesetze, die mich zwingen konnten, es zu behalten, aber keines, das mir vorschrieb, wie.

Ich weiß, daß wir Claremont nicht verloren hätten, wäre meine Ehe nicht gewesen. Ich kann die Schritte von London nach Lethbridge messen. London war der Ort, wo alles anfing, schiefzulaufen. Wir hätten nicht fahren sollen. Wir hätten die Insel nie verlassen dürfen. Weil wir sie damals verließen, verloren wir sie später. Wie anders wäre alles gewesen!

Wie anders wäre ich gewesen, hätte ich nicht wegen der Abtreibung, die ich wollte, Mamans Liebe verloren! Sie mochte schließlich ihr Enkelkind mehr als mich. Sie bestritt es immer, aber so war es. Wäre es nicht wahr, sie hätte mich wieder verstanden und mich nicht verlassen, wie sie es unmittelbar vor Kriegsanfang tat.

Ich will nicht mehr an Jersey denken, nicht daran, wie es damals war, in den Zwanzigern, als wir arm waren. Gottseidank hat nie etwas meine Erinnerung an La Corbière gestohlen. Nichts hat sein Leuchtfeuer besudelt. Weit entfernt davon, der Vogel des bösen Omens zu sein, ist er das einzige, was mir rein und unverdorben geblieben ist. Später sah ich in Selsey aufs Meer hinaus und stellte mir seine Lichtstrahlen vor, mein Licht. Als wir fortgingen, war alles andere befleckt, aber La Corbière blieb unangetastet. Und mit den Jahren heilte auch die Insel, bis sie in der Erinnerung ein Gegengewicht bilden und jedwede spätere Traurigkeit ausgleichen konnte.

Ich fuhr nie wieder hin. Ich gehörte Claremont, und Claremont gehörte mir. Bei dem Gedanken an andere Hände, die sein Geländer umfassen, um aufs Meer hinauszusehen, wird mir übel. Er macht mich so wütend. Großpapa hatte mir von heiligen Pfaden erzählt, die es in alten Zeiten auf der ganzen Insel gab. Sie hießen Perquage, waren sehr breit und gewunden, und alle führten zum Meer. Jeder Jerseyer, der ein Verbrechen begangen hatte, wie schwer auch immer, konnte auf einem dieser Pfade fliehen, und solange er die breiten Perquage nicht verließ, konnte er nicht verhaftet werden. Seine Freunde durften am Ufer mit einem Boot auf ihn warten und ihn von der Insel fortbringen. Sein gesamter Besitz wurde von seinem Lehnsherrn konfisziert, und der Übeltäter konnte niemals zurückkehren. War es das, was wir getan hatten?

Ich dachte, Maman würde irgendwann zurückkehren. Sie hatte mehr Freunde dort behalten, und die Insel fehlte ihr so sehr. Doch an dem Tag, als wir fortgingen, sagte sie zu mir, sie werde niemals zurückkommen. Ich erinnere mich daran, wie wir an Bord der Fähre gingen, sie, ich, Agnes, die das Rothaarige an der Hand hielt, und sie auf das Oberdeck stieg und von dort unverwandt auf St Helier blickte, bis es verschwand. Es schien, als sauge sie sein Aussehen ein, als versuche sie, etwas davon mit sich fortzuschleppen. Sie sah so eigenartig aus, daß ich sie fragte, was sie tue, und sie sagte: »Ich präge es mir ein, Kitty, denn ich werde es nie wiedersehen.«

Damals hatte ich nicht vor, die Insel für immer zu verlassen. Wir nahmen nur eine Veränderung vor, die, wie sie hoffte, zum Besseren war. Vielleicht hatte Großpapa auch ihr die Legende der Perquage erzählt. Vielleicht wußte sie, daß es die Gnade der Kirche war, die das Gesetz erlaubte. Vielleicht dachte sie, wenn wir fortgingen, um niemals wiederzukehren, nachdem unser gesamter Besitz konfisziert und verloren war, würden wir unser Sündenregister tilgen, unsere Schande ungeschehen machen können.

Ich weiß nicht, warum sie London als Wohnort wählte – außer vielleicht, weil London unser Inselleben zerrissen hatte. Claremont war an eine Londoner Bank verpfändet worden. Unser Vermögen war dort, irgendwo in der Stadt, machte in den Händen von Spielern die Runde, die mehr Glück oder Verstand hatten als Papa. Ich hatte dort Freunde aus den Tagen vor meiner Heirat, und nun hatte auch Maman eine Freundin dort. Mrs de Gruchy, die Stütze ihres gesellschaftlichen Lebens, hatte vor uns die Insel verlassen, um im St Thomas' Hospital behandelt zu werden, und war dort geblieben, um wieder zu Kräften zu kommen. Sie befand sich im zweiten Jahr ihrer Rekonvaleszenz, und es sah ganz danach aus, als wolle sie in ihrer Suite mit Blick auf die Themse bleiben, bis sie ihrem Lieblingssohn folgen würde. Und schließlich und endlich war es Platz zwei auf Papas Schönheitsatlas.

Ich kann mir keinen Grund denken, warum sie Hendon wählte. Es entsprach nicht unserem Wesen, in Vororten zu leben, und doch entschieden wir uns dazu. Wir nahmen das Haus ungesehen. Es war scheußlich. Als wir von Agnes' beengter Gastfreundschaft in unser eigenes, schreckliches Reihenhaus an der Bay gezogen waren, hatte sie einmal gesagt: »Sollten wir wirklich nach London ziehen, muß ich einen Garten haben. Ich glaube, das ist das einzige, was ich wirklich brauche.«

Ich nickte zustimmend und wußte, daß bei unserem Notgroschen ein Garten nichts als ein winziges, uninteressantes Etwas sein würde. Sie schien sich über meine Zustimmung zu freuen, was absurd war, wenn man bedenkt, daß sie die einzigen Pennies, die wir hatten, fest in ihrem Geldbeutel beisammenhielt. Aber Maman war auf vielerlei Weise *nerveuse* geworden, wobei ihr zwanghaftes Häkeln am meisten auffiel. Sie tat es ständig, ohne es auch nur zu bemerken. Es wurde zu einem nervösen Tick. Wohin sie auch ging, sie hatte immer ihren Knäuel Seide und ihre Häkelnadel dabei.

Nach meiner sogenannten Erholung von der Tortur hatten wir einige überaus unerfreuliche Gespräche über Geld. Maman meinte, ich solle an Nelson schreiben (den sie hartnäckig weiterhin als meinen Ehemann bezeichnete), um ihn um Unterstützung für mich und das Kind zu bitten. Ich weigerte mich. Nach dem ersten Jahr akzeptierte sie widerwillig, daß ich nichts für mich haben wollte, drängte aber bis zur Scheidung weiterhin auf Unterhalt für das Rothaarige. Nicht nur wäre ich lieber verhungert, als auch nur einen Shilling von ihm zu nehmen, ich wollte unter keinen Umständen, daß er von seiner Existenz erfuhr. Der Gedanke, daß er und ich für immer verbunden wären, war mir völlig zuwider, und ich wollte unter keinen Umständen, daß er es je erfuhr.

Maman war der einzige Mensch, den ich nicht unter Kontrolle hatte. Sie schrieb tatsächlich hinter meinem Rücken an Nelson und sagte ihm, daß er eine Tochter habe. Zum Glück war er von Lethbridge fortgezogen, und der Brief kam Monate später zurück, auf dem Umschlag war ein Stempel »Empfänger unbekannt«. Ich erstickte fast, als ich ihn im Briefkasten sah, mit dieser Adresse in Mamans wunderschöner Handschrift. Ich sprach danach etwa einen Monat lang nicht mit ihr und drohte fortzugehen. Es war eine leere Drohung, und sie wußte es vermutlich. Wohin hätte ich gehen können? Das einzig Wertvolle, das ich besaß, waren die Smaragde, die Papa mir gekauft hatte, und meine Pelze. Die Smaragde verkaufte ich im Winter 1922, um einige Pariser Modelle kaufen zu können, und meine Pelze hätte ich um nichts auf der Welt verkauft. Für mich klebte an ihnen nicht so sehr das Blut der armen Tiere, die ihretwegen gefangen worden waren, als vielmehr mein eigenes. Die Pelze bedeckten meine Narben.

Bis Maman starb und mir ihren Notgroschen vermachte, hatte ich mir nie überlegt, wie sehr viel besser sie allein hätte von ihrem Geld leben können. Damals war der Nachgeschmack von Kanada noch zu bitter, als daß ich die praktischen Auswirkungen meines Stolzes bedacht hätte. Wäre ich nicht gewesen, sie hätte die Insel nie verlassen müssen. Sie hätte in einem guten Hotel wohnen und als die Witwe, die sie war, bei ihren Freunden bleiben können. Niemand hielt es für ihre Schuld, daß Papa alles verspielt hatte, was sie früher besaß. Es wäre schwer für sie gewesen, aber niemals so schwer wie Hendon und die langen Jahre ihres Exils. Aber nicht ich trug die Schuld daran, sondern das Kind. Wäre das Rothaarige nicht gewesen, Maman hätte nicht sterben müssen.

16. Kapitel

Auf seine Weise gefiel mir das Vorstadtleben. Es hielt das Rothaarige in vernünftigem Abstand und gestattete mir, unser Exil und unsere Armut mit einigen eher herkömmlichen Aspekten auszuschmücken, die unserer tatsächlichen Lage fehlten. Es verlieh unserer Geschichte etwas ausgesprochen Mysteriöses. Maman konnte ihren verkümmerten Garten pflegen, indem sie ihn mit den großartigen, frostempfindlichen Büschen der Insel bepflanzte. Mitunter übernahm sie sich, als sie beispielsweise versuchte, die erste Mimose lebend über den Winter von Golders Green zu bekommen oder an der Hausfassade eine Bougainvillea emporzuziehen. Aber solange sie sich an Glyzinien, Kamelien und dergleichen hielt, gediehen ihre Schützlinge und konnten fast den Duft von Claremonts Gärten an einem Sommertag heraufbeschwören. Fast, aber nie ganz, denn es fehlte der Überfluß, die Mischung ganzer Flieder- und Azaleenrabatten, verbunden mit dem entfernten Tang des Meeres.

Vom Moment unserer Ankunft in Hendon an bis ganz zum Schluß verhielt Maman sich eigenartig klösterlich. Sie war es, die diesen Ort gewählt hatte, aber sie konnte ihn nie akzeptieren. Auf der Insel, in ihren glanzvollen Tagen, als sie die ersten Familien Jerseys zu Gast gehabt hatte und bei ihnen zu Gast gewesen war, gab es nicht einen einzigen Inselbewohner, wie gering sein Stand auch sein mochte, mit dem sie nicht geplaudert hätte. Sie durchquerte auf ihrem hochrädrigen Fahrrad ganze Pfarrgemeinden und kannte die Namen aller Häusler. Sie hielt immer an, um ihre Neugeborenen, ihren Blumenkohl und ihre Frühkartoffels zu bewundern. In jenen Tagen war sie sich nicht zu gut, mit jedem ein Glas Limonade zu trinken. Sie schien Gesellschaft zu lieben, und sie war beliebt. Ich fand es immer eigenartig, wie sie mit diesen geifernden Hunden im Schlepptau loszog und über die Feldwege und die Küstenstraße fuhr, sich unter Leute mischte, von deren Existenz man sonst nicht einmal gewußt hätte. Sie schien sie aus dem Nichts zu stochern.

Wenn die Gärten ihre besten Monate hatten und in Claremont so viel Obst und Salat reifte, daß es für eine Armee gereicht hätte, ermutigte sie immer ihren Hofstaat armer Bewunderer, mit Körben zur Küche zu kommen und einiges von dem Überfluß fortzutragen, der ansonsten »verdorben« wäre. Diese Angewohnheit mißbilligte der Gärtner besonders, denn selbst ich konnte sehen, daß er mehrere hundert Pfund Himbeeren und Tomaten keineswegs auf den Komposthaufen kippte, sondern in Red Houses und St Helier mit einem ansehnlichen Profit für sich verkaufte. Maman war zwar eine exzellente Hausfrau, aber sie hatte etwas Naives.

Doch nachdem wir uns in Hendon niedergelassen hatten, spann Maman sich in ihre Einsamkeit ein. Natürlich hätte ich nicht gewollt, daß sie mit der Art Menschen vertraut geworden wäre, zu der die meisten unserer Nachbarn gehörten, aber selbst beim Einkaufen war sie auf eine Weise unnahbar und hochmütig, wie sie es nie zuvor gewesen war. Sie traute der Legion debiler Dienstmädchen, die bei uns kamen und gingen, nie zu, daß sie ihre Einkaufsliste dem Ladeninhaber übergeben und mit dem zurückkommen könnten, was sie haben wollte, vor allem, wenn es um den Drogisten oder den Kurzwarenhändler ging, und bestand daher darauf, selbst zu gehen. Doch in all den Jahren dort vermochte sie nie, für einen von ihnen auch nur einen Bruchteil ihrer sonstigen Freundlichkeit aufzubringen. Der Milchmann, der Briefträger und die Botenjungen, alle blieben von ihrer früheren Herzlichkeit ausgeschlossen, was sie wiederum von jeder ihr entgegengebrachten Aufmerksamkeit abschnitt, die ihr so fehlte und die sie so brauchte.

Wir sprachen nie über dergleichen, und sie wird sich kaum vorgestellt haben, daß ich es bemerkte. In Claremont hatte sie im Haus acht elegant gekleidete Dienstboten gehabt, die sie abgöttisch liebten; in Hendon mußte sie mit einem schlampigen Dienstmädchen nach dem anderen zurechtkommen. Denn nach den ersten Monaten, als Agnes auf die Insel zurückkehrte, arbeitete eine Legion von Mädchen für uns, jedes auf seine Weise suspekt, die entweder kündigten oder gekündigt wurden, wenn ihr Verhalten zu unerträglich oder ihr mürrisches Wesen zu störrisch wurde, um die Zurechtweisungen hinzunehmen, die sie sehr wohl verdienten.

Wir hätten Agnes behalten sollen, wir hätten sie leicht zum Bleiben überreden können, dann wäre wenigstens die verdrießliche häusliche Seite unseres Lebens gelöst gewesen. Agnes sehnte sich nach der Insel. Sie sagte, sie kenne nichts, was im entferntesten so scheußlich, fremd und schmutzig sei wie London.

»Es ist ein Wunder, daß hier überhaupt jemand überlebt«, sagte sie weinerlich nach dem Spießrutenlaufen durch die örtliche High Street an ihrem Einkaufstag, »und wie viele Menschen es hier gibt. Sie sehen aus wie Insekten. Hätte Gott der Herr so viele Menschen an einem Ort gewollt, Er hätte es in der Bibel gesagt.«

Agnes wußte genau, was Gott wollte und dachte, und sie fand immer einen Weg, anderen Seinen Willen darzulegen.

»Weißt du, daß diese Busse stundenlang durch schmutzige Straßen fahren können und immer noch nicht am

Meer sind? Das ist doch nicht in Ordnung. Ich verstehe nicht, wie die Londoner das aushalten.«

Wenn Maman in Hendon alles andere als beliebt war und als hochnäsig galt, dann sah man ihr das nach, weil sie so fraglos eine Dame war. Agnes jedoch, mit ihrer erklärten Abscheu vor allem, was englisch war, war für die örtlichen Geschäfte fast eine Bedrohung. Aber man hätte sie im Haus halten und jemand anders einkaufen schicken können. Das wichtigste war, daß sie Maman verwöhnte, ihr Zimttoast und Hibiskustee machte, das Frühstückstablett genau so deckte, wie es sein sollte, und das Wasser in den zahllosen Blumenvasen wechselte. Agnes hätte nie mein Paillettenkleid aus Paris eingeweicht, das von Worth mit der wundervollen Distel und Gold auf dem Rücken und Streifen in Opal und dem Grün meiner Augen. Sie hätte es nie in einem Bottich Seifenlauge liegengelassen und in einen vielfarbigen, glibberigen Geleeknäuel verwandelt, der sich in einem Netzunterrock verfangen hatte.

Bei Gott, ich habe das Mädchen beinahe umgebracht dafür. Ich kann mich an ihren Namen nicht erinnern, sie hieß Susan oder Sally oder etwas Derartiges, und sie hatte einen sehr schlechten Teint. Ich sagte Maman sofort, als sie sie anstellte, daß jemand mit einem solchen Teint eine schlechte Wahl sein mußte: »Wer in einem so offensichtlich septischen Zustand ist, sollte nicht Lebensmittel zubereiten.«

Maman sagte, sie habe hervorragende Zeugnisse und sei die Art Mädchen, die einige Zeit bleiben würde, statt nach wenigen Wochen zu verschwinden. Sie sagte, sie habe »ein stoisches Wesen«. Warum man Dienstboten nach soldatischen Kriterien auswählen mußte, war eine Absurdität, die Maman nicht zu erklären gewillt war.

Ich hatte das Kleid mit meinen letzten Granaten bezahlt. Die Smaragde waren dafür draufgegangen, mir wieder Auftrieb zu geben. An den Morgen nach seinen Glückssträhnen hatte Papa mir sehr viel Schmuck gekauft, als wir diese Saison zusammen in London verbrachten. Aber über die Jahre mußte ich alles veräußern. Es war die einzige Möglichkeit, präsentabel zu bleiben. Mamans Notgroschen reichte nicht für eine anständige Garderobe.

Vor dem Zusammenbruch brauchte ich nur zu überlegen, welche Kleider ich tragen und welche ich neu kaufen wollte. Später war das Problem: Wovon würde ich sie kaufen? Wie konnte ich mir die Schuhe leisten, die ich wollte, wenn ich auch das Kostüm nahm? Kein Geld zu haben ist ein Alptraum. Es war eine Sache, plötzlich arm zu sein, aber wenn man ein gesellschaftliches Leben haben wollte, mußte man gut gekleidet sein, hinreißend aussehen und dann einräumen, daß man bettelarm war.

Mamans picklige neue Rekrutin war bei ihrer Arbeit so eifrig, daß sie es auf sich nahm, nicht nur alles zu tun, was man ihr sagte, sondern auch vieles, was man ihr nicht sagte ... Ich habe mich nie daran gewöhnen können, daß nicht Agnes oder eine minderwertige Entsprechung von ihr hinter mir herging und meine Kleider aufräumte. Ich verkehrte wieder in dem Freundeskreis, den ich verlassen hatte, als ich Nelson kennenlernte. Natürlich mied ich alle, die ihn gekannt hatten, aber es blieben dennoch sehr viele, die mir auf Bällen und bei mehrtägigen Einladungen in Landhäusern die Zeit vertrieben. Es war mir wichtig, zu mehreren Cliquen zu gehören, damit ich einer bestimmten Gruppe nicht zu schnell müde wurde. Eintönigkeit kann sehr langweilig sein.

Die Mosleys gaben regelmäßig Feste, und ich war immer eingeladen, bei Lady Mosley zu wohnen, die eine meiner engsten Freundinnen wurde. Ich erinnere mich, daß ich über ein langes Wochenende bei ihr gewesen und am frühen Montag abend nach Hendon zurückgeeilt war, weil ich um neun Uhr in Holland Park zum Abendessen eingeladen war. Mir blieb gerade genug Zeit zum Baden und Umziehen, und ich verstreute den Inhalt meines Koffers auf dem Boden meines Schlafzimmers, suchte nach diesem und jenem, was ich brauchte, um mich fertig zu machen, während Freddie Palliser, mein Chauffeur dieses Monats, auf mich wartete. Als ich fort war, muß dieses schwachsinnige Trampel mein Zimmer aufgeräumt und beschlossen haben, mich zu überraschen, indem sie mein Lieblingskleid wusch.

Als ich am folgenden Tag zum Mittagessen kam – ich empfand die übliche Reizbarkeit, die man nach einem angenehmen Abend empfindet –, erwähnte ich, daß ich das fragliche Kleid nicht in meinem Schrank gesehen hätte. Sie hatte die Unverschämtheit, einfältig zu lächeln, als sie sagte, sie habe es gewaschen. Maman übertrieb schrecklich, als sie später sagte, ich hätte versucht, die Idiotin zu töten. Nach allem Kummer, den ich erlebt hatte, würde ich gewiß nicht für jemanden wie sie hängen. Ich habe nur versucht, sie im Interesse der Mode und der *haute couture* zum Krüppel zu machen. Ich fühle immer noch mein Blut in den Adern gerinnen, wenn ich daran denke. Was ist mit ihr, und was ist mit der, die mein graues Fortuny-Seidenkleid bügelte – bügelte, ich bitte Sie!

Ich vermute, beide sind jetzt irgendwo, stümpern ihren Weg durchs Leben, hecken jede Menge tumber Kinder, die anderer Leute Träume ruinieren. Ich glaube nicht, daß der Krieg sie ausgerottet hat – nicht, daß er besonders wählerisch gewesen wäre –, aber das wäre zu schön, um wahr zu sein, und ich bin sicher, daß ich mich daran erinnerte, wenn eine der beiden auf dem Weg in ihr schlammiges Grab sich durch meinen Kopf gekrallt hätte.

Manchmal liebte ich London, es ließ mich alle meine Schicksalsschläge vergessen, und ich machte das Beste aus unserem Leben. Es gab keine andere Möglichkeit. Ich begriff, daß Papa, trotz des Unrechts, das er uns angetan hatte, in einem recht gehabt hatte: Gute Erziehung und Schönheit sind das wichtigste im Leben. Sie waren alles, was ich hatte, und doch genügte es, um mir über die Entsetzlichkeit des Verlusts von Claremont hinwegzuhelfen; ich verdanke ihnen, daß ich bei Verstand blieb. Vielleicht hätte ich tatsächlich vergessen, wie sehr es schmerzte, meines Erbes beraubt zu sein, wäre das Rothaarige nicht gewesen. Es wuchs wie eine riesige Made, seine Proportionen waren wahrlich alarmierend, und als genüge das nicht, quälte es mich, sobald es konnte, mit seiner Existenz und Größe. Es huschte überall umher, wenn etwas derart Ungraziöses überhaupt huschen kann. Es wartete in Ecken und hinter Türen. Es hatte Nelsons Augen und sogar Nelsons Stimme. Sagte es: »Es tut mir leid, Mutter, es tut mir leid«, war mir, als müsse ich vor Ekel platzen.

Und es war langsam und dumm. Es brachte es fertig, das wenige, was wir für unseren persönlichen Gebrauch aus Claremont gerettet hatten, unbrauchbar zu machen oder zu zerstören. Ich weiß, daß es das absichtlich tat. Es hatte mir, uns, nahezu alles genommen, und jetzt wollte es uns auch noch um unsere letzten kleinen Erinnerungsstücke bringen. Ich brauchte Jahre, um klarzustellen, daß es mich nie »Mutter« zu nennen hatte. Ich konnte seine Anwesenheit im Haus spüren. Ich konnte seine widerlich servilen Gedanken hören; es war genau wie sein Vater, aber es trug all seine Fehler sichtbar auf sein Äußeres geschmiert, um vor ihrer Verräterei zu warnen. Es tat ihm leid, immer leid, leid, geboren zu sein, und es tat, als verdiene es allein deswegen Vergebung. Es glaubte ernstlich, mit Bedauern alles sühnen zu können, was es zerstört hatte und noch zerstörte! Gott sei Dank gibt es auf der Welt andere Dinge, über die man reden, und andere Menschen, die man treffen kann.

Und ich kam zurecht. Ich lebte zwanzig Jahre in London, und ich hinterließ meine Spuren. Es war kein anonymer Weg. Die arme Maman allerdings schien mit unserem Umzug nicht fertig werden zu können. Sie verlor ihre Heiterkeit und ihr Urteilsvermögen. Sie begann, sich Dinge einzubilden, und fiel wirklich lachhaften Ängsten zum Opfer. Sie hielt ihre eigenen ungeordneten Gedanken für die meinen. Sie bildete sich ein, ich sei in Gefahr, nicht sie selbst. Sie hatte mit der Zeit nahezu Angst vor Fremden, sogar vor unseren Dienstmädchen. Sie glaubte, die Welt spioniere uns nach und tuschele über uns, und das beunruhigte sie sehr. Die einfache Erklärung war natürlich, daß die Welt unserer Nachbarn uns nachspionierte und zwangsläufig über uns spekulierte und klatschte.

Wir waren anders. Maman war eine Dame, wie hätte sie nicht bemerken können, wie wenig es zu ihr paßte, in unserer kleinen modernen Schuhschachtel zu wohnen? Wir waren drei Frauen, hinter Kamelien verborgen. Sie waren neugierig – wo waren die Ehemänner, gab es Ehemänner, wie lebten wir, wovon? Maman wurde ganz paranoid, die Arme. Wann immer ich die Magd oder das Rothaarige auch nur tadelte, erstarrte sie vor Angst. Was würden die Nachbarn sagen? Ich fürchte, die gräßlichen, kleinbürgerlichen Werte unserer Nachbarn verseuchten sie. Ihr krankhafter Zustand war gelegentlich recht deutlich; sie sprach sogar offen darüber und erzählte mir von ihren Ängsten, als seien sie real.

Als sie starb, war Hendon für sie zu einer riesigen Todeszelle geworden, und jeder Tag war nur ein Hinrichtungsaufschub. Sie sagte die gleichen Worte so oft zu mir, daß ich unsere Gespräche zu diesem Thema auswendig wiederholen kann. Es fing immer damit an, daß ich ein bißchen jähzornig war. Sie behandelte mich wie ein Kind, denn sie bestand darauf, daß es sich um Tobsuchtsanfälle handele. Gelegentlich (sehr gelegentlich) und wenn man mich provozierte, hatte ich Zornausbrüche, die völlig natürlich waren. Jeder außer Maman hat zwei Seiten seines Wesens. Nur sie, mit ihrer Abhängigkeit von der Kirche, mußte immer den Charakter einer Heiligen haben.

Aber nein, jedesmal, wenn ich die Stimme erhob oder eine halbgare Kartoffel zurückgehen ließ, war es ein »Tobsuchtsanfall«. Sie hätte mich in Kanada sehen sollen. Sie hatte mich in Claremont nach Papas Tod gesehen – das waren Tobsuchtsanfälle, meinetwegen. Es überraschte mich, daß sie den Unterschied zwischen Zorn und Trauer nicht sehen konnte. Ich glaube, ihr Stricken dröselte langsam ihr Gehirn auf.

»Kitty, Kitty, siehst du denn nicht, wie gefährlich dein Benehmen ist?« sagte sie immer in ihrer ruhigen, tiefen Stimme mit den gemessenen Worten, die so angenehm im Ohr klangen, ganz gleich, was sie sagte.

»Verstehst du nicht, daß das Gesetz eingreifen wird? Das ist mehr als nur Bosheit. Das ist Wahnsinn; Kitty, ich habe solche Sorge, daß sie dich abholen werden, wenn das bekannt wird. Mein Notgroschen kann dich nicht schützen, Liebling, nicht, wenn sie dich einsperren. Bitte versuche, deine Tobsuchtsanfälle zu kontrollieren. Du mußt daran denken. Du mußt.«

Meine Narben schmerzten, wenn sie so sprach, weil ich begriff, daß ich Freunde und Beziehungen, sie aber außer mir niemanden hatte. Sie muß gespürt haben, wie sich das Geflecht ihres Geistes auflöste, und sie hatte Angst, in einer Anstalt zu landen. Allein der Gedanke, daß meine liebe Maman diese letzte Demütigung erleiden könnte, ließ immer die Wut in mir schrumpfen und zu dem Wunsch werden, sie zu beschützen. Ich versuchte, ihr verständlich zu machen, daß keine Gefahr bestand, daß das Gesetz und die mysteriösen »sie« sie holen würden. Nie war sie so dicht an den Tränen wie bei diesen Gelegenheiten, und sie sagte: »Nicht ich, Kitty, du. Dich werden sie holen, verstehst du das nicht?«

Ihr stolzes, sanftes Wesen nahm keine Vernunft an. Sie war überzeugt, daß draußen Ärzte und Gesetzeshüter auf mich warteten. Es war ein eigenartiges Dilemma, da ich wußte, daß sie diejenige war, die sie holen würden, wenn es Zeit war, und ich ihr nicht half. Wenn also bei uns Spannungen entstanden und Maman »Denk daran« sagte, dachte ich daran; ich dachte daran, daß sie das Opfer einer paranoiden Besessenheit war, und wenn es mir nicht gelang, sie zu beruhigen, könnte sie mir entgleiten und in äußerster Erniedrigung enden. Sie projizierte ihre Ängste, aber dadurch wurden sie nicht weniger real. Sie kämpfte mit etwas, womit sie nicht fertig wurde. Ihr »Denk daran« war eine Warnung, daß das überforderte Gewebe ihres Geistes jeden Augenblick sich auflösen könnte, und sie hatte panische Angst, da sie spürte, daß ihr die Kraft fehlen würde, sich davon zu erholen.

17. Kapitel

Ich hatte viele Galane, wie Maman sie nannte, viele Verehrer. Es war die einzige Art zu verhindern, daß ich mich langweilte. Sie sagten mir, wie verliebt sie seien, das war in Ordnung, solange sie es nicht zu oft sagten. Einige hatten im Krieg gedient, andere waren zu jung, aber sie alle sprachen über das Sterben. Sie taten, als würden sie sterben, wenn ich sie nicht küßte, sterben, wenn ich mich nicht mit ihnen verabredete oder sie gern hatte, und sterben, wenn ich ihre Geschenke nicht annahm. Ich hielt sie auf Abstand, weil ich wußte, daß sie sich erregen würden, wenn ich sie zu nah an mich herankommen ließe. Maman gefielen die Blumen und die Schokoladentrüffel in Goldpapier, die sie schickten, die Geschenkkörbe und der Nippes, aber mir gefielen nur Grammophonplatten und Smaragde. Männer, die dies nicht bemerkten, blieben nicht lange.

Ich habe irgendwo von einer ägyptischen Königin gehört, die man gezwungen hatte, gegen ihren Willen zu heiraten, und die einen Pavillon aus Edelsteinen bauen ließ, als Erinnerung an ihre Seitensprünge während der Abwesenheit ihres Ehemannes. Sie ließ das ganze Königreich ihren Körper schänden, kaufte für jeden Liebhaber einen Edelstein und zeigte ihre Verachtung für ihren Gatten, indem sie das, was er besessen hatte, so wertlos machte, wie sie konnte. Das war eine eigenartige Geschichte, aber sie gefiel mir. Keiner meiner Liebhaber hat je meine Blöße gesehen oder berührt, aber alle brachten mir Steine.

In Golders Green war ein Juwelier, der sie für mich

faßte. Er und seine Schwester Elsa Müller wurden meine Freunde, sie konnte jedes Kleid und jedes Kostüm aussehen lassen, als stamme es aus dem exklusivsten Pariser Modehaus, obwohl sie in Wirklichkeit in unserer Straße wohnte und arbeitete. Maman mochte sie nicht; sie war die einzige von all meinen Freunden, die sie aus meinem Leben fernzuhalten suchte. Die Müllers waren Juden, und wie die meisten meiner Freunde hatte Maman einen Kieker auf die Juden. Es war egal, wie charmant oder sogar nützlich sie waren, Maman wollte sie nicht im Haus oder in dessen Nähe haben. Es störte sie, wenn ich mich in einem Geschäft mit ihnen auch nur unterhielt. Für sie war es ein weiteres Zeichen unserer Schande, daß ich auch nur erwägen konnte, gesellschaftlichen Umgang mit ihnen zu pflegen. Sie betrachtete es als weiteren Aspekt ihrer Buße, daß wir so weit gesunken waren, in derselben Straße wie sie wohnen zu müssen. Hätte sie das Sagen gehabt, sie hätte sie vermutlich zwangsweise entfernen lassen.

Was das Rothaarige anging, so räumte sie ein, daß dessen rote Mähne ein nicht zu leugnender Schandfleck, die groteske Größe des Dings »unglücklich« und sein unsäglicher Appetit »nicht damenhaft« sei, aber sie versuchte immer, es zu entschuldigen, und deutete an, seine genetischen Defekte seien weniger abscheulich, als es den Anschein habe. Sie behauptete, Großpapa habe gesagt, Papas Bücher und Aufsätze über Erbmängel seien oft übertrieben und sogar falsch. O ja, sie nahm das Rothaarige vor der öffentlichen Verurteilung durch verbrecherische Merkmale in Schutz, aber wenn es um die Juden ging, bezeichnete sie die ganze Rasse als böse, degeneriert, abstoßend und brandmarkte sie mit praktisch jedem Schimpfwort in ihrem Wortschatz. Sie versuchte, mich von den Müllers abzubringen, indem sie mir versicherte, Papa hätte niemals mit ihnen gesprochen. Kam Elsa zum

Tee und brachte einen Zimtkuchen und eine riesige *Pflaumentorte** mit, richtete Maman es so ein, daß sie fort war, oder sie blieb in ihrem Zimmer. Danach warf sie unweigerlich die Reste dieser köstlichen Kuchen Rufus vor, ihrem kriechenden Hündchen. Wie zu erwarten, wurde er von so viel Süßem krank. Maman sah darin natürlich eine jüdische Verschwörung, während ich Elsa dafür um so lieber mochte. Ich konnte diesen Hund nie leiden.

Elsa hatte etwa einhundert Cousins und Cousinen und in allen europäischen Großstädten Brüder und Onkel. Sie selbst kam aus Wien und konnte diese Stadt auf eine Weise beschreiben, daß sie zum Leben erwachte mit ihrer wilden Musik, ihrer Versessenheit auf Tanzen und Bälle und Flirten und Spaß. Alle Männer ihrer Familie machten, wie sie sagte, »in Schmuck«, und sie sprach ganz ungeniert über Edelsteine und wertvolle Gegenstände. Anders als die meisten meiner Freunde, die geradezu ermüdend bescheiden waren, was ihren Besitz anging, und für Gespräche über die besonders schönen Dinge, die einst in Claremont gewesen waren, folglich nicht taugten, genoß Elsa jede detaillierte Beschreibung der Vasen, Kerzenleuchter, reich geschnitzten Goldrahmen um Familienporträts und der exotischen Schätze, die aus der ganzen Welt herbeigeschleppt und dort gehortet waren. Sie bewunderte aufrichtig meine Smaragde. Sie brachte mich mit ihrem schnellen, kosmopolitischen Witz zum Lachen.

Mir gefielen ihre verliebten Geschichten über Cousin Dietrich, der sich bei Schloß Schönbrunn verlief, und Cousin Josef, der um Mitternacht am Graben auf der Straße Walzer tanzte, so gut, daß sich eine Menschenmenge bildete, die mit ihm durch die Wiener Nacht tanzte. Ich liebte sie nahezu dafür, daß sie so sehr bewunderte,

---

* Im Original deutsch.

was sie verlassen hatte. Ich kann Menschen nicht leiden, die im Exil ihre Vergangenheit herabsetzen.

Ich bin sicher, Wien hätte mir gefallen, aber am besten hätte es mir vermutlich in den Zwanzigern gefallen. Es gab so viele Schlagzeilen, Plakatwände und Gerede über die Wirtschaftskrise, sie schienen die ganzen Dreißiger zu verschlingen. Wenn ich auch nur eine Sekunde lang zu tanzen aufhörte, wurden diese Jahre einfach deprimierend. Alles wurde so ernst; selbst die eigenen Freunde verwandelten sich in fade, sorgenvolle Geschäftsmänner oder Politiker. Ständige Bewegung, das ist die beste Medizin gegen Langeweile – oder besser gesagt, die beste Schutzimpfung. Ich reiste ständig, fuhr England von einem Landhaus zum nächsten ab, eliminierte die Wochenenden von Freitag bis Montag, so daß die Wochen kürzer und leichter zu füllen wurden.

Wenn man bedenkt, daß halb Europa durch meinen Kopf marschiert war, sollte es nicht so schwierig sein, mir über meine eigene Zeit Rechenschaft abzulegen. Wie können einem die mittleren Wochentage von zwanzig Jahren entfallen? Ich erinnere mich sehr genau an den Strand von Selsey, auch wenn ich mich nicht mehr daran erinnern kann, welche Verehrer mit mir dort waren und welche nicht; aber sonst? Manchmal ging ich im Park spazieren, manchmal unternahmen wir Bootsfahrten. Im Sommer gab es Tennis, im Winter Schlittschuhlaufen. Ich bin mehrmals nach Paris gefahren, ich flog gern. Kino fand ich furchtbar. Ich weiß nicht, was deprimierender war, der Anblick einer Schlange vor dem Arbeitsamt oder vor dem Kino. Ein einziges Mal war ich in einem Film und bin in der Mitte hinausgegangen. Allein die Vorstellung von Dunkelheit und davon, so dicht neben völlig Fremden zu sitzen, ist ausgesprochen entsetzlich; ebenso wie die Marionettenbewegungen auf der Leinwand mit ihrem endlosen Schwarzweiß. Es erinnerte mich an Kanada. Ich ging gern in die Oper und gelegentlich ins Konzert, aber oft wurde ich ruhelos und ging auch da vorzeitig.

Ich weiß nicht, warum diese Mitten so bedeutungslos geworden sind. Ich scheine mich an nichts anderes zu erinnern als an Lieder.

* * *

Und ich erinnere mich, daß Maman schließlich nachgab und das Rothaarige fortschickte. Das war fraglos das beste. Das Ding blähte sich vor unseren Augen. Da außer Zweifel stand, daß es – buchstäblich – ein Ungeheuer werden würde, war angezeigt, es zu trainieren. Wir hatten nur noch Bruchstücke von Claremont. Hätten wir es damals nicht vor die Tür gesetzt, es wäre gar nichts mehr übriggeblieben.

Mamans Zustand hatte sich verschlechtert. Sie hatte angefangen, stundenlang mit dem Rothaarigen zusammenzusitzen, dabei seine riesige sommersprossige Pranke in ihrer eigenen, zarten Hand zu halten, auf die Kamelienbüsche im Garten hinter dem Haus zu sehen und in langen, traurigen Monologen Claremont heraufzubeschwören. Es war furchtbar mitanzusehen, wie Maman sich vor einer Fremden derart erniedrigte. Manchmal trennte ich sie und setzte mich selbst zu Maman, aber die Schande brachte sie zum Weinen. Es war schlimm für sie, wenn sie merkte, daß sie dabei ertappt worden war, wie sie ihre Geheimnisse fremden Ohren offenbarte. Einerseits war sie so paranoid wegen Spitzeln, und andererseits schien sie sich tatsächlich im unklaren darüber, daß der einzig gefährliche sich in unserem Haus befand. Das Rothaarige war wie ein unzerstörbarer Bandwurm in unserer Mitte.

Die französische Klosterschule, in die es schließlich

geschickt wurde, war für meinen Geschmack nicht streng genug und zu nah, aber es war besser als nichts. Zu den übelsten Eigenschaften des Rothaarigen gehörte, daß es so ungemein unansehnlich war, daß niemand darauf achtete, was darunter versteckt sein könnte. Sobald es stark genug war, trachtete es danach, mich zu vernichten. Ja, noch vor seiner Geburt hatte es nicht nur mich angegriffen und verletzt, sondern auch Maman, unsere Art zu leben, unseren Glauben, sogar unsere Insel.

Es bedarf eines erheblichen Maßes an Gerissenheit, jemandem sein Land wegzunehmen. Ich jedenfalls erkannte meinen Feind. Die arme Maman wurde überlistet und schließlich infiziert. Wie das Rothaarige einen Krebs in unser Leben gesät hatte, wie sein Vater einen in mich gesät hatte, wie es die fünfundvierzig Quadratmeilen Jersey mit der unausrottbaren Saat seiner Vernichtung erfüllt hatte, so gelang es ihm nach und nach, seinen Krebs in Mamans Seite zu pflanzen.

Ich habe versucht, Gott weiß, wie ich versucht habe, seine Heimtücke in Grenzen zu halten. Ich habe mich selbst von ihm isoliert, und ich habe versucht, Maman vor dem böswilligen Würgegriff ihres irren Enkelkinds zu retten. Doch als es ins Kloster kam, war der Schaden bereits geschehen. Immerhin hatten wir das Haus in Hendon für uns. Es gab keine Diebstähle in der Küche mehr, keine Nächte mit Wimmern. Keine Krokodilstränen. Kein Schluchzen, das einen zur Raserei brachte, keine spöttischen Seitenblicke von Passanten. Maman konnte Mrs de Gruchy ohne die Peinlichkeit des rothaarigen Trampels im Schlepptau besuchen. Sie konnte nach Kew Gardens gehen und es in Ruhe genießen. Sie konnte endlich ihre Handarbeit hinlegen und die Elfenbeinhäkelnadeln in ihr Kästchen zurücktun. Aber es war zu spät.

Ich kämpfte fast ein Jahr lang mit ihren Ängsten und

erkannte dann, daß ich drastischere Maßnahmen ergreifen mußte, um sie sowohl zu beruhigen als auch zu schützen. Im Winter 1929 ließ ich mich von Nelson scheiden. Das Gerichtsverfahren mit dem unvermeidlichen kleinen Skandal brachte erneut die alte Diskussion um Unterhalt auf. Maman wollte Hilfe. In Amerika war die Börse zusammengebrochen, und einige ihrer Freunde hatten schwere Rückschläge einstecken müssen. Es wurde viel über eine Finanzkrise spekuliert. Maman sagte immer wieder: »Du hast ein Recht auf sein Geld, Kitty, und er hat Geld, also erledige bitte diese ganze unerquickliche Angelegenheit anständig.«

»Du wolltest nicht von der Mildtätigkeit der de Gruchys leben, und sie sind enge Freunde von dir«, erinnerte ich sie. »Warum soll ich so tief sinken, auch nur einen Penny von dem Mann anzunehmen, den ich hasse?«

Ich war so entschlossen, nicht nachzugeben, daß mir an manchen Tagen vom Streiten und Beharrlichsein regelrecht schlecht war. Ich erhielt, quasi als verfrühtes Weihnachtsgeschenk, die vorläufige Scheidung, aber nichts, was in diesem Winter geschah, konnte Mamans Laune bessern. Sie hatte einen Anfall von Depression; ich hätte ihre unablässige Kritik an mir langweilig gefunden, hätte sie sich nicht wirklich so sehr gefürchtet.

Da lebten wir also, im Vorstadtleben gefangen, sie mit ihren wachsenden Phobien, ich mit meinem neuerworbenen und potentiell verletzbaren Status als unverheiratete Frau. Seit unserer Ankunft in der grauen Metropole hatte ich Möchtegern-Gatten stets mit der unüberwindlichen Barriere einer bestehenden Ehe abwehren können. Es ist der einzig wirksame Weg, quengelnde Anträge ein für allemal zu beenden. Meine Scheidung traf mit panischen Zuständen bei Maman zusammen – oder löste sie vielleicht aus. Nichts, was ich tat oder sagte, konnte sie von meiner seelischen Gesundheit überzeugen. Ich glaube, man nennt es Angstzustand oder Attacke oder so etwas. Dabei projizierte Maman ihren eigenen Wahnsinn auf mich. Sie entließ sogar das Dienstmädchen, weigerte sich, ein neues einzustellen, und erledigte die Plackerei der groben Hausarbeiten allein – und das alles mit der Begründung, wir dürften keinen Fremden gestatten, mich zu sehen.

Ich telegraphierte an Agnes, sie solle von der Insel herüberkommen und versuchen, sie zu beruhigen. Ich verfrachtete uns alle nach Selsey, wo wir ein windiges Osterfest am Strand verbrachten. Ich spielte Patience mit ihr, bis meine Geduld praktisch für den Rest meines Lebens erschöpft war. Als letzte Rettung ließ ich sogar das Rothaarige aus seinem Käfig, um zu sehen, ob es zu ihr würde durchdringen können, aber natürlich verschlimmerte es ihren Zustand – so sehr, daß sich Maman nach den Ferien in eine Krise hineinsteigerte.

Da beschloß ich, Peter zu heiraten. Er hatte mich seit einigen Monaten herumchauffiert, und obwohl ich seinen Gesprächen kaum folgen konnte, waren sie zumindest nicht langweilig. Außerdem war er auf seine Art der passendste Mann, den ich binnen so kurzer Frist heiraten konnte. Passend in Mamans Augen, nicht meinen. Aber schließlich heiratete ich ihn Mamans wegen.

18. Kapitel

Damals auf der Insel, wenn Harry und die anderen Kinder zum Spielen kamen, saßen wir auf den Klippen, rissen Gänseblümchen und Kleeblätter von den Stengeln und zupften sie auseinander, um zu erfahren, wer wen liebte. Gänseblümchen waren am besten: »Er liebt mich, er liebt mich nicht.« Ich zerrupfte Gänseblümchen für Harry und er für mich, aber wenn wir allein waren, mogelte er, denn wenn er die Blüte zerriß, rief er: »Sie liebt mich, sie liebt mich und nur mich.« Ich liebte Harry. Ich glaubte, Nelson zu lieben, als er mich anfangs bezauberte, aber es war nicht so, wie sich zeigte. Ich weiß mit Sicherheit, daß ich nach ihm nie mehr jemand geliebt habe. Flirten ist nicht Liebe. Es ist eine Kur, eine Medizin.

Als ich Peter heiratete, liebte ich ihn überhaupt nicht, aber seine Gefühle für mich reichten für uns beide – auch wenn sie bald erstarrten und sich in ihr Gegenteil verkehrten. Diese Liaison hat bei mir immer einen bitteren Nachgeschmack hinterlassen, aber sie erfüllte ihren Zweck. Sie zeigte Maman, daß ich normal war. Sie bewies ihr, daß sie nichts zu befürchten hatte. Außerdem nahm es unserem Haus in Hendon den Ruch von Skandal, den es mit der Zeit erworben hatte.

Peter war wie der Mann in der Pantomime, der trotz der Zwischenrufe aus dem Publikum darauf beharrte, alles auf seine Weise zu sehen. Von den Rängen und aus dem Parkett riefen alle »Hinter dir!«, aber Peter konnte nur nach vorn blicken. Ich warnte ihn, er dürfe von mir nichts erwarten. Ich sagte ihm, ich würde ihm nichts geben. Ich hatte nichts zu geben.

Er sagte: »Liebst du mich ein wenig, Kitty?«

Und ich sagte: »Nein.«

Aber er glaubte mir nicht. Er lachte: »Immer mußt du mich aufziehen!«

Das Leben war ein Witz für ihn, immer, von morgens bis abends. Doch bei all seiner guten Laune fehlte ihm der Sinn für Humor. Er hatte mich oft gebeten, ihn zu heiraten. Er war darin sturer als alle anderen. Also sagte ich eines Tages »ja«. Heiraten ist nicht Lieben. Ich wollte ihn heiraten, ich wollte Maman beruhigen. Ich sagte ihm ganz klar, daß ich nie ein weiteres Kind bekommen, daß er und ich getrennte Zimmer haben würden. Das war in Ordnung. Vor der Hochzeit war alles »in Ordnung«.

Ich weiß nicht, warum ich damals nachgab. Ich glaube, ich wollte sichergehen, daß die Hochzeit nicht abgesagt wurde. Nachdem ich mich jahrelang geweigert hatte, wollte ich plötzlich unbedingt zum Altar. Ich ging sogar zur Klosterschule des Rothaarigen mit ihm und tat einen Nachmittag lang, als haßte ich es nicht. Ich verzog nicht einmal die Lippen, als es auf uns zugekrochen kam. Vielleicht war das ein Fehler. Peter bekam einen falschen Eindruck. Er lud es sogar in sein Landhaus ein.

Maman gab sich nicht als einzige Selbsttäuschungen hin. Vielleicht lag es daran, daß ich so viel Zeit mit ihr verbracht, ihrem Wunschdenken und ihrem Heimweh zugehört hatte, jedenfalls begann auch ich zu phantasieren. Ich hoffte, wir würden durch meine Heirat mit Peter wieder ein schönes Zuhause bekommen. Ich wußte, es würde nie Claremont sein, aber es hätte elegant und angenehm sein können, und Maman hätte ein wenig von der Aufmerksamkeit zurückbekommen, nach der sie sich sehnte. Peter war Wachs in meinen Händen, er tat, was ich wollte, ich konnte ihn beliebig formen. Ich stellte ihn auf die Probe, als er mir den Hof machte, dachte mir Kapricen aus, nur um zu sehen, wie er reagierte. Keine Marotte war zu bizarr oder schwierig, als daß er sie nicht erfüllt hätte.

Er schien der perfekte Hüter für Maman und mich zu sein. Er stellte mir sein Einkommen zur Verfügung, übernahm die Kosten für das Rothaarige und kaufte mir die wundervollsten Smaragde, die ich je besessen habe, noch wundervoller als die, die Papa mir gekauft hatte, und schöner als alle Steine, Ringe und Broschen, die meine anderen Galane dem grünen Fonds gestiftet hatten.

Meine Verlobung heilte Maman. Sie holte sie aus dem langen, erbärmlichen Tunnel zurück, in den sie hineingeschlittert war, und brachte sie wieder an die Sonne, die sie so liebte. Sie wurde jünger, sie begann, die Welt um sich wahrzunehmen und deutlich Freude an ihr zu haben. Wenn sie von Jersey sprach, dann nicht mehr wie ein ertrunkener Kapitän, der an fremden Gestaden die Wellen über sein totes Gesicht spülen fühlt. Sie trug den Kopf ein wenig höher, wenn sie die High Street hinunterschritt, sie zog einige ihrer besseren Kleider aus der Mottenkiste und trug sie wieder, bereit, ihre neue Rolle als gesetzmäßige Schwiegermutter zu erfüllen. Maman war auf merkwürdige Weise vom Gesetz fasziniert. Sie sprach davon, als sitze es auf dem Dachfirst unseres niedrigen Häuschens und warte mit dem Schwert in der Hand darauf, sich hinabzuschwingen und die Roberts von Claremont zu strafen, deren Schande sie für die siebenschwänzige Katze, das Gefängnis oder eine Verschiffung in die Kolonien bestimmt hatte. Das Gesetz lag unter ihrem Kopfkissen, es lauschte aus dem harten Kern ihres Seidenknäuels. Es lauerte in der Küche und versteckte sich im Gewächshaus hinter der Topfpalme. Es folgte ihr in die Geschäfte, saß neben ihr im Park. Sein Blick ruhte auf uns. Es hatte unser Tor mit einem unsichtbaren Galgen gekennzeichnet. Das Gesetz und die Kirche, dies waren die beiden Enden der Folterbank, die sie quälte.

Das Rothaarige ermordete meine Träume. Es versuchte, mein Herz zu brechen, aber das ließ ich nicht zu. Maman hätte bei uns am Eaton Square wohnen, ihre Sommer in Haddersley Hall verbringen, einen richtigen Garten bestellen können. Dieser Garten in Yorkshire hatte nur wenige Büsche, kaum Strauch- oder lange Blumenrabatten, die an den Mauern die Aufmerksamkeit auf sich zogen. Es hatte keine Lavendelreihen, keine Seerosen im Teich, keine Wasserhyazinthen, keinen Winterjasmin, keine dunklen Kamelien. Sie hätte ihre alten Tage glücklich damit zubringen können, sich in einem Garten zu schaffen zu machen, den sie selbst angelegt hätte. Sie hätte ihre eigenen Weinstöcke haben können und Orchideen obendrein, wäre das Rothaarige nicht gewesen.

So hatten wir kaum das Standesamt hinter uns gebracht und den schmalen Goldreif neben meinen Smaragdverlobungsring gesteckt, als ein Kampf begann, der damit enden sollte, daß all meine Pläne zunichte gemacht wurden. Peter hatte schon eingewilligt, daß Maman bei uns wohnen würde. Sonst hätte ich ihn nicht geheiratet. Aber er bestand darauf, daß auch das Rothaarige kam. Er wollte es sogar aus dem Kloster holen, damit es als Ganztagsverpestung wirken konnte. Er sagte, er habe immer angenommen, dies sei meine Absicht. Das Thema war wie ein Pilz: Es wuchs, breitete sich aus und zerfraß die zarten Bande dieser einseitigen *amour*. Er behauptete, er habe meine Bedingung, keine Kinder zu bekommen, nur akzeptiert, weil ich bereits ein Kind hatte, das er adoptieren konnte.

Unsere Flitterwochen waren als Folge dieses Unsinns über alle Maßen mühselig. Ich kam schon in der ersten Woche an den Punkt, wo ich es nicht ertrug, wenn das Thema angeschnitten wurde. Die ganze Angelegenheit schien fallengelassen und in die Versenkung verschwunden zu sein, wohin sie gehörte, als sich Peters Verhalten mir gegenüber völlig veränderte. Ich traf am Eaton Square bereits Vorbereitungen für Mamans Umzug (in den Salon im ersten Stock, der hell, großzügig und hübscher war als die eigentlichen Schlafzimmer), als mein Mann meuterte. Er sagte, Maman könne nur kommen, wenn das Rothaarige auch komme. Und er blieb absolut stur. Ich versuchte alles. Ich scherzte, weinte, schrie und schmollte, aber er ignorierte mich einfach. Er sagte, dies sei sein Haus, er sei mein Ehemann, und er sage mir, was zu tun sei.

Ich erinnerte ihn natürlich daran, daß er noch wenige Tage zuvor keine dieser Ansichten vertreten hatte. Er sah mich an, mied den direkten Augenkontakt mit mir und sagte in diesem albernen Yorkshire-Dialekt: »Wo ich herkomme, gibt es ein Sprichwort. Man läuft dem Bus nicht hinterher, wenn man ihn gekriegt hat.«

Also herrschte Krieg. Nein, ich glaube, vor dem Krieg herrschte nur ein Patt. Das Unangenehme kam später. Ich glaube, Maman gefiel ihr Aufenthalt in Haddersly Hall. Aber in gewisser Weise war das noch grausamer. Er erinnerte sie an all das, was ihr fehlte, nur um es ihr wieder fortzunehmen. Ja, ich glaube, das war es, was sie endgültig aus der Bahn warf, denn im Sommer 1930 ging es ihr sehr gut.

»Peter ist klein, ißt Haxen vom Schwein, hatt' eine Frau, die ließ ihn allein.« Er versuchte, mir Angst zu machen, und er versuchte, mich zu verletzen. Er wollte mir das wenige nehmen, was mir auf der Welt geblieben war. Ich hatte ihn geheiratet, damit er mir mehr gab, damit Maman ein Heim hatte, damit wir wieder ehrbar waren. Stattdessen tat er alles Erdenkliche, um mich zu vernichten. Man bedenke nur, wie sehr es Maman schmerzte, in Hendon allein zu leben, ohne mich, die ich sie tröstete. Schon allein das war grausam. Aber er war ein grausamer Mensch. Unter seinem Lächeln und seiner Banalität war er ein Tyrann. Als deutlich wurde, daß ich nicht nachgeben würde, fing er an, mich zu verspotten und mir auf die Nerven zu gehen.

Ich beherrschte meine Wut auf ihn unmenschlich lange. Ich wollte Maman für immer von Hendon wegholen, also überhörte ich seine erbärmlichen, nörgelnden, dummen Klagen, wobei mir nur gelegentlich der Geduldsfaden riß. Offenbar sah er in einem kurzen Aufblitzen meiner Augen und einigen scharfen Erwiderungen aus Notwehr eine neue Art von Übel, und er wurde selbstgerecht und puritanisch. Eines Tages hob er die Bibel seiner Mutter hoch, legte die Hand über das goldgeprägte Leder und sagte: »Ich schwöre bei meiner toten Mutter, daß ich mich niemals für deine Grausamkeiten gegen Joan benutzen lassen werde.«

Seine Oberlippe zitterte, die Tränen standen ihm in den Augen, und auf dem Rücken der ausgestreckten Hand pochten die Adern, er sah so überaus lächerlich aus, daß ich lachte. Wer hätte das nicht getan? Kein Mensch sitzt in seinem eigenen Wohnzimmer und schwört auf Gräber. Wir waren nicht in der italienischen Oper, wir waren zivilisierte Menschen und lebten in einem zivilisierten Land. Und als ich lachend im Sessel saß, den Kopf zurückgeworfen, um das Seitenstechen zu lindern, das sich infolge seiner ganzen Absurditäten meldete, langte Peter zu mir herüber und ohrfeigte mich.

Ich holte die Kraft in meine Augen zurück. Ich beschwor die Ungerechtigkeiten, die ich unter den Hoffnungen begraben hatte, meiner Maman zu helfen, ich hörte auf, mit ihm zu scherzen. Ich erzählte ihm all die Dinge, die ich über ihn wußte und die er nicht wußte. Ich führte ihm seine eigenen Familienangehörigen vor. Machte ihn mit ihnen bekannt, einen nach dem anderen. Ich erzählte ihm, welche Gedanken um den Eßtisch kreisten und unausgesprochen blieben. Ich erzählte ihm meine Gedanken über ihn. Ich sorgte dafür, daß er immer kleiner wurde.

Zuerst versuchte er ständig, sich zu entschuldigen. Aber geschehen ist geschehen. In dieser Nacht kam er in mein Zimmer und versuchte, mich zu küssen. Danach blieb er ein oder zwei Tage in seinem Zimmer, bis die Kratzer verheilt waren. Küsse sind etwas für Freunde, nicht für Feinde. Was war im Krieg mit dem Küssen? Er hatte mich hintergangen, mich für seine eigenen geistesgestörten Vorhaben benutzt. Honourable Robert Peel. Seit ich beschlossen hatte, ihn zu heiraten, nannte ich ihn Peter, weil er der Fels war, auf den ich meine Kirche bauen wollte, Mamans Kirche. Doch da war kein Fels, sondern Treibsand, und Treibsand kann töten. Er hinterging mich, aber er konnte mich nicht wirklich verletzen, weil ich ihn nicht im geringsten liebte. Es war nicht wie bei Harry, Papa, Maman oder mir selbst, wo die Last meiner Gefühle mitunter vernebelt, was ich sehen kann. Ich brauchte Peter nur anzuschauen, und ich wußte ganz genau, was er dachte und plante. Ich wußte, daß er mit seinem blöden alten Armeegewehr kommen und versuchen würde, mich zu erschießen, und ich wußte, daß er es nicht über sich bringen würde, wenn das Rothaarige da wäre. So schlug ich ihn – ich tat das einzige, worauf er nie gekommen wäre, ich kletterte zum Rothaarigen ins Bett und machte ihm einen Strich durch die Rechnung. Es war am Anfang da und am Ende.

Nach dem Fiasko verwischte ich Peters Spuren so gut ich konnte. Maman sprach nicht mehr über ihre Ängste, die in den Monaten, seit ich Yorkshire verlassen hatte, offenbar etwas zurückkehrten. Ich glaube, sie hatte ihre Lektion gelernt, auch wenn sie um die Belohnung geprellt worden war: Wir waren zwei normale Leute, zwei gesunde Menschen, zwei Frauen, die gemeinsam in der Zwangsjacke ihrer Notlage lebten und keine andere Geißel zu fürchten hatten als die rachsüchtigen Machenschaften des Rothaarigen.

Hin und wieder hatte Maman allerdings Rückfälle. Sie wurden unweigerlich von dem Giraffenmensch ausgelöst. Es konnte selbst in seiner Abwesenheit für Ärger sorgen. Es war frech und aufsässig geworden. Es fürchtete mich, weil ich es durchschaute. Es wagte sogar, meine Freunde mit Wollust anzusehen. Es war widerwärtig. Natürlich hatte ich immer gewußt, daß es eine Schlampe werden würde. Es war ihm angeboren. Selbst als kleines Kind hatte es Agnes ständig betatscht und darum gebettelt, berührt zu werden. Einiges davon läßt sich korrigieren. Wozu sollte Erziehung gut sein, wenn es nicht so wäre? Ich habe es versucht. Ich ließ nie zu, daß es mich Mutter nannte, wollte nie eine sein und mochte die furchtbare Bürde meines Schicksals nie. Darin aber war ich ihm eine gute Mutter. Ich versuchte, so gut es eine Mutter nur vermag, seine Fehler zu beheben. Und wäre Maman nicht so schwach gewesen, wäre ich vielleicht wenigstens bei den Grundregeln des Anstands erfolgreich gewesen.

Aber die Anspannung war immer da. Der Riß war sichtbar, und Maman rief, trotz ihrer Resignation, immer noch »Denk daran«. Was sonst hätte ich tun sollen? Ich liebte sie, ich war ihre Tochter, ihre einzige Tochter. Ich war alles, was sie hatte. Wann immer ich konnte, gab ich ihr den Strand, um sie zu trösten. Ich gab ihr das Meer. Sie bat immer darum. Maman konnte stundenlang unverwandt auf das Meer hinausblicken. Und ich hielt ihr einen Strang Seidengarn, ich lauschte ihren Erinnerungen an Jersey, hörte ein ums andere Mal ihren Kummer um unsere verlorene Insel. Ich ging mit ihr zur Messe, betete mit ihr, behütete sie in ihren langen, letzten Jahren. Was sonst hätte ich tun sollen? Ich war ihre Tochter.

Ich wollte nicht, daß sie ins Pflegeheim zog. Chislehurst war so weit weg. Ich hätte sie zu Hause pflegen können. Nachdem ihre Krankheit ausgebrochen war, schritt sie sehr schnell voran. Zuvor war sie immer im Keim dagewesen, und als Hinken. Gottseidank blieben ihr Schmerzen erspart. Ich habe gehört, daß Krebs ganz furchtbar weh tun kann. Aber Maman hinkte nur. Ihr Schmerz war die Folge ihres Exils, der Bürde durch das Rothaarige, das neben ihr herschlurfte, und ihrer Schande. Sie hatte Angst zu sterben. Das hat sie mir selbst gesagt. Sie hatte Angst, mich zu verlassen. Ich hatte sie so lange beschützt, sie muß sich sehr einsam gefühlt haben, als sie die letzte Reise allein antreten mußte. Ich sagte ihr, daß ich bei ihr sein würde, weil sie in meinem Kopf bei mir sein würde während ihrer letzten Tage, aber das bereitete ihr noch mehr Angst. Der Tod war es, der sie schreckte.

Ich hatte mich so daran gewöhnt, daß wir zusammen waren, nur wir beide. Wir standen uns so nah. Sie fehlte mir, als sie starb. Sie fehlte mir im ganzen Haus. Manchmal schlief ich in ihrem Bett und versuchte, sie dort zu finden. Manchmal leistete Elsa Müller mir abends Gesellschaft und spielte mir meine Schallplatten vor. Sie hielt auch das Haus in Ordnung. Die Dienstmädchen verschwanden spurlos, nachdem Maman gestorben war. Das war der Anfang vom Ende. Der erste Schritt auf einer Leiter, die zu Trümmer und Tränen hinabführte.

In meinem Kopf spürte ich Mamans Ängste noch lange, nachdem sie gestorben war. Ich spürte sie stärker als zu der Zeit, als sie noch lebte. Sie blieben mir wie ein Keil im Hirn, und der Keil hinterließ einen großen, der freien Luft ausgesetzten Spalt. Der Winter war kalt. Das Feuer ging ständig aus, also gab ich das Haus auf. Hendon war

Mamans Wahl gewesen. Ich verließ es nach ihrem Tod. Ich zog ins West End und wohnte in einem Hotel. Damals wurde mir bewußt, wie leicht auch Maman das hätte tun können, wäre nicht der Ballast dieses dämonischen Kindes gewesen. Es war kein sehr feines Hotel. Die Leute dort waren nicht fein. Vielleicht hätte es Maman doch nicht gefallen. Außer ... sie hätte auf der Insel bleiben können. Das hätte ihr gefallen. Sie brauchte es.

Der Krieg machte alles zunichte. Er zog Mamans Häkelarbeit Masche für Masche auf. Er zerstreute meine Freunde. Wer blieb, wurde sehr langweilig, wie Menschen, deren Gedanken versickert sind. Und sie begannen zu flüstern. Nicht so, wie Menschen hinter meinem Rükken flüstern. Sie besuchten mich, und sie flüsterten auf eine Weise, daß ihre Stimmen über meinen Gedanken unhörbar waren. Vermutlich hatten sie nichts Interessantes mehr zu sagen. Jede Nacht war Verdunklung, und die Finsternis beunruhigte mich.

Ich weiß noch, daß die Deutschen die Insel am 1. Juli 1940 besetzten. Ich hörte es im BBC. Etwa um diese Zeit begann die Schlacht in meinem Kopf. Zu viele Menschen starben. Sie versuchten ständig, zu mir durchzukommen, mit ihren letzten Augenblicken durch mich hindurchzugehen. Es waren zu viele. Sie taten meinen Augen weh. Sie hätten mich getötet, wenn sie gekonnt hätten. Es war Krieg. Auf Zivilisten wurde keine Rücksicht genommen. Es wurde auf niemand Rücksicht genommen. Einige sagten, der Krieg würde aufhören. Er hörte nie auf. Sie sagten, das Land sei schon Jahre, bevor er anfing, von Spionen durchsetzt gewesen. Wir hatten einen bei uns zu Hause. Sie sagen, nicht alle sprechen Deutsch, aber es gibt unmißverständliche Zeichen, an denen man sie erkennt.

Ich bin seit Jahren eine Gefangene. Sie holten mich während der Luftangriffe. Ich sah sie nicht kommen, weil mein Kopf durch die anderen Opfer schon verletzt war. Sie nahmen meine Smaragde, stahlen sie und meine Kleider. Es ist sehr langweilig hinter diesen Gittern. Ich frage mich unentwegt, was die Deutschen wohl mit Claremont gemacht haben. Ich erinnere mich an vieles, Erinnern vertreibt die Stunden, und rede – mit mir selbst, denn hier ist niemand, der zuhörte. Es gibt nur Spione, Spione und noch mal Spione. Die Wände haben Ohren, unbedachtes Reden kostet Menschenleben. Sie haben meine Smaragde gestohlen, aber ich habe noch meine Augen.

Dritter Teil

ARME FLORENCE

19. Kapitel

Ich kam 1869 in Grantham in Lincolnshire zur Welt, meine Schwester Violet wurde zwei Jahre später geboren; Ivy war die jüngste. Ich konnte mich sehr deutlich an Grantham erinnern, nachdem wir nach Jersey gezogen waren, obwohl meine Mutter sagte, das könne ich nicht, weil ich zu klein gewesen sei. Sie wollte, daß wir auf die Insel nichts als unsere guten Manieren mitbrachten, unsere Namen und Nachnamen sowie die gelegentliche Erwähnung von Berry Place, dem Haus, in dem sie geboren worden war. Mein Vater war Arzt, Sohn französischer Hugenotten, die nach England geflohen waren und sich dort niedergelassen hatten. Er war klug, warmherzig und tolerant, und er liebte unsere Mutter sehr. Wenn sie böse auf ihn war, was recht häufig vorkam, pflegte er seinen Schnurrbart zu zwirbeln und zu sagen: »Ich bin stolz wie ein Zaunkönig, daß ich eine so schöne, zornige Frau habe.«

Unsere Mutter war groß und hatte, was man klassische Züge nennt, ihr Haar war rotblond mit weißen, seidigen Strähnen um die Stirn, wie das Haar eines Säuglings. Auch sie war sehr verliebt, und manchmal, wenn Vater einen besonders schwierigen Fall löste oder eine besonders schöne Weihnachtsdekoration aufgehängt hatte, konnte sie sehr stolz auf ihn sein, aber sie konnte niemals ganz vergessen, daß sie eine Berry von Berry Place war, die unter ihrem Stand geheiratet hatte.

Als wir nach Jersey gezogen waren, erfuhren die Leute von der hugenottischen Abstammung und sahen darin unsere nachdrücklichste Empfehlung. Zu Mutters Kummer hatte dort niemand je von den Berrys gehört, alle aber hatten von Hugenotten gehört – oder waren, und sei es in ferner Vergangenheit, mit einem verwandt. Die Nachbarn sagten, dadurch gehörten wir fast zu ihnen, seien fast Einheimische. Jersey war also von Anfang an gut zu uns. Wir zogen dorthin, weil Vater starb. Er litt an Schwindsucht, und die feuchte Luft des Fenns von Lincolnshire hatte zu einer Verschlechterung seines Zustandes geführt, wovon er sich, entgegen seinem eigenen medizinischen Urteil und dem seiner Kollegen, teilweise erholte.

Er war damals erst Mitte Vierzig, aber er verlor seine Kraft und beschloß, die einzige Hoffnung, sein Leben zu verlängern und ein Wiederaufleben der tödlichen Tuberkulose zu vermeiden, biete der Umzug in ein perfektes Klima. Zur Wahl standen die Schweiz und die Kanalinseln, und er wählte Jersey, weil er mit einem Jungen zur Schule gegangen war, der dort seine Ferien verbrachte, und weil er selbst immer unter Palmen hatte leben wollen.

Mutters Familie sah in unserer Umsiedlung auf die Insel einen weiteren Beweis für Vaters Fremdartigkeit und gesellschaftliche Minderwertigkeit. Sie konnten nicht verstehen, wie jemand den Wunsch haben konnte, aus dem erbauenden Schatten der Tore von Berry Place fortzuziehen. Niemand, ich vermute, nicht einmal die Berrys, bestritt Vaters Können als Arzt, seine Bildung auf einigen anderen Gebieten oder seine wunderbaren Manieren, aber hinter vorgehaltener Hand und hinter seinem Rücken schimmerte immer Ablehnung durch. Es war nicht ganz *comme il faut*, Franzose zu sein. In Grantham gab es nahezu keine Ausländer.

In Lincoln selbst waren einige Franzosen, sie lebten in der zweiten und dritten Generation dort mit ihrem Akzent und ihren Ansprüchen auf Ländereien und Titel, die man ihnen während der Revolution genommen hatte, in augenfälliger Nähe zur wunderschönen Kathedrale. Vater hatte Freunde dort. Er war dort zur Schule gegangen, auf die katholische Schule, und er hatte im Chor der Kathedrale gesungen. Grantham aber war eine Kleinstadt, es schien weit entfernt von Lincoln, und Ausländer wurden mißtrauisch beäugt. Man redete über sie und beobachtete sie – nicht ganz so scharf wie die umherziehenden Zigeuner, aber mit ähnlichen Hintergedanken. Es war fremdländisch, weit weg von Berry Place geboren zu sein, und unverzeihlich fremdländisch, die eigene Vergangenheit nicht mit dessen Geschichte verknüpfen zu können, ob durch Abstammung oder ein Dienstverhältnis.

Hinter den Pfarrgrenzen von Grantham lag die Grafschaft Lincolnshire, und hinter Lincolnshires Grenzen lagen die ausgedehnten, weniger glücklichen, gleichwohl freundlichen angrenzenden Grafschaften Englands, durch Gottes Voraussicht vom Meer geschützt. Wer über dieses Wasser kam, war auf gravierende Weise benachteiligt, trotz eines gewissen anthropologischen Interesses, das solche Immigranten wecken mochten. Rassenmischung wurde sorgfältig vermerkt und festgehalten. In Sleaford gab es einen italienischen Steinmetz, und zwischen Sleaford und Grantham, in einem kleinen Hof an der trostlosen, erhöhten Straße durch Fenngebiet, gab es einen Neger, der ein Mädchen aus der Gegend geheiratet hatte und mit ihr ihre Schafe und die gemeinsame Brut ingwerhäutiger, wollhaariger Kinder versorgte. Dann gab es die Royalisten von Lincoln, und in störender Nähe zum moosbedeckten und stattlichen Berry Place gab es Dr Martin, meinen Vater, der seinen Klatschwert mindestens verhundertfacht hatte, als er die jüngste Tochter der Berrys für sich gewann.

Unser Leben veränderte sich mit unserem Umzug nach Jersey völlig, und alle Veränderungen waren zum Besseren. Für Violet und mich war es wie der Umzug ins Paradies. Entgegen Mutters Wünschen erinnerte ich mich an unser Leben in Grantham, und ich beschrieb meinen Schwestern unser dortiges Haus, das Kinderzimmer und die Stadt. Von uns dreien interessierte Violet sich am meisten für unseren Geburtsort. Sie konnte sich kaum daran erinnern, einige Bilder ausgenommen, die sie nur mit meiner Hilfe verstand. Also erzählte ich ihr von dem Aussehen und der Größe unseres Reihenhauses mit seinen Fenstereinfassungen aus Stein, den Schiefer- und Klinkerböden und der steilen Treppe, die drei Etagen hoch kletterte, von der Enge und den Essensgerüchen, die aus der Küche aufstiegen, vom Geruch gelöschter Kerzen, der in den Gardinen hing, und dem allgegenwärtigen Geruch der Feuchtigkeit, dem Erkennungszeichen des Fenns.

Lincoln ist mir als ein Land in Schwarz und Grün in Erinnerung geblieben, wie ein Bluterguß am ersten Tag seiner Heilung. Die Felder rund um Grantham waren schwarz, weil die Erde schwarz und schlammig war, und der Schlamm schien auf die Stadt überzugreifen. Der Rauch aus allen Schornsteinen war schwarz, der Rauch aus den Ziegelfabriken war schwarz, und obwohl die Ziegel an sich hell waren, ein staubiges Orange, solange sie neu waren und in Stößen neben den Brennöfen standen, schwärzte der Rauch ihrer Herstellung die Ziegelsteine aller Häuser und ließ sie sehr alt aussehen. Im Winter war es schwarz und düster in unserem Kinderzimmer unter dem Dach, mit seinen kleinen Fenstern und den langen Nächten, die hereinbrachen und die Stadt Stunden vor unserer Schlafenszeit in Dunkelheit hüllten. Die Tore von Berry Place, wohin wir einmal im Monat zu einem Besuch mitgenommen wurden, waren schwarz, Moos und Efeu, zwischen Schwarz und Grün, hafteten aneinander, von den Zedern und den hohen Kiefern, Lorbeerbäumen und

Misteln verdunkelt, deren klamme Schatten über die Einfahrt und das kantige, unnachgiebige, alterslose Haus herabtropften.

Und es gab Grün. Es gab das Sommergrün des Holunders und des Weißdorns, die auf dem Gemeindeland am Stadtrand wuchsen, das Grün unseres Vorgartens und das Grün des jungen Weizens auf den Feldern. Im Winter gab es mehr Grün als im Sommer, das Grün des Schimmels nämlich, der auf allem im Haus, auf jeder Mauer, jedem Baumstumpf und jedem Stückchen Eisen, wuchs. Unsere Schuhe, Kleider und Fensterbänke waren grün, ebenso die Rückwände unserer Schränke und das Innere der Schubladen.

Damals dachte ich, wie alle Menschen mit Haut überzogen sind, so sei die ganze Welt mit Schimmel überzogen. Der einzige Ort, der anders war, war der Strand von California, wohin Vater in unserem letzten Sommer einmal mit uns fuhr, um uns das Meer zu zeigen, damit wir keine Angst hätten, wenn wir auf die Kanalinseln übersetzten. Ich erinnere mich immer noch an diesen ersten Anblick, wie es sich in der wunderbarsten Abfolge wechselnder Grautöne bis zum Horizont erstreckte – wie ich mich auch immer noch an unsere Überfahrt auf die Insel erinnere, von Weymouth in einem halbleeren Postdampfer, der bis St Helier unentwegt rollte und schlingerte.

Wir ließen uns in der nördlichen Pfarrgemeinde St John nieder, mieteten ein Haus, später ein anderes. Vater hatte seine Hausaufgaben gemacht: Der Arzt, der bis zum vorhergehenden Winter in St John gelebt hatte, war senil geworden, ans Haus gefesselt und unfähig, seine ehemaligen Patienten weiterhin zu behandeln. Doch da der alte Mann noch lebte, wagte niemand, ihn zu ersetzen – bis wir kamen, durch die Kanalüberquerung von den armen Verwandten der Berrys von Berry Place in die Martins aus

England verwandelt. Vater war wirklich sehr klug. Er zog nicht als Arzt nach St John, als jemand, der mit seinem Können ein ansehnliches Einkommen zu verdienen hoffte, sondern als Mann mit bescheidenen Mitteln, der selbst Rekonvaleszent war.

Wir erwähnten seine Schwindsucht natürlich mit keinem Wort; seine Krankheit wurde als »durch Feuchtigkeit ausgelöstes Lungenleiden« bezeichnet. So saß er auf einer hohen Chaiselongue am Fenster des schönen Arbeitszimmers, das auf die Straße hinausging, mit einem Buch in der Hand und einem Teleskop, das nahezu, aber nicht ganz hinter ihm versteckt lag. Jeden Morgen ritt er durch das Dorf und die angrenzenden Weiler und hielt an, um mit allen einen Schwatz zu halten. Er ließ Gott und die Welt wissen, daß er Arzt sei, ein Mediziner, der wegen der Luft nach Jersey gekommen sei, und was für eine wunderbare Luft das war.

Binnen weniger Wochen brachte man die Verbrennungen und Schnittwunden, Geburten und Todesfälle, Austernvergiftungen und Gichtanfälle des Kirchspiels von St John klagend an seine Tür.

»Entschuldigung, Ma'am, aber könnte Dr Martin wohl zu Mrs Dauvergne hoch nach Hall kommen?« Es war ein Notfall, und es war keine Zeit, den Arzt aus Ville à l'Évêque zu holen. Oder: »Ist dein Vater zu Hause? Meinst du, wir könnten mit ihm sprechen? Das Kind ist krank geworden, und wir wissen nicht, wohin wir es sonst bringen sollen.« Und Vater brachte immer das »Opfer«, unterbrach seinen verfrühten und vorgetäuschten Ruhestand, bis er sich nach und nach als Arzt etabliert hatte, mit Patienten in drei Pfarrgemeinden und sehr vielen Freunden. Und er blühte auf, wie er es unter dem herabsetzenden Patronat seiner Verwandtschaft nie gekonnt hatte.

Violet und ich besuchten die Vorschule, die von den

beiden Miss Grandin geführt wurde. Wir lernten Französisch und Englisch lesen und schreiben, wir lernten die Namen aller Blumen auf der Insel, wir lernten Nähen, Häkeln und jene Abschnitte aus der Geschichte der Kanalinseln, die das beste Licht auf Jersey warfen. Als Ivy alt genug war, gesellte sie sich zu uns und wurde einer der Lieblinge der jüngeren Miss Grandin. Aber kein Kind der Schule war beliebter als meine Schwester Violet. Sie war auch der Stolz meiner Eltern. Vater nannte sie »mein Liebling«, und Mutter nannte sie »eine Berry durch und durch«.

Violet hatte hellbraunes Haar, das von allein zu seidenen Locken fiel, und sie hatte, mehr als wir beiden anderen, Mutters klassische Züge geerbt, die hohe Stirn, die gerade Nase und das gerade Kinn. Sie hatte auch eine außergewöhnlich blasse Haut. Jeden Sommer, wenn wir zur Schule gingen oder weiter zu den Stränden von St John und Bonne Nuit Bay spazierten, wurde ich im ganzen Gesicht auf überaus undamenhafte Weise braun, wie groß oder wie fest sitzend mein Hut auch sein mochte. Wenn ich meine Handschuhe auszog – was ich nicht durfte, aber manchmal tat –, wurden meine Handrücken binnen eines Nachmittags golden. Violet hingegen konnte das Wetter nie etwas anhaben. Ihr Teint war so hell wie eine Lummenbrust, und seine atemberaubende Schönheit wurde von ihren sehr klaren, sehr großen grünen Augen noch überboten. Sie war ein schönes Kind – so schön, daß Nachbarn, die uns auf unserem Schulweg sahen, innehielten, um sie zu bewundern, und, wenn sie mein hübsches, aber weitaus gewöhnlicheres Gesicht sahen, »arme Florence« murmelten.

Zu Hause koste Vater Violet, hob sie auf seine Knie, bedeckte ihr Haar mit Küssen, und wenn er dann zu mir herunterblickte, sagte auch er: »Arme Florence, wir dürfen dich nicht eifersüchtig machen.«

So war es in der Schule und überall, diese irrige Annahme meiner Armut. Niemand verstand, wie glücklich und zufrieden ich war und so stolz wie alle auf die Schönheit meiner Schwester. Ich liebte Violet. Ich liebte es, mit ihr zusammenzusein und mich im Widerschein ihres Glanzes zu sonnen. Ich liebte die intelligenten, lustigen Dinge, die sie sagte, und die zahllosen Seiten gezeichneter Blumen, die sie mir schenkte. Sie zeichnete mit einer Hingabe, die niemand von uns teilte. Vater sagte, sein Großvater mütterlicherseits sei bis zur Revolution Maler gewesen und habe ein elegantes Atelier mit Studenten und Besuchern aus der ganzen Welt gehabt. Eines Tages seien Soldaten gekommen, um sein Atelier zu schließen und ihn zu verhaften, aber er sei gewarnt worden und habe entkommen können. Er habe seine Familie wissen lassen, daß er nach Lyon geflohen sei, danach hatte man nie wieder von ihm gehört; obzwar ein Unbekannter meine Großmutter auf dem Obstmarkt von Les Halles angehalten und ihr zugeflüstert hatte, er sei tot. Als Kinder glaubten wir gern, Madame La Guillotine habe ihm den Kopf abgeschnitten. Wir spielten oft ein recht grausames Spiel, bei dem wir unseren Flickenpuppen den Prozeß machten, sie verurteilten und dann über eine Lichtung hinter dem Gebüsch fuhren und ihren Tod nachstellten. Wir dachten uns sogar aus, wie wir die Stiche, mit denen der Puppenkopf festgenäht war, so lösen konnten, daß er beim Niedersausen eines Holzbretts fortrollte.

Wenn mich später jemand fragte, ob ich meine Kitty nicht gar zu boshaft fände, dachte ich manchmal an dieses Spiel und erkannte, daß alle Kinder grausam sein können. Die Erinnerung daran verschleierte für mich lange die Tatsache, daß Kitty, meine Tochter, die wie eine wiedergeborene Violet aussah, in Wahrheit anders war als andere. Doch so vieles an ihr war liebenswürdig, und sie hatte so viele Eigenschaften direkt von meiner lieben Schwester, daß ich sie dafür um so mehr oder dennoch liebte. Kitty war ein Opfer der Umstände, eine schöne Blume, die man in die falsche Erde gepflanzt hatte.

In den achtziger Jahren aber, in meiner Kindheit, kann ich mich an keinerlei Nöte erinnern. Ich lebte ein Leben ohne Prüfungen. An den Wochenenden und an Feiertagen half ich manchmal meinem Vater bei den Vorbereitungen zu einer Operation. Er war sehr genau, und er machte gern alles selbst.

»Wie kann ich es sauberhalten, wenn Marie jeden Tag mit ihrem schmutzigen Wischlappen und Staubtuch über alles drübergeht? Bitte ich sie, es besonders sauberzuhalten, verteilt sie den Schmutz des übrigen Haushalts zweimal am Tag über meine Instrumente. Zweimal so viel Schmutz. Was meinst du?«

Vater glaubte an Salz. Er sagte, die Römer hätten es benutzt, um nach Schlachten ihre Wunden damit auszuwaschen, und daß es Wundbrand aufhalte, also könne es seinen Instrumentenkästen mit den Nadeln, Häkchen, Pinzetten, Skalpellen und sogar Sägen nur guttun. Er hatte auch schöne Bücher, vor allem in Latein und Französisch, mit Abbildungen von Knochen und Adern. Ich habe nie jemand gekannt, der seine Arbeit so sehr liebte wie er – ausgenommen vielleicht Violet, als sie Malerin wurde, nach London zog und Miniaturen malte, die so schön waren wie die, die wir in Italien sahen.

Um unser Haus pflanzte Vater eine Rosmarinhecke. Sie hatte widerspenstige Äste und duftende Blüten und war nie so ordentlich geschnitten wie die Buchsbaum-, Liguster- und die hohen portugiesischen Lorbeerhecken unserer Nachbarn. Mutter hätte gern etwas Traditionelleres gehabt, aber der Rosmarin war bei den Spaziergängern beliebt, die ihn für ihr Abendessen pflückten, und

Vater sagte, es sei sehr gesund, von seinen Heilkräften umgeben zu sein.

Ich habe nie verstanden, warum man mich »arme Florence« nannte. Ich war überhaupt nicht arm. In Grantham, am anderen Ende der Stadt, war eine Straße, die in einen Schlammpfad überging, den wir manchmal entlangfuhren, und die Familien, die in den zerfallenden Backsteinhaufen auf beiden Seiten wohnten, waren arm. Ihre Kinder gingen barfuß, sogar im Winter. Und ihre Kleider waren zerlumpt und viel häßlicher als unsere, sie waren alle sehr dünn und schmutzig und bürsteten sich fast nie die Haare. Am Ende des Pfades, mit Blick durch dicke schwarze Zaunpfähle auf die weite Ebene der Berry-Felder, lag ein Armenhaus, das viel größer war als die anderen Cottages. Am Sonntagnachmittag, nach dem Mittagessen, diskutierten Vater und seine Freunde über den, wie sie es nannten, »furchtbaren Zustand der Armenfürsorge«, die ihnen offenbar sehr wichtig war, insbesondere Vater, da wir selbst arme Verwandte waren, eine Tatsache, die ich in Berry Place aufgelesen hatte.

Auf der Insel gab es keine solchen Straßen und keine solchen Häuser, doch mein Spitzname begleitete mich den weiten Weg von Lincolnshire. Es machte mir nichts aus, ich verstand ihn nur nicht. Ich empfand mich als das privilegierteste Kind der Welt, denn ich lebte mit meiner Familie so nah am Meer, an diesem Ort der hellen Farben, warmen Tage und langen Abende, und ich hatte Violet neben mir.

Später dann, als Dickie gestorben war, als ich Witwe wurde und Kitty allein aus Kanada zurückkam, kehrte der Name, den ich während meiner mittleren Lebensjahre verloren hatte, wieder, setzte sich fest und blieb. Es war Emily de Gruchy, die ihn neu prägte, und mir wurde bewußt, daß ich vielleicht als Kind so genannt worden war, damit ich mich daran gewöhnte und eine gewisse Vertrautheit in seinem Klang fände und weniger das Mitleid als vielmehr das Mitgefühl darin spürte. Denn ich war niemals arm. Selbst in den schlimmsten Jahren hatte ich immer Joan, die mich stützte, und Kitty, um die ich mich kümmerte. Vater hat immer gesagt: »Es bleibt keine Zeit zu Selbstmitleid, solange es andere gibt, die dich mehr brauchen.«

20. Kapitel

Vater hatte nicht damit gerechnet, unseren Umzug auf die Insel um mehr als einige Jahre zu überleben, und als es doch geschah, sah er diese Verlängerung als ein Geschenk Gottes an. Er war immer fromm gewesen, aber er wurde es mit jedem Jahr mehr. St John selbst war eine fromme Gemeinde. Mindestens ein Drittel der Gemeindemitglieder war Methodisten, die in ihrer eigenen Kapelle Gottesdienste abhielten und im Befolgen ihrer Gebote strikter waren als alle andern. Einige meiner Freunde waren Methodisten, und obwohl ich sie gern hatte, fand ich ihren Geschmack und ihre Häuser zu schlicht. Sie schienen alles, was einfach war, auf eine Weise anzubeten, die mich zu sehr an die öden Fennebenen erinnerte. Auch dort gab es überall niedrige methodistische Backsteinkapellen. Aber ich glaube, in Lincolnshire, wo die Grenzen strenger gezogen wurden, war Methodist zu sein ein größeres Stigma als auf der Insel.

Die meisten von uns waren Anglikaner und besuchten den Gottesdienst in der großen Granitkirche, die an der Kreuzung in einem Eibengarten stand, daneben das Pfarrhaus und auf der anderen Straßenseite der Friedhof. Es gab drei katholische Familien im Dorf, aber sie lebten alle in großen Häusern am Ortsrand und waren recht vornehm. Vater besuchte sie beruflich, und sobald wir Mädchen alt genug waren, um ihre Soireen und Bälle zu besuchen, wurden die »Miss Martins um die Ehre ihrer Anwesenheit gebeten«. Wir waren überall als die Miss Martins bekannt, selbst bevor Violet und Ivy in dem Alter waren, in dem man sie so nennen konnte. Daher war es anfangs nur ich, aber manchmal durfte Violet mich begleiten, was uns beiden besondere Freude bereitete. Wir waren einander sehr nah. Ging eine von uns Borten einkaufen, kamen die beiden anderen immer mit, und hatte eine von uns ein Geheimnis, erfuhren es die beiden anderen. Ich konnte es allerdings nicht ändern, mich Violet näher zu fühlen, sie war so schön und hatte ein so sanftes Wesen, das zog mich zu ihr hin, wie alle. Bei Bällen war Violets Karte voller Tanzpartner, noch bevor der Abend richtig angefangen hatte.

Als Violet krank wurde, hoffte Vater zunächst, die Erkrankung, was immer es sein mochte, sei durch Diät und Gymnastik zu heilen. Er sagte mir später, er hätte die Symptome seiner eigenen Krankheit erkennen müssen, habe es aber nicht ertragen, sie bei seiner eigenen Tochter zu sehen. Er sagte nicht Lieblingstochter, aber das war sie natürlich. Ihre Krankheit schien sehr langsam voranzuschreiten, als ziehe sie Violet aus den oberen Stockwerken unseres Hauses, wo die Schlafzimmer lagen, zur Chaiselongue im Wohnzimmer, dann aus der Tür heraus und fort über den Kanal.

Als sie achtzehn war, traten einige Zeichen ihrer Schwindsucht auf: nachts die roten Flecken auf den blassen Wangen, der leichte Schmerz in der Seite und die Hustenkrämpfe, aber es fehlten die verräterischen Blutspuren auf dem Taschentuch. Daher wurde ihre anfängliche Schwäche als vielerlei behandelt. Man hoffte, es seien Wachstumsschmerzen, und fürchtete, es sei Anämie, es hieß, es sei eine Nierenschwäche und die Nachwirkungen einer Erkältung, die sie sich beim Tanzen auf dem Rasen eines Nachbarn geholt hatte, als besonders viel Tau fiel. Vater behandelte sie mit seinen Salzen und Arzneien, die damals üblich waren: mit Stärkungsweinen und Lebertran, Rinderbrühe und Kalbsfußaspik.

An einigen Tagen ging es ihr besser, manchmal schien sie sich sogar zu erholen, dann stand sie auf, saß im Garten unter ihrem liebsten Apfelbaum, und die Krankheit schien bezwungen. Aber dann folgten die unvermeidlichen Rückfälle. Weiterhin überwachte Vater den Verlauf ihrer täglichen Fieberkurve; weiterhin umhegte Mutter ihre engelsgleiche Tochter, wobei sie auf weniger wissenschaftliche und eher zufällige Art eigene Behandlungsmethoden erfand. An einem Tag bestand sie darauf, daß Violet im Bett bleiben und lesen sollte, während sie selbst nach St Helier fuhr und die letzten Fortsetzungen von Charles Dickens für sie holte, um sicherzugehen, daß Violets Interesse nicht erlahmte und sie im Bett blieb. Am nächsten Tag konfiszierte sie die halb gelesene Geschichte mit der Behauptung, lesen ermüde und sei schlecht für sie.

Nachdem Mutter alle widersprüchlichen Kuren versucht hatte, die sie sich ausdenken konnte, bezwang sie ihren Stolz und schrieb mit der Bitte um Rat an die Berrys. Die Berrys von Berry Place, die unseren Umzug als persönliche Kränkung gedeutet hatten, hatten in dieser langen Zeit zweimal geschrieben, durch die Feder unserer Großmaman, um uns mitzuteilen, die einzig denkbare Möglichkeit für Vergebung und Versöhnung sei unsere unverzügliche Rückkehr nach Lincolnshire. Unsere Weigerung, dem zu entsprechen, resultierte in einem Bruch, der mindestens zehn Jahre gedauert hatte. Mutter hatte weiterhin Weihnachtskarten geschickt, sich von Zeit zu Zeit ihrer Familie erinnert und ihnen Briefe geschickt, die sie über unsere glücklichen Lebensumstände, unsere Gesundheit und unser materielles Wohlergehen auf dem laufenden hielten. Diese Briefe – ob an ihre Mutter, ihren Vater oder eines ihrer zahlreichen Geschwister gerichtet – blieben demonstrativ unbeantwortet.

Wäre Mutter auch nur ein ganz klein weniger stolz auf

ihre Herkunft gewesen, sie hätte angesichts dieser stetigen, stillen Brüskierungen aufgehört zu schreiben. Aber sie war als Berry erzogen worden, und sie glaubte, es gäbe auf der ganzen Welt keine vornehmere Familie, und jedes Maß an Zurückweisung sei es wert, erlitten zu werden, solange sie durch die aristokratische Hand ihrer eigenen Mutter und nicht durch die unendlich viel plebejischeren Hände irgendeines anderen Menschen geschah. Sie hatte sich als Mädchen in Vater verliebt, der ihr nach einem Sturz einen gebrochenen Arm geschient und nach siebenwöchiger Behandlung einen Ellbogen hinterlassen hatte, der so schön wie nur je ein Berry-Ellbogen war. Sie war dazu erzogen, eigensinnig zu sein, und als sie darauf bestand, Vater zu heiraten, nachdem sie ihn trotz einer einjährigen Trennung nicht vergessen hatte, hatte sie erfahren, wie eisig eine altehrwürdige Familie sein kann. Sie zeigten ihr, daß von einem Pferd zu fallen und sich den Arm zu brechen nichts waren im Vergleich dazu, aus dem Stand der Gnade zu fallen, was unweigerlich folgte, wenn eine Berry unter ihrem Stand heiratete.

Ich glaube, Mutter schrieb ihre Briefe auch weiterhin, weil sie ihnen wirklich zeigen wollte, wie wohlhabend und angesehen wir als Familie geworden und wie gern gesehen wir in allen vornehmen Häusern waren und daß Vater nicht mehr nur Arzt war, er war Dr Martin, der immer durch den Vordereingang eintrat. Doch dies war offenbar nicht die Art von Neuigkeiten, die ihre gekränkte Familie hören wollte. Vielleicht klang die Nachricht von Violets Krankheit in ihren Ohren süßer. Hier war eine Möglichkeit, zurückzuschreiben und zu sagen: »Ich habe es dir gleich gesagt.« Hier war eine Möglichkeit zu zeigen, wie ein unbedachter Schritt die Gesundheit eines jungen Mädchens zerstören konnte.

Nach einem Jahrzehnt des Schweigens antworteten die

Berrys. Der Briefbote brachte den schwarz gesiegelten Brief meiner Großmaman an die Haustür. Mutter war so überrascht, als ihr der Brief hingetragen wurde, daß sie ihr Riechsalz benötigte. Ich verbinde Großmutter Berry immer mit dem scharfen, unangenehmen Stechen von *sal volatile*. Unter ihrem geprägten Briefkopf schrieb sie:

Liebe Charlotte,

was Deine Tochter benötigt, ist offensichtlich eine Luftveränderung. Schicke sie am Ersten des kommenden Monats nach Berry Place. Edgar wird sie am Bahnhof abholen. Sie muß den Zug nehmen, der mittags ankommt, damit sie sich zum Lunch umziehen kann. Wenn das Kind so sehr eine Berry ist, wie Du sagst, wird es willkommen sein. Es spricht für sie, daß sie auf fremder Erde nicht gedeiht.

Du kannst uns die Einzelheiten dieses grotesken Fleckens ersparen, wohin Du so unbelehrbar hast ziehen müssen.

Ich bleibe,

Deine Mama

Mutter interpretierte diesen Brief als unumschränktes Willkommen in den Schoß der Familie. Sie sagte zu uns: »Maman zeigt ihre Gefühle nicht. Das hat sie nie getan. Aber sie ist sehr eigen damit, wen sie für längere Zeit einlädt. Wir durften nie länger als einen Nachmittag bleiben, als wir in Grantham wohnten.«

Mir wurde das Herz schwer, als uns die Einladung nach soweit weg vorgelesen wurde. Ich hoffte, Vater würde Violet nicht reisen lassen. Ich wußte damals nicht, daß der Schimmel, an den ich mich erinnerte, Violets Krankheit tatsächlich beschleunigen würde, aber ich spürte, daß die Kälte der Familie und die Kälte, die mir immer noch in den

Knochen steckte, ihr weh tun würden, weil sie mir weh taten. Es würde unerträglich sein, von meiner Schwester getrennt zu sein. Aber Vater hatte sich um sein Kind und wegen der ihn verwirrenden Symptome gesorgt. Er hatte einen anderen Arzt konsultiert, einen angesehenen Kollegen aus St Helier, der sie untersucht und »Luftveränderung« empfohlen hatte. Er interpretierte ihre Lethargie und Blässe fälschlicherweise als Zeichen von Langeweile, und mit der typischen Geringschätzung eines Arztes für einen anderen tat er Vaters Sorge, es könne etwas Ernsteres sein, verächtlich ab.

Vater verzieh sich niemals, daß er Violet fahren ließ. Er beschuldigte sich, die Anzeichen ihres Niedergangs nicht präzise genug verzeichnet zu haben, um zu wissen, daß ein Aufenthalt in den Fenns das letzte war, was sie brauchte. Sein eigener Verfall begann, als Violet zurückkehrte, geschwächt und von zinnoberroten Flecken auf den Wangen gebrandmarkt. Violet war auf die Berrys immer neugierig gewesen und wollte sie kennenlernen, daher bedauerte sie zwar, uns zu verlassen, freute sich aber sehr auf die Reise.

Vater begleitete sie bis zum Bahnhof von Grantham, wo er sie sicher der Obhut des wartenden Edgar übergab. Sie blieb den ganzen August über in Berry Place, schrieb fast täglich Briefe mit lebendigen Beschreibungen ihrer Cousins, Tanten, Onkel, unseres einsilbigen Großvaters, der ein murmelnder Märtyrer der Gicht war, sowie der schreienden alternden Matrone, unserer Großmutter. Violet war in Linolnshire offenbar ein voller Erfolg. Die Familie erklärte, sie sei »eine Berry durch und durch«, was, wie sie schrieb, »alles ganz wunderberry ist, aber hat das Leben nicht mehr zu bieten?«

Ende August klang in ihren Briefen Heimweh an, im September tröpfelten nicht mehr als zwei Briefe pro Woche ein – eingesteckt, wie sie schrieb, von einem Mädchen aus dem Ort namens Rumsey, das in einer schrecklichen Hierarchie mürrischer Angestellter als Dienstmädchen, Magd und Sündenbock für alles arbeitete. Rumsey lokkerte, wie sie schrieb, einige der spartanischen Haushaltsregeln für sie und hielt sie über den jeweiligen Stand der Familienzwistigkeiten auf dem laufenden, die offenbar unentwegt und kleinlich ausgefochten wurden. Als Mitte September abrupt keine Briefe mehr kamen, schrieben sowohl Mutter als auch Vater, um sich nach ihr zu erkundigen. Drei Wochen lang traf ihre wachsende Sorge auf höfliche, aber unnachgiebige Abfuhr durch Großmaman selbst: »Violet geht es gut, sie hat sich eine leichte Erkältung zugezogen, sich aber gut erholt« ... »Violet unternimmt mit ihren Vettern und Basen zu viel, um selbst schreiben zu können, schickt aber Grüße« ... »Violet hat versprochen zu schreiben« – doch von ihr selbst kam kein Zeichen. Das wäre auch nicht gekommen, hätte Rumsey nicht eine falsch buchstabierte Botschaft nach »Iland of Jersy« geschickt, die besagte: »Vilet stirbt, wenn Sie sie nicht holen kommen.«

Sowohl Mutter als auch Vater reisten mit dem nächsten Schiff. Ich erinnere mich an den Tag, weil es der 5. Oktober war, mein Geburtstag. Ich war zwanzig Jahre alt, und ich gelobte mir selbst, ich gelobte Gott, ich gelobte den rauhen Wellen des Meers, daß ich dankbar und mit Freuden den Rest meines albernen Lebens für die Gnade gäbe, wenn Violet lebte. Die drei Tage, die sie fort waren, schienen die längsten zu sein, die ich je erlebt hatte. Alles Glück, all die Sicherheit unseres Lebens waren plötzlich wie ausgelöscht. Wir alle veränderten uns in der Folge, die ganze Familie. Ivy, die sechzehn war und fast ebenso panische Angst hatte wie ich, klammerte sich an mich. Wir weinten drei Tage lang, als sei unsere Schwester bereits gestorben, und dann, am dritten Tag, brachte eine fremde Kutsche sie zu mir zurück.

Die Insel rettete sie, auch wenn die gefärbten Kastanienblätter schon auf den Winter hindeuteten. Das Wetter war mild und blieb auch mild während der Wochen, die nötig waren, um sie aus dem erschöpften und jämmerlichen Zustand wieder zu etwas zu bringen, das ihrem früheren Selbst ähnelte.

Dann wendete sich das Blatt, und nun war es an Großmutter Berry, ihrer Tochter zu schreiben und sie um Vergebung zu bitten. Großmutter sagte, sie liebe Violet mehr als alle anderen Enkelinnen, und als Violet zunächst nur an einer Erkältung erkrankte, habe sie, Großmutter, gedacht, sie werde sie erst auskurieren, bevor sie uns davon berichtete. Als die Erkältung zur Bronchitis geworden und das Fieber gestiegen sei, habe sie Angst gehabt, das einzugestehen. Als sich die Krankheit verschlimmerte und es Violet nicht besser, sondern immer schlechter ging, habe Großmutter nicht gewußt, wie sie ihren Fehler eingestehen sollte. Sie habe gehofft und gebetet, und statt der Krankenschwester, die sie angestellt hatte, habe sie selbst ihr Enkelkind gepflegt und bei ihm gewacht.

Vater gab sich selbst ebensosehr die Schuld wie seiner arroganten Schwiegermutter, und Mutter wurde das Rückgrat ihres Stolzes gebrochen. Sie hatte an einem Berry niemals zuvor einen Fehler entdeckt, aber nach der Vernachlässigung ihrer Lieblingstochter erschien ihr plötzlich die ganze Brut ihrer mit blindem Stolz geschlagenen Familie verkommen. Sie verzieh meiner Großmutter nie, nicht einmal während des Aufschubs von sechsunddreißig Monaten, der von Violets Rückkehr nach Jersey bis zu ihrem Tod dauerte.

In dem Maße, wie die Insel sie ins Leben zurückholte,

begann Violet, um eine Belohnung zu quengeln. Zunächst tauchte der Gedanke in den wirren Fieberreden auf, schon bald aber wurde er zur deutlichen Bitte. Sollte sie gesund werden, wollte sie mit mir nach Italien reisen. In dem Zustand, in dem sie war, hätte Vater ihr alles versprochen. Sie hätte nach Grönland oder Patagonien, zum Grand Canyon oder nach Timbuktu reisen können. Wenn es geholfen hätte, sie zu beruhigen und ihr Fieber zu senken, wäre Violet jeder Wunsch unter der Sonne gewährt worden.

»Wenn ich lebe, Vater, laß mich nach Italien fahren, nach Italien, bitte.«

Und Vater rieb ihre Stirn mit einem Tuch, das in reinen Alkohol getaucht war, und mit Tränen in den Augen sagte er: »Natürlich wirst du nach Italien reisen, Liebling, natürlich.«

Dann erholte sich Violet von der Krankheit, wie Vater vor ihr, und erstarkte durch die milde Meeresluft. Im Frühjahr 1890 war sie gesund, so schien es jedenfalls. Vater hatte unter der gleichen Krankheit gelitten und lebte damals schon seit fünfzehn Jahren als gesunder Mann. Niemand von uns wußte, nicht einmal Violet selbst, daß es ihr vorherbestimmt war, jung zu sterben. Unterdessen war aus ihrem wirren Verlangen, nach Italien zu reisen, ein richtiger Plan geworden, unterstützt durch eine Nachbarin, die Violet geliebt hatte, seit sie ein kleines Kind gewesen war. Sie hatte eingewilligt, uns drei Monate lang als Anstandsdame zu begleiten, mit uns durch Südfrankreich zu reisen und von dort weiter nach Italien.

21. Kapitel

Schon Monate vor der Reise verbrachten wir den Winter damit, zu üben und uns vorzubereiten. Wir hatten eine Handvoll Worte und Sätze gesammelt, ihnen alle uns bekannten Begriffe aus der Musik hinzugefügt und so ein flüssig wirkendes Kauderwelsch fabriziert, das nahezu völlig aus Adverbien bestand. Es war, als fülle sich unser Leben dementsprechend und berste vor Energie. Wir versuchten, uns zu benehmen, wie es Italiener unserer Meinung nach taten. Wir hatten gehört, ihr Verhalten hätte etwas Opernartiges, also übertrieben wir alles, was wir taten, um dieser Annahme zu entsprechen. Wir »gingen« nicht mehr die Treppe hinunter, wir schlichen *pianissimo*. Einfache Fragen beim Frühstückstisch wurden nicht mehr mit Kopfschütteln oder Lächeln beantwortet, sondern mit einem verneinenden *fortissimo*. An manchen Tagen versuchten wir, ausnahmslos alle Gefühle musikalisch zu phrasieren. Täglich war *allegro* in einem solchen Maße *crescendo*, daß die ruhigeren Mitglieder unseres Dorfes und unserer Familie zu der Zeit, als wir endlich das Schiff nach Frankreich bestiegen, vermutlich froh waren, unsere gute Laune von hinten zu sehen.

Diese Aufregung war unvermeidbar. Wir reisten nach Italien, der Königin des Mittelmeers, Heimat der Römer, der Oper, der Schönheit, zur gekrönten Monarchin der Malerei. Violet wollte die Gemälde sehen; ich freute mich darüber, sie zu begleiten. Für mich war die Aufregung, mit ihr zu reisen, sie für mich allein zu haben, sie glücklich und (scheinbar) gesund zu sehen, und das alles in der schönen Umgebung Liguriens und der Toskana, mehr als ausreichend, um meine Wünsche, ja sogar meine kühnsten Träume zu befriedigen.

Unsere Begleiterin war eine Witwe namens Mrs Travis-Clemmons. Ihr Haar war am Scheitel sehr dünn, was sie mit ihrem Knoten und einem Kunsthaarknäuel verdeckte, der ihr mehr Probleme bereitete als alles andere, was uns auf der Reise zustieß, bis das Unglück geschah. Sie war auch mollig und litt unter der Hitze, und sie war offenbar regelrecht süchtig nach Zitronendrops. Ein Handkoffer ihres Gepäcks war ausschließlich dem Transport dieser scharfen Bonbons vorbehalten. Er war stets das erste Gepäckstück, das bei Ankunft überprüft wurde, und sein Verladen wurde von Mrs Travis-Clemmons persönlich besonders liebevoll überwacht.

In gewisser Weise verdanken wir alles diesen Zitronenbonbons, denn wäre nicht der Koffer, in dem sie waren, irgendwo zwischen Pisa und Florenz verschwunden, hätte sich Mrs Travis-Clemmons nicht in unsere Pension zurückgezogen, um sie dort so tief zu betrauern, daß Violet und ich uns selbst überlassen blieben. In den ersten drei Tagen sahen wir es als unsere Pflicht an, in Hörweite unserer Anstandsdame zu bleiben. Es war allerdings unmöglich, länger als jeweils einige Minuten bei ihr zu sitzen, denn ihr Kummer war einerseits so stimmgewaltig und andererseits so untröstlich, daß er uns völlig auszuschließen schien.

In den einsamen Jahren ihrer Witwenschaft hatte sich Mrs Travis-Clemmons mit ihren Bonbons getröstet und dabei den Geschmack und säuerlichen Geruch einer jeden Sorte genau kennengelernt. Sie hatten ihre eigenen Jahrgänge, so wie die Zitronen, die für sie benutzt wurden, ihre eigenen Ernten hatten. Einer der Gründe, warum Mrs Travis-Clemmons reiste, war offenbar, neue Sorten und Varianten von Zitronen- und Bitterzitronendrops aufzuspüren und nach Jersey zurückzubringen. Sie hatte zwar in den vergangenen Jahren in den Süßigkeitsläden Frankreichs, der Schweiz und Deutschlands alle erhältlichen Arten aufgestöbert, vor Ort probiert und weitere Vorräte für genauere Vergleiche nach Hause geschickt, doch die Sorte aus St Helier blieb ungeschlagen. Trotz ihres Stolzes, dem Siegerdrops so nah zu sein, verlangte es sie nach einer noch zu entdeckenden Sorte, die sie zur höchsten Ekstase auf dem Gebiet der Bonbons führen würde.

Die Schwäche unserer Anstandsdame für Zitronendrops war uns durchaus bekannt, bevor wir an Bord gingen. Diese Vorliebe war mit Nachsicht viele Meilen rund um unser Dorf zur Kenntnis genommen worden. Kaum ein Nachbar, der nicht in seiner Kutsche oder seinem Karren irgendwann einmal von ihr angehalten und gebeten worden wäre, ihr, sollte er nach St Helier fahren, »noch ein halbes Pfund der besten Zitronendrops aus der Lemprière Street« mitzubringen. Mrs Travis-Clemmons gehörte auch zu den wichtigsten Organisatorinnen des jährlichen Gemeindefestes, und einige ihrer Chrysanthemen züchtete sie ausschließlich für das Erntedankfest. Wenn jemand im Dorf krank war, machte sie die beste Rinderbrühe von St John, und ihr Rosenknospensirup war der Inbegriff des Grippemittels. Ihre Besessenheit für Zitronendrops schien also recht harmlos. Unsere Eltern wären sicherlich niemals auf den Gedanken gekommen, sie aus diesem Grund als geeignete Reisebegleiterin auszuschließen.

Doch auch wenn wir alle gesehen hatten, wie sie Zitronendrops anbot, verwahrte oder lutschte, und ihr dieserart zufriedengestelltes Wesen kannten, hatte niemand von uns sie je erlebt, wenn sie dieses Lebensquells beraubt war. Aus der liebenswerten, gelassenen Begleiterin, die mit einer Hand am Griff ihres Sonnenschirms spielte und die andere ständig in die Brokattasche tauchte, die an ihrer nicht unerheblichen Taille hing, um ihre Glücksbringer, ihre Maskottchen, ihre Liebsten, die kostbaren Zitronendrops, zu befingern, verwandelte sie sich in ein jammerndes Klageweib.

Als der unglückselige Handkoffer nicht ankam, verlor Mrs Travis-Clemmons augenblicklich die Beherrschung und begann, nicht nur die Träger, sondern auch neugierige Passanten anzuschreien. Sie zerrte und zog dermaßen an deren Kleidung und den Personen selbst, daß sich nach Ablauf von dreißig Minuten eine regelrechte Menschenmenge an dem Abschnitt des Lungarno versammelt hatte, der vor unserem ruhigen Hotel lag, und unsere sanftmütige Anstandsdame war dunkelrot im Gesicht, hielt Haarbüschel und Kleiderfetzen umklammert, und obwohl aus ihrem Mund keine erkennbaren Worte mehr kamen, keuchte sie weiterhin wirre Proteste hervor. Noch im Schlaf murmelte Mrs Travis-Clemmons in jener Nacht, nachdem die besorgte Wirtin einen englischen Arzt herbeigerufen hatte, um sie zu beruhigen.

Trotz des zauberhaften Blicks auf den Ponte delle Grazie, der sich über den Fluß wölbte, lag unsere Anstandsdame am Ende des folgenden Vormittags untröstlich in ihrem Zimmer, dessen Blick einen einlud, über den Arno zu gehen, sich hinzusetzen, um mit Muße den Fluß und die Stadt dahinter zu betrachten, deren gesprenkelte rote Kuppeln und immense Marmorportale kaum hundert Meter von unserer Hoteltür entfernt lagen. Aber Mrs Travis-Clemmons' Zustand schloß jede Stadtbesichtigung, ja selbst einfaches Nachdenken aus. Zwischen ihren Weinanfällen erhob sie sich, wrang die Hände oder schlug sich in einer Weise gegen die Brust, die recht schmerzhaft aussah.

»Was wißt ihr Mädchen von Kummer?« klagte sie. »Wie könnt ihr verstehen, wie es ist, wenn man das Liebste auf der Welt verliert? Erst Mr Travis-Clemmons, das schien der schwerste Schlag zu sein, der eine Angehörige des schwachen Geschlechts jemals treffen könnte ... Aber jetzt ... jetzt ...« – sie jammerte und hämmerte dramatisch auf ihr Korsett – »meine Lieblinge sind mir genommen worden, gestohlen, von Wegelagerern geraubt. O Violet, Florence, wo können sie nur sein?«

Sie setzte sich, stand auf, setzte sich wieder, ruhelos durch die doppelte Last ihrer Gefühle und ihres gequälten Fleisches. Die letzten überlebenden Zitronendrops waren als Arznei gegen den Schock durch den Verlust ihrer Gefährten bereits gelutscht und aufgegessen. Der Inhalt ihrer Koffer, Schrankkoffer und Reisetaschen lag in mehreren unordentlichen Haufen auf Bett und Teppich ausgekippt.

»Mädchen, Mädchen, denkt an die Kleinen, die gelben Diamanten, die ich in Monaco gefunden habe, stellt sie euch in den ungewaschenen Händen eines Bauerntölpels vor. Stell sie dir vor, Violet, über sein Feld verstreut, unter seinen bloßen Füßen zertrampelt und dann – nein, nein, das ist zuviel. Florence, mein Riechsalz und das ordinäre Zuckerzeug, das ich für abends aufhebe. Wo sind sie? Wurde je ein Christenmensch so heimgesucht wie ich?«

Unsere kummergebeugte Freundin schien in derartige pessimistische Depressionsanfälle zu versinken, um uns dann unvermittelt anzuherrschen.

»Warum habt ihr nicht bemerkt, was geschah? Ihr habt viel bessere Augen als ich. Ihr hättet es sehen müssen. Es ist eine Schande, daß ich euch beide den weiten Weg von meiner Heimat in diese Folterkammer gebracht habe und daß es mir so vergolten wird. Eine solche Undankbarkeit habe ich noch nicht erlebt. – Meine Kleinen, meine Bittren ... Violet, lauf nach unten und höre, ob es etwas Neues gibt. Florence, du mußt zum Bahnhof schicken. Ihr beide müßt hingehen und die Gepäckaufbewahrung durchsuchen. Was verstehen diese Eingeborenen von den Feinheiten des Lebens? Ja, ihr müßt eine Kutsche bestellen und mir meine geliebten Schätze zurückbringen.«

Keine von uns wußte, wie wir auf ihre widersprüchlichen Anweisungen reagieren sollten. In der einen Minute standen wir auf, um zu tun, was sie uns sagte, in der nächsten drückte sie uns zurück in unsere Sessel, um sich weiter über die Vorzüge ihrer kulinarischen Juwelen auszulassen.

Als Mrs Travis-Clemmons' Kraft schließlich nachließ und sich ihre Wut entsprechend legte, beharrte sie jedoch weiterhin darauf, daß man den Bahnhof durchsuchen und ihr die schuldigen Parteien zur Befragung bringen müsse. Violet und ich wurden ohne Begleitung durch die Stadt geschickt. Die Figur, die (wie wir auf dem Weg von der französischen Riviera nach Italien erfahren hatten) einmal der gefeierte Mittelpunkt St Heliers gewesen war, erreichte rasch ihren früheren Glanz. Mrs Travis-Clemmons weigerte sich zu essen. Sie sagte, sie stürbe lieber, als auch nur einen Bissen anzurühren, der nicht mit ihrer gewohnten Köstlichkeit aromatisiert sei.

Nach einem verwirrenden und erfolglosen Besuch des Bahnhofs ließen Violet und ich unsere Pferdedroschke vor den Säulen der Uffizien stehen und gingen zu Fuß in die Stadt, nicht in der Absicht, uns zu verlieben, vielmehr, um das gebrochene Herz unserer Anstandsdame zu heilen, indem wir eine italienische Entsprechung der Zitronendrops ausfindig machten. Wir fanden winzige Minzdragees, gezuckerte Gelees, sortierte Nußtoffees, etwas, das mit Sicherheit Ananaswürfel waren, Mandelbaiserringe, außerdem Dutzende von Weinlokalen, Verkaufsständen und Zitronenständen, aber keine Bitterzitronenbonbons. Schließlich machte unsere Wirtin den Vorschlag, daß unsere gnädige Frau in die Küche hinuntersteigen und die Herstellung eines neuen Vorrats dieser Süßigkeiten überwachen solle. Dies war keineswegs ihr erster Vorschlag. Mehrfach hatte sie uns gebeten auszuziehen, nach Hause zurückzukehren, unsere protestierende Anstandsdame (nötigenfalls mit Laudanum) zum Schweigen zu bringen. Die anderen Gäste beschwerten sich, sagte sie, und obwohl sie erklärt hatte, Mrs Travis-Clemmons sei frisch verwitwet, fand man ihr Verhalten exzessiv – selbst für eine Witwe und selbst in Italien.

In den folgenden zehn Tagen war die geschätzte Ruhe der Pensione Grande Bretagne wiederhergestellt, während man in der Küche Experimente durchführte. Pfundweise wurden Zucker und Zitronen aufgekocht, getestet, gekostet und verworfen, bis schrittweise ein annehmbarer Ersatz gefunden war. Trotz des Durcheinanders, das dies im Untergeschoß schuf, war es der Wirtin offenbar lieber als das Jammern und ruhelose Umherlaufen des vorangegangen Stadiums, und sie bestärkte unsere Anstandsdame darin, den überwiegenden Teil des Tages an ihrer Arbeit zu bleiben.

Unterdessen stand uns Mädchen die Stadt offen. Es war heiß, aber nicht unerträglich, und unter unseren Sonnenschirmen tranken wir Eistee auf der Piazza della Signoria, schlenderten durch die Boboligärten und die hohen, gewölbten Säle des Palazzo Pitti, durch die dunklen Gassen, die von einem Platz zum anderen führten, saßen stundenlang bewundernd in den kühlen Kirchen mit ihren zahllosen dünnen Kerzen und ihren dunkel leuchtenden Wandgemälden.

Tag für Tag kehrten wir in die Uffizien zurück, eilten durch die schönen Korridore, die so breit wie ganze Räume und vom Boden bis zur Decke bemalt waren, um dort die Botticellis zu sehen. Violet war in Botticelli verliebt. Sie verehrte sein Werk so sehr, daß ihr eigener Appetit auf etwas so Gewöhnliches wie Essen ebenso rasch schwand wie der unserer ehemals dicken Freundin. Violet liebte »Die Geburt der Venus«. Sie stand stundenlang davor und blickte in einer Art Ekstase auf das Meer und die weißgekrönten Wellen.

Ich gestehe, daß ich bei dem Versuch, das Werk ebensosehr zu bewundern wie sie, unruhig wurde. Ich liebte das zarte Gesicht und den blassen, anmutigen Körper; sie erinnerten mich an Violet. Ich fragte mich, ob sie dies bemerkte, aber es schien fast ein Sakrileg, sie danach zu fragen. Wenn ich an Violet denke, denke ich immer an das Meer und umgekehrt. Wenn ich lange genug in die Wellen blicke, ist mir fast, als sähe ich, wie ihr blasser Körper auftaucht, um auf seiner ätherischen Muschel die Stürme in Schach zu halten.

Ich liebte Violet so sehr, und ich vermißte sie so, daß es die größte Gnade für mich war, daß mir Kitty geschenkt wurde, die als ihr Ebenbild zur Welt kam. Mutter fand es geradezu unheimlich, als Kitty geboren wurde, wie weit die Übereinstimmung mit ihrer verlorenen Tochter ging. Sie sagte mir, was ich selbst wußte: Es mußte eine Verbindung geben. Ich habe nie gesehen oder gehört, daß ein anderer solche Smaragdaugen hatte. Mutter weinte einmal deswegen, sie sagte, sie habe Angst, die Augen der kleinen Kitty kämen von jenseits des Grabs. Ich weiß noch, daß es mich verletzte; damals war Kitty erst drei oder vier. Aber Mutter hatte recht.

Natürlich wußte ich von alldem nichts, damals in Florenz, als ich von der Schönheit dieser Stadt so bezaubert war, daß meine Füße das Pflaster nicht zu berühren schienen und mein Hals von dem ständigen Aufblicken zu so vielen Engeln und Fresken ganz steif wurde. Als wir nach Jersey zurückkamen, wurden wir sehr genau nach unserer

Reise befragt. Niemand konnte verstehen, wie wir als zwei gläubige und zufriedene Angehörige der Church of England abreisen und nur wenige Monate später als Möchtegern-Katholikinnen zurückkehren konnten. Hätte die römisch-katholische Kirche uns auf der Stelle aufgenommen, wir wären sofort konvertiert – die Verzögerung lag an ihnen, nicht an uns. Denn selbst der katholischen Pater der St Mary's and St Peter's Church in der Vauxhall Street am Landungssteg mißtraute unserem plötzlichen und unerhörten Glaubenswechsel. »Unerhört« war Mutters Wort, und es stammte aus den Satteltaschen des hohen Berry-Rosses, das sie vorübergehend bestieg in dem Versuch, ihre vom Glauben abfallenden Töchter zur Vernunft zu bringen.

Wenn mich später jemand fragte, warum ich von der Religion meiner Kindheit zum papistischen Glauben übergetreten bin, sagte ich immer, der Grund sei die Schönheit von Santa Croce, weil es einfacher ist, für einen solch bedeutenden Wechsel nur einen Grund zu nennen. Es ist wie in der Schule beim Zuspätkommen: Es ist glaubwürdiger, wenn man nur eine Entschuldigung angibt. Daher sprach ich nie über meine Liebe zu Violet und ihrer Schönheit, darüber, wieviel bewegender als jedes Gemälde der Anblick der in die »Geburt der Venus« verliebten Violet war, wie sich der Zauber von Botticellis Göttin in meiner Schwester spiegelte und die beiden von dem eigentümlich gelben Licht der Toskana umhüllt waren, in das ganz Florenz während unseres Aufenthaltes getaucht war.

Ich erwähnte auch nicht die eigenartige Geschichte von den hysterischen Anfällen unserer Anstandsdame und deren Verlauf. Denn es mag im Rückblick trivial erscheinen, aber hätte Mrs Travis-Clemmons nicht ihre Zitronendrops verloren, hätten Violet und ich nie ungehindert umherspazieren, uns nie dem Rausch der Botticellis oder der Kirchen hingeben können. Aber es klingt irgendwie nicht seriös genug, seine Erleuchtungen und Visionen einem Bonbon zuzuschreiben.

In Italien ist etwas geschehen, und ich weiß immer noch nicht genau, was es war. Ich weiß, es begann mit den Blumen und dem süßen, schweren Duft der Glyzinien, den Rabatten und den Boulevards üppiger Akazien. Wenn ich sterbe, würde ich gern auf einem Lager aus Glyzinien beerdigt werden oder vielleicht einfach nur unter einem knorrigen, überhängenden Glyzinienstrauch. Es wäre allerdings ein Jammer, die Blüten abzuschneiden. Vielleicht sollte ich mit Veilchen beerdigt werden, denn Veilchen werden ohnehin immer zu Sträußchen geschnitten, zur Zeit ihrer schönsten Blüte, wie Violet, mein geliebtes Veilchen, als sie gerade zwanzig war.

22. *Kapitel*

Dreimal in meinem Leben habe ich die Insel verlassen. Einmal, das erste Mal, um nach Italien zu reisen; einmal, um mit Mutter und Vater und Ivy den traurigen Weg nach London anzutreten und Violet auf dem katholischen Friedhof von St Joseph's in Hampstead zu beerdigen; und einmal, zum letzten Mal, um ins Exil zu gehen. Jedesmal meinte ich, die Reisen aus eigenen Beweggründen zu unternehmen, doch jedesmal lernte ich eine andere Seite von Gottes Willen kennen. In Florenz zeigte Er mir Seine Herrlichkeit; in London lernte ich, daß Er tatsächlich ein eifersüchtiger Gott war; und später, in den langen Jahren meiner Einsamkeit, lernte ich, Ihm zu dienen und zu erkennen, daß mein Leid nichts war im Vergleich zum Leid anderer. Ich wurde in die beklemmende Dreieinigkeit meiner Familie gestellt, um nach Seinem Willen zu tun.

Violet war zur Malerin berufen, und sie wurde aus dieser Berufung herausgerissen. Aber ich war dazu berufen, zu schützen und zu pflegen. Kitty hat die Welt, wie sie sich ihr darbot, nie verstanden. Es veränderte sich zuviel. Auch Emily de Gruchy konnte sie nicht verstehen. Ich bin sicher, daß sie darum ihr Bett nicht mehr verließ. Es war der einzige sichere Ort. Das Krankenzimmer konnte sie kontrollieren, dort konnte sie so tun, als werde draußen alles sein wie immer, sobald sie sich erholt hatte. Solange sie nicht hinsah, konnte sie so tun, als habe sich nichts verändert, sie konnte so tun, als sei ihr Harry nicht gestorben und als habe ihr zweiter Sohn im Krieg nicht so sehr gelitten, daß nichts mehr von dem, was seine Mutter sagte oder tat, zu ihm durchzudringen vermochte.

Und Kitty? Sie war nie wie wir anderen, sie paßte mehr in die Märchen, die ich ihr vorlas. Sie schlüpfte in ihre Ballschuhe und tanzte sich zu Tode, nichts anderes schien für sie wirklich. Ihre Lieblingsgeschichte war die von der Schneekönigin, die ihre Opfer mit einem Eiszapfen niederstreckte und für immer an sich band. Ich bin sicher, Kitty glaubte, sie könne diese kalt sengenden Splitter aus dem Märchenbuch aussenden, indem sie ihre Augen blitzen ließ. Sie verstand nie, daß andere Liebe für sie empfanden, nicht Angst. Ich hatte nie Angst vor ihr. Ich hatte Angst um sie. Ich habe Angst um sie. Was wird aus ihrem Antarktisblick, wenn ich nicht mehr am Leben bin, um ihr zu helfen?

Und Joan? Joan war wie mein eigenes Kind. Selbst ihre Größe, die Kitty so beleidigte und verletzte, war manchmal wie ein Wunder. Ich habe fünf Kinder verloren. Fünf Kinder, die in meinem Schoß entstanden und schwebten und die unter den gleichen Schmerzen geboren wurden wie Kitty. Jedesmal legte Agnes das Leintuch bereit, das Leichentuch, um meine winzigen Söhne und Töchter darin einzuhüllen. Ich bestickte die Säume dieser Leintücher, damit die Beerdigung weniger verzweifelt war. Meine winzigen, gewichtslosen Kindchen waren alle verloren, und an ihrer Statt wurde mir Joan geschenkt, mit der Größe von allen zusammen.

Ich wünschte mir so sehr ein weiteres Kind, jemand, der Kitty Gesellschaft leisten würde. Sie sagte immer, selbst als kleines Mädchen, daß sie allein für sich glücklich sei, aber ich spürte, schon damals, daß sie jemanden brauchte. Als sie aus Kanada zurückkehrte, so ungezügelt und wütend, wußte ich nicht, daß das Kind, das sie erwartete, für mich sein würde. Ich weiß, daß ich sie sehr leiden sah, und ich weiß, daß sie mir die Schuld gab. Sie schrie mich während ihrer Tortur an, beschuldigte mich, sie absichtlich leiden zu lassen. Aber so war es nicht. Ich war nie so nah daran, selbst sterben zu wollen, wie in der Nacht von Joans Geburt. Ich liebte Kitty, mehr sogar, als ich Violet liebte, vielleicht weil Kitty schwach war und mich brauchte, während meine Schwester stark gewesen war. Niemand hatte wissen können, daß sie solche Qualen erleiden würde. Niemand hätte ihr das wünschen können.

Ich habe sagen hören, der Weg zum Himmel sei mit guten Vorsätzen gepflastert. Ich glaube nicht, daß Kitty meine je verstanden hat. Sie hat sich von dieser Nacht nie wieder erholt. Was Joan auch tat, sagte oder war, ihre Mutter war unfähig, sie zu lieben. Da ich die Grausamkeit von Kittys Schmerzen miterlebt habe, kann ich ihr nicht vorwerfen, daß sie ist, wie sie ist. Es wäre falsch, sie zu verurteilen. Ich habe so oft versucht, das Joan zu erklären. Wir wurden einander geschenkt, sie und ich.

Von dem Augenblick an, als sie geboren war und der Arzt sie mir reichte, waren wir uns gegenseitig ein Trost. Sie hatte schwere Knochen. Sie kam hungrig zur Welt, und sie weinte, wie ich nie einen anderen Säugling habe weinen hören. Ich glaube, sie hungerte nach ihrer Mutter. Fünf Tage vergingen, und sie hatte noch immer keinen Namen. Ich versuchte, es mit Kitty zu besprechen, aber sie duldete keinerlei Erwähnung des Kindes, das sie nahezu getötet hatte.

»Aber, Kitty, sie muß einen Namen haben, sie muß getauft werden.«

Kitty wollte nie, daß Joan lebte, nicht vor der Geburt und nicht danach. Sie haßte sie. Ich habe Zwistigkeiten, Abneigungen und Vorlieben gesehen, ich weiß, daß es wahr ist, daß nicht alle Mütter ihre Kinder lieben, und wenn sie es tun, ist diese Liebe nicht gleich verteilt. Meine eigene Mutter liebte Violet am meisten, und ich vermute, selbst wenn ich ein weiteres Kind bekommen hätte, ein

Kind, das nicht gestorben wäre, ich hätte dennoch Kitty am meisten geliebt. Aber Kitty haßte Joan. Es war auch nicht der vorübergehende, ungezügelte Haß des Krieges, als wir alle die Deutschen hassen lernten und diesen plötzlichen Haß dann wieder abklingen und verschwinden ließen, so daß die Schlachtfelder bald vergessen waren. Nicht einmal Emily de Gruchy haßte die Deutschen, sie haßte den Krieg. Und die andere Emily, Dickies Cousine, die ihren Mann in Frankreich verloren hatte und versuchte, die Eintönigkeit ihrer Witwenschaft mit Reisen zu füllen, konnte es nicht ertragen, nach Frankreich zu reisen, aber sie verbrachte viele Sommer in Baden-Baden. Was Kitty für Joan empfand, war jedoch etwas völlig anderes. Es war wie Gift.

Ich wählte den Namen. Es war das Jahr der heiligen Johanna, und viele Kinder, die in diesem Jahr geboren wurden, wurden nach der Jungfrau von Orleans benannt. Ich dachte, der Name werde ihr helfen und Stärke geben. Ich hoffe, er trug nicht dazu bei, sie zur Märtyrerin zu machen. Dickie sagte, Namen seien sehr wichtig. Als Kitty geboren wurde, hatte ich bereits beschlossen, daß das Kind Violet heißen sollte, falls es ein Mädchen sein würde. Dickie fand es morbide, ein Kind nach jemandem zu benennen, der gerade eben gestorben war. Als wir sie sahen und die grünen Augen weit geöffnet, nicht geschlossen wie die Augen anderer Neugeborener, als sie aus der Spitzenwäsche ihrer Wiege herausblickte, schöner als jedes andere Kindchen, das ich je gesehen hatte, sagte ich: »Bitte, laß sie uns Violet nennen, Dickie, schau sie an. Sie *ist* Violet. Du kennst die Miniatur in meinem Medaillon. Bitte.«

Es bereitete ihm offenbar Angst zu sehen, daß Kitty schon eine so ausgeprägte Persönlichkeit war. Er war wohl der Meinung, Kinder seien Frauensache, etwas, das ein

Mann nicht verstehen kann, bis sie größer wurden, sich an ein Knie lehnen und Fragen stellen konnten. Es brachte ihn aus der Ruhe, daß seine Erstgeborene mit so offenkundigem Verstehen zu ihm hochblickte. Ich erinnere mich daran, daß die Tür aufflog und ihn im Windzug fröstelte.

»Nein, Florence, nein, das darfst du nicht. Es ist unheimlich. Ich möchte nicht, daß sie mit Toten verbunden wird. Wähle einen anderen Namen, irgendeinen, aber nicht Violet.«

Also wählte ich Kathleen, einen Namen, der aus Dickies Familie kam, außerdem nach einer Spielkameradin aus St John und auch nach Kathleen Pitsligo, denn sie hatte mir Agnes geschickt, die mich mütterlich durch mein Leben geleitete. Es schien ein guter Name, als ich ihn aussuchte, aber er wurde zu Kitty, bevor der erste Monat vorüber war, und bei Kitty ist es geblieben. Namen haben eine Art Zauber, eine geheime Kraft. Wenn man zum Beispiel meinen Namen nimmt, Florence. Noch bevor wir auf die Insel umzogen, wußte ich, daß ich an Italien gebunden war. Ich träumte von Florenz, und ich liebte es, noch bevor ich dorthin reiste. Ich war furchtbar enttäuscht, als ich entdeckte, daß die Italiener es Firenze nennen und nicht Florence wie wir. Es war wie ein Betrug. Am ersten Tag ihres Kummers fühlte ich mit Mrs Travis-Clemmons, und zwar, wie ich gestehe, weniger wegen des Verlusts ihrer Bonbons als wegen des Schlags gegen meinen eigenen, törichten Stolz. Firenze. Ich mag es immer noch nicht. Es ist das einzige an Italien, was ich nicht mag. Florence klingt viel schöner.

Also wurde Joan nach Jeanne d'Arc benannt und anglisiert, ihr zweiter Name war Mary – ein Name des Danks, eine Opfergabe. Kitty sagte mir, ich solle einen Namen wählen. Sie sagte, es sei ihr gleichgültig, wie wir es nennen, solange sie es nicht sehen müsse. Es, immer »es«, Kitty sprach von unserem Kind nie anders. Manchmal nannte sie Joan »das Ding«, das war noch schlimmer. Ich glaube nicht, daß sie jemals Joans Namen ausgesprochen hat. In achtzehn Jahren hat sie es geschafft, ihn nicht zu erwähnen, nicht auszusprechen, in epischer Breite um ein Thema herumzureden, nur um nicht »Joan« sagen zu müssen.

Kitty hat Kinder nie gemocht. Als ich schwanger war, vor den fünf Fehlgeburten, sagte die Köchin zu Agnes, ihrer Meinung nach sei Kitty es, die die Wehen verursache. Ich weiß noch, wie Agnes mir das sagte, wie ich die Köchin zu mir rief, hinauf in mein Zimmer, und sie fragte: »Was haben Sie Agnes über Miss Kitty gesagt?«

Die Köchin wurde sehr rot im Gesicht, sah Agnes an, als ob sie sie am liebsten schlagen würde, scharrte mit ihren breiten Füßen auf der Schwelle und murmelte: »Nichts, Ma'am.«

Ich sah, daß sie etwas verheimlichte, und war wütend über ihre Boshaftigkeit. Kitty war damals erst sieben, und es schien ganz furchtbar, daß jemand in einer Vertrauensstellung wie die Köchin in unserer eigenen Küche über unser Kind klatschte.

»Ist es wahr, daß Sie glauben, daß Miss Kittys Anwesenheit meiner Gesundheit schadet?«

Die Köchin scharrte weiter, dann hörte sie ganz plötzlich damit auf, sah mir direkt ins Gesicht und sagte, fast herausfordernd: »Ja, Ma'am. Mit den Welpen macht sie es auch. Fragen Sie den Stallknecht. Die Setter haben immer Totgeburten, wenn Miss Kitty in ihre Nähe kommt.«

Ich gab ihr statt der Kündigung einen Monatslohn, und wir erlebten bei dem Versuch, einen Ersatz für sie zu finden, eine schreckliche Woche. Dickie klagte, die neue Köchin sei nicht halb so gut. Er wäre deswegen ziemlich wütend geworden, wäre mein Gesundheitszustand nicht so delikat gewesen. Ich habe ihm natürlich nie gesagt, warum ich sie rausgeworfen habe, aber seit wir nach Hendon gezogen sind, habe ich mich wegen meiner Härte gegen diese arme Frau oft ein wenig schuldig gefühlt. Denn im Grunde hatte sie nur bemerkt, was ich nicht bemerkt hatte. Kitty war ein liebes Kind, lieber als jedes andere, glaube ich, aber manchmal hatte sie wirklich sehr verwirrte Gedanken, und es könnte sein, daß solch innerer Aufruhr eine Schwangerschaft stört.

Kittys Leben nach dem Krieg war so voller »Wäre Nurs«. Ich bin allerdings sicher, daß ein einziges den wesentlichen Unterschied in ihrem Leben gemacht hätte. Wäre nur Claremont nicht verlorengegangen. Claremont bedeutete ihr mehr als allen anderen. Sie liebte das Haus. Sie liebte es als winziges Kind, und sie hat sich von dem Umzug nie erholt. Vielleicht wäre dort selbst Joan akzeptabler für sie gewesen. Joan hätte in den Kinderzimmern aufwachsen können, und Kitty hätte sie kaum sehen müssen. Die Klosterschulen wären unnötig gewesen, es wäre unnötig gewesen, sie zu verstecken. Claremont war groß genug, um ein Kind zu schlucken. Mit einem richtigen Kindermädchen und einigen Dienstboten hätte Kitty ihr Leben dort ganz anders führen können. Das Maß unserer Sorgen wuchs in direkter Relation zur Größe unseres Hauses. Wir wohnten zu beengt in Hendon – viel zu beengt, um die Spannungen infolge von Kittys Verbitterung vertuschen zu können.

Ich versuchte, ihnen so viel von Claremont zurückzugeben, wie ich konnte, indem ich davon sprach. Es war Kittys Haus. Sie hatte keine Brüder, die über ihren Kopf hinweg geerbt hätten. Es wäre von Rechts wegen ihr Haus gewesen und später Joans. Ich wollte, daß sie beide dieses Vermächtnis hatten, wenn auch nur als Erinnerung. Mir selbst fehlte Claremont so sehr, ich wußte, daß es für

Kitty unerträglich sein mußte. Darum war es gut, daß wir das Ferienhaus in Selsey hatten. Kitty war wie ich, sie liebte das Meer. Als wir nach England zogen, meinte ich, wir sollten uns irgendwo an der Südküste niederlassen, aber Kitty sagte, sie würde vor Langeweile sterben.

Sie wollte in London leben. Wenn sie ihr Haus nicht haben konnte, wollte sie auch die Insel nicht. Sie schämte sich. Nachdem Dickie gestorben war, mied sie ihre Freunde und tat so, als machten sie sich wegen ihres Unglücks über sie lustig. Als sie guter Hoffnung war, zog sie sich von allen zurück. Nur Agnes und ich durften sie sehen. Später ritt sie ständig darauf herum, daß Joan rote Haare hatte, und machte daraus einen weiteren Grund für ihre Abneigung. Sie wollte, daß niemand das Kind sah. Anfangs hielten wir es unter dem Dach, damit sein untröstliches Weinen nicht an Kittys erschöpfte Ohren drang. Sie hatte genug gelitten, auch ohne daß diese Schreie sie rasend machten.

Agnes und ich taten, was wir konnten, um Joan zu beruhigen, als sie ein Säugling war. Wir stellten eine Kinderschwester ein, dann eine zweite und eine dritte. Aber keine konnte die Schreie ertragen. Wie oft wir auch den Arzt holten, sie war offenbar gesund, und offenbar konnte nichts ihr Weinen stillen. Ich trug sie stundenlang auf dem Arm, gab ihr eine Flasche Milch nach der anderen. Sie saugte gierig, dann jammerte sie wieder. Es war eine überaus schwierige Zeit. Der Arzt, die Krankenschwestern, die Nachbarn, alle sagten, Joan brauche ihre Mutter. Sie alle versuchten es, indem sie mit der schreienden Joan auf Kitty zustürzten, aber schon das Geräusch, vom Anblick ihrer verzweifelten Tochter ganz zu schweigen, machte sie rasend, und dann schrie sie ebenfalls, und das ganze Haus erzitterte in dieser Kakophonie.

Joan brauchte sechs Monate, bis sie verstand, woher ihre

Liebe kommen würde, und bis sie Agnes' und meine Fürsorge hinnahm. Danach wuchs Kittys Paranoia einfach in gleichem Maße wie ihr ungewolltes Kind. Sie deutete die kritischen Blicke, die sie manchmal auffing, als direkt gegen Joan gerichtet, dabei war es kein Mitleid mit Kitty, weil sie ertragen mußte, was sie das monströse Rothaarige nannte, sondern es war Mitleid mit Joan, weil sie die Gleichgültigkeit ihrer Mutter ertragen mußte.

Joan war ein liebes und kluges Kind, sie tat alles nur Erdenkliche, um freundlich und gefällig zu sein. Ich hätte sie mir nicht hingebungsvoller oder pflichtbewußter wünschen können. Sie war mir ein Trost, von dem ich nicht geglaubt hatte, daß er mir noch einmal zuteil werden würde. Sie war liebevoll und witzig, und ich liebte sie so sehr, wie es eine Mutter oder Großmutter nur kann. Es wäre allerdings falsch gewesen, wenn ich einiges nicht zur Kenntnis genommen hätte. Joan war kein hübscher Säugling, und als Kind war sie noch weniger einnehmend. Kitty verachtete sie wegen ihrer Größe, und obwohl das Ausmaß ihres Wachstums, wie ich zugeben muß, recht unglückselig war, war es als solches nicht schlimm. Kitty war so winzig, daß sie ein tiefes Vorurteil gegen Größe hatte. Ich hingegen war groß, wie alle Frauen in meiner Familie, mit Ausnahme von Violet, die zehn Zentimeter kleiner gewesen war als ich. Mutter sagte, die Berrys seien alle groß. Ich glaube allerdings, nicht einmal Großmutter Berry mit ihrem Lincolnshire-Stolz hätte an meiner Joan ihre Freude gehabt, die mit dreizehn Jahren ein Meter einundachtzig maß.

Seit Joan als wahres Riesenbaby zur Welt kam, hatte Kitty ihr Wachsen mit unverhohlenem Abscheu verfolgt. Nicht einmal große Jungen waren in ihrem Alter ein Meter einundachtzig groß. Joan war hochgeschossen. Jedesmal, wenn sie aus der Klosterschule kam, hatte sie einige

Zentimeter und einige Pfund zugelegt. Wir wußten nicht, daß sie mit dreizehn ausgewachsen sein würde. Es schien, als wolle sie endlos so weitermachen. Joan selbst war entsetzt darüber. Ich erwischte sie in Selsey sogar, wie sie rauchte und Gin trank, weil, wie sie mir sagte, ihr Onkel Frank behauptet habe, es verzögere das Wachstum. Es war alarmierend. Ich selbst war deswegen besorgt. Aber bei ein Meter einundachtzig hörte sie auf, und ich glaube, es waren im Grunde nur ein Meter neunundsiebzig, aber es klang etwas pingelig, wenn man das so sagte. Das waren immer noch dreißig Zentimeter mehr als Kitty und gut sieben Zentimeter mehr als ich.

Schlimmer aber als ihre Größe, ihre Sommersprossen, ihre derben Knochen oder ihre grauen Augen (die wunderschön waren, aber Kitty an Nelson erinnerten) war die Farbe ihrer Haare. Natürlich hätte man jede andere Farbe vorgezogen. Rote Haare sind unweigerlich vulgär. Kathleen Pitsligo schrieb mir, viele Irinnen hätten rote Haare, und ich hatte selbst bemerkt, daß unter den Mädchen, die sie im Lauf der Jahre herüberschickte, einige Rothaarige waren. Ich bin sicher, daß Kathleen Pitsligo es gut meinte, als sie all diese Irinnen mit ihren roten Haaren erwähnte, und sie erging sich sogar in Einzelheiten über ihre Vettern und Basen (alle weitläufig mit Dickie verwandt), deren roter Schopf den Familienstammbaum durchzogen hatte. Aber wer wollte schon irisch sein? Selbstredend gab es auch dort einige sehr gute Familien und ohne jeden Zweifel die besten Dienstmädchen, aber wir stammten von Jersey, und ich fürchte, wir teilten das herrschende snobistische Vorurteil gegen Iren. Ihre Briefe bestätigten nur, was ich schon wußte: Rote Haare waren wirklich eine Kalamität.

Aber wenn es nun einmal so ist, was kann man tun? Es ist wie vorstehende Zähne oder ein Klumpfuß, man kann seine Kinder wegen ihrer Mängel nicht enterben. Dickie selbst konnte Kittys geringe Größe nur mit Mühe akzeptieren. Er liebte es, etwas zu vermessen, vor allem Menschen, und er war schrecklich enttäuscht, daß Kitty so *petite* war. Joan hätte viel schlimmer aussehen können, sie hätte häßlich sein können, und das war sie ganz gewiß nicht. Sie war nicht hübsch. Kitty sagte immer, sie sei häßlich, aber in Wirklichkeit war sie einfach nur nicht hübsch. Oder ihr Haar hätte karottenrot sein können, ziegelrot oder stechend orange, aber das war es nicht, es war von tiefem Rot, Blutrot. Als sie geboren wurde, glaubte ich sogar, ihr Haar sei blutbefleckt, und wusch die arme, geschundene Kopfhaut zu fest. Joans Haar hatte etwas ausgesprochen Ungewöhnliches. Es war unglaublich dick und wollte sich nicht locken, aber seine Farbe war nicht so anstößig, wie Kitty immer tat.

Jetzt ist Joan erwachsen und hat sich mit ihrem Dickie verlobt, ich schaue sie an, wenn sie mich hier im Pflegeheim besuchen kommt, und im Grunde bewundere ich ihr Haar sogar. Es glänzt wie die Kastanien draußen auf dem Rasen. Es hat etwas von dem intensiven Dunkel der Blutbuchenblätter in Claremont im späten Frühjahr. Ich liebe Blutbuchen. Wenn dieses Haar nicht das Stigma des Vulgären hätte, würde es vielleicht auch anderen gefallen. Ich habe einen solchen Schopf nie wieder gesehen. Ich kann rotes Haar natürlich nicht ausstehen, aber Joans Haar ist anders. Es hat etwas ganz Einmaliges, wie Kittys und Violets Augen.

23. Kapitel

Es verläuft eine feine Trennlinie, wie ein unsichtbares Drahtseil, zwischen dem Akzeptablen und dem Unakzeptablen. Auf dieser Linie lebt Kitty. Es ist nahezu zwanzig Jahre her, seit sie sie fand, und seither lebt sie dort. Sie wähnt sich sicher, weil sie Freunde hat und einen endlosen Vorrat an Tanzpartnern und jungen Galanen. Sie begreift nicht, daß es diese Freunde sind, durch die sie in Gefahr gerät. Es muß nur einer von ihnen ihre andere Seite erleben, sie bei einem Tobsuchtsanfall sehen, Zeuge werden, wie sie ihre Tochter quält, damit die Leute zu reden anfangen und sich gegen sie wenden.

In Hendon sind wir wenigstens anonym. Wir haben so lange dort gelebt, daß wir mit seinem öden Hintergrund verschmolzen sind. Dort wurde immer geklatscht, und das war sicherlich manchmal harmlos, manchmal böswillig, aber wir sind von ihren Kreisen zu weit entfernt, als daß sie sich um uns kümmerten. Glücklicherweise macht mein Notgroschen uns unantastbar, auch wenn wir mit den Fingerspitzen am Rande dieser Elite hängen. Wir mußten nie arbeiten und konnten uns daher relativ versteckt halten. Leider waren die Dienstmädchen immer ein Problem. Nur eine ging so weit, wegen tätlichen Angriffs Anzeige zu erstatten, und es gelang mir, das außergerichtlich zu klären. Nur der Vater des Mädchens war noch betroffen.

Ich weiß wirklich nicht, was in Kitty fuhr. Sie war nie gewalttätig. Als Kind hatte sie immer den Schalk im Nacken, und ich wußte, daß sie boshaft sein konnte. Sie brachte andere Kinder zum Weinen. Sie sagte Dinge, die sie aufbrachten. Ich weiß noch, daß sie zweimal einen kleinen Jungen so lange kniff, bis er ohnmächtig wurde, aber er war größer als sie. Kitty war früher nie gefährlich, aber seit Joan geboren wurde, kann ich nicht mehr zählen, wie oft ich das Kind vor Kittys Tobsuchtsanfällen in Sicherheit bringen mußte. Wäre Vater nicht Arzt gewesen und hätte mir gezeigt, wie man Blutungen stoppt und Wunden näht, Verstauchungen und Verrenkungen ruhigstellt, die Familie wäre vor langer Zeit zerbrochen.

Ich habe Joan gebeten, freundlich zu ihrer Mutter zu sein und zu versuchen, sie zu beschützen, wenn ich sterbe. Ich habe sie gebeten, aber ich weiß, daß es vermutlich zu viel verlangt ist. Dieses Mädchen kann sich abends aufs Bett setzen und ihre Narben zählen wie andere Kinder Sterne. Hätte sie nicht die Sommersprossen und das dicke Haar, sie wären deutlicher zu sehen. Ihre arme Kopfhaut ist an fast jeder möglichen Scheitellinie aufgeplatzt. Wer weiß, vielleicht wäre es das beste, wenn sie sich nie mehr sähen. Vielleicht hieße es, das Schicksal herauszufordern, Joan in die Quere zu kommen, jetzt, da sie getrennt sind. Ich habe ihr ganzes kurzes Leben damit zugebracht, sie auseinanderzuhalten, sie vor den Angriffen ihrer Mutter zu schützen. Es ist fast ein Wunder, daß Joan überhaupt erwachsen geworden ist.

Es freut mich, daß Joan Krankenschwester ist. Da hat sie etwas zu tun, und es hält sie von zu Hause fort. Ich konnte kaum erwarten, daß sie erwachsen wurde. In den letzten beiden Jahren hätte ich sie am liebsten in die Reife hineinkatapultiert. Zuerst wollten Agnes und ich unbedingt, daß sie schrumpfte und klein bliebe, dann wollten wir, daß sie schnell wüchse. Mir ging es immer schlechter, die Krankheit machte rasche Fortschritte, und dieses eine Mal wußte ich, ohne daß Kitty es mir sagte, daß jemand sterben würde. Es ist ein eigenartiges Gefühl, das eigene Ende zu spüren. Kitty und Joan sahen beide, daß ich hinkte, aber keine begriff, daß es Krebs war. Ich wollte nicht, daß sie es wußten. So war es leichter zu ertragen. Aber ich wollte, daß Joan erwachsen wird und flieht, bevor mein Tumor wächst, wie er es jetzt tut.

Während all der Jahre in Hendon wollte ich, daß Joan bei mir bleibt. Es war furchtbar, wenn sie in der Schule war und ich sie nicht einmal an den Wochenenden sehen konnte. Ich glaube, sie war meine Krücke; als Kittys Tobsuchtsanfälle schlimmer wurden, war sie meine einzige Stütze. Ich hätte Agnes bei mir behalten können. Ich weiß, sie wäre geblieben. Sie bot an, zu uns zu kommen, ihr Haus, die Insel, alles aufzugeben. Trotz unserer verschiedenen gesellschaftlichen Herkunft waren wir sehr enge Freundinnen geworden. Sie wäre gekommen, um mir Gesellschaft zu leisten. Aber Agnes hatte so viel für uns getan. Sie beherbergte uns, als alles verloren schien. Sie half mir, Joan zu pflegen, sie pflegte Kitty während ihrer Schwangerschaft, und danach war Agnes es, die ihre Wunden versorgte. Agnes hat mir gefehlt. Ich glaube, sie fehlte mir sogar mehr als Dickie.

Ich bedauere aber nicht, daß ich sie überzeugte, auf der Insel zu bleiben. Trotz allem, was ich ertragen und mit meiner Tochter erleben mußte, habe ich es geschafft, und ich habe es geschafft, mir meinen Glauben zu erhalten. Ich weiß nicht, ob das möglich gewesen wäre, wenn Kitty auf Agnes losgegangen wäre. Schon in Jersey, als wir in St Aubin in Agnes' Haus wohnten, hatte Kitty angefangen, sie anzugreifen.

Einmal habe ich Agnes' Kopf genäht. Ich hätte es nicht ertragen, das noch einmal tun zu müssen. Die anderen Mädchen gingen alle, bevor der Schaden zu groß wurde – ausgenommen die arme Susan mit dem Kleid. Aber die anderen liefen einfach fort. Agnes wäre geblieben. Es gelang mir, Joan zu schützen. Ich rettete sie, indem ich sie fortschickte. Agnes wäre geblieben.

Seit ich Katholikin geworden bin, ist kein Tag vergangen, an dem ich nicht zur Messe gegangen wäre, außer wenn es zu Hause so gefährlich war, daß etwas hätte passieren können, falls ich gegangen wäre. Aber ich habe jeden Tag, ob in St Joseph's oder nicht, mein Glaubensbekenntnis gesprochen, und ich habe daran geglaubt. Mein Glaube hat mich gestützt, wie er Violet in ihren letzten Lebensjahren und in den Tagen ihres Todes stützte. Es war unser Glaube. Wir nahmen ihn zusammen an, und in meinem letzten Brief, den sie an dem Tag bekam, an dem sie starb, schwor ich, daß ich ihn niemals aufgeben würde. Er hielt uns zusammen. Er hielt sogar Kitty, Joan und mich über die Jahrzehnte des Familienkriegs zusammen.

Die Krankenschwestern hier sagen, es habe ein neuer Krieg begonnen. Sie sagen, es seien wieder die Deutschen. Cousine Emily wird nicht mehr nach Baden-Baden fahren können, und Emily de Gruchy hat geschrieben, man habe sie ersucht, ihre Zimmer im Tommy's zu räumen, also muß es wahr sein. Meine Nachbarin hier hört BBC; sie erzählt mir jeden Tag, was mit dem Krieg geschieht. Ich glaube nicht, daß ich es wirklich wissen will. Es ist eine Erleichterung, daß von einem Tag zum nächsten im Grunde nichts zu passieren scheint, auch wenn sie mir letzte Woche erzählte, ein deutsches U-Boot habe bei Scapa Flow die *Royal Oak* torpediert, und es gebe jetzt so viele Tote wie all die Männer von Jersey zusammen, die vor so vielen Jahren in Frankreich starben.

Agnes schreibt mir jeden Tag. Es gibt jetzt einen Luftpostdienst, was bedeutet, daß Briefe im Nu da sind. Mir ist fast, als sei ich wieder auf der Insel. Würde Violet nicht auf St Joseph's auf mich warten, ich wünschte mir, auf der Insel begraben zu werden, neben Mutter und Vater und Ivy.

Mutter war so froh, als Ivy heiratete. Ivy wurde ihr Liebling, nachdem Violet gestorben war. Ivy hatte ihren Glauben nicht abgelegt, und sie heiratete einen sehr netten jungen Mann, der nicht nur ein hübsches Haus und ein gutes Einkommen hatte, sondern der auch im Ausland gereist war, unseren Teil von Lincolnshire kannte und von Berry Place gehört hatte. Mutter verzieh den Berrys nie, daß sie Violet so krank hatten werden lassen, aber sie konnte auch ihre Herkunft nie ganz vergessen. Sie spielte immer wieder und fast gegen ihren Willen eine Rolle. Als ich Dickie heiratete, war sie so stolz, daß ich in die »Roberts von Claremont« einheiratete, daß sie den Kontakt zu allen alten Freunden und Nachbarn in Grantham wiederbelebte, nur um ihnen das schreiben zu können – wobei sie hoffte, wie ich weiß, die Neuigkeit werde nach Berry Place durchsickern.

Sie besuchte mich jeden Freitag und blieb bis Samstag nachmittags, wenn Dickies Reitknecht sie wieder nach Hause fuhr. Ich glaube, das größte Erlebnis für sie war nicht, mich, Kitty oder auch die Roberts (von Claremont) zu besuchen, sondern der Umstand, daß ihr jemand aus der Kutsche mit den beiden Schimmeln und dem Wappen am Schlag half. Ich lud sie ein, zu uns zu ziehen – Dickie war sehr großzügig, wenn es um die Familie ging –, aber Mutter sagte, in Claremont würde sie nur eine arme Verwandte sein, wohingegen sie in St John alle Vorteile genoß, die es mit sich brachte, daß ihre Tochter so hochgestellt war und alle das wußten – überdies behandelte Mutter ihre Witwenschaft immer mit einer gewissen Ungläubigkeit, als hätte Vater sich mit ihr nur einen Scherz erlaubt, als er starb, und als werde er zurückkommen, wenn sie lange genug wartete. Ihre Fähigkeit, Tod zu ertragen, war sehr begrenzt. Violets Tod war für sie eine Tragödie, die sie bis zu ihrem eigenen Tod beweinte. Ivys Tod – bei der Geburt ihres Kindes, kaum ein Jahr nach der Heirat – war für sie Nachlässigkeit, und ihre Trauer äußerte sich als schimpfende Mißbilligung. Vaters Tod allerdings, nur zwei Jahre danach, 1896, betrachtete sie im Grunde als Verrat. Es stand ihm nicht zu, sie zu verlassen. Sie beklagte sich ständig über Arbeiten, die er nicht beendet, und Papiere, die er verräumt hatte.

Vater ging es immer schlechter, ich nehme an, daß dieser Verfall bereits 1890 begann, ihn aber, wie schon bei Violet, in die Irre führte, indem er ihn alle vertrauten Symptome der Schwindsucht passieren ließ und dann zurückholte. Er entwickelte einige feste Gewohnheiten sowie Vorstellungen von seiner Krankheit, die er auf das Leben als solches übertrug. Nachdem Violet gestorben war, hielt er es praktisch für Selbstmord, die Insel zu verlassen, und danach schrumpfte sein Horizont auf die Pfarrgemeinde St John zusammen. Er fuhr nie wieder nach St Helier. Er wurde auch in kleineren Dingen geradezu zwanghaft. Er überwachte das Wachsen und Gedeihen der wuchernden Rosmarinhecke und schwor, sein Fieber steige und falle in Abhängigkeit vom täglichen Zustand dieser Büsche. Er trank Rosmarintee und badete in den schmalen, würzigen Blättern. Da er von dem Busch so viel Zweige pflückte, nahm der durch dies willkürliche Stutzen langsam Schaden, und daraufhin beschränkte sich Vater in der Überzeugung auf das Haus, daß es ihn umbringen würde, wenn er ausginge.

Mutter hatte keine Geduld mit seinen Launen. Sie meinte, wenn sie selbst den Verlust ihrer Tochter mit solcher Stärke und ohne deren Krankheit nachzumachen ertrug, könne Vater es ihr darin wenigstens gleichtun.

»Und dabei bist du Arzt!« sagte sie zu ihm in dem Versuch, ihn von seinem, wie sie meinte, hypochondrischen Lager aufzuscheuchen. Dann starb Ivy, Vater ging zwar zur Beerdigung, kehrte dann aber in sein Arbeitszimmer und sein Krankenbett zurück und blieb die folgenden achtzehn Monate dort.

Mutters Mangel an Mitgefühl hielt weit über den Zeitpunkt hinaus an, wo Vater im Grunde schon hätte tot sein müssen. Er hustete sich die Lunge aus dem Leib, und Mutter bestand immer noch darauf, ihr Mann simuliere. Erst in seinem letzten Monat, als er nur noch ein Schatten seiner selbst war und die Knochen durch Wangen und Handgelenke schienen, begriff Mutter, daß er wirklich sterben würde. Und selbst da mischten sich ihre Tränen mit Ärger. Warum hatte er blinden Alarm geschlagen? Warum hatte er sich so verhalten, daß sie so streng zu ihm war, warum hörte er nicht auf zu bluten, damit sie ihn richtig pflegen konnte? Er war doch schließlich ihr Ehemann, und wie konnte er wissen, daß sie ihn liebte und zu seinem eigenen Besten gescholten hatte? Was würden die Leute sagen, wenn er einfach starb?

Ich hingegen wollte, nach monatelanger Krankenwache bei ihm, daß er starb. Er hatte so viel gelitten. Durch ein unerklärliches Geheimnis, das nur er selbst kannte, war er über die Frist der ihm zugestandenen Jahre hinweg am Leben geblieben. Er hatte die Tuberkulose in seinen Lungen so lange besiegt, und er hatte dafür einen so hohen Schmerzenspreis bezahlt. Ich wollte, daß er Ruhe fand.

Ich fragte ihn, wie er seine Krankheit so viele Jahre lang hatte überlisten können, und er flüsterte lächelnd: »Willenskraft, arme Florence, das ist alles, was ich habe. Willenskraft.«

Als meine eigene Krankheit begann, wußte ich, daß ich Blut von beiden Eltern hatte und nicht nur das Berry-Blut, das Mutter manchmal in mir entdeckte, denn auch ich fand in mir die Willenskraft zum Überleben. Ich wußte, daß dies die einzige Möglichkeit war, meine liebe Joan am Leben zu halten. Jetzt heiratet Joan selbst, sagt sie. Sie hat mir ihren jungen Mann vorgestellt, einen Marineoffizier. Jetzt wird er sich um sie kümmern, aber wer kümmert sich um Kitty? Wer versteckt sie vor spionierenden Blicken?

Letzte Nacht habe ich geträumt, alle meine Zinerarien seien gestorben. Als ich aufwachte, war ich unglücklich, dann begann ich nachzudenken und konnte nicht wieder einschlafen. Ich dachte, daß die Vorhänge in meinem Zimmer zu gelb seien, und ich dachte, daß meine Handarbeit ganz aufgedröselt sei. Aber das stimmte nicht, sie lag noch in dem Korb neben meinem Bett, und ich nahm sie auf und häkelte bis zum Morgen, um meine Nerven zu beruhigen. Sobald es hell war, las ich in meinem Gebetbuch, um die schlimmen Gedanken fernzuhalten, die mir ständig in den Kopf kamen.

Ich bin heute wieder zur Beichte gegangen, obwohl erst Mittwoch ist. Ich sagte dem Kaplan, ich wünschte, Kitty wäre vor mir gestorben, und das bedeutete, daß ich wünschte, sie sei tot. Für die gleiche Todsünde habe ich Kitty bestraft. Sie wollte Joan immer töten, und ich habe sie nie verstanden. Vielleicht war ich auch in mancher Hinsicht hart zu ihr, weil ich ihr nie verzeihen konnte, daß sie sich wünschte, ihr eigenes Kind sei tot. Und jetzt, da ich so bald sterben werde, habe ich das gleiche getan. Kittys Sünde ist die meine. Ich lag im Bett und wünschte mir, sie wäre mir ins Grab vorangegangen, damit ich keine Angst haben müßte, was aus ihr werden wird. Der Kaplan sagt, meine Krankheit lasse meine Gedanken wandern. Er sagt, das Medikament, das die Schwestern mir geben, um die Schmerzen zu dämpfen, führe dazu, daß ich merkwürdige Dinge denke. Er hat mir gesagt, ich solle mich nicht sorgen, drei Gegrüßet seist du, Maria beten, und erteilte mir die Absolution.

Er versteht nicht. Meine Gedanken wandern nicht, sie sind ganz klar. Ich werde noch einmal mit dem Kaplan reden müssen. Ich möchte nicht in Sünde sterben. Ich habe mich so sehr bemüht, alles richtig zu machen, seit Violet aus Lincolnshire nach Hause kam. Ich habe ein Gelübde abgelegt, zwei, vier. Ich klinge schon wie Dickie mit seinen ewigen Zahlen. Und doch, ich gehörte der Kirche von England an, dann legte ich mein eigenes Gelübde ab, dann wurde ich Katholikin, dann heiratete ich, aber ich habe auch gelobt, mein Enkelkind am Leben zu halten und Agnes vor Kitty zu schützen. Für eine dünne Person wie mich sind das viele Gelübde. Vielleicht war ich anmaßend; vielleicht hat Kitty ihre Launen von mir. Sie meint auch, die Welt kontrollieren zu können.

Ich würde den Kaplan so gern fragen, um meine Gedanken zu klären. »Arme Florence« nannten mich meine Eltern, »arme Florence« nennen mich jetzt meine alten Freunde. Ich war für die Welt die »arme Florence«, seit Dickie starb. Aber ich war niemals arm. Ich hatte immer meinen Notgroschen, Mutters Vermächtnis, das Berry-Erbe. Es war nicht viel, aber da ich die übrige Familie überlebt habe, fiel es an mich zurück. Daher war ich nie arm wie die Straßenenden von Grantham. Hendon war oft ein hartes Zuhause, aber nie ein armes.

Erst jetzt bin ich wirklich die arme Florence. Ich fühle es selbst. Ich kann Kitty nicht genug hinterlassen, um sie zu beschützen. Ich weiß, daß man seelische Gesundheit nicht kaufen kann, aber man kann die Abgeschiedenheit kaufen, die deren Fehlen vor dem Gesetz verbirgt. Jetzt, wo Joan heiratet, und ich ersehe aus *Burke's Landed Gentry*, daß sie gut heiratet, wird sie sicher sein. Nicht so sicher, wie ich es gern hätte. Eine Frau braucht ihr eigenes Geld. Das ist die einzige wirkliche Unabhängigkeit, die es gibt. Wir haben jetzt das Wahlrecht, aber das hat uns nicht frei gemacht. Freiheit liegt im eigenen Portemonnaie. Meine Freiheit war letztendlich mein Notgroschen. Ich würde das, was ich habe, am liebsten Joan hinterlassen, um ihr im Leben zu helfen und auf irgendeine Weise die Jahre der Verwirrung und des Schmerzes wiedergutzumachen, die sie erleben mußte.

Doch welche Schuld ich ihr gegenüber auch empfinden mag, in mancherlei Hinsicht ist sie sicherlich abgetragen. Das beweist schon die Tatsache, daß sie überhaupt achtzehn Jahre alt geworden ist. Ich habe ihr das Leben geschenkt. Ich bin ihre Ersatzmutter. Es ist der Wille Gottes, den ich nicht verstehe (obwohl ich mich bemüht habe, kann ich es nicht verstehen), warum *ihre* Geburt zu Lasten ihrer wirklichen Mutter geschehen mußte. Was Kitty auch getan haben mag, sie wurde herausgefordert. Sie hätte nicht so leiden dürfen, wie sie gelitten hat. Schon vor diesen langen Stunden der Wehen hatte etwas Perverses sie gequält. Ich weinte, als ich die Narben sah. Es waren furchtbare Narben und schlecht verheilt. Sie brachen alle auf, als Joan geboren wurde, sie rissen and klafften noch weiter auseinander.

Was natürlich war, wurde für sie unnatürlich. Was jede Frau tut, um ein Kind zu empfangen oder auch nur aus Vergnügen, war für sie zu etwas Perversem geworden. Als ich die Verletzungen sah, die meine Tochter an ihrem Geschlecht hatte, war meine erste Reaktion, Nelson Allen aufzuspüren und ihn für das, was er getan hatte, bezahlen zu lassen. Ich wollte ihn vor Gericht bringen, aber natürlich hätte der Skandal Kitty mehr geschadet. Sie schrieb mir, sie sei verletzt worden, und ich war dumm genug, ihr Entsetzen für Prüderie zu halten. Ich begriff nicht, daß sie tatsächlich körperlich verletzt worden war. Ich sagte ihr, was ich für wahr hielt: daß dies ein Aspekt der Ehe sei, an den sie sich gewöhnen müsse, etwas Natürliches, das ihr mit der Zeit gefallen werde. Sie muß mich für verrückt oder grausam gehalten haben.

Kitty ist anders als andere Mädchen. Ihre Haut ist nicht wie andere Haut. Vielleicht bedeutete dieses Weiß irgendeine Schwäche. Es ist offensichtlich, daß ihr Körper nicht für Ehe oder Geburt geschaffen ist. Ich habe sie viele Male nach dem Vollzug ihrer Ehe befragt, und jetzt kann ich Nelson nicht mehr vorwerfen, was geschah. Sich fünf Monate lang bei der eigenen Ehefrau im Zaum zu halten, ist bei jedem Mann ein Zeichen von Feingefühl. Kitty haßte nur sein Kind mehr als Nelson, sie haßte ihn wirklich, aber mit ihrer Beschreibung dessen, was er getan hatte, wusch sie für mich seinen Namen rein. Ich weiß, wenn er von unserer veränderten Lage gewußt hätte, hätte er sowohl Kitty als auch ihr gemeinsames Kind unterhalten. Es scheint nicht richtig, daß er so lange im dunkeln gelassen wurde.

Nelson liebte Kitty, aber das taten viele. Auch ihr zweiter Mann liebte sie. Ich war froh, als sie Peter heiratete. Sie hatte einen Punkt erreicht, wo ich sie nicht einmal mehr so weit überwachen konnte, daß sie sich nicht selbst verletzte. Sie war so nahe daran gewesen, Joan zu töten, daß ich das Kind fortschickte und die Nonnen anwies, sie während aller folgenden Ferien dortzubehalten. Ich zahlte das letzte Dienstmädchen aus. Fünfundzwanzig Guineas für zwei blaue Augen und einen gebrochenen Arm. Ich weiß nicht, ob das der Preis für den Arm eines Menschen ist, aber es war mehr, als ich mir leisten konnte. Ich machte die Hausarbeit selbst, lebte in Hendon mit keiner anderen Gesellschaft als der meines lieben alten Terriers Rufus, und gelegentlich kam Kitty hereingestürmt.

Rufus war mit mir aus Claremont gekommen, damals war er fast noch ein Welpe; er war während meines Aufenthaltes bei Agnes bei mir, er war mein Freund in St Aubin, und er machte die Überfahrt von der Insel mit uns. Als Kitty wieder heiratete, dürfte er älter gewesen sein als ich. Er war taub, seine Gelenke waren arthritisch, und er roch wohl leider inzwischen auch ein wenig. Ich machte ihm ein Körbchen in der Küche zurecht und trug ihn immer in mein Zimmer hinauf. Rufus durfte nicht auf die Treppe. Kitty überprüfte die Läufer nach seinen Haaren, und wenn sie welche fand, wurde sie unsäglich wütend. Rufus und Joan waren gute Freunde. Über ihnen hing die gleiche Wolke. Sie lebten ständig in Ungnade. Kitty wollte Rufus unbedingt einschläfern lassen. Sie fing jede Woche wieder damit an. Am Ende trotzte ihr selbst der kleine Rufus; trotz ihrer verstohlenen und nicht so verstohlenen Tritte wurde er vierzehn Jahre alt.

Ich weiß nicht, was ich getan hätte, wenn Kitty Peter nicht geheiratet hätte. So schlecht diese Ehe auch war, sie rettete sie lange genug vor sich selbst, um ihr einen weiteren Aufschub zu gewähren. Ich habe versucht, mit Kitty über ihre Gesundheit und ihr Verhalten zu sprechen, aber ich weiß nicht, ob sie versteht, welche Gefahren auf sie lauern oder auf welchem schmalen Grat sie geht. Sie sollte es wissen, sie ist damit aufgewachsen, auf den Klippen von La Corbière zu balancieren. Ich hoffe, sie kann einen Abgrund immer noch erkennen. Aber ich weiß nicht. Manchmal wirkt sie so seltsam. Wenn sie gewalttätig wird, kann ich sie meist in eine gewisse Normalität zurückholen, indem ich sie daran erinnere, daß die Irrenanstalt nie weit ist. Dennoch läßt sie nur kurze Zeit vergehen, bevor sie wieder in Wut gerät.

Ohne die vielen Provokationen und Enttäuschungen in ihrem Leben wäre Kitty vielleicht ein liebes Mädchen. Auf ihre eigene, sonderbare Weise ist sie es immer noch. Sie bemüht sich, sehr freundlich zu mir zu sein. Wenn sie an mich denkt, ist sie überaus aufmerksam. Aber bei ihren Tobsuchtsanfällen vergißt sie nicht nur mich, sondern die ganze Welt. Ihr Jähzorn hat mir Sorgen bereitet, seit sie aus Kanada zurückkehrte. Ich weiß nicht, was ich tun kann, außer ihn zu verheimlichen. Ich habe noch nie ein solches Maß an Wut und Verbitterung erlebt. Sie war als Kind nicht so gehässig, sie ist gehässiger geworden, seit sie wieder da ist. Ich mache mir wegen Kittys Launen mehr Sorgen als wegen irgend etwas anderem. Es läßt mich meine Hüfte vergessen, es läßt mich alles vergessen außer meinem Namen, arme Florence. Ja, das bin ich, ich bin zu arm, um sie zu schützen.

Mir ist, als sähe ich die Gitter des Granthamer Armenhauses, die düster und traurig wirken, als wir in unserer ramponierten Kutsche vorbeifahren. In St Helier gab es eine Irrenanstalt, auch sie hatte Gitter. Das Arbeitshaus, das Armenhaus und die Irrenanstalt, sie alle warten am Ende des Weges. Mein Notgroschen reicht nicht, Kitty davor zu schützen. Mein Notgroschen hat uns neunzehn Jahre lang ernährt und geschützt, aber er wird nicht ausreichen, um zu zahlen, was es kosten wird, um meine Kitty in Freiheit zu halten. Vor neun Jahren kostete ein gebrochener Arm fünfundzwanzig Guineas. Ich habe nicht mehr die Kraft, den Willen oder was immer nötig wäre, um am Leben zu bleiben, und ich habe nicht genug Geld, um sie zu retten. Vielleicht werden ihre Smaragde sie retten. Inzwischen muß sie Hunderte haben.

24. Kapitel

Ich wurde immer gebraucht, und dadurch schien mein Leben reich. Kitty spricht von Langeweile. Sie hat Angst davor, sie sagt, es sei das einzige, was sie fürchtet. Sie und ihre Freunde sprechen von Freiheit. Sie sprechen davon, als sei es eine reale Möglichkeit. Ich weiß noch, daß ich einmal mit einem ihrer Galane fast eine Diskussion darüber hatte; ich sagte ihm, nur ein völlig egoistischer Mensch könne frei sein. Er war sehr höflich, aber ich weiß, daß er nicht meiner Meinung war. Er glaubte, frei zu sein, und doch war er in Kitty verliebt und benahm sich wie ihr Sklave. Die Mühsal der Liebe ist unausweichlich. Hätte Kitty ihr Herz mehr verschenken können, sie wäre vielleicht nicht so gelangweilt gewesen. Vielleicht habe ich meine Tochter verzogen. Hätte ich in ihrer Kindheit erkannt, wie weit die Tyrannei ihres Jähzorns ging, hätte sie heute möglicherweise eine bessere Chance.

Ich habe immer die Vergangenheit mit meiner Gegenwart vermischt, wie Kitty die Zukunft hineinmischt. Ich behandelte Kitty, als sei sie die in meinem Schoß reinkarnierte Violet. Violet war von so sanftem Wesen, ich konnte nicht glauben, daß Kitty, die ihr zum Verwechseln ähnlich sah, einen anderen Charakter haben sollte. Als Violet und ich Kinder waren, wurden wir zu Hause selten gestraft. Alle sagten mir, ich sei so eine begabte Krankenschwester, so eine gute Gastgeberin, so eine liebevolle Mutter, daß ich mich nie fragte, ob ich das alles wirklich war. Als unsere Welt zu zerfallen begann, fühlte ich mich zwar manchmal sehr unwohl, aber das hatte wenig mit meinem eigenen Verhalten zu tun. Ich sorgte mich um Kitty. Es war, wie

Vater gesagt hatte: Ich hatte keine Zeit, mich um mich selbst zu sorgen, solange andere mich mehr brauchten.

Ich hatte nie Zeit, innezuhalten und darüber nachzudenken, ob ich das Richtige tat. Ich folgte meinem Instinkt, wie Frauen es tun, aber jetzt sieht alles anders aus. Meine Zeit ist wie Gummi geworden. Sie hat sich immer weiter gedehnt, bis jeder Tag und jede Stunde zu lang scheinen. Ich weiß, daß es so bleiben wird, bis das Gummiband zurückschnellt. Dies ist mein letzter Herbst. Ich fühle es.

Jeden Morgen rollen die Schwestern meinen Stuhl an das Erkerfenster und lassen mich hier sitzen, mit einer Wärmflasche und einem Plaid über den Knien. Es ist kalt hier, besonders am Fenster ist es kalt, aber ich kann den Garten und die Bäume sehen. Alle Blätter werden jetzt bunt, sogar die Eichen, und sie fallen schon zu Boden. Bald werden die Bäume in ihrer Winter-Durchsichtigkeit wie Skelette dastehen. In diesem Winter werde ich so zerbrechlich sein wie sie.

Kitty weiß, wann ihre Freunde sterben. Sie kann es sogar Fremden vorhersagen, aber wenn es um ihre Familie geht, ist sie blinder als normale Menschen. Jedenfalls war sie bei Harry und Dickie blind, und sie ist es bei mir. Sie war fast noch ein Säugling, als sie den Tod ihres Großvaters spürte. Und als Emily St Aubins Mann im Krieg fiel, erzählte Kitty es der armen Cousine Emily, als sie zum Tee in Claremont war, und zwar eine Woche, bevor es geschah. Es war für uns beide sehr peinlich, auch wenn Kitty es so selbstverständlich findet, daß sie nicht versteht, warum sie nicht erwähnen soll, wenn jemand ihr »in den Kopf« kommt.

Sie besucht mich nicht oft hier. Sie hat einen neuen Galan, und sie wollen sich beide unbedingt amüsieren, bevor es mit diesem neuen Krieg wirklich Ernst wird. Er ist Soldat, und er sorgt sich, daß er fortmuß. Kitty sagt, wenn ich im Frühjahr noch nicht wieder zu Hause sei, werde sie mich regelmäßiger besuchen. Sie fühlt sich zur Zeit nicht wohl, das merke ich, wenn sie zu Besuch kommt. Sie ist schrecklich blaß, und ihre Augen glänzen zu sehr. Sie sagt, sie fühle sich durch den Krieg gestört. Sie klagt über Kopfschmerzen und schwere Schlafstörungen. Als sie das letzte Mal kam, sagte sie: »Wie kann ich schlafen, Maman, wenn Armeen durch meinen Kopf marschieren? Ich habe das Gefühl, als werde die ganze Welt überfallen und mein Gehirn sei der Tunnel, durch den sie alle hindurchmarschieren. Ich muß mich dauernd beschäftigen, um nicht daran zu denken.«

Ich glaubte lange, Kitty übertreibe und spiele uns mit ihren Vorahnungen etwas vor. Ich glaubte lange, sie wolle ein bißchen angeben oder schockieren. Aber über die Jahre hat sie zu viele Tode gesehen, als daß sie sich getäuscht haben könnte. Ich weiß nicht, warum es geschieht, aber es ist so. Emily de Gruchy sagt, die Veranlagung zum Hellsehen vererbe sich in Familien. Ich glaubte lange, dies sei nichts weiter als eine von Emilys törichten Ideen, aber jetzt sehe ich meine eigenen Träume wahr werden. Ich spüre, daß dieser Krieg ebenso gewiß kommt wie der Winter; und ich spüre die Menschen sterben, so wie Kitty es sagt. Ich spüre Hoffnungslosigkeit, wenn ich aus dem Fenster blicke. Meine Nachbarin hier liest mir ständig Passagen aus der *Times* vor. Überall redet man davon, daß die Kämpfe bis Weihnachten vorüber seien. Aber die Kämpfe haben kaum begonnen. Sie nennen ihn Stellungskrieg und spotten über seine Zukunft.

Ich weiß, daß ich zehn Jahre lang mit diesem Krebs gelebt habe, aber ich habe ihn in Schach gehalten, um bei meiner Familie zu bleiben. Mein Garten bereitet mir überhaupt kein Vergnügen mehr. Ich kann mich nicht mehr am fallenden Laub erfreuen. Ich habe jetzt meine

Träume, und mein Herz zuckt zusammen bei dem, was ich sehe. Ich möchte diesen Krieg nicht erleben, ich möchte nicht einmal nach dem Krieg leben. Gott hat mir meine Entlassung ausgehändigt, Er gab mir eine Zeitkarte, und ich bin bereit zu gehen. Ich hatte reichlich Spielzeit, wie Dickie gesagt hätte. Ich erkenne die Welt nicht mehr, sie ist mir ein fremder Ort geworden. Etwa so mag Kitty das Leben sehen, wenn das Chaos der Zukunft zum Teil eines jeden Tages wird. Kein Wunder, daß dieses ganze Leben sie so verstört.

Agnes sagt, ich solle wieder auf die Insel ziehen. Sie sagt, sie werde kommen und mich holen. Ich habe ihr in einem meiner Briefe ein wenig von dem erzählt, was ich geträumt habe. Sie versichert mir, Jersey werde sicher sein, was immer geschehe. Es sei zu klein, um in Gefahr zu geraten. Warum sollte Hitler sich mit einer Insel abgeben wollen, die nur neun auf fünf Meilen groß ist? Jersey war in meiner Vorstellung immer sicher. Selbst als wir sie verließen, brachte ich lieber unsere Sorgen fort, damit die Insel in meiner Erinnerung intakt und unbeschädigt blieb. Vor kurzem habe ich von Claremont geträumt. Überall waren graue Soldaten. Um seine Geländer war Stacheldraht, und die Soldaten in meinem Garten grüßten so komisch, wie Joan und ihre Schulfreundinnen es immer taten.

In den Zeitungen heißt es, Hitler verfolge die Juden. Ich habe die Juden nie gemocht, aber die Deutschen mochte ich auch nicht. Kitty wollte die deutsche Klosterschule. Sie fand die französischen Nonnen viel zu lasch, und ich wußte, daß sie es haßte, Joan in der Nähe zu haben. Sie behauptete immer, sie könne Joans Anwesenheit in Les Filles de la Croix spüren, und in gewisser Weise konnte ich das auch. Ich hatte sie gern in meiner Nähe. Es schien für uns beide weniger einsam, wenn sie nur einen Spaziergang weit entfernt war. Joan selbst erzwang die Veränderung.

Kitty drängte immer auf einen Schulwechsel, aber ich ließ es nicht zu. In einigem trotzte ich Kitty, unter anderem darin.

Einmal erwischte ich Joan, als sie sich im Park wie ein gewöhnliches Gossenkind prügelte, da mußte ich sie fortbringen. Kitty hatte darauf gewartet, daß Joan ihr ins Netz ging. Sie hatte nach einer Chance gesucht, sie tief zu verletzen. Doch Joan war nie ungezogen, und das vereitelte die Gewalttätigkeit, die immer in der Luft lag. Kitty stürzte sich auf ihre geringsten Fehler. Ich glaube, das schlimmste, was Joan je getan hat, war Porzellan zerschlagen. Sie ist ganz ohne Zweifel die ungeschickteste Person, die ich kenne. Ich klebte die Sachen immer wieder, damit sie keine Schwierigkeiten bekam, aber Kitty fand es immer heraus. Sie konnte die Gedanken ihrer Tochter lesen. Ich bekam panische Angst, als ich Joan im Park fand. Ich dachte, Kitty würde wissen, was Joan getan hatte, sobald sie sie sähe, und dieses eine Mal würde ich sie nicht beschützen können, weil Joan im Unrecht war. Also schickte ich sie fort. Ich hoffte, indem ich meine Einwilligung zu den deutschen Nonnen gab, würde Kitty abgelenkt, in dem Glauben, sie habe die Schlacht gewonnen, und daher nicht bemerken, was geschehen war.

Ich sage mir, daß ich keine Angst vor Kitty habe, aber das habe ich – oder hatte ich. Ich hatte Angst davor, was sie Joan antun würde. Ich möchte den Kaplan sprechen. Ich möchte ihm all die Dinge erzählen, die ich falsch gemacht habe. Da ich meine Schwächen immer gebeichtet habe, habe ich bisher nicht gemerkt, daß sie sich trotz aller Gegrüßet seist Du, Marias ansammeln wie trockenes Laub auf dem Rasen. Die Zukunft sieht zu trostlos aus, um über sie nachzudenken, und die Vergangenheit zerfällt. Gäbe es nicht die Photographien, die ich bei mir habe, ich könnte uns kaum erkennen, drei Frauen und ihre schwierige

Liebe. Ich glaubte, mein Bestes getan zu haben, aber jetzt glaube ich nicht mehr daran.

»Vater, vergib mir, ich habe gesündigt.«

Meine Finger sind steif, sehr steif, aber ich muß weiterhäkeln. Tut man das nicht in Kriegszeiten? Im Krieg galten Männer, die sich nicht freiwillig meldeten, als Feiglinge, man steckte ihnen weiße Federn an. Ich sollte lauter weiße Federn häkeln. Violet und ich sammelten am Strand von Bonne Nuit Bay immer Möwenfedern. Die weißen Federn waren am begehrtesten, aber graue gab es am meisten. Ich kletterte auf die Klippen, um die weißen zu sammeln. In letzter Zeit habe ich mich weniger anstrengen müssen, um meiner Feigheit zu begegnen. Ich habe mich vor meinen Pflichten gedrückt und tue es immer noch.

Schließe ich die Augen, um zu schlafen, sehe ich mein wunderschönes Kindlein, das mich mit Entsetzen in den Augen anstarrt, und ich sehe Joan, mein unscheinbares Kindlein, das mir so spät im Leben geschenkt wurde, die mich auch anstarrt, mit dem ungewissen, verlorenen Ausdruck ihrer grauen Augen. Ich weiß, daß beide mich auf ihre Weise noch brauchen, und ich lasse sie im Stich.

* * *

Emily de Gruchy hat mich auf das Stricken gebracht. Sie war unruhig, weil ihre Jungen fort waren. Die Leute sagten immer zu ihr, sie sei sicher sehr stolz darauf, drei Söhne zu haben, die alle Offiziere seien und alle in Frankreich dienten. Aber Emily war überhaupt nicht stolz – das war sie nie, und sie war es auch damals nicht. Sie war furchtbar unglücklich, weil sie sich sorgte, was mit ihren Jungen geschehen würde. Als Philip, der älteste, zur Genesung nach Osborne House auf der Isle of Wight geschickt wurde, war sie geradezu froh. Damals wußte keiner etwas Richtiges über den Bombenschock, wir dachten, es sei eine günstige Entlassung, wie geduldetes Schwänzen. Ein Mann konnte ohne allzuviel Ehrverlust, mit sämtlichen Fingern und beiden Füßen nach Hause gehen mit diesem Bombenschock.

Philip hat sich nie richtig erholt. Es machte mich so traurig zu sehen, wie er in seinem Haus umherlief, als sei auch das eine riesige Mine, die jeden Augenblick explodieren könnte. Einige andere de Gruchy-Jungen – von dem anderen de Gruchy-Zweig – hatten das gleiche Leiden, sie zuckten immer zusammen, wenn jemand versuchte, sie anzusprechen. Aber ich glaube, wegen Harry war sie unruhiger als wegen der anderen, da er die ersten drei Kriegsjahre auf der Insel blieb und so ungeduldig war, sich seinen Brüdern anzuschließen, daß es Emily Angst machte. Ich denke, er brachte den Krieg nach Jersey, indem er ständig von ihm sprach.

Als er dann nicht nach Hause kam, starb etwas in Emily. Sie legte sich ins Bett, nachdem das Telegramm gekommen war, aber was sie eigentlich krank machte, war Harrys Brief. Der Brief erreichte St Brelade eine Woche nach der Nachricht von seinem Tod. Ich glaube, Briefe mußten immer durch die Zensur, und das verzögerte sie. Er schrieb seiner Mutter vom Nachhausekommen, er eröffnete ihr zum ersten Mal, daß er Kitty heiraten, in Claremont wohnen und nie mehr von Emily fort sein wolle. Ich habe diesen Brief so oft gesehen, seine verblichenen Worte durchfuhren mich brennend. Das ist Leben, wie es hätte sein können, sein sollen, wäre der Krieg nicht gewesen.

Danach war nichts wie zuvor, wir nicht, niemand. Doch solange die Kämpfe andauerten, sahen wir die Soldaten nach Frankreich ziehen. Wir verabschiedeten sie, Emily, Kitty und ich. Es gab uns etwas zu tun, es war ein Ausflug nach St Helier und zum Hafen, danach Mittagessen oder Tee im Old London Hotel und eine schöne Heimfahrt an der Küste entlang.

Und wir sahen manchmal die Listen, die Listen mit den Gefallenen. Emily verfolgte sie natürlich genauer als ich, obwohl mit dem Jerseyer Festlandkontingent auch Jungen aus Claremont auf den Kontinent gegangen waren, aber alle kamen zurück. Auch sie waren verändert, aber sie hatten alle überlebt. Es wurde auch ein wenig rationiert, aber das spürten wir kaum. Einige Mädchen gingen zum Roten Kreuz, aber die meisten von uns strickten nur; wir machten für unbekannte Soldaten in den Schützengräben Schals und Socken. Meterweise Schals.

Emily sagte, sie fühle sich ihren Jungen näher, wenn sie stricke. Sie sagte immer, falls einer ihrer Schals durch einen Zufall einem ihrer Jungen in die Hände fiele, würden sie irgendwie wissen, daß sie es war, die ihn gestrickt und an sie gedacht hatte, während die Nadeln klapperten: eins rechts, eins links, eins rechts, eins links. Emily de Gruchy war nie sehr geschickt mit den Händen. Sie lernte stricken, weil es zu der Rot-Kreuz-Arbeit gehörte, aber es fiel ihr nicht leicht. Selbst als wir schon drei Jahre gestrickt hatten und unsere Produktion sicherlich fast bis hinunter zum Hafen gereicht hätte, waren ihre Arbeiten ganz unverwechselbar. Einige Schals waren in der Mitte über einen Meter breit und verjüngten sich zu den Enden hin auf bizarre Weise, während ihre Socken überaus bemerkenswerte Größen hatten. Aus Solidarität gab ich Socken auf, als sie damit aufhörte, und wir strickten nur noch Schals – eins rechts, eins links, Reihe um Reihe, jeden Tag, bis der Krieg vorüber war.

Es wurde zur Sucht. Es war der einzige Weg für uns, etwas Produktives zu tun. Nach Harrys Tod nahm Emily nie mehr eine Nadel in die Hand, aber ich hatte mich daran gewöhnt, meine Gefühle in das mechanische Klicken zu übertragen, also strickte ich weiter. Erst machte ich Dekken und Überwürfe für die Dienstboten, dann Korbdekken für die Hunde. Die Setter hatten solche Stapel meiner Handarbeiten, daß es absurd wurde. Rufus war wie ein verwöhnter Säugling, in seinem Körbchen lagen so viele Decken, daß er sie gar nicht schnell genug durchbeißen oder beschmutzen konnte.

Dann gingen Dickie und Kitty nach London, und so ganz allein fühlte ich mich einsam. Damals fing ich an zu häkeln. Es sieht so viel besser aus als Stricken, und die Spitze, die mit der Häkelnadel entsteht, ist hübsch und gut zu verwenden. Dickie sagte mir, die Londonfahrten seien für Kitty, sie sollte leichter vergessen, daß Harry nicht mehr nach Hause kommen würde. Ich wollte, daß sie einen Katholiken heiratet. Ich wußte nicht, daß Harry und sie verlobt gewesen waren. Sie wirkten immer wie Bruder und Schwester. Emily und ich standen uns so nah, es schien nur natürlich, daß unsere Kinder sich liebten. Ich vermute, ich hätte den Unterschied zwischen den verschiedenen Arten von Liebe erkennen sollen, aber Freundschaft war für mich immer so wichtig, daß mir kein Maß von Nähe je unnatürlich schien.

Ich fühlte mich schuldig, als ich Harrys Brief sah. Ich hatte gemeint, meiner Tochter so nah zu sein, und dann stellte ich fest, daß ich es nicht war. Ich wußte nicht einmal, woran ihr Herz hing. Sie hatte oft gesagt, sie würde Claremont nie verlassen, aber ich glaubte, das sei nur so eine Idee. Es zeigte sich, daß sie Pläne gemacht hatte, Jahre zuvor, als sie auf den Klippen von La Corbière saß. Ich hoffte, daß sie durch die Reisen nach London ihre Kindheitsliebe vergessen, sich in einen anderen verlieben und ein anderes Glück finden würde.

Ich hätte es besser wissen müssen. Vater hat immer gesagt, es sei praktisch Selbstmord, die Insel zu verlassen.

Emily fragt mich oft, wie ich über Dickies Spielen denke, und es verärgert sie, wenn ich sage, daß ich nichts darüber denke. Ich denke nicht daran. Ich kann Dickie für das, was er getan hat, nicht verurteilen, er war mir ein guter Ehemann und ein guter Freund. Der Krieg hat ihn verändert. Er sagte mir, er fühle sich ohnmächtig in dem Wissen, daß Männer, die kaum jünger seien als er, keine vierzehn Meilen von unserer Küste entfernt mit ihrem Leben russisches Roulette spielten. Er weinte, als Harry starb. Er weinte viel in seinen letzten Lebenstagen. Das war der einzige Hinweis, den ich hatte, daß etwas wirklich Gravierendes nicht in Ordnung war. Er hat mir nie von seinen Schulden erzählt. Ich vermute, daß er sich schämte.

Er wurde nachts oft wach, stand auf der oberen Terrasse, sah aufs Meer hinaus und murmelte vor sich hin. Ich ging ihm ein- oder zweimal nach und sah ihn dort, ließ ihn aber allein. Ich hielt es für besser, ihn allein zu lassen. Ich ahnte nichts von der Last, die er trug, oder den Geheimnissen. Er ging manchmal in Claremont umher, kurz vor seinem Ende, und berührte Gegenstände, die geschnitzten Türrahmen, die Fensterbänke, die Geländer, streichelte sie mit Tränen in den Augen.

Während seiner Krankheit bat er mich, Tag und Nacht bei ihm zu bleiben. Er schien große Angst zu haben, allein zu sein. Er hielt meine Hand so fest, daß das Blut aus ihr wich und sich blaue Flecken wie ein Armband um mein Handgelenk legten.

»Florence, arme Florence«, war alles, was er sagen konnte, und: »Vergib mir, wirst du mir je vergeben können?«

Ich versuchte, ihn zu beruhigen, ich küßte ihn und strich über seine heiße, sorgenvolle Stirn. Ich sagte ihm immer wieder, es gebe nichts zu verzeihen. Das jedoch schien seinen Zustand zu verschlimmern. Er wurde besorgniserregend rastlos, wenn ich ihn zu trösten versuchte, und begann wieder zu murmeln: »Florence, meine arme Florence.«

Ich wünschte, ich hätte vor seinem Tod von den Schulden gewußt und auch, daß wir Claremont verlieren würden, dann hätte ich es ihm sagen können und er hätte gewußt, daß wirklich nichts zu vergeben war. Er schenkte mir fast zwanzig Jahre Glück und Liebe. Er machte mich zur Herrin von Claremont, er schenkte mir meine Tochter, die die Wunden von Violets Verlust heilte, er schenkte mir so viel. Er schenkte mir die wunderbarsten Kamelien von Jersey, die schönsten Zinerarien, und sein Familienschiff ankerte in den ruhigen Wassern der Zierbäume. Er hätte mich nie absichtlich verletzt, er war ein liebevoller Mann. Ich konnte seine Zuneigung nie ermessen. Er maß und zählte alles, das war seine Art. Er zählte die Kriegstoten, er führte Buch über die Gefallenen. Ich erinnere mich noch, daß im Krieg achthundertzweiundsechzig Jerseyer fielen. Für mich war auch Dickie ein Gefallener, es waren achthundertdreiundsechzig. Wäre er am Leben, er hätte alle anderen zählen können, Menschen wie Kitty und Harrys Bruder, die sogenannten Überlebenden. Er hätte gewußt, wie man die Verluste in eine Gleichung bringt.

Ich wollte nach der Versteigerung nach Italien. Ich versucht Kitty zu überreden, mich zu begleiten, aber sie wollte nichts davon hören. Ich glaube, sie ging nie davon aus, daß Joan überhaupt zur Welt kommen würde. Sie wußte, daß ich fünf Fehlgeburten gehabt hatte, alle zwischen dem fünften und sechsten Monat, und sie rechnete mit einem ähnlichen Schicksal. Sie verheimlichte mir ihre Schwangerschaft, armes Kind, sie hatte solche Angst, sie verletzte sich selbst bei dem Versuch, Joan aus sich herauszuzwingen. Gott wollte, daß Joan lebt, es muß so gewesen sein, kein anderes Kind hätte sich so hartnäckig an eine derart lieblose Mutter geklammert.

Ich dachte weiterhin an Italien. Kitty hätte in den letzten Monaten nicht reisen können, aber ich hoffte, daß wir nach der Geburt von vorne beginnen könnten, an einem warmen und schönen Ort, wo mein Notgroschen für ein wirklich angenehmes Leben ausreichen würde. Wir hätten gut leben können, wenn wir ins Ausland gegangen wären. Wir hätten ein wenig von der Eleganz zurückerlangen können, die wir verloren hatten. Wir hätten eine Villa irgendwo am Meer haben können. Ich war mit Violet durch Rapallo, Genua und ähnliche Orte gekommen, und ich wußte, daß wir an der italienischen Riviera ein riesiges, weitläufiges Haus mit Säulen und Gärten und Glyzinienkaskaden hätten mieten können. Wir hätten Mimosen und Bougainvilleas haben können. Wir hätten fast so viele Dienstboten halten können wie in Claremont und Freunde einladen, und unsere Freunde aus Jersey hätten standesgemäß bei uns zu Besuch sein können. Joan wäre bei Nonnen aufgewachsen, denen es gleichgültig gewesen wäre, wie durchschnittlich sie aussah. Vielleicht hätte sogar Agnes kommen können.

Aber Kitty haßte die Vorstellung von Italien. Sie sagte, sie könne sich nichts Langweiligeres vorstellen, als von ausländischen Bauern umringt zu sein. Sie erzählte mir, ihre einzigen Freunde seien in London. Sooft ich auch die Terrassen, die Steinmauern, die Schmetterlinge und die langen Mittelmeerstrände beschrieb, sie sagte, sie könne auf einer Mauer nicht tanzen, sie sei im Ausland gewesen und habe es gehaßt. In London hatte sie Freunde, die sie aus der Zeit vor dem Zusammenbruch kannten; es war für sie immer wichtig, daß sie dazugehörte. Sie sagte mir, da man sie um ihr Erbe betrogen und zu einer Geburt gezwungen habe, sei London der einzige Ort, wohin wir gehen könnten.

»Wenn du Exilantin sein willst, dann gehen wir dorthin«, sagte sie. »Du sprichst über das Meer, als sei das eine gegen das andere austauschbar. Unser Meer ist bei La Corbière, unsere Strände sind hier, auf der Insel, in Petit Port und La Rosière. Du brauchst das Meer, Maman, ich brauche den Leuchtturm; kannst du mir den geben?«

Joan hatte wunderschöne Augen, graue Augen wie ihr Vater, die einen an das Meer erinnerten. Bei einem bestimmten Licht sehen sie fast grün aus, als spüle die Flut über sie hinweg. Als wir nach Hendon zogen, fehlte mir das Meer wirklich. Manchmal blickte ich in Joans Augen, wenn sie nicht hinsah, und es war, als gäbe sie mir ein wenig vom winterlichen Meer zurück. Augen sind so verletzlich; sie sagen Dinge, die Worte nicht sagen können. Ich fühlte mich immer traurig und verloren, wenn ich in das Grau von Joans Blick sah. Es war fast eine Erleichterung, als ihre Augen schlechter wurden und sie eine Brille tragen mußte. Sie schützte mich vor ihren unausgesprochenen Vorwürfen und unbeantwortbaren Fragen, die dort bereitlagen.

Kitty war auf ihre eigenen Augen sehr stolz, völlig zu Recht, denn sie waren das Schönste an ihr. Jetzt, wo wir beide älter geworden sind, zeigen sie nicht nur ihre Schönheit, sondern auch die dunklere, unberührbare Seite ihres Wesens. Ihre Haut ist heute noch so weich wie damals, als sie ein kleines Mädchen war, daher glaubt sie, das Alter habe sie unberührt gelassen, aber es hat sich in ihren Augen gesammelt, und das Maß ihrer Verbitterung ist geradezu furchterregend. Ich sehe immer häufiger Menschen vor ihrem Blick zurückweichen. Er verletzt sie. Ich fürchte, ihre Augen werden es sein, die sie schließlich verraten. Dort konzentriert sich ihr Wahnsinn.

Ich erinnere mich noch, wie ich einmal mit Joan im Bus saß und Arbeitslose sah, die sich zu einer Demonstration versammelten. Wir waren auf dem Weg zum Tommy's, um Emily zu besuchen, also muß es Sonntagnachmittag gewesen sein. Einer der Demonstranten preßte sein Gesicht gegen die Scheibe des stehenden Busses, und er starrte uns mit Augen an, in denen eine schreckliche Brutalität war. Er sah ganz verrückt aus, verzweifelt. Ich dachte damals an Kitty, wenn sie hungrig durch die Straßen ginge und all die Brutalität herauskäme, die sie in sich hat. Mir wurde schwindlig davon, es war ein furchtbares Gefühl. Damals fühlte ich zum ersten Mal, was ich jetzt weiß: Es wird eine Zeit kommen, wenn ich sie nicht mehr schützen kann. Es gibt ein Gesetz für die Armen und ein anderes für die Reichen, und mein Notgroschen wird niemals ausreichen, um sie auf der Seite der Privilegierten zu halten.

Wird nach meinem Tod noch jemand verstehen, daß Kitty ihre Grausamkeit nicht selbst verschuldet hat? Es gibt Soldaten, die im Kopf Schaden genommen haben, Helden und Veteranen. Man hätte sich um sie sorgen müssen, aber niemand möchte etwas über die Opfer wissen, vor allem nicht über die umherlaufenden Verwundeten. Narben sind peinlich. Es ist einfacher, Leute beiseite zu schieben, sobald sie nicht mehr nützlich sind oder normal. Der Mann am Busfenster war ein Veteran, es hatte ihn nicht vor dem Hunger bewahrt. Ich wünschte, ich könnte eine Mauer um Kitty stricken, damit sie sicher ist, damit ihre Augen verborgen bleiben, damit ihr Anderssein vor der Welt vertuscht wird. Ich wünschte, ich wäre stark genug, ihr beizustehen. Mehr kann eine Mutter nicht tun, wenn die Fäden einmal zerrissen sind. Ich wünschte, ich hätte den Mut, diesen Rollstuhl zu verlassen. Ich wünschte es; aber ich weiß, ich werde es nicht tun.

Ich bin am Ende meines letzten Strangs angekommen. Ich habe die Seide, die in mir war, ganz aufgehäkelt. Es ist der 22. November – der Tag der heiligen Cäcilia. Es sind die letzten Tage des Jahres. Gestern fiel eine Bombe auf die Stadt, heute erzählt mir meine Nachbarin, ihr Neffe sei zur Ausbildung nach Caithness geschickt worden. Wo wird das enden? Ich frage mich, ob Soldaten nach Selsey kommen werden.

Es sind nur noch sieben Heiligentage bis Weihnachten, aber ich werde Weihnachten dieses Jahr nicht erleben. Ich werde keine Karten mehr verschicken, vergoldete Schriftzüge auf moirierter Seide, und keine Geschenke mehr unter den Baum legen. Ich habe einige wunderschöne Weihnachtsabende mit Joan erlebt, Zeiten, wenn wir beide ganz allein waren. Das war meist am zweiten Weihnachtsfeiertag – dem Fest des heiligen Stephan –, wenn Kitty schon mit Freunden verreist war.

Joan erzählt mir, sie habe ihren Namen geändert. Sie sagt, sie nenne sich jetzt Joanna. Namen kleben wie Kletten, aber sie bleiben wie Narben. Joanna genannt zu werden, kann Joans Vergangenheit nicht ändern. Es mag sie davon distanzieren, aber ihre Vergangenheit wird immer dasein, und sei es nur auf Photographien.

Die Stechpalmenbeeren zeigen an, daß Frost naht. Meine Wärmflasche ist kalt geworden. Ich fühle ein Frösteln im Blut. Draußen sind die Eichen ganz kahl. Der Winter wird streng in diesem Jahr. Der Krieg bringt die Strände in Eimern zurück in dieses südenglische Grau.

Selbst hier, in Chislehurst, das nur dafür bekannt ist, Napoleons Sohn Asyl gewährt zu haben, sowie für seine Pflegeheime, gibt es Sandsäcke. Im Garten liegen Sandsäcke. Einige sind geplatzt.

Ich habe immer gern aufs Meer hinausgeblickt, jedes Meer. Es gibt Bilder von uns aus jedem Jahr, in dem wir in

Selsey am Strand saßen: Schnappschüsse von uns dreien, eingesperrt im Viereck eines Bildes. Joan sieht immer nach unten, versucht, keinen Anstoß zu erregen, läßt Sand durch die Finger laufen, als wolle sie die Zeit zur Eile antreiben. Ich sitze mit meiner Häkelarbeit in meinem Liegestuhl, richte den Blick auf das Meer und halte sie auseinander. Sie: meine beiden armen Lieblinge. Joan immer auf der einen, Kitty immer auf der anderen Seite. Die liebe Kitty sah in ihren Sommerkleidern immer wunderschön aus.

Diese Photographien hätten nichts anderes als Urlaubserinnerungen sein sollen, Schnappschüsse einer Familie am Strand. Aber die Kamera hat offenbar ihre eigene Macht, ihre eigenen Augen. Sie hat uns getroffen, wie wir wirklich waren. Sie hat die Falle eingefangen, bis hin zu Joans Unsicherheit, bis hin zu Kittys unverwandtem Starren.

Vierter Teil

JOANNA

25. Kapitel

Ich brauchte zwei Monate, um sie zu finden. Im April wußte ich, daß sie Insassin einer Irrenanstalt am Rande von London war. Ich erklärte am Telephon, daß ich Kathleen Allens Tochter sei und sie besuchen wolle.

»Die Mühe würde ich mir an Ihrer Stelle sparen. Sie wird Ihnen den Besuch nicht danken, und Sie können dadurch nichts gewinnen, ihr Vermögen ging für ihren Unterhalt an die Krone, als sie hierherkam.«

»Ich will nichts von ihr«, sagte ich. »Ich möchte sie nur sehen.«

Am anderen Ende der Leitung trat eine lange, abweisende Stille ein.

»Seit wann ist Mutter bei Ihnen?«

»Oh! Seit Jahren!«

Ich erzählte niemandem, was ich erfahren hatte. Nicht meinem Geliebten, der mich mit seiner Untreue quälte. Nicht dem Ehemann, den ich seinetwegen oder der mich einer anderen wegen verlassen hatte. Es ist immer schwierig herauszufinden, wie dieser bestimmte Knoten sich löst. Ich erzählte es meinen Freunden nicht – nicht einmal meiner besten Freundin Barbara, die mir während eines Aufenthaltes in der Nervenklinik geholfen hatte, als mich meine Depression eines Tages überwältigt hatte, indem sie mir Granatäpfel und Taschenbücher zum Lesen brachte und den ganzen Klatsch aus dem French Pub, bis es mir gut genug ging, meinen Platz dort wiedereinzunehmen. Ich schämte mich nicht für Mutters Wahnsinn. Ich fürchtete meine eigenen Gefühle, den Sog zurück zu ihr. Als ob bei der bloßen Erwähnung ihres Namens in einem Verzeichnis mein ganzes Leben, alles, was ich hatte, ins Nichts zurückweiche, zu Asche werde, nichts als die blutbefleckte Schnur hinterlasse, die mich im Nu in die Bitterkeit ihres Schoßes zurückzog.

Ich nahm den Bus ab Paddington, über den Fluß und nach South London. Die Magnolien fingen an zu blühen, die Plätze und Gärten sahen hübsch aus mit ihren leuchtenden Forsythien und den verstreuten Tulpen, über denen gelegentlich eine fedrige Tamariske stand. Hin und wieder erspähte ich eine Glyzinie, meine Lieblingsblume, aber ich konnte sie nicht riechen, als der Bus vorüberglitt. Ich war zweiunddreißig Jahre alt, es war nur zwei Tage nach meinem Geburtstag, und ich spürte das Gewicht von Geschenken an meinem Körper. Ich trug die baumelnden Jadeohrringe mit der Silberfassung und den goldenen Ring am Finger, den mein Geliebter mir als Symbol für die Unverbrüchlichkeit unserer Verbindung geschenkt hatte, und ich fühlte die beruhigende Wärme eines neuen Babys, das in meinem Schoß wuchs. Ich war noch nicht so dick, daß die Schwangerschaft sichtbar war, aber ich war dick genug, um die Wohltat seiner Anwesenheit zu spüren. Mein Körper blühte deutlich wie die wächsernen Magnolien, und ich genoß dieses Wissen, saß an meinem Fensterplatz in der Nachmittagssonne, strickte und überlegte, wie Mutter mich wohl nach all diesen Jahren empfangen würde.

Ich mußte zweimal umsteigen, um zur Anstalt zu kommen, und das Warten machte mich nervös. Ich war in den letzten drei Wochen, seit ich erfahren hatte, wo sie war, reizbar gewesen. Ich hatte mich für diesen Tag gewappnet. Es hatte zu Hause Streit gegeben, schlimmen Streit, der in so viel unaufgelöster Wut endete, daß sich meine Familie in der bitteren Folge verstreut hatte. Meine Kinder waren zeitweise fort, ich war mit dem acht Wochen alten Fötus in mir allein. Die letzten Worte, die ich vor zwei Tagen zu meinem sich verabschiedenden Geliebten gesagt hatte, waren: »Raus hier, und ich hoffe, ich sehe dich nie wieder, nie!«

Sie waren eher geschrien als gesprochen, und er war gegangen, nicht zum ersten Mal. Ich war über das Ergebnis unseres Streits nicht übermäßig besorgt. Ich hatte schon viel Schlimmeres gesagt und er auch, und wir fanden dennoch wieder zusammen wie Eisenspäne und Magnet. Beide waren wir hilflos einer Anziehungskraft ausgeliefert, die wir nicht kontrollieren konnten.

Ich hatte allerdings gerade jenes Stadium der Verliebtheit hinter mir gelassen, in dem sich die konkrete Auslegung von »für immer« in angenehmem Nebel verliert, und jenen Punkt erreicht, wo sich in der Wiederholung meiner Liebesgeschichten das Muster abzuzeichnen begann. Ich war an meiner Liebschaft nicht besonders interessiert; ausnahmsweise hatte ich etwas viel Faszinierenderes im Sinn. Ich habe oft versucht, mich genau daran zu erinnern, was an diesem Nachmittag geschah. Ich weiß, daß ich in den drei Bussen saß und das Nahen des Frühlings und das Baby in mir spürte. Und ich weiß, daß ich in einer merkwürdig empfänglichen Stimmung war: übersensibel. Bei vielen Kleinigkeiten, die ich sah, war mir nach Weinen. Ich sah Kinder, die in ihrer Vorortgärten spielten, und erinnerte mich an vergessene Begebenheiten aus meiner eigenen Kindheit. Es gab Geräusch- und Farbfetzen, die unter dem Gewicht von Bedeutenderem versunken waren. Aber als ich in dem roten Bus mit den verschlissenen Karositzen saß, strömten sie alle zu mir zurück.

Ich erinnerte mich, wie ich Murmeln die Korridore entlangrollte und mit einem bestimmten grüngelben Wunder sogar die älteren Schülerinnen meiner französischen Klosterschule schlagen konnte. Seilhüpfen, das ein Maß an Beweglichkeit erforderte, das ich nie besaß, und die Erniedrigung, mich auf dem Spielplatz meiner ersten Schule entwirren zu müssen. Ich erinnerte mich an Großmamas erste Kamelien im Jahr und wie ihr Gesicht jedesmal strahlte, wenn sie mit ihrer Gartenschere diese etwas verfrühte, wächserne Blüte abschnitt. Ich erinnerte mich auch an den Pfad, der an St Aubin's Bay bei Ebbe durch den Sand führte. Vor allem aber erinnerte ich mich daran, wie ich in Agnes' Garten saß, mich außer Sichtweite hielt und wie ich Ameisen und Kiesel über die Schwelle der hinteren Tür schob, während die Sonne meinen Scheitel wärmte. Ich war oft glücklich, wenn ich dort saß, umhüllt von schwebendem Glyzinienduft.

Ich fühlte mich im Bus so sicher, daß ich am liebsten dort geblieben wäre, aber ich hatte den Schaffner gebeten, mir meine Haltestelle zu nennen, und er wartete darauf, daß ich ausstieg.

Das Krankenhaus wirkte riesengroß und verloren. Mir war nicht bewußt gewesen, daß es so viele Verrückte gibt. Ich fand ihre Station und dachte ständig: »Mutter würde es hier nicht gefallen.« Sie war in allem immer so pingelig, sauber und wählerisch. Auf ihrem Frisiertisch standen ihre filigranen Tiegel mit Silberdeckel immer genau gleich. Wenn sie ausging, spähte ich von der Türschwelle aus zu ihnen hin. Sie waren poliert und sauber. Sogar ihre Grammophonplatten waren alphabetisch in einem Kasten geordnet, der aus Tropenhölzern gemacht war. Innen hatte er numerierte Elfenbeintasten, und drückte man eine, kam eine Platte heraus. Mutter liebte ihre Sachen. Sie liebte ihre Kleider, ihre Schildpattkämme, ihre Smaragde. Ich begann mich zu fragen, was sie mit »ging an die Krone« meinten. Bedeutete es, daß sie mit ihrem Geld ihren Unterhalt bestritten, oder bedeutete es, daß sie ihre Smaragde und ihre winzigen Krokodillederschuhe konfisziert hatten? Und was, genau, meinten sie mit »attestiert«? Wenn es hieß, daß Mutter verrückt war, das wußten Großmama und ich schon, das hatten wir schon vor Jahren gewußt, warum also hatten sie ihr ihre Sachen fortgenommen?

Der Korridor schien gar nicht mehr aufzuhören, Schritt um Schritt durch den aufsteigenden Geruch von Sagrotan über Urin. Durch einige Türen drangen merkwürdige Geräusche. Menschen weinten, und beim Klang ihrer gedämpften Tränen hätte ich gern geschluchzt. Mein Kopf schrumpfte bei dem Gedanken an so viele eingesperrte Menschen. Ich fühlte, wie der heiße Sand in meinem Schädel meine Kopfhaut austrocknete, ich wurde zu einer Stammestrophäe, ein wandelnder Kopf mit Haaren, der sich schämte, dort zu sein. Ich war im Niemandsland, zwischen den beiden Welten, nutzte meine empfindlichen Schuhe auf dem langen Korridor ab. Noch bevor ich Mutters Station erreicht hatte, empfand ich sowohl Schuld als auch Kummer darüber, daß sie hier sein mußte. Ich hoffte gegen alle Vernunft, daß am Ende meines Weges eine Suite wie die von Mrs de Gruchy sein würde, wo Mutters Sachen stilvoll angeordnet waren, wo man Tango und Charleston spielte, während Mutter von ihrem üblichen Hofstaat junger Verehrer umgeben war.

Während ich als Voyeur durch diese öffentliche Anhäufung persönlicher Fegefeuer ging, bekam ich Angst, da ich wußte, daß es mich vernichten würde, auch nur einen Tag hier verbringen zu müssen. Mein Krankenhaus war nicht so gewesen. Es war eher Sanatorium denn Endstation gewesen. Ich begriff plötzlich, daß es das war, wovor mich der junge Arzt mit den vorstehenden Zähnen, der mich meist behandelte, bewahrt hatte, als er mich drängte, gesund zu werden. Und es stellte mich vor die Frage, ob ich mich wohl ohne die Hilfe von Barbara und ihrer Granatäpfel erholt hätte, ohne Louis' weitschweifige Briefe und ohne einen Ort, an dem ich mich in der Welt draußen niederlassen konnte. So viel wurde durch Umstände bestimmt. Kein Wunder, daß mein Großvater gespielt hatte, das Leben selbst war wie ein Roulettespiel, für das man seine Chips bei einer Tombola bekam.

Je furchtbarer dieser Ort wirkte, desto mehr wollte ich Mutter sehen, ihr sagen, daß ich sie gern hatte, daß ich ihr so gut ich konnte helfen würde, herauszukommen. Ich spürte, wie die Worte in meinem Kopf umhertorkelten, darum stritten, als erste herauszukommen, um zu sagen, daß ich sie liebte und daß ich sie brauchte, sie immer gebraucht hatte, und daß ich nur deswegen immer so schwierig gewesen war, weil ich wollte, daß sie mir vergab. In meinem Kopf schien es so albern, wenn ich daran dachte, wie ich zu ihr gewesen war, daß ich sie haßte, weil sie meine Häßlichkeit nicht mochte. Ich konnte es kaum erwarten, bis sie mich sah, wie ich jetzt war, so berühmt wegen meines guten Aussehens, so bekannt durch das tiefe Rot meiner Haare.

Sie war in der großen Station am Ende. Ich erkannte den Namen »Faraday« über dem Türsturz, aber unter den Insassen war keine, die ich als Mutter erkannt hätte. Mir wurde bewußt, daß sie verändert sein würde, vielleicht fast bis zur Unerkenntlichkeit, daher sah ich jede der zwanzig Frauen dort sehr genau an. Sie schienen aufgeteilt in bleiche Zombies, die reglos in ihren Metallbetten lagen, und einige verlorene Gestalten mit starren Gesichtern, die teilnahmslos auf dem bißchen Platz umhergingen, das jeder zugeteilt war. Am Ende des Raums bürstete sich ein uralter Haufen spindeldürrer Knochen das Haar, murmelte die Anzahl ihrer Bürstenstriche über die entzündete Kopfhaut ihres langen, kahlen Schädels. Neben ihr zuckte eine sehr große, viel jüngere Frau in einer Zwangsjacke. Ihr Gesicht glich dem Ausstellungsstück eines geologischen Museums, gefurchte Blutergüsse bezeichneten ihren vulkanisches Vormarsch durch ihr Fleisch.

Es herrschte ein säuerlich-ranziger Geruch. Es roch nach Verwahrlosung, aufgekratztem Schorf, Angst und Schweiß. Ich begann, mich in Kindheitstricks zu retten. Ich begann, die farbigen Vierecke des Fußbodens zu zählen, die Eisenstangen der Betten. Unmittelbar vor mir war ein Fenster, ein kleines Rechteck Licht und Hoffnung. Ich bewegte mich darauf zu, denn ich wollte nicht durch die Spießruten der Blicke zurückgehen. Stimmen riefen nach mir. Stimmen trieben mich fort, schrien Beleidigungen, spotteten, flehten, befahlen, dann versanken sie alle in ein rhythmisches Schlagen von Betten. Die metallenen Seitenteile rüttelten. Selbst die Zombies waren, wie es schien, weit genug aus ihrer Apathie erwacht, um gegen ihre rostenden Gitter zu schlagen. Das Baby in mir war sicher und vor ihrer Auflösung verborgen. Ich führte es hinauf zum Licht. Ich wurde zu einem androgynen Orpheus, entschlossen, mich nicht umzudrehen.

Als ich das Fenster erreichte, war es ebenfalls vergittert. Ich klammerte mich daran und starrte vier Stockwerke tief hinunter auf ein abfallübersätes Stück Erde. An einer Mauer wuchs ein Holunderbaum. Fetzen weißer Nachthemden hingen wie Bandagen an den Abflußrohren. Auf der Erde lagen sie in Bergen: schmutzige Verbände, die meinen Fall abfangen würden. Ich wollte hinabgleiten. Der Schwindel in meinem Kopf schlang sich um meine Knie und verwandelte meine Beine in wabbernden Pudding. Fremde Hände krallten sich an meine Ellbogen, strichen mir über das Haar. Ich spürte, wie sie in das Baby in mir hineingriffen. Ich spürte, wie sie versuchten, mich an diese Station zu binden. Und dann läutete an meinem Ohr laut eine Klingel, mein chronisch vereitertes Ohr, dem alles Schrille weh tat. Mein Kopf war dort eingedrückt, der Schädel durch die primitive Chirurgie der Kriegszeit angeknackst.

Beim Klang der Glocke zogen sich alle Hände bis auf eine zurück. Die Station kehrte zu ihrer vorherigen Stille zurück mit nichts als den geflüsterten Zahlen der alten Dame mit dem Haar.

»Es tut mir leid, Sie müssen hier fort«, sagte eine junge Krankenschwester zu mir, sie lispelte ein wenig und rollte ihre malvenfarben-weiß gestreiften Ärmel herunter. »Es regt die Patientinnen nur auf, Besucher zu sehen, Sie hätten nicht hierherkommen sollen.«

Sie schob mich zurück in Richtung Korridor. Ich wollte ihr sagen, daß ich gekommen war, um Mutter zu besuchen, daß ich sie nicht finden konnte. Ich wollte so viel fragen, aber meine Stimme verkeilte sich in meinem Hals wie ein riesiger Adamsapfel, und ich konnte nicht sprechen. Sätze bildeten sich in meinem Kopf, weigerten sich aber, zu Tönen zu werden. Ich hatte im Kopf zu fallen begonnen und mußte weiterfallen, um aufzuschlagen. Ich tat, als sei ich Großmama. Ich stellte mir vor, daß ich so aufrecht stand wie sie, in ihrer anthrazitfarbenen Jacke, die hellgrauen Knöpfe bis unters Kinn geschlossen, die carraragrauen Marmorhände ineinander verschränkt, wie immer, wenn sie um Hilfe bat.

»Bringen Sie mich bitte zu Mrs Allen, Kathleen Allen. Ich glaube, sie ist auf dieser Station.«

Die Krankenschwester ging weiter, während ich sprach, ohne Zweifel daran gewöhnt, jegliche Form weiblicher Raserei zu übergehen. Aber als sie meine Worte erfaßte, blieb sie stehen, drehte sich zu mir um und wäre dabei fast über mich gestolpert.

»Sie ist separiert. Sie bekommt keinen Besuch. Es tut mir leid.«

»Ich möchte sie besuchen. Ich bin hierhergekommen, um sie zu besuchen.« Ich versuchte hinzuzufügen: »Ich bin ihre Tochter«, aber die Worte verschrumpelten in meinem Mund.

»Hören Sie«, sagte die Krankenschwester, nicht unfreundlich, »es ist besser, sie nicht zu stören. Ich weiß nicht, wer Sie sind, aber es wird keiner von Ihnen guttun.«

Ich öffnete den Mund, um zu sprechen, und sie sagte schnell: »Ich weiß nicht einmal, ob sie heute in der Jacke ist. Manchmal schnallen wir sie nur am Bett fest, damit sich ihre Arme erholen.«

Ich hatte gekämpft, um meine Trumpfkarte zu ziehen, und ich platzte damit heraus, umformuliert zu einer angemesseneren Beziehung: »Sie ist meine Mutter.«

»Dann gehen Sie nach Hause«, sagte sie zu mir. »Bitte, gehen Sie nach Hause.«

Der Dämon meines Sturzes drängte mich. »Ich bestehe darauf, sie zu sehen. Sie haben kein Recht, sie dauernd ans Bett zu ketten. Gar kein Recht.«

»Schnallen«, sagte die Krankenschwester mit einem Anflug von Schärfe in der Stimme, die sich verlor, als sie erklärte: »Nur so kann sich einer von uns ihr nähern, und um ehrlich zu sein, nur so kann man sie davon abhalten, auf die anderen Patientinnen loszugehen.«

»Ich möchte sie sehen. Sie ist meine Mutter, verstehen Sie nicht?«

»Als sie kam«, erzählte die Schwester, überhörte, was ich gesagt hatte, und sprach mehr zu den hellgrünen, schmuddeligen Wänden als zu mir, »hatten wir hier drinnen so viele Selbstmorde, daß wir sie separieren mußten. Selbst jetzt können die meisten Schwestern nicht in ihr Zimmer gehen. Wir haben versucht, sie zu beruhigen. Wir haben sie zwei Jahre lang so sediert gehalten, mit Medikamenten, aber sie hat etwas, was anders ist als bei anderen. Nirgends will man sie nehmen. Wir haben es versucht.«

Bis dahin kann ich mich an den Tag ganz deutlich erinnern. Ich kann mich auch daran erinnern, daß ich Mutter auf ihrem Bett sah, klein wie ein Kind, ihre Füße reichten unter der Krankenhausdecke nur bis zu einer Beule in der Mitte. Ihr Gesicht war völlig verändert, ihr dichtes braunes Haar kurz geschnitten, fast geschoren und grau, ihr Gesicht von eigenartigen Linien gezeichnet, als habe ein Kind sie mit unsicherer Hand hineingekritzelt. Doch es war Mutter durch ihre Augen. Sie hatten immer noch das gleiche dunkle Grün, aber sie waren zu einem Blitz erstarrt, der grausamer und böser war, als ich je einen gesehen hatte. Ich suchte in diesen grünen Augäpfeln nach einem Zeichen von Zusammengehörigkeitsgefühl, doch ich fand nur die Andeutung von Überraschung, daß Wut so lange anhalten kann – eine Andeutung vielleicht von Langeweile angesichts des emotionalen Gifts, das ihrer Gegenwart entströmte.

Ich wußte, daß sie mich sofort erkannte, und ich wußte, daß sie mit mir sprach, und sie klang wie jemand anderes, es war eine Art Unterwasserstimme. Und ich weiß, daß ich, noch als sie sprach, versuchte, nicht zu hören, was sie sagte, weil es zu furchtbar klang. Ich erinnere mich, daß ich vor ihr zurückwich und die Wand hinter mir massiv zu sein schien, ohne eine Tür, die mich hinauslassen würde, bis die Krankenschwester kam und mich in meiner Blindheit in eine urinverkrustete Toilette führte, wo ich mich übergab und wo es schien, als kotzte das Kind in mir aus meinem Mund und sei verloren. Alles war verloren. Vierzehn Jahre meines Lebens, mein ganzes Entkommen, alles ausgelöscht. Ich vermute, ich werde niemals wissen, was Mutter zu mir sagte, denn noch immer schreckt meine Erinnerung davor zurück wie vor Feuer. Eis brennt.

Sie sagen, tausend Menschen seien von Jersey verschifft worden und nur einer habe Belsen lebend verlassen. Sie sagen, die Nazis hätten ihre Gefangenen über die Klippen von Alderney geworfen. Unsere Soldaten brachten Bilder aus Polen und Deutschland mit. Darauf waren Stapel von Schuhen, Berge von Zähnen. Nelson sagte, wir hätten einigen ihrer Städte Schlimmeres angetan als das, was sie uns mit den Luftangriffen angetan haben. Er sagte, wir mußten es tun. Manchmal müssen wir bestimmte Dinge tun. Manchmal müssen wir das.

Nachdem ich Mutter dort gesehen hatte, mußte ich nach Hause gehen und sterben. Ich mußte. Ich drehte das Radio an, weil ich wußte, daß ich schwach war und vielleicht weinen würde. Der Komiker Dickie Murdoch sprach. Ich mochte Dickie Murdoch. Ich legte meinen Kopf in den riesigen Schoß des Backofens, und ich lag dort, bis seine Stimme verebbte. Dieses eine Mal tat ich, was Mutter wollte.

Das Weitere war wie Jersey-Erzählungen: Erinnerungen aus zweiter Hand. Ich kann mich überhaupt nicht an die nächsten sechs Monate erinnern. Ich erinnere mich nicht mehr daran, wie ich im Krankenhaus aufwachte oder während der folgenden drei Tage mit den Krankenschwestern und Ärzten stritt. Auch nicht an meine Weigerung, gesund zu werden; an die fünf Monate meiner Paralyse, an die »Inversionshysterie« meiner Akte. Sie verlegten mich aus dem Krankenhaus in eine Nervenklinik in den Fenns. Der Blick aus dem Fenster ging auf flaches, schwarzes Moor. Die Krankenschwestern rollten mich zu dieser trostlosen Aussicht hin, da sie hofften, daß sich etwas in mir regen und mir den Lebenswillen zurückgeben würde. Die Psychiater kamen und gingen, preßten meine Geheimnisse wie eingewachsene Splitter aus mir heraus, aber ich erzählte ihnen nie von meinem Besuch bei Mutter. Das war mein Geheimnis. Ich habe es nie jemandem erzählt, so daß das, was sie gesagt hatte, starb, obwohl sich mein eigenes robustes Leben geweigert hatte, vor ihrem Verlangen nach Tod zu kapitulieren. Das, was sie gesagt hatte, hielt ich so streng unter Verschluß, daß ich es selbst verlor. Ich behauptete so verbissen, sie nicht besucht zu haben, daß ich es fast glaubte.

Erst als mein eigenes Kind zwanzig Jahre später drohte, sie würde sie finden, gab ich nach. Denn Mutter könnte noch immer dasein und die Schwachen und Ruhelosen ins Grab treiben. Sie hätte damals noch dasein können, und ich hatte Angst. Denn das war das Mädchen, das meinen Besuch, den Gasherd und die Medikamente überlebt hatte und das im Moor in meinem Schoß gewachsen war, bis seine Bewegungen mich ins Leben zurücktrieben.

Manchmal habe ich das Gefühl, als hätte ich Großmamas Häkelarbeit aufgenommen und versucht, sie fortzusetzen, indem ich ihre Maschen kopierte, es falsch machte und Fehler beging, die die Spannung so veränderten, daß sie nie mehr zu korrigieren oder zu vertuschen sind. Also ziehe ich alles auf und versuche es von neuem, erweitere das bereits komplizierte Netz um unzureichende Maschen. So ist es gewesen, seit ich zu sterben versuchte. Ich bin in Lügen verstrickt. Wenn ich mich nur erinnern könnte, was sie gesagt hat, dann könnte ich jetzt vielleicht alles klären. Es hat so viele Jahre meines Lebens gekostet.

Wenn ich zurückblicke, weiß ich, daß da viel mehr sein muß. Was ist mit meinem Beruf? Was ist mit den zwanzig Jahren, die ich in der Arbeit mit Verhaltensgestörten zugebracht habe, die parallel zu den kleineren Übertretungen meiner eigenen vier Töchter lief? Was ist mit ihnen, den Mädchen? Warum immer nur Mutter? Auch ich war Mutter! Wenn dieses Gefasel meine Memoiren sein sollen, wo sind die Geheimnisse der vielen Männer, die mich zum Gefäß für ihre Hoffnungen und Befürchtungen machten? Wo sind meine Erinnerungen an ihre Gedanken; meine eigenen Erinnerungen an ihren vorübergehenden Gebrauch meines Körpers? Ich kannte damals so viele Menschen, und doch scheint es, als seien die einzigen, die mich wirklich kannten, die beiden anderen Ecken meines ersten, widerstrebenden Dreiecks gewesen.

Ich habe in letzter Zeit viel an Großmama gedacht, und fast scheine ich nahe genug, um sie zu berühren. Wenn ich entwirren kann, was ich für Mutter fühle, kann ich in Ruhe sterben.

Mein eigenes Leben verblaßt so sicher wie die Blutbuchenblätter in den Wintern meiner Kindheit. Und jetzt endlich will ich sie verstehen, will wissen, welche Kräfte sie dazu trieben zu sein, wie sie war. Ich spüre ein Bedürfnis, ihr nahezukommen, nicht, indem ich sie mit meiner körperlichen Gegenwart bedränge, sondern indem ich erkenne, wie es gewesen sein muß, sie zu sein: die widerstrebende Hüterin von so viel Macht und der Mittelpunkt von so viel unerwünschter Aufmerksamkeit. Ich sah sie immer nur von ihrer schlimmsten Seite. Ich möchte sie sehen, wie andere sie sahen, nicht als die Verrückte, die sie wurde, sondern als das bezaubernde Mädchen, das sie zu Anfang war.

Zwischen uns stand immer ein immanentes Problem. Es verhinderte jede Weiterentwicklung unserer Gefühle. Früher konnte ich ihrer Mißbilligung nur entgehen, indem ich nicht existierte. Ich mußte eine Unperson sein. Aber ich existierte, und darum war ich ihr ein für allemal im Weg. Von dem Wunsch zu sterben, damit mir vergeben werden würde, kam ich zu dem Wunsch zu leben, nur um ihr zu trotzen. Sein oder nicht sein ... das liegt nicht mehr in meiner Hand. Meine eigenen Jahre sind zerronnen wie Sand durch meine Finger; mir bleibt nichts als das Gefühl von Wärme in der Handfläche und meine Erinnerungen. Alles scheint verändert.

»Etwas von dir tropft in mich, Mutter, ich bekomme meine Absolution intravenös. Etwas von dir, das ich nie zuvor gesehen habe, durchströmt meine Adern. Ich habe dich immer wieder mit der gleichen gutgemeinten Erbarmungslosigkeit aus meinem Leben herausgeschnitten, wie die Ärzte hier die Tumore aus meinen Brüsten schnitten. Deine Rivalen, Mutter, diese doppelte Attraktion, die so viele Bewunderer angezogen hat, können nun nur noch Eintrittskarten für diese leise Krebsstation losschlagen. Hier sind die Narben, aber der Krebs ist noch in mir; er säumt meine Wirbelsäule.«

Ich habe Mrs de Gruchy immer um die Selbstverständlichkeit beneidet, mit der sie im Krankenhaus lebte. Früher habe ich geträumt, daß eines Tages auch ich ein eigenes Zimmer dort haben würde, mit Blick auf die Themse und die fünf Risalite des St Thomas' Hospital, die ihre Schatten auf Ebbe und Flut werfen. Und jetzt bin ich hier, mit weniger Platz als in jenen beiden großzügigen Zimmern, aber doch mit Bett, Nachtschränkchen und dem Stuhl, auf dem meine Töchter sich abwechseln. Zwei der breiten Risalite sind verschwunden, im Krieg zerbombt, an ihre Stelle sind hohe, moderne Blocks getreten. Aber es ist immer noch St Thomas', das Tommy's meiner Kindheit mit dem Blick über den Fluß, hinüber zu Parlament und Big Ben.

Nun hat sich der Kreis geschlossen, und ich liege hier, übersät von Großmamas Krebs, den ich so sorgsam gepflegt habe wie ihren Vorortgarten, wo ich die Zinerarien und rosa Kamelien gegossen habe, damit sie in der Londoner Sonne gedeihen. Wenn am anderen Ufer die Uhr schlägt, scheint sie jedesmal ein Stück meines Lebens abzuschlagen. Sie hat alle Liebhaber fortgeläutet und mir nur meine Töchter gelassen, die ständig um mich sind. Sie hat mich von der Ufermauer heruntergestoßen, wo ich in Sommernächten saß und die Menschen beobachtete, die über Waterloo Bridge eilten, während ich die drängende Ungeduld von allen zusammen in mir hatte: Ich wartete darauf, daß mein Liebster zu unserem Stelldichein kam. Die Uhr hat die Liebsten ausgelöscht und alle meine alten Küsse an die schlammigen Wellen verteilt. Sie führt mich wieder und immer wieder zurück zum Ort der geringsten Zärtlichkeit. Sie führt mich zurück zu Mutter. Sogar Big Bens Genauigkeit scheint auf den erbarmungslosen Mechanismus ihrer Augen abgestimmt.

Manchmal verharrte sie, starrte mit diesem alarmierenden Smaragdlaser und sagte: »So-und-so geht mir nicht aus dem Kopf.« Und binnen einer Woche starb So-und-so. Das geschah unweigerlich. Diese Angewohnheit von Menschen, sich an sie zu klammern, wenn sie starben, regte sie auf, vor allem bei Fremden. Es regte sie auf, denn wenn sich jemand auf diese Weise in ihrem Kopf festgesetzt hatte, empfand sie in periodischen Abständen dessen Gefühle, bis er seinen letzten Atemzug seufzte oder keuchte. Großmama sagte, es schmerze ihr Gehirn, jemanden so gut zu kennen. Mutter glaubte, die Welt benutze sie, um ihre überschüssigen Gefühle durch sie abzuleiten.

In Hendon war ich eifersüchtig, wenn sie auf diese bestimmte Weise innehielt und erklärte, jemand »gehe ihr nicht aus dem Kopf«. Ich wollte es sein, die ihr nicht aus dem Kopf ging. Ich wollte die sein, derentwegen sich die blasse Stirn sorgenvoll runzelte. Ich kann sie in meiner Nähe spüren, nicht zweidimensional und entrückt, sondern als der gepeinigte Nachen, der sie war, in dem sie

Sterbende auf diesem beängstigenden Gang in den Tod führte.

»Ich hatte einmal den ganzen Strand zum Sieben und so viel Zeit, wie ich wollte. Jetzt aber verrinnt sie, und was bleibt, ist nur dieses bandagierte Stundenglas und die letzten paar Flaschen meiner Infusion, ich vermute, ich muß mir deine Teile hinzufügen, damit das Puzzle aufgeht. Ich vergesse immer wieder, wie du ausgesehen hast. Ich kann mich nur an deine kalten Antarktisaugen erinnern: Ich habe immer gewußt, daß hinter ihnen mehr ist als deine Wut, aber ich hatte Angst, dies einzugestehen. Vielleicht auch Angst, mich in ihrem makellosen Glitzern gespiegelt zu sehen. Du mußtest unrecht haben, damit ich recht haben konnte. Es gab nur Schwarz und Weiß, dazwischen vermittelte Großmamas Anthrazitgrau. Ich konnte mich nicht früher mit Grün befassen, zu eifersüchtig war ich auf meine geistige Gesundheit bedacht.

Wer warst du? Ich nannte dich in Gedanken immer ›Mutter‹, und jetzt endlich spüre ich dich hier bei mir, wie du mich mit der Helligkeit deines Smaragdlichts hinein in die Dunkelheit bemutterst.«

Bald kommen die Krankenschwestern mit ihrem Wagen. Auf meine ehrbaren alten Tage bin ich zum Junkie geworden, sie haben mich hier zur Morphiumabhängigen gemacht. Es hilft, meine Verzweiflung zu vertuschen. Ich vermute, es hilft auch gegen den Schmerz, aber es kann ihn nicht aufhalten. Nichts kann ihn aufhalten, er ist auf der Zielgeraden. Er hat mein Blut gerinnen lassen. Zöge man jetzt die Infusion aus meiner Hand, ich stürbe. Aber das können sie nicht machen. Sie müssen sie drin lassen. Sie müssen. Und trotz all ihrer Bemühungen muß ich jetzt sterben, es kann jeden Tag geschehen. Ich höre sie sagen, daß bei meinem Zustand selbst ein Pferd keine weitere Woche überstünde.

Dieses Pferd möchte noch kein Morphium. Es möchte denken und eine alte Mähre sein, die ihre Schauermären antreibt, antreibt auf ihrem Weg zur Abdeckerei.

Die Station ist zu Zahlen geworden. Big Ben teilt die Dunkelheit in Brüche. Die Stationsuhr macht es ihm nach. Neben mir bürstet die alte Dame mit den weißen zerbrechlichen Händen ihr Haar, zählt dabei. Sie zählt unentwegt, bürstet ihre uralte Kahlheit mit einer phantasierten Bürste.

»Achtundsiebzig, neunundsiebzig, neunzig.«

Sie verzählt sich, beginnt von vorne und macht weiter, bürstet ihr Haar hundertmal am Tag, genau wie Großmama es mich lehrte und wie ohne Zweifel ihre Mutter sie lehrte, hundertmal am Tag.

»Zweiundneunzig, dreiundneunzig, sechzig« – sie kommt nie bis einhundert, ihre Zahlen haben sich mit den Jahren aufgelöst.

Ich will sie nicht mehr hören. Ich will nichts mehr hören außer der Stimme meiner Mutter, ihre Gedanken.

»Bin ich endlich in deinem Kopf, Mutter? Spürst du meine Gedanken, wie du jene anderen Vorahnungen des Todes spürtest? Siehst du, wie ähnlich ich dir war? Auch ich hatte meinen Wahnsinn.

Du kannst von deinem phantasierten Scheiterhaufen herabsteigen, ich werde ihn nicht mehr mit der Glut meiner Haare entzünden. Jetzt gibt es nur noch Schlacke. Du kannst aus dem Hexenbad meiner Kurzsichtigkeit heraussteigen. Deine hellsichtige Bösartigkeit muß dem Rammbock meiner Zuneigung nicht mehr standhalten. Du mußt nicht mehr mein eitles Schuldpäckchen sein. *Mea culpa* war mein Glaubensbekenntnis; aber ich denke, meine Grabinschrift wird anders lauten.

Ich stelle mir die Kälte in meiner Wirbelsäule als makellosen Smaragd vor, der birst, wenn ich sterbe, und in winzigen Stücken in meinem Sarg liegt. Wie wäre mein ganzes Leben gewesen, wenn ich dich als gleißenden Juwel und nur so hätte sehen können, als makellosen Edelstein? Schmuck bedeutet nichts. Du hattest keine Gärten, keine Spur von Rissen oder Makel im reinen Leuchten deiner Augen. Dort war nichts, was Großmama hätte hacken oder beschneiden können.«

Eins, zwei, drei ...

Die Nacht zehrt, und nach all dem Haß sind wir einander sehr ähnlich. Bei dieser Dunkelheit ist Smaragd von Glas kaum zu unterscheiden.

Inhalt

»Selige Zeiten, brüchige Welt«
Dreizehn Lebenswege

»Es ist von Anfang an die wichtigste und schönste Wirkung eines Buches, daß wir beim Lesen empfinden, wir läsen gar nicht mehr in einem anderen Leben, sondern im eigenen«, schreibt Martin Walser.
Ja, Bücher können vertraute Gefühle wecken und das eigene Leben bestätigen: So ist es. Aber es gibt auch andere Bücher: Bücher, die den Abstand zwischen uns und einer fremden Welt zeigen, uns an fremdem Leben teilnehmen lassen. So kann es sein?
Dreizehn suhrkamp taschenbücher nehmen uns mit in andere Welten, andre Zeiten, andere Leben. Erzählen von der Glückseligkeit, aber auch der Brüchigkeit eines Lebens. Schildern Lebenswege zwischen Krieg und Frieden, Flucht und Heimkehr, Angst und Zuversicht, Liebe und Tod. Dreizehn spannende Angebote, fremde und fremd vertraute Lebenswege zu verfolgen.

Isabel Allende
Der unendliche Plan
Roman
Aus dem Spanischen von Lieselotte Kolanoske
st 2742. 460 Seiten

Aufgewachsen mit Hispanos, führt der Gringo Gregory Reeves das abenteuerliche Leben der mexikanischen Einwanderer in Nordamerika. Mit rastlosem Karrierestreben, aufwendigem Leben und flüchtigen Liebesbeziehungen versucht er sich anzupassen und scheint er zu vergessen, daß in ihm ein unendlicher Plan, eine tiefe Hoffnung auf Ruhe, Frieden, Glück steckt.

Jurek Becker
Jakob der Lügner
Roman
st 2743. 283 Seiten

Jurek Beckers Roman, der »zu den besten Prosabüchern gehört, die in der DDR geschrieben wurden« (FAZ), erzählt die Geschichte des Juden Jakob Heym, der während des Krieges im Ghetto zum »Lügner aus Barmherzigkeit« wird, um anderen Hoffnung zu geben.

Louis Begley
Lügen in Zeiten des Krieges
Roman
Aus dem Amerikanischen von Christa Krüger
st 2744. 223 Seiten

Die Geschichte einer Kindheit in Polen. Maciek, Sohn jüdischer Eltern, wächst behütet in einem wohlhabenden Arzthaushalt auf, bis der Herbst 1939 mit einem Schlag das Schicksal seiner Familie verändert.

Gesualdo Bufalino
Die Lügen der Nacht
Roman
Aus dem Italienischen von Marianne Schneider
st 2745. 206 Seiten

Vier zum Tode verurteilte Freiheitskämpfer erzählen sich in der Nacht vor der für den Morgen angesetzten Hinrichtung ihr Leben. Warum steht keiner von ihnen als unzweifelhafter Freiheitsheld da im Licht der eigenen Lebensgeschichte?

Marguerite Duras
Der Liebhaber
Roman
Aus dem Französischen von Ilma Rakusa
st 2746. 194 Seiten

»Eine heikle, zwischen Liebe und Prostitution schwankende Geschichte ohne Scham, ohne Stolz und ohne eine Spur von Koketterie ... Mag jeder dieses Buch auf seine Weise verstehen. Mir scheint, daß Marguerite Duras sagen wollte: Die Liebe, sie ist doch kein leerer Wahn.«

Marcel Reich-Ranicki

Michael Ignatieff
Asja
Roman
Aus dem Englischen von Werner Schmitz
st 2747. 388 Seiten

Als sechzehnjährige Krankenschwester lernt Asja, Tochter des Prinzen Galizin, im Lazarett den jungen Offizier Sergej kennen. Die Wirren der Oktoberrevolution trennen sie nach nur einer Nacht. Es beginnt Asjas lebenslange Suche nach ihrer ersten und einzigen Liebe.

Robert Menasse
Selige Zeiten, brüchige Welt
Roman
st 2748. 374 Seiten

Ein Liebesroman, ein Kriminalroman, ein philosophischer Roman, eine jüdische Familiensaga. Leo Singer verliebt sich in Judith. Sie soll seine Muse sein im Versuch, die Welt ein letztes Mal in ein philosophisches System zu zwingen. Judiths Tod eröffnet ihm das Geheimnis des Lebens – aber ist sie wirklich tot?

Kenzaburo Oe
Eine persönliche Erfahrung
Roman
Aus dem Japanischen von Siegfried Schaarschmidt
st 2749. 240 Seiten

Mit der Geburt seines ersten Sohnes verändert sich für den sorglosen Lehrer Bird schlagartig das Leben: das Kind kommt mit einer schweren Behinderung zur Welt. *Eine persönliche Erfahrung* erzählt das Schicksal von Kenzaburo Oes Sohn, über dessen Leben der Autor zu entscheiden hatte. Heute ist Oes Sohn ein erfolgreicher Komponist und Musiker.

Amos Oz
Mein Michael
Roman
Aus dem Englischen von Gisela Podlech-Reisse
st 2750. 254 Seiten

Amos Oz' Roman ist nicht nur die Geschichte von Hannah Gonen und einer Ehe, die nicht gutgehen konnte, sein Buch ist auch ein Stück israelischer Geschichte zwischen 1950 und 1960.

Reynolds Price
Kate Vaiden
Roman
Aus dem Amerikanischen von Melanie Walz
st 2751. 398 Seiten

Retrospektiv erzählt Kate Vaiden ihre unglaubliche Geschichte. Sie hofft, damit das Verständnis ihrer Sohnes zu erlangen, den sie als Kind zurückließ, um das für sie einzig mögliche Leben zu führen: allein und vor Verletzungen sicher.

Evelyn Scott
Auf der Flucht

Aus dem Amerikanischen
und mit einem Nachwort von Ebba D. Drolshagen
st 2752. 317 Seiten

Im Alter von zwanzig Jahren brennt eine junge Frau aus den amerikanischen Südstaaten mit einem doppelt so alten verheirateten Mann nach Brasilien durch. Dort werden die beiden vom Ausbruch des Ersten Weltkriegs überrascht. Eine Liebes- und Leidensgeschichte; das Abenteuer einer weiblichen Selbstbehauptung.

Lisa St Aubin de Terán
Joanna

Roman
Aus dem Englischen von Ebba D. Drolshagen
st 2753. 368 Seiten

Lisa St Aubin de Terán erzählt in dem Roman des Niedergangs einer englischen Familie – dieser Geschichte dreier Frauen aus drei Generationen, diesem Drama tödlicher Verstrickung, das sie über fünfzig Jahre lang, durch beide Weltkriege hindurch, verfolgt hat – ihre eigene Familiengeschichte.

Martin Walser
Die Verteidigung der Kindheit

Roman
st 2754. 520 Seiten

Mit der Verteidigung seiner Kindheit verteidigt Alfred Dorn vor allem die Liebe zu seiner Mutter. Er muß dafür sorgen, daß die Vergangenheit nicht vergeht. Und weil dieser Roman einer großen Liebe von 1929 bis 1987 in Deutschland spielt und von Dresden über Leipzig nach Berlin und Wiesbaden führt, ist er ein deutsches Epos dieser Zeit.

265/1/11.93

suhrkamp taschenbücher
Eine Auswahl

Capote: Die Grasharfe. st 1796
Carpentier: Explosion in der Kathedrale. st 370
– Die Harfe und der Schatten. st 1024
Carroll: Schlaf in den Flammen. st 1742
Celan: Gesammelte Werke in fünf Bänden. st 1331/1332
Cioran: Syllogismen der Bitterkeit (1952). st 607
Clarín: Die Präsidentin. st 1390
Cortázar: Bestiarium. st 543
– Die Gewinner. st 1761
– Ein gewisser Lukas. st 1937
– Rayuela. st 1462
Dalos: Die Beschneidung. st 2166
Dorst: Merlin oder Das wüste Land. st 1076
Duerr: Sedna oder die Liebe zum Leben. st 1710
Duras: Hiroshima mon amour. st 112
– Der Liebhaber. st 1629
– Der Matrose von Gibraltar. st 1847
– Sommerregen. st 2284
Eich: Fünfzehn Hörspiele. st 120
Eliade: Auf der Mântuleasa-Straße. st 1826
Elias: Mozart. st 2198
– Über den Prozeß der Zivilisation. Soziogenetische und psychogenetische Untersuchungen. st 2259
Enzensberger: Ach Europa! st 1690
– Gedichte. st 1360
– Mittelmaß und Wahn. st 1800
Enzensberger: Zukunftsmusik. st 2223
Federspiel: Geographie der Lust. st 1895
– Die Liebe ist eine Himmelsmacht. st 1529
Feldenkrais: Abenteuer im Dschungel des Gehirns. st 663
– Bewußtheit durch Bewegung. st 429
– Die Entdeckung des Selbstverständlichen. st 1440
– Das starke Selbst. st 1957
Fleißer: Abenteuer aus dem Englischen Garten. st 925
– Eine Zierde für den Verein. st 294
Frisch: Gesammelte Werke in zeitlicher Folge. 7 Bde. st 1401-1407
– Andorra. st 277
– Homo faber. st 354
– Mein Name sei Gantenbein. st 286
– Montauk. st 700
– Stiller. st 105
– Der Traum des Apothekers von Locarno. st 2170
Fromm / Suzuki / Martino: Zen-Buddhismus und Psychoanalyse. st 37
Fuentes: Nichts als das Leben. st 343
Gandhi: Mein Leben. st 953
García Lorca: Dichtung vom Cante Jondo. st 1007
Goetz: Irre. st 1224
Gulyga: Immanuel Kant. st 1093
Handke: Die Angst des Tormanns beim Elfmeter. st 27

265/2/11.93

suhrkamp taschenbücher
Eine Auswahl

Handke: Der Chinese des Schmerzes. st 1339
– Der Hausierer. st 1959
– Kindergeschichte. st 1071
– Langsame Heimkehr. Tetralogie. st 1069-1072
– Die linkshändige Frau. st 560
– Die Stunde der wahren Empfindung. st 452
– Versuch über den geglückten Tag. st 2282
– Versuch über die Jukebox. st 2208
– Versuch über die Müdigkeit. st 2146
– Wunschloses Unglück. st 146
Hesse: Gesammelte Werke. 12 Bde. st 1600
– Demian. st 206
– Das Glasperlenspiel. st 79
– Klein und Wagner. st 116
– Klingsors letzter Sommer. st 1195
– Knulp. st 1571
– Die Morgenlandfahrt. st 750
– Narziß und Goldmund. st 274
– Die Nürnberger Reise. st 227
– Peter Camenzind. st 161
– Schön ist die Jugend. st 1380
– Siddhartha. st 182
– Der Steppenwolf. st 175
– Unterm Rad. st 52
– Der vierte Lebenslauf Josef Knechts. st 1261
Hettche: Ludwig muß sterben. st 1949
Hildesheimer: Marbot. st 1009
– Mitteilungen an Max über den Stand der Dinge. st 1276
– Tynset. st 1968
Hohl: Die Notizen. st 1000
Horváth: Gesammelte Werke. 15 Bde. st 1051-1065
– Jugend ohne Gott. st 1063
Hrabal: Ich habe den englischen König bedient. st 1754
– Das Städtchen am Wasser. st 1613-1615
– Tanzstunden für Erwachsene und Fortgeschrittene. st 2264
Hürlimann: Die Tessinerin. st 985
Inoue: Die Eiswand. st 551
– Der Stierkampf. st 944
Johnson: Das dritte Buch über Achim. st 169
– Mutmassungen über Jakob. st 147
– Eine Reise nach Klagenfurt. st 235
Jonas: Das Prinzip Verantwortung. st 1085
Joyce: Anna Livia Plurabelle. st 751
Kaminski: Flimmergeschichten. st 2164
– Kiebitz. st 1807
– Nächstes Jahr in Jerusalem. st 1519
Kaschnitz: Liebesgeschichten. st 1292
Kiefer: Über Räume und Völker. st 1805
Kirchhoff: Infanta. st 1872
– Mexikanische Novelle. st 1367
Koch: See-Leben. st 783
Koeppen: Gesammelte Werke in 6 Bänden. st 1774
– Jakob Littners Aufzeichnungen aus einem Erdloch. st 2267

265/3/11.93

suhrkamp taschenbücher
Eine Auswahl

265/4/11.93

suhrkamp taschenbücher
Eine Auswahl

Museum der modernen Poesie. st 476
Neruda: Liebesbriefe an Albertina Rosa. st 829
Nizon: Im Bauch des Wals. st 1900
Nooteboom: In den niederländischen Bergen. st 2253
– Mokusei! Eine Liebesgeschichte. st 2209
O'Brien: Der dritte Polizist. st 1810
Onetti: So traurig wie sie. st 1601
Oz: Bericht zur Lage des Staates Israel. st 2192
– Black Box. st 1898
– Eine Frau erkennen. st 2206
– Der perfekte Frieden. st 1747
Paz: Essays. 2 Bde. st 1036
– Gedichte. st 1832
Penzoldt: Idolino. st 1961
Percy: Der Idiot des Südens. st 1531
Plenzdorf: Legende vom Glück ohne Ende. st 722
– Die neuen Leiden des jungen W. st 300
Poniatowska: Stark ist das Schweigen. st 1438
Praetorius: Reisebuch für den Menschenfeind. st 2203
Proust: Auf der Suche nach der verlorenen Zeit. 10 Bde. st
Puig: Der Kuß der Spinnenfrau. st 869
– Der schönste Tango der Welt. st 474
Ribeiro: Brasilien, Brasilien. st 1835
Rochefort: Zum Glück gehts dem Sommer entgegen. st 523
Rodoreda: Auf der Plaça del Diamant. st 977
Rothmann: Stier. st 2255
Rubinstein: Nichts zu verlieren und dennoch Angst. st 2230
Russell: Eroberung des Glücks. st 389
Sanzara: Das verlorene Kind. st 910
Semprún: Die große Reise. st 744
– Was für ein schöner Sonntag. st 972
Sloterdijk: Der Zauberbaum. st 1445
Späth: Stilles Gelände am See. st 2289
Sternberger: Drei Wurzeln der Politik. st 1032
Strugatzki / Strugatzki: Die häßlichen Schwäne. st 1275
– Eine Milliarde Jahre vor dem Weltuntergang. st 1338
Tendrjakow: Die Abrechnung. st 965
Unseld: Der Autor und sein Verleger. st 1204
– Begegnungen mit Hermann Hesse. st 218
Vargas Llosa: Der Geschichtenerzähler. st 1982
– Der Hauptmann und sein Frauenbataillon. st 959
– Der Krieg am Ende der Welt. st 1343
– Lob der Stiefmutter. st 2200
– Tante Julia und der Kunstschreiber. st 1520

265/5/11.93

suhrkamp taschenbücher
Eine Auswahl

265/6/11.93